CŒUR *et honneur*

Mary Calmes

CŒUR *et honneur*

Mary Calmes

DREAMSPINNER
PRESS

Publié par
DREAMSPINNER PRESS

5032 Capital Circle SW, Suite 2, PMB# 279, Tallahassee, FL 32305-7886 USA
www.dreamspinnerpress.com

Cœur et honneur
Copyright de l'édition française © 2016 Dreamspinner Press.
Titre original : Honored Vow
© 2011 Mary Calmes.
Première édition : novembre 2011
Traduit de l'anglais par C.L.

Illustration de la couverture :
© 2016 Paul Richmond.
http://www.paulrichmondstudio.com
Les éléments de la couverture ne sont utilisés qu'à des fins d'illustration et toute personne qui y est représentée est un modèle

Édition e-book en français : 978-1-63477-747-6
Édition imprimée en français : 978-1-63477-746-9
Première édition française : juin 2016
v 1.0

Édité aux Etats-Unis d'Amérique.

À tous ceux qui m'ont suivi dans cette aventure avec Logan et Jin.
Merci.
Cela a été un honneur.

GLOSSAIRE

Aker – Position de commandement dans une grande tribu. Il faut se battre pour le titre. L'*Aker* dépend du *Maahes*. Les *Aker*s sont toujours nommés par deux, un manu et un bakhu.

Amenta – Panthère qui vit sur le territoire d'une autre tribu sans en avoir la permission.

Apophi – Panthère qui est une honte et un fardeau pour la tribu.

Aset – Celle qui est choisie par la *reah* (et uniquement par elle) pour devenir la nouvelle compagne du *Semel* dans l'éventualité où la *reah* viendrait à mourir.

Beset – Ami privilégié de la *reah*

Duat – Panthère qui a juré sous peine de mort de ne vivre que comme un humain et de ne jamais se transformer.

Epeboi – Initié.

heru-ur – Bacchanale qui a lieu pendant la Fête de la Vallée.

Khatyu – Soldat du *Semel*

Khet – Terme signifiant littéralement « séparé par le feu ». Chaque partie n'existe plus pour l'autre.

Khonsu – Homme qui prend le rôle de second.

Maahes – Prince d'une tribu, émissaire du *Semel*.

Maat – Équilibre, harmonie, action juste.

Mastaba – Maîtresse de la maisonnée d'un *Semel*. Elle est souvent la veuve du *Semel* précédent.

Menat – Tribut.

Menthuel – Défi pour l'honneur.

Phocal – Le chef du Shu, un groupe d'élite d'hommes-panthères au service du prêtre de Chae Rophon.

Reah – Véritable compagne du *Semel*.

Semel – Chef de tribu

Semel-aten – Chef de tribu de la capitale des homme-panthères, Sobek.

Semel-netjer – Chef de tribu dont le véritable compagnon est un nekhene.

Semel-rê Semel – qui a trouvé sa véritable compagne, sa *reah*.

Sepat – Tournoi d'honneur.

Sheseran – Compagne du *sheseru*.

Sheseru (le fléau) – Exécuteur de la tribu et gardien de la compagne du *Semel*.

Sylvan (La crosse) – Sage de la tribu, il conseille le *Semel*.

Taurth – Une *yareah* répudiée par un *Semel* parce qu'il a trouvé sa véritable compagne.

Wosret – sans compagnon que le *Semel-aten* revendique comme concubine.

Yareah – Compagne qu'un *Semel* se choisit, à défaut d'avoir trouvé sa véritable compagne.

I

EN MARCHANT le long de l'immense couloir gris, derrière le médecin légiste, je compris que mon cœur avait cessé de battre. J'ignorais complètement quand cet organe qui faisait circuler le sang à travers mon corps avait abandonné ses fonctions, mais je me disais que c'était sans doute la veille, quand j'avais reçu un coup de téléphone pour me dire que mon meilleur ami, Crane Adams, était mort. Tout à l'intérieur de moi avait arrêté de fonctionner. J'avais cessé de respirer... Je ne m'en étais simplement pas rendu compte.

Je n'avais pas réussi à inspirer de l'air, à prononcer un mot ou, un bref instant, à voir. J'avais été incapable d'exprimer ma terreur, car je ne pouvais plus parler. C'était amusant de voir comme il était facile de tout relativiser lorsque quelque chose arrivait pour de vrai. Quelque chose qui changeait tout.

— Jin ?

Je ne serai plus jamais le même, maintenant.

— Mon amour ?

Je tournai la tête pour plonger mon regard dans les yeux de miel de mon compagnon, le *Semel* de la tribu de Mafdet, le chef de notre clan d'hommes-panthères, Logan Church.

— Je peux y aller seul.

C'est ce qu'il voulait, mais c'était impossible. Il fallait que je sache ; il fallait que je voie... je secouai la tête. Ce n'était pas envisageable.

— Monsieur Rayne ?

Je tournai la tête vers l'homme que nous avions suivi depuis l'accueil. Nous étions devant une porte en acier, avec une petite fenêtre à hauteur d'yeux pour quelqu'un qui faisait au moins ma taille, c'est-à-dire un mètre quatre-vingts.

Il s'éclaircit la gorge.

— Vous seulement, Monsieur Rayne et Monsieur Church, nous dit le médecin légiste en jetant un regard à Domin et Yuri. Vous deux, vous devrez rester ici.

— D'accord, répondit rapidement Yuri, ses yeux cherchant les miens.

Il était inquiet. Il s'inquiétait depuis que j'avais cessé de parler, la veille.

— On reste là, m'assura doucement Domin.

Lorsque mes yeux rencontrèrent les siens, je me rendis compte que grâce à son regard ferme, le rythme de sa voix, et son odeur musquée et douce, je pouvais éviter de m'effondrer encore un petit moment. Sa présence était apaisante, rassurante.

C'était étrange, car nous n'étions pas amis, et je savais qu'il n'était là que par devoir, mais… lorsqu'il était monté à l'arrière de la limousine, le calme s'était abattu sur moi. La façon dont sa main avait glissé sur mon genou en passant m'avait aidé. Et nous n'étions pas amis, nous n'étions pas proches… Le *Maahes*, le Prince de ma tribu, et moi étions davantage colocataires qu'autre chose. Où nous l'avions été, avant qu'il déménage. Maintenant, nous échangions à peine quelques mots lorsqu'il venait voir Logan pour parler des affaires de la tribu. Alors c'était étrange que sa présence ici signifie quoi que ce soit pour moi. C'était plus logique avec Yuri : il était mon *sheseru*. Il était là pour me protéger et le serait toujours, et sa présence solide me rassurait. Mais Domin, c'était étrange que sa présence ait la moindre importance. Particulièrement, car son devoir était envers Logan et non pas envers moi. Je ne savais pas pourquoi me perdre dans ce regard brun et insondable me rassérénait.

Logan posa une main ferme sur ma nuque avant de dire à l'homme que nous étions prêts. En entrant dans la salle où l'on sentait une forte odeur d'antiseptique, je me rendis compte que cette main était la seule chose qui me maintenait à la verticale. Si Logan n'avait pas été à mes côtés, je me serais retrouvé par terre. Je n'avais aucune force, j'empruntais seulement la sienne. En tant que panthère, le toucher est toujours réconfortant pour nous car les animaux adorent le contact, mais à cet instant précis c'était surtout tout ce que j'avais.

À l'intérieur, on nous présenta à Athéa Nelson. C'était l'assistante du médecin légiste du comté de Clark. Elle commença par une explication.

— Il y a eu un incendie. Sa maison a brûlé, alors je veux que vous vous prépariez à ce que vous allez voir.

C'était une petite femme, mince, compacte, avec des yeux bruns perçants. Dans son regard, on pouvait lire à la fois de la sympathie et du pragmatisme.

— Vous êtes prêts ?

2

Le corps de mon meilleur ami était étendu sous une bâche de plastique noir, sur une table de métal froid, dans une salle violemment éclairée. Je n'avais jamais été moins prêt de toute ma vie. J'avais mal à la tête.

Des mains se posèrent sur mes épaules et je sentis le torse de mon compagnon se presser contre mon dos. Sa force coula encore une fois en moi, transférée par sa chaleur et son toucher à travers mes vêtements, ma peau, jusqu'au fond de moi. C'était tout ce que j'avais.

La femme replia le drap.

Cela prit quelques secondes, car mon cerveau insistait sur l'impossibilité de la chose, mais mon estomac se rebella, et je fus un instant submergé, noyé sous un tsunami d'émotions, avant qu'un cri ne retentisse dans ma tête. Je suis la *reah* de ma tribu, et l'un de mes dons est que lorsque je me change en animal, je garde ma capacité de réflexion. C'est la seule raison pour laquelle, à ce moment-là, je fus capable de respirer profondément et d'enfin parler. La panthère en moi était utile, l'homme non.

— Ce n'est pas Crane Adams.

Quelques secondes passèrent avant que l'assistante du médecin légiste trouve quoi me dire. Je la regardai, je vis l'inquiétude passer rapidement sur ses traits acérés. Elle entendait probablement ce genre de déni très souvent.

— Monsieur Rayne, vous…

— Cet homme lui ressemble…

Je toussai, car ma gorge était sèche à force de ne pas parler.

— Mais ce n'est pas son visage.

Elle s'éclaircit la gorge.

— Monsieur Rayne, comment pouvez-vous…

— Non, l'arrêtai-je. Je sais ce que vous pensez, mais je suis certain. Je le connais depuis que j'ai six ans. Ce n'est pas lui.

— Monsieur Ray…

— Et si vous cherchez un appendice et que vous en trouvez un, alors vous saurez que ce n'est pas la bonne personne.

Le silence était assourdissant.

Je pouvais entendre le tic-tac de l'horloge accrochée au mur. Elle était blanche avec des numéros noirs, rien d'esthétique dans cet objet, il servait simplement à remplir une fonction.

— Monsieur Adams avait eu l'appendicite ?

La femme avait l'air perplexe.

— Cela ne figurait pas dans son dossier médical que nous avons reçu de Chicago.

3

— C'est parce que c'est arrivé en Arizona quand il avait 21 ans, lui expliquais-je.

Et même si la situation était horrible, même si quelqu'un était mort, mon soulagement était incommensurable. Un gémissement m'échappa lorsque je me souvins de Crane en train d'insister que non, il n'avait pas la gueule de bois, il était vraiment malade cette fois, bon sang ! Il s'était plaint pendant des heures avant que je finisse par craquer et par l'emmener aux urgences. Lorsqu'il avait été emmené au bloc sur une civière, il était plein de suffisance et d'indignation car, pour une fois, j'avais eu tort. La dernière chose que j'avais entendue lorsque les portes s'étaient refermées derrière lui, c'est que je n'étais qu'un enfoiré trop sûr de moi.

— Est-ce que vous vous souvenez de l'hôpital, Monsieur Rayne ?

— Le Good Samaritan, lui dis-je.

— Laissez-moi voir si je peux mettre la main sur son dossier pour confirmer, mais si vous en êtes certain…

Elle hésita, me laissant confirmer.

— J'en suis absolument certain, soupirai-je.

Ma voix tremblait de soulagement, car d'après l'expression de son visage, j'étais sûr que l'homme devant moi avait encore son appendice.

— J'étais là.

— Monsieur Rayne…

— Est-ce que cet homme a son appendice ?

Son regard croisa le mien.

— Oui, il l'a.

— Oui… répétai-je avant de me retourner et de mettre mes bras autour du cou de Logan pour l'attirer à moi.

Mon compagnon enfonça une main dans mes cheveux, et pressa l'autre au milieu de mon dos en me serrant contre lui.

— Je suis désolée de vous avoir infligé tout…

— Non, la coupa Logan en resserrant ses bras autour de moi. Vous faisiez votre travail.

— Je suis juste désolée.

Moi aussi j'étais désolé, car mon cerveau se remettait en marche et je venais de comprendre une chose. Penchant la tête en arrière, je croisai le regard de Logan.

— Je sais, mon amour, répondit-il en hochant la tête. Nous allons le retrouver.

Je commençai doucement à hyperventiler.

— Je te le jure, Jin. Nous allons le retrouver. Respire.

Et je ne pouvais que le croire, car il ne m'avait jamais déçu auparavant.

JE NE connaissais Logan Church que depuis un an et demi, mais dans ce laps de temps, ma vie entière avait subi une métamorphose drastique. Je n'étais plus un loup solitaire, voyageant sans cesse de ville en ville avec mon meilleur ami, Crane, mais j'avais trouvé mon compagnon et un foyer. J'étais la *REAH* de ma tribu de panthères, le compagnon du *SEMEL*, et je ne répondais de mes actes qu'à lui. Moi qui n'avais rien, maintenant j'avais tout.

Normalement, les *reahs* étaient des femmes. Comme je n'en étais pas une, j'avais été battu et exilé de chez moi lorsque mon père et mon ancienne tribu avaient découvert ce que j'étais. La seule personne qui m'était restée loyale, qui m'aimait et était restée avec moi, c'était Crane. Et il avait d'abord été mort, et maintenant il avait disparu. J'étais à deux doigts de craquer.

Lorsque la porte s'ouvrit, je me levai du canapé de la suite luxueuse du Venetian de Las Vegas, où je m'étais affalé pour zapper d'une chaîne à l'autre. Domin entra le premier, tenant la porte ouverte pour les personnes derrière lui – une foule de gens, dont certains que je ne connaissais pas – avant que Logan entre enfin. J'avais envie de traverser la pièce pour rejoindre mon compagnon, mais Yuri Kosa, le *sheseru*, l'exécuteur de ma tribu et mon protecteur, posa une main sur mon épaule pour me retenir.

— Ici, ils viennent tous à toi, même ton *Semel*.

Je le savais. La chambre d'hôtel était comme une maison temporaire, donc Yuri se trouvait avec moi ainsi qu'Artem Varda, son second. Nous étions sur le territoire d'un *Semel* qui avait des liens avec Logan, donc Yuri n'avait pas amené d'autres hommes avec lui pour me garder, mais tout de même, lorsque des étrangers pénétraient dans la pièce, Yuri restait à mes côtés et tout le monde venait vers moi. Je n'étais pas autorisé à déférer à qui que ce soit. Je devais être vu comme la personne la plus importante de la pièce. C'était des affectations idiotes de panthères, mais ces règles devaient être respectées, alors j'obéis à mon *sheseru* sans poser de questions.

Lorsque Logan fut assez près, je lui tendis la main et il la prit dans la sienne. Il n'avait pas l'air content.

— Que s'est-il passé ? demandai-je doucement à voix basse

Il secoua légèrement la tête avant de se tourner pour regarder Domin. Je vis le *Maahes* de ma tribu et remarquai qu'il tenait salon, faisant face aux hommes qui l'avaient suivi dans la pièce.

5

— Je vous présente ma *reah*, déclara-t-il en me désignant de la main.

Je les vis tous s'agenouiller devant lui. Je reconnus Calvin Reynolds, le *Semel* de la tribu d'Opet, qui possédait Las Vegas, son *sheseru*, Roger Tsang ; et son *sylvan*, Amanda Dove. Je supposai que la dizaine d'hommes restants étaient des *Khatyus*, des combattants. Mon regard parcourut les personnes agenouillées devant Domin, et se trouva attiré par Amanda. Elle avait un beau visage, et me fit un sourire tremblant lorsqu'elle remarqua que je la regardais.

J'avais été surpris que dans les deux tribus avec lesquelles j'étais en contact régulier – la mienne et la tribu de Pakhet dirigée par Christophe Danvers, qui vivait à Reno – il n'y ait pas plus de femmes à l'un de ces deux postes visant à conseiller le chef. Lors de mes voyages à travers le pays avec Crane, j'avais vu beaucoup de tribus où une femme était soit le *sheseru*, l'exécuteur de la tribu, ou le *sylvan*, le professeur. Dans la tribu de Logan, les deux rôles étaient dévolus à des hommes, ainsi que dans celle de Christophe. Cela m'avait paru étrange.

Bien sûr, Logan avait sans doute choisi la personne la plus qualifiée, mais pour Christophe, je n'étais pas sûr. Je ne savais pas à quel point ses vues concernant les femmes étaient attardées. Et il avait une compagne jalouse et terrifiante, qui n'aurait probablement pas apprécié qu'une autre femme vive sous son toit. Normalement, le *sheseru* et le *sylvan* vivaient avec leur *Semel* jusqu'à ce qu'ils aient trouvé leur propre compagne.

— Jin.

Je tournai le regard vers mon compagnon. Généralement, je réussissais à me retrouver dans ses yeux d'ambre. Je trouvais toujours ce dont j'avais besoin pour me sauver dans son regard tendre.

— Dis-moi ce qui s'est passé.

— Calvin va t'expliquer, dit-il en désignant le *Semel* de la tribu d'Opet, qui s'était levé maintenant qu'il m'avait montré le respect dû en tant que *reah* de ma tribu.

Tous les autres étaient encore à genoux, car Domin ne leur avait pas donné la permission de se lever. Seul Calvin n'avait pas besoin d'attendre.

Je levai les yeux vers lui.

— Ma *reah*, dit-il en s'éclaircissant la gorge. Je suis vraiment désolé de vous avoir laissé aller à la morgue convaincu que votre ami était mort, mais les hommes de la tribu d'Anuket tenaient ma fille en otage jusqu'à il y a une heure. Ils l'ont relâchée, car j'avais joué mon rôle dans cette comédie.

Si Logan ne m'avait pas attrapé pour me coller contre lui, je serais tombé à genoux

— Anuket, c'est votre ancienne tribu, n'est-ce pas ? demanda Calvin

— Tu le sais bien, lui répondit Logan. Fini de raconter pour que nous puissions partir.

Il poussa un profond soupir avant de faire un pas vers moi.

— Jin, ils ont enlevé mon bébé et m'ont menacé de la violer et de la tuer si je ne jouais pas le jeu. Je suis vraiment désolé, mais il s'agit de ma fille.

Je hochai la tête rapidement. Je le détestai tout en le comprenant parfaitement. Je pensai à sa fille, Jacqueline : Jacky, Jacques, J... Elle était très belle, et absolument adorable. Elle avait de très bonnes notes et était capitaine de son équipe de natation. Comme j'avais été capitaine de la mienne au lycée, nous avions toujours des tas de choses à nous dire. J'adorais son visage d'ange, ses grands yeux chocolat et sa vitalité. Comme Crane vivait et travaillait sur le territoire de son père, j'étais venu très souvent et je l'avais beaucoup vue. Elle m'avait avoué être folle amoureuse d'un garçon de son lycée.

— Il est blanc, Jin. Tu m'imagines avec un garçon blanc ?

Je lui avais répondu que oui. Blanc, noir, de toutes les couleurs et toutes les saveurs qu'elle voulait.

— Ton père s'en moque, avais-je ajouté, certain d'avoir raison.

Kelvin avait des membres de toutes les couleurs de l'arc-en-ciel dans sa tribu, tout comme Logan et tout comme la plupart des chefs de clan. L'apparence lui importait peu, comme à Logan, tant que vous étiez...

— Mais ce n'est pas une panthère.

... une panthère à l'intérieur.

— Et merde, avais-je murmuré.

— Oh non, avait-elle gémi en se jetant sur son lit.

À 16 ans, elle avait l'impression que c'était la fin du monde.

— Jin ?

Je secouai la tête pour m'éclaircir les idées.

— Je comprends, Cal, lui assurais-je. Vraiment. Dis-moi simplement ce qu'ils veulent.

Il s'éclaircit la gorge.

— Il faut que tu appelles. Ou plutôt, on a ordonné à Logan d'appeler dès que tu aurais compris que ce n'était pas Crane Adams.

— Qui...

Je m'étranglai.

— Qui était-ce, à la morgue ?

— Je n'en ai aucune idée

— Ce n'est pas quelqu'un de ta tribu ?

— Non, ils m'ont dit que ce n'était pas une panthère.

— C'était une panthère, intervint Logan. Je crois qu'un membre de ta tribu doit manquer.

On aurait dit que Logan venait de le frapper. Il était effondré. Je ne comprenais pas. Que l'homme ait été une panthère ou pas, je m'en fichais. Une vie humaine ou une vie de panthère, les deux étaient précieuses et sacrées pour moi. Pour Logan aussi, je le savais, il n'y avait aucune différence.

— Jin, m'appela Logan, me faisant revenir au présent. Nous devons appeler Archer Pike.

Je hochai la tête

Logan dut se connecter à Internet, accéder à sa base de données sécurisée, et chercher le numéro dont il avait besoin. Cela ne prit qu'un instant.

— Tu es prêt ? me demanda-t-il doucement.

Je hochai la tête pour confirmer

Quelques minutes plus tard, nous étions tous assis autour du téléphone dans le salon à l'écouter sonner. Logan avait mis le haut-parleur.

— Allô ?

— Puis-je parler avec Archer Pike ?

— C'est moi.

— Je suis Logan Church, gronda mon compagnon, la voix dure comme du granite. Vous détenez le *Beset* de ma *reah*. J'exige de le récupérer maintenant.

Un soupir retentit.

— Je suis désolé de cette ruse, *Semel-netjer*, et je présente mes excuses au *Semel* de la tribu d'Opet pour avoir emprunté sa fille, mais il fallait que j'attire votre attention.

J'avais l'impression que de l'eau glacée avait été injectée dans mes veines.

— Vous avez mon attention.

— J'ai essayé de vous parler à Sobek, mais vous n'avez pas écouté. Et ensuite, vous avez annoncé au prêtre que nous étions *Khet*, mort les uns pour les autres, alors je n'ai pas eu d'autre choix que celui-là. La tribu de

Mnevis tente d'envahir mon territoire. J'ai besoin que vous, votre *sheseru* et vos *Khatyus*, veniez nous aider à les repousser.

— Pourquoi ferais-je cela ?

— Votre *reah* est le fils de mon *sylvan*, et il s'agit de sa première tribu. Il y a une alliance entre nous.

— Vous êtes malade, répondit Logan froidement et catégoriquement. Il n'y a rien entre nous, et votre *sylvan* n'est rien pour moi, tout comme vous et le reste de votre tribu

— Si c'est votre dernier mot, je n'aurai pas d'autre choix que de mettre à mort le *Beset* de votre *reah*, qui se trouve en ma possession.

Je ne bougeai pas, et lorsque Logan leva les yeux vers moi, je vis que ceux-ci brillaient de fierté. Je lui faisais confiance, j'avais gardé le silence, et je pouvais voir que cela le touchait profondément.

— Si vous ne nous rendez pas le *Beset* de ma *reah*, Crane Adams, commença Logan en se retournant vers le téléphone, je viendrai le récupérer, et j'aurai votre tête au passage. Comme vous le savez, un membre du Shu vit chez moi. Lorsqu'il aura parlé au prêtre à ma demande, j'aurai tous les droits sur votre vie, *Semel* de la tribu d'Anuket.

Il y eut un long silence.

— Vous pensiez que j'accepterais tout sans discuter, car vous savez que Jin tient énormément à Crane. Votre *sylvan*, le père de Jin, et votre *sheseru*, le père de Crane, étaient probablement d'accord avec ce plan. Mais je ne vous aiderai pas pour un seul homme, surtout alors que j'ai une véritable alliance avec l'homme qui cherche à obtenir votre territoire, Derek Jackson.

— Ce n'est qu'une ordure ! Il est…

— Il est passionné, le coupa Logan. Et il est plus jeune que vous et plus fort. Il souhaite une tribu où règne la mixité, et non pas une race pure. Il souhaite la diversité parce qu'il veut que sa tribu soit la plus forte, la meilleure. Il accepte tout le monde en ne se basant que sur leur désir de se joindre au clan. Pour moi, c'est sensé.

— Vous ne pouvez pas…

— Je peux. Je l'ai déjà fait. L'alliance ne peut être brisée, elle est scellée par le sang, le mien et le sien. Alors vous allez me rendre Crane Adams et tout ira bien. Ou alors je viendrai avec mon *sheseru*, mes *Khatyus*, et avec autant de membres du Shu que le prêtre souhaitera m'envoyer, et je vous tuerai. Je tuerai votre *sheseru* et votre *sylvan* aussi. Je détruirai la tribu

9

d'Anuket, je mettrai fin à votre lignée, et je laisserai ce qui reste à Derek Jackson. Choisissez.

On pouvait entendre respirer très fort à l'autre bout de la ligne.

— Maintenant, choisissez !

Tout le monde dans la pièce avait les yeux fixés sur Logan. Il était immobile, absolument certain de sa décision. Je retins mon souffle. Je voulais retrouver Crane plus que tout et je savais au fond de mon cœur que s'il ne voulait pas le rendre à Logan, je ne le reverrais plus jamais.

— Vous devrez venir le chercher vous-même, et vous vous expliquerez devant ma tribu. Vous devrez leur dire que vous refusez de nous aider, répondit Archer.

— Je veux bien *les* aider, *Semel*, lui assura Logan. Ils sont tous les bienvenus sur mes terres et dans ma tribu s'ils ne souhaitent pas faire partie de la tribu de Mnevis. Je les accueillerai tous.

— Vous avez dit que ma tribu était morte pour…

— *Votre* tribu, *Semel*, clarifia Logan. Si n'importe quelle panthère vient me voir et me demande l'asile, je l'accueillerai, et ce sera alors un membre de *ma* tribu. Vous comprenez ?

Archer n'avait aucune idée de quel genre d'homme était Logan. C'était là son erreur. Logan ne pourrait jamais tourner le dos à des pères, des mères et des enfants. Il paierait pour les transférer, parlerait en leur nom à Derek Jackson, et ferait tout ce qui serait nécessaire pour que la transition se passe bien lorsqu'il le faudrait.

— Quelle est votre réponse, *Semel* ? insista Logan.

Un autre long soupir.

— Venez, alors, et récupérez le *Beset* de votre *reah*.

— Je partirai ce soir, lui répondit Logan. Je vous appellerai après ma rencontre avec le *Semel* de la tribu de Mnevis, et vous nous promettrez un passage sans encombre.

— Vous n'allez pas amener votre *sheseru* ?

— Non.

— Alors qui…

— Comme je vous l'ai dit, il y a un membre du Shu sur mes terres, Taj Chalthoum ; il remplacera mon *sheseru* et viendra à la place de Yuri Kosa.

— Je ne comprends pas pourquoi vous laissez votre *sheseru* chez vous si votre *reah* est…

— Ne vous occupez jamais de ma *reah*, le coupa Logan, d'un ton d'avertissement.

— Mais nous exigeons la présence de votre *reah*.

— Votre « exigence » est refusée.

Je voulais dire quelque chose, parce que je voulais y aller. Il fallait que j'y aille. Mais si Logan me l'interdisait, je ne pourrais pas protester… Du moins pas en public ; il allait m'entendre lorsque nous serions seuls

— Mon *sylvan* souhaite voir son fils, tout comme sa compagne, la mère de votre *reah*.

Ma mère ne souhaitait pas plus me voir que mon père. C'était n'importe quoi.

— Ma *reah* ne mettra pas un pied sur votre territoire, et cela n'est pas discutable. Maintenant, je veux parler à Crane Adams, ou vous devrez vous préparer à un défi dans l'arène.

J'entendis Archer inspirer profondément. Tout le monde avait vu Logan se battre dans l'arène l'été précédent. Tous les chefs des tribus de panthères se rendaient à Sobek, entre Giza et Le Caire, en Égypte, une fois par an pour la Fête de la Vallée. Lors de la dernière fête, Logan avait tué le *Semel* de la tribu de Dendera, car celui-ci m'avait kidnappé et torturé. Dans l'arène, tout le monde avait pu voir sa taille et à quel point il était dangereux. L'idée d'un défi face à face ne devait pas être très attirante pour Archer.

— Je ne peux pas accéder à votre demande, Logan Church. Crane Adams n'est pas conscient actuellement. Avant que je puisse me rendre à son inquisition, il a été fustigé par mon *Sheseru*.

Je dus me retenir au dos du canapé, car la pièce s'était mise à tourner violemment autour de moi. Une vague de nausées me frappa et je me mis à trembler.

Crane.

Ils avaient torturé mon meilleur ami, et je n'avais rien pu faire pour l'empêcher.

— Il a été fustigé, répéta Logan comme s'il ne comprenait pas.

J'avais l'impression qu'il n'y avait plus d'air dans la pièce. Ma poitrine était dans un étau et mes yeux se remplissaient de larmes. Je me mordis l'intérieur des joues afin de ne pas émettre un son.

Il avait été torturé puis défiguré. Être fustigé signifiait que l'on vous blessait avec un couteau. Votre sang coulait et, d'une façon ou d'une autre, votre corps était mutilé. C'était différent de recevoir la marque d'*Apophi*, signe que vous étiez la honte de votre tribu. Quand un *Semel* marquait une de ses panthères en lui laissant une cicatrice ou lui arrachant un œil, c'était fait

11

rapidement et cela ne devait jamais être mortel. C'était une preuve, gravée dans la chair, de votre déshonneur. Cela avait lieu lors d'un rassemblement de la tribu ou lors d'un défi dans l'arène, et tout le monde pouvait en être témoin.

Fustiger une panthère, c'était ce que faisait le groupe d'une tribu si une panthère étrangère pénétrait sur leur territoire sans permission. Cela avait normalement lieu à la fin d'une chasse, et était dirigé par le *sheseru*. La première nuit où j'avais rencontré Delphine, la sœur de mon compagnon, elle était toute seule sur le territoire d'un autre clan. Elle aurait pu être fustigée si Crane et moi n'étions pas intervenus et si Markel, le *sheseru* de Domin à l'époque, avait voulu autre chose que lui faire peur. Une panthère fustigée pouvait survivre, ou pas, selon le niveau de punition que l'exécuteur de la tribu choisissait d'infliger. Avant la mutilation, il y avait la douleur, et parfois ensuite le viol. Je n'avais aucun moyen de savoir ce qui était arrivé à mon meilleur ami sans poser la question. Le fait que ce soit son propre père qui l'ait défiguré, qui ait permis à d'autres personnes de le torturer, de lui faire mal, de faire couler son sang… C'était incompréhensible pour moi. Il était impossible que je n'y aille pas maintenant. Impossible.

Je me retournai et me dirigeai vers la fenêtre, regardant le paysage de Las Vegas.

— *Semel*, déclara Logan d'une voix basse et glacée. J'ai changé d'avis.

— Vous allez ramener votre *reah* ?

— Je vais ramener mon *sheseru*, répondit-il. Je vais amener Yuri Kosa avec moi, et lorsque j'arriverai, votre *sheseru* affrontera le mien dans l'arène, et ce sera un combat à mort.

— Vous ne pouvez pas exiger…

— Je peux et je l'exige ! rugit Logan. Et je vais contacter le prêtre dès ce soir. Il y aura des guerriers du Shu présents pour y assister !

— Je…

— Il est mort ! Que ce soit par la main de mon *sheseru* ou par celle du prêtre, il est mort !

— Oui, répondit Archer en toute hâte.

— Qu'est-ce qui vous a fait croire que vous pouviez toucher le *Beset* de ma *reah* ? Ma *reah* ! Je ne suis pas votre ami, *Semel*. Il n'y a aucune alliance entre nous !

— Je…

— Je suis *Semel-netjer* !

Même par téléphone, sans l'avoir en face de lui, la colère de Logan terrifiait Archer. Son gémissement s'entendit sur la ligne.

— Vous allez me donner les noms de tous ceux qui ont aidé le *sheseru* à mutiler le *Beset* de ma *reah*.

Mutiler.

Ce mot évoquait trop d'horreurs pour que je continue d'y penser.

— Vous entendez ?

— Oui.

— Si Crane n'est pas au lit, bordé et soigné par un docteur lorsque j'arriverai…

Logan inspira.

— Je raserai votre maison, Archer Pike. Qu'est-ce que vous me comprenez ?

— Oui, je comprends.

— Nous serons là demain, avec Derek Jackson et ses hommes. Ne faites pas l'erreur de me forcer à vous chercher ou à chercher Crane. C'est compris ?

— Oui.

— Oui ? siffla Logan, sa colère et sa haine l'emportant.

— Oui, *Semel-netjer*.

J'entendis Logan raccrocher, puis quelque chose voler en éclats. Je ne me retournai pas. Je supposai qu'il avait arraché le téléphone du mur et l'avait lancé à travers la pièce. Dans la vitre, je vis son reflet derrière moi quelques secondes plus tard. Je le vis chercher à reprendre son souffle, vis la douleur dans ses yeux, et sentis la chaleur qui émanait de lui.

— Jin…

Je secouai la tête. Si je parlais, j'allais m'effondrer et je n'étais pas prêt à le faire.

— Allez-vous-en, entendis-je Domin dire derrière moi aux hommes qui étaient encore à genoux sur le sol.

— *Semel-netjer*, commença Calvin Reynolds, je suis tellement…

— Laissez-nous, le coupa Yuri. Nous vous remercions de cet hébergement. Nous partirons bientôt.

Il n'y eut plus une seule parole prononcée. Je les entendis partir, puis la porte se fermer. Le silence retomba, et ce fut comme si l'air se raréfiait dans la pièce.

— Je vais appeler Taj dans la voiture, déclara Domin d'une voix basse et sombre. Rentrons à la maison afin que vous fassiez vos bagages.

Je me retournai, contournai Logan, et me dirigeai vers la porte. Yuri se plaça juste derrière moi.

— Je les tuerai tous, Jin.

Même si, en tant que *reah*, ma première réaction était normalement le pardon, ses mots s'enroulèrent autour de moi et me réconfortèrent.

— Je te le promets.

C'était tout ce que je pouvais espérer.

II

J'ÉTAIS ASSIS sur la méridienne de ma chambre. Logan avait fait abattre un mur pour le remplacer par de lourdes portes coulissantes en verre qui donnaient sur le patio couvert. Il y avait une autre cheminée à l'extérieur et le sol, qui était auparavant en carrelage, était maintenant de marbre veiné de noir. C'était magnifique. Il avait terminé les travaux pendant l'été afin que cela soit prêt pour l'hiver.

— Tu vas attraper la mort, dit Logan en me contournant.

Il m'entoura les épaules d'une épaisse couette et frotta mes bras pour me réchauffer. Il se pencha et inspira mon odeur, pressants son nez dans mon cou, et je me retournai pour l'embrasser.

Je fis lentement l'amour à sa bouche, léchant, suçant, mordant, ma langue glissant contre la sienne. J'adorais le goût de mon compagnon, bien sûr, mais ceci n'était pas anodin.

Il se pencha en arrière, la respiration hachée, et lorsqu'il parla il semblait drogué.

— Je te l'interdis.

Je le repoussai violemment.

— Et c'est mon dernier mot.

Je ne pouvais plus respirer. Il ne comprenait pas ? Comment pouvait-il ne pas comprendre ?

— Je ne te laisserai jamais retourner dans cette ville. Je ne te laisserai jamais remettre un pied sur le territoire où tu as été blessé. Au début, je pensais que tout irait bien. Je pensais que ton père changerait d'avis, je pensais que ton ancienne tribu se rendrait compte de son erreur. Mais ton père et le père de Crane, ils ont parlé au prêtre de Shae Rophon et ils lui ont dit que tu étais une abomination. Ils ont dit que mon compagnon aurait dû être mis à mort. Est-ce que tu comprends pourquoi, en sachant tout ça, je ne te laisserais jamais y retourner ?

Je tournai la tête pour regarder la neige dehors.

— Tu dois me faire confiance. Je ramènerai Crane à la maison. Tu dois me laisser les punir.

Les larmes me montèrent aux yeux.

— Le père de Crane sera tué par Yuri, et le tien par moi. C'est la seule façon dont cela peut se passer. Il ne peut pas y avoir de pardon, la blessure est trop profonde. Autrefois, j'ai pensé qu'il n'y aurait simplement rien entre nos deux tribus, mais maintenant, je vois que j'ai eu tort. Il y aura du sang, Jin, il ne peut pas en être autrement. Je ne vois aucun recours.

Je frissonnai violemment, et des larmes roulèrent sur mes joues

— Je t'appellerai quand j'arriverai pour te dire ce qu'ils lui ont fait, dit-il en s'approchant à nouveau de moi afin de passer ses doigts dans mes longs cheveux, qui lui coulèrent entre les doigts comme de l'eau. Tu vas m'attendre ici et ne pas bouger. C'est compris ?

Je hochai la tête.

— Je sais que tu es furieux. Je peux sentir ta colère d'ici, mais je ne pourrai pas faire ce que j'ai à faire, être qui je dois être, si tu m'accompagnes et que je dois te protéger.

La colère monta en moi, s'enroula comme un étau autour de mon cœur.

Il ne disait plus rien, mais traçait des doigts la ligne de ma mâchoire, effaçant mes larmes.

Je frissonnai violemment, tentant de reprendre le contrôle de mon corps.

— Écoute, dit-il en raffermissant sa voix. Je sais que tu es fort et terrifiant, mais avec Crane blessé, tu ne seras pas toi-même, et je ne pourrai pas te servir de catalyseur pour ta transformation si je suis aussi transformé. On ne connaît pas encore vraiment la véritable puissance d'un nekhene, Jin, on ne sait pas ce que tu peux faire, mais… avec Crane… Ce n'est pas le moment de le découvrir.

Je ne pouvais plus rien voir à travers mes larmes.

— Je t'en prie, aie foi en moi.

Mais j'avais foi en lui. J'avais juste besoin de voir mon meilleur ami. Il fallait que je sois celui qu'il verrait en premier.

— Tu crois qu'il ne comprendra pas si je suis là et pas toi. Mais Jin, mon amour, bien sûr qu'il comprendra. Et il a besoin que son *Semel* soit là pour le protéger, pas sa *reah*. Crane doit comprendre qu'il est précieux, et les autres doivent le comprendre aussi. Le compagnon ne récupère pas des panthères sur les territoires des autres, seulement le *Semel*. C'est *Maat*. Il ne s'agit pas de négocier, c'est la guerre. Est-ce que tu réalises ce qui pourrait se passer à cause de ça ? Ce que je vais être obligé de faire ? Jin ? Est-ce que tu comprends ?

Il fallait que je voie Crane. C'était tout ce que je savais.

— Tu as interdiction de quitter la propriété, quelle qu'en soit la raison.

Mais je devais travailler. Il savait que je devais aller travailler.

— J'ai appelé Ray, je lui ai dit que nous avions une urgence familiale et que tu ne reviendrais pas pendant une semaine. Ne me désobéis pas. Reste ici.

Je trouverai un moyen de sortir de la propriété.

— Si tu débarques à Chicago, tout le monde saura que tu as désobéi à mon ordre. Cela montrera que je suis faible. C'est ce que tu veux ?

Je m'essuyai les yeux.

— Nous ne faisons qu'un, toi et moi. Tu ne peux pas désobéir à mes ordres. J'ai besoin de savoir que tu es ici, en sécurité, pour pouvoir me concentrer sur une seule chose. Tu comprends ?

Il ne s'agissait pas tant de comprendre que ce que je voulais. Et je voulais Crane.

— Je reviendrai vite, me dit-il en plaçant sa main sous mon menton pour pouvoir me relever la tête et voir mes yeux. Tu comprends bien que toute la douleur que je vois en cet instant, je vais la faire payer à Archer Pike. Il a fait pleurer mon compagnon, cela ne peut pas bien se finir.

Je retins mon souffle lorsqu'il se pencha pour m'embrasser.

Lorsqu'il fut parti, je retournai fixer le ciel gris d'hiver. Incline Village, dans le Nevada, à un vol d'oiseaux sur le mont Rose au-dessus du lac Tahoe, reposait sous un manteau de neige. Il faisait extrêmement froid. La propriété était recouverte de plusieurs centimètres de poudreuse et des flocons tombaient du ciel matin, midi et soir. J'avais attendu le printemps avec tant d'impatience.

Logan revint un peu plus tard, prit ma main, me souleva de la méridienne et me fit descendre. Il me déposa dans le salon, à côté de l'immense cheminée. Je fixai les flammes, mais ne bougeai pas. J'avais l'impression d'être dans l'œil du cyclone tandis que la maisonnée tout entière tournait autour de moi, tout le monde en mouvement.

Delphine, la sœur de Logan, faisait la valise de son frère. Domin était au téléphone pour faire des réservations et Taj Chalthoum, le membre du Shu qui était revenu avec nous d'Égypte six mois auparavant, parlait à son *phocal*, Jamal Hassan. Il demanda la permission de parler au prêtre de Chae Rophon, Hamid Shamon, qui faisait force de loi pour toutes les panthères du monde. Celui-ci lui demanda d'envoyer un émissaire de la part de Logan afin d'informer Archer Pike que le *Semel-netjer* de la tribu de Mafdet avait la bénédiction et le soutien du prêtre. Lorsque Taj eut raccroché, il expliqua à Logan qu'Hamid avait envoyé des membres du Shu à Chicago. Cela leur prendrait une journée entière pour faire le long voyage depuis Le Caire, mais ils seraient là pour servir de témoins à Logan.

Six mois auparavant, lors de la Fête de la Vallée, nous avions découvert que je n'étais pas seulement une *reah*, qui était déjà un type de panthère extrêmement rare, mais aussi un nekhene. Être le compagnon d'un nekhene avait changé le statut de Logan de *Semel-rê*, un *Semel* qui avait trouvé sa *reah*, à *Semel-netjer*, un *Semel* compagnon d'un nekhene. Comme Logan était le seul *Semel* au monde à avoir cet honneur, à ce que nous savions, lorsqu'un membre du Shu appelait de sa part, personne ne doutait vraiment qu'Hamid enverrait toute l'aide nécessaire.

— Jin.

J'entendis Taj dire mon nom de loin.

— Le prêtre envoie Shahid et quatre autres de mes frères à Chicago en ce moment même.

Je hochai la tête.

— Jamal dit qu'il viendra lui-même si tu le souhaites

Le commandant du Shu, le *phocal*, viendrait m'aider à récupérer Crane et à le protéger. C'était très gentil.

— Est-ce que tu en as envie ?

Je secouai la tête.

— Très bien, alors.

Il tendit une main vers moi, mais se ravisa.

— Je vais l'appeler et le remercier de ta part.

Un dernier hochement de tête, et il s'éloigna.

— Jin, entendis-je Delphine dire à côté de moi. Crane a encore des affaires ici pour quand il vient, alors je vais les empaqueter pour lui, d'accord ?

Un autre hochement de tête.

— Okay, dit-elle doucement avant de s'éloigner.

Ma poitrine me faisait mal, car j'avais l'impression que l'on m'avait arraché le cœur, et retenir mes sanglots alors que tout ce que je voulais, c'était craquer et pleurer comme un bébé, m'empêchait de respirer correctement.

Yuri était le seul à part Logan qui soit assez courageux pour s'approcher de moi, et même si on ne pourrait jamais dire de lui qu'il était perceptif, notre lien, profondément inscrit dans nos gènes – car il était un *sheseru* et moi une *reah* – lui donnait parfois une sensibilité surnaturelle.

— Tu n'auras pas besoin de sortir de la maison. Koren, en tant qu'héritier de Logan, se rendra à ta place à tout événement, aux côtés de Domin qui dirigera la tribu en l'absence de notre *Semel*.

Je savais qui devait faire quoi, il n'avait pas besoin de me le dire.

— Même si, étant donné que Domin et Koren ne se parlent pas, cela ne sera pas très détendu, j'en suis sûr.

Je restai silencieux, même si je savais, comme tout le monde, qui exactement était responsable de la dispute.

Nous avions tous imaginé une cérémonie d'accouplement. Lorsque nous étions rentrés de la Fête de la Vallée à Sobec à la fin du mois de juin, je pensais que d'ici juillet, août au plus tard, Domin et Koren auraient échangé leurs vœux. Mais quelque chose avait changé lorsque nous étions revenus et Peter, le père de Logan, qui était arrivé une semaine avant nous, ne pouvait expliquer ce mystère. Tout ce que je voyais, tout ce que l'un comme l'autre acceptait de révéler, c'était que comme Koren était l'héritier de la tribu de Masdet, il leur fallait du temps pour réévaluer la nature de leur relation.

— Quoi ?!

Delphine avait été aussi perdue que moi.

Lorsque Koren avait ramené la première d'une longue liste de femmes à la maison, leur faisant rencontrer ses parents et son frère, le *Semel-netjer*, pour la soirée je commençai à comprendre.

En octobre, juste avant Halloween, Delphine avait pris pour compagnon Markel Kovac, qui avait été pendant un temps le *sheseru* de la tribu de Menhit, maintenant disparue. Il avait été pour Domin ce que Yuri était pour Logan. La cérémonie fut magnifique, le banquet dura trois jours et, comme cadeau, Logan fit abattre deux murs au premier étage, vers l'arrière, pour offrir aux jeunes mariés une sorte d'immense studio à l'intérieur de la maison. Ils adoraient avoir leur intimité tout en étant proches de la famille. Les panthères avaient besoin de la compagnie d'autres panthères. Nous n'étions pas faits pour vivre de façon solitaire.

La raison pour laquelle Crane et moi avions voyagé pendant des années, seulement à deux, errants de lieu en lieu, c'était moi. En tant que *reah*, j'étais généralement très convoité. Lorsque je refusais les avances d'un *Semel*, lorsque celui-ci comprenait qu'il n'était pas mon compagnon… les choses tournaient généralement mal. Il voulait me garder. Je voulais partir. Plus d'une fois, je m'étais battu pour ma vie contre quelqu'un qui, dans le feu de l'instant, était convaincu de m'aimer. C'était trop dur de continuer ainsi, alors Crane et moi avions décidé d'éviter toutes les panthères. Normalement, dès que nous prenions conscience qu'il y en avait près de nous, nous disparaissions. Tout avait changé, cependant, le jour où j'avais rencontré Logan Church. Son envie avait été partagée. Dès que je l'avais vu, j'avais aussi ressenti ce besoin.

Juste après le Nouvel An, quelques semaines auparavant, j'avais finalement coincé Koren pour lui demander ce qui s'était passé. Je ne lui trouvais pas l'air heureux, et Domin ne valait pas mieux. Pourquoi s'infligeaient-ils cela ?

La confession de Koren me stupéfia. Il aimait Domin, mais n'était pas sûr d'être prêt à abandonner l'idée d'une compagne et d'enfants nés naturellement, sans avoir besoin de recourir à une mère porteuse. Et même si l'idée d'avoir un compagnon lui plaisait, il aimait aussi ne pas en avoir et être libre, tout particulièrement lorsque le développement de son entreprise immobilière lui donnait l'occasion de voyager régulièrement.

Il n'était pas prêt à fonder un foyer. Plus important, il avait trop peur de s'engager et de se rendre compte que c'était une erreur. Il n'était pas prêt à dire, devant tout le monde, que cette personne était au centre de sa vie et que c'était pour toujours. Logan avait été prêt dès l'instant où il avait posé les yeux sur moi ; Delphine avait décidé que Markel était l'homme de sa vie ; mais pas Koren. Peut-être y avait-il quelqu'un d'autre ailleurs, et cette idée le séduisait. Il était attiré par ce qui se trouvait peut-être dans le pré d'à côté et, comme je m'en doutais, le tournant avait eu lieu lorsque Peter était revenu de Sobec. Il était rentré à la maison et avait avoué à Koren que lorsqu'il avait découvert que son deuxième fils était gay, il avait été dévasté. Cela avait été dur pour lui de voir son premier-né prendre un homme pour compagnon, et lorsqu'il avait découvert que Koren aussi était prêt à le faire, ou pensait à le faire, cela l'avait anéanti. Il voulait des petits-enfants, il voulait assurer sa lignée, et même s'il prétendait garder l'esprit ouvert, en réalité cela avait été douloureux pour lui.

À Sobec, il était allé voir le prêtre pour forcer Logan à prendre une *yareah* et produire des héritiers. Mais avant même que Logan puisse m'informer de l'ultimatum de son père, et m'assurer catégoriquement qu'il n'aurait jamais, jamais d'enfant avec qui que ce soit à part une mère porteuse, je lui avais annoncé que j'avais demandé à sa sœur de me faire le don de la vie. Ensemble, Delphine et moi donnerions naissance au prochain *Semel* de la tribu de Masdet. En tant que patriarche de la famille Church, Peter serait le gardien de la lignée jusqu'à sa mort, et avait donc bien le droit de parler au prêtre. Mais savoir que j'avais demandé à Delphine d'être ma *yareah*, pour m'aider à me reproduire moi, la *reah* stérile, avait été la meilleure nouvelle de l'année pour le vieil homme. Dès qu'il était rentré, il avait partagé son bonheur absolu avec son deuxième fils.

Ce que Koren entendit fut : *tu peux faire ce que tu veux maintenant... Je m'en fiche. Logan va perpétuer la lignée Church avec sa reah ; je me fiche de ce que tu fais ou avec qui.* Et c'était à cet instant que Koren avait compris que ce qu'il voulait était l'approbation de son père. Il voulait que sa vie soit comme il avait toujours imaginé en grandissant. Il voulait exactement la vie que ses parents avaient, et dans ce tableau, il ne pouvait y avoir un autre homme, particulièrement Domin Thorne.

Peut-être.

Ou peut-être que si.

Koren était, encore et toujours, hésitant.

Il ne pouvait pas dire à Domin qu'il le voulait, mais il ne voulait pas que quelqu'un l'ait non plus. Il l'aimait, et bon sang il avait envie de lui, mais le reste... Le reste était compliqué.

Je n'avais même pas pu le regarder en face. Après notre conversation, je m'étais éloigné et, généralement, je me débrouillais toujours pour mettre Yuri entre nous. Personne ne pouvait me parler sans que Yuri leur permette, alors comme je ne voulais pas parler à Koren, je ne lui parlais pas.

— C'est un idiot, avait déclaré Logan alors que nous nous tenions sur le balcon pour regarder Domin déménager.

Même si Koren n'était pas souvent à la maison, c'était tout de même son foyer. Notre *Maahes* avait donc décidé d'acheter un loft juste en bas de la montagne, à King's Beach. Ce n'était qu'à 20 minutes en voiture, mais tout de même, Logan n'appréciait pas.

— Qui est un idiot ? Domin parce qu'il s'en va, ou Koren parce qu'il ne lui demande pas de rester ?

— Domin, avait grogné mon compagnon. Si tu veux quelque chose, il faut te battre pour l'obtenir.

— Oui, mais Domin a attendu que Koren rassemble son courage la première fois et maintenant, c'est retour à la case départ. Combien de fois veux-tu que ton frère piétine le cœur de Domin ?

— Koren va finir par comprendre ce qu'il veut.

— Et à ce moment-là, ce sera trop tard, avais-je répondu les yeux braqués sur la scène en dessous de moi, regardant Domin donner des instructions aux déménageurs.

— Très pessimiste de ta part, s'était moqué Logan en se penchant pour m'embrasser sur la tempe.

— Quelqu'un d'autre va découvrir Domin Thorne, avais-je répondu très sérieusement à mon compagnon. Il est chiant comme tout, mais il est magnifique et extrêmement passionné. Et depuis qu'il est ton *Maahes*, il est aussi loyal et juste. Tu l'as transformé. Ta foi en lui, ta gentillesse, ton acceptation… Il est différent.

— Il a toujours été comme ça, m'avait répondu Logan. Il l'avait juste oublié pendant un moment.

Domin avait été quelqu'un de bien ?

— On parle bien du même homme ?

— Oui.

Je n'avais pas voulu discuter. Je savais que Logan avait été le déclencheur de l'évolution de son *Maahes*, même si lui ne le savait pas.

— Koren est un crétin.

— Pourquoi ne lui dis-tu pas en face ?

J'avais soupiré lourdement avant de me tourner pour regarder mon compagnon.

— Parce que personne ne m'écoute. Ils sont censés m'écouter, mais non. Crane est parti aussi, et Russ… Tout le monde quitte la maison, je déteste ça.

— Je ne te quitterai jamais.

C'était plus rassurant qu'il aurait pu le penser.

— Tu claques des dents, me dit Yuri, me ramenant au présent.

C'était sans doute parce que j'étais gelé intérieurement et extérieurement.

— Je te connais. Je sais que tu es terrifié pour Crane, et que tu as peur que je sois blessé en prenant la revanche que tu souhaites, mais Jin…

Sa voix se brisa, se fit plus basse.

— … je suis le *sheseru* de ma tribu. C'est mon rôle et celui de personne d'autre.

Je me penchai vers l'avant, coudes sur les genoux et visage dans les mains.

— D'accord ?

Je hochai la tête et restai comme ça, avec lui silencieux à côté de moi.

Lorsqu'ils furent prêts à partir, il faisait déjà nuit, et j'étais immobile, en train de penser à Crane. Est-ce qu'il avait peur ? Est-ce qu'il était même conscient ? Est-ce qu'il m'avait appelé lorsqu'ils l'avaient torturé ? Est-ce que, à cet instant même, il voulait que je sois avec lui ? Est-ce qu'il s'était senti impuissant ou abandonné ? Est-ce qu'il avait été violé ?

Tout se bousculait dans ma tête.

Je devenais fou, ce qui n'était bon pour personne, pas juste pour moi. Mon pouvoir, il semblerait, n'était plus simplement contenu à l'intérieur de moi, ou par la transformation. Une partie de celui-ci, comme je l'avais appris à Sobec avant d'être réuni avec Logan, était le pouvoir de la *reah* : la capacité à transmettre ce que nous ressentions. Avant de comprendre quoi que ce soit, j'avais brusquement réussi à remplir une pièce de mes phéromones et de mes émotions. La hausse brutale de mes pouvoirs avait été une surprise, et le prêtre de Chae Rophon m'avait donné une explication : nekhene.

J'étais un nekhene, un chat faucon, le seul de mon espèce. J'étais puissant et personne ne savait à quel point car, à la connaissance d'Hamid, le dernier nekhene avant moi était mort mille ans plus tôt. La capacité du nekhene à se transformer à volonté, de passer d'homme à bête en un clin d'œil, était une chose que nous savions, mais le reste était en cours de recherches.

Le problème, c'était que comme nous ne savions pas, nous ne pouvions pas nous préparer. Jusqu'à maintenant, la seule chose que Logan, moi-même et tout le monde savions avec certitude, c'était que la *reah* en moi prenait le dessus sur le nekhene, alors l'amour de mon compagnon m'ancrait, et lui donnait un moyen de me contrôler. Mais combien de temps cela durerait, ou si cela durerait, était une inconnue. En l'état actuel des choses, malheureusement, comme j'étais une *reah*, mais aussi un nekhene, si j'avais mal et que vous étiez une panthère, vous le saviez parce que vous ressentiez ma douleur comme si c'était la vôtre. Le contrôle habituel que ma famille, mes amis et les autres panthères possédaient sur leurs propres émotions et leurs désirs s'évanouissait, et il ne restait que l'assaut continuel sur leur esprit, un déchaînement constant, jusqu'à ce que la seule solution qui leur reste soit de se transformer en animal.

Une fois les gens transformés en panthère, il ne leur restait plus que cette conscience. Ils pouvaient se retransformer si on leur ordonnait ou si on leur rappelait, car c'était tout simplement une compétence innée. Un *Semel* pouvait ordonner à ses *Khatyu* de se transformer, et cela suffisait à les forcer à le faire. Seules les *reahs* conservaient la conscience d'être des humains même sous forme de panthère. Les *Semels*, les plus forts d'entre nous, conservaient uniquement la conscience de leur compagne, rien de plus. C'était terrifiant de penser que rien qu'avec ma douleur, je pouvais transformer toute une pièce en panthères.

Mais la douleur n'était pas la seule raison pour laquelle les gens se transformaient. La passion, le désir et la convoitise l'étaient aussi. Apparemment, mon odeur, lorsque j'étais plein de mon pouvoir de nekhene, était étourdissante. Et il n'y avait aucune façon de deviner quel serait le déclencheur, ou d'estimer ma réponse. Cela terrifiait Logan. Hamid, qui continuait ses recherches, mais trouvait peu de choses sur les nekhenes, disait que la chose la plus importante à faire pour l'instant, d'après ce qu'il avait lu, c'était de montrer au nekhene le lien qui me liait à mon *Semel*.

La seule raison pour laquelle j'avais réussi à me contenir à la morgue, et de ne pas laisser mon pouvoir se déchaîner, c'était Logan. S'il était là, avec moi, les mains sur ma peau, le nekhene restait sous contrôle. La *reah* que j'étais avant tout était la compagne de Logan, alors le nekhene répondait à la familiarité du lien. Mais si Logan n'était pas assez près pour me toucher, m'embrasser, me molester, la créature sauvage qui habitait mon corps devenait agitée si j'avais mal, j'étais effrayé ou menacé.

Le prêtre m'avait dit avant que je quitte Sobec que quelques-uns des textes anciens parlaient du nekhene non pas comme une panthère, mais plutôt comme d'un pouvoir héréditaire. Mais je savais la vérité ; il s'agissait simplement d'une mutation de vitesse et de taille. Et pourtant... dans toutes les transformations que j'avais vues avant la mienne, la composition de base ne changeait pas, seule la musculature se modifiait. Mais maintenant, je me transformais en quelque chose d'absolument autre. Il était donc logique que le nekhene soit un pouvoir, et pas seulement quelque chose de biologique. Comment était-ce possible ? Nos transformations n'étaient pas de la magie, alors le pouvoir du nekhene aurait dû être du même genre, quelque chose qu'il était possible d'expliquer rationnellement. Chaque jour, je réfléchissais à ce qui était logique, rationnel et scientifique. Et chaque jour, tout avait de moins en moins de sens. Parfois, ma peau était tout ce qui m'empêchait d'exploser en mille morceaux.

— Jin.

Et lorsque je n'avais pas l'impression d'être moi, je perdais un petit peu la tête.

— S'il te plaît, Jin, entendis-je Yuri chuchoter à côté de moi. Essaie de respirer. S'il te plaît, calme-toi.

J'avais du mal à me concentrer et à ignorer ce qui avait attiré le pouvoir du nekhene à la surface.

— Jin !

Entendre quelqu'un crier mon nom me ramena soudain à la réalité, et au même moment je me rendis compte que mon cœur battait à mes oreilles et que j'avais du mal à respirer.

— Tu me rends malade, gronda Mikhail depuis l'autre côté de la pièce. S'il te plaît, Jin, respire.

Je me levai et marchai jusqu'à la baie vitrée et me tint là, le front pressé contre le verre.

— Qu'est-ce qui se… Oh, s'étrangla Delphine derrière moi. Je crois que je vais me transformer.

J'entendis des bruits de pas dans la pièce, puis la porte d'entrée s'ouvrir, heurter le mur violemment, et Yuri appeler son *Semel* en rugissant.

D'autres personnes étaient proches ; j'avais conscience de leur présence, mais mes yeux étaient fermés, car la douleur montait en moi, de plus en plus grande et de plus en plus étouffante.

— Qu'est-ce qui se… Jin !

J'entendis Logan dire mon nom, je le sentis se rapprocher de moi.

— Logan, dit Taj, fais quelque chose. J'ai l'impression que je vais m'arracher la peau.

— Je…

Mikhail eut un haut-le-cœur.

— … je vais me transformer. Je le sens.

— Logan, haleta Yuri, et je pouvais entendre son poing frapper lentement contre le mur. S'il te plaît, je ne peux pas… Je vais me transformer aussi.

— Jin !

Lorsque je sentis la main de Logan dans mes cheveux, je tentai de m'éloigner, mais il était plus fort. Il m'attrapa fermement, ne me laissant pas bouger.

— Arrête, ordonna-t-il sèchement. Tu crois que si je te touche, tu vas craquer, mais ce n'est pas vrai.

Je ne me retournai pas pour le voir.

Il tira brutalement sur mes cheveux, pencha ma tête en arrière tout en enroulant son autre main autour de ma gorge. Sa bouche était près de mon oreille.

— Tu vas te soumettre à moi parce que je suis plus fort que toi.

Je respirai profondément, tremblant, et sentis quelque chose au plus profond de moi réfléchir. Je pouvais presque imaginer le lent battement d'une queue de félin bruissant dans l'air comme un pendule, réfléchissant…

25

— Tu es à moi. Et ta peine est à moi aussi. Donne-la-moi, ma *Reah*.

Mais comment le pouvais-je ? Il m'abandonnait, et je devais rejoindre Crane.

— Stop, ordonna-t-il.

J'essayai de me libérer de sa prise.

Un grondement sortit de sa gorge avant qu'il penche ma tête vers l'avant, repoussant mes cheveux pour dénuder mon épaule, et enfonce ses crocs dans le creux de mon cou.

J'eus un soubresaut et un sanglot s'échappa de ma poitrine.

Il était le plus fort, j'étais le plus faible, et je me calmai parce qu'il avait réaffirmé ma place à ses côtés, dans ma tribu. Mon monde se stabilisa. Je pus respirer.

Nous restâmes là, figés, et après de longues minutes, il retira doucement ses crocs de mon cou. Il lécha le sang qui coulait de la plaie qu'il avait faite, et embrassa et suça ma peau.

— Tu es à moi, me dit-il en frottant son menton, sa joue, sur mon épaule, marquant toute ma peau de son odeur. Tu es à moi.

Je me tortillai pour me retourner et enfouir mon visage contre sa poitrine. Ses bras s'enroulèrent autour de moi, et il cala ma tête sous son menton. Je tremblais comme une feuille, m'agrippais à lui comme à une bouée de sauvetage.

— Mon cœur, tu n'as pas dormi depuis des jours. Laisse-moi te mettre au lit. Il faut que tu dormes. Tu dois fermer les yeux. Je suis là. Je serai toujours là. Tu seras toujours à moi.

— Oh bon sang, merci, s'exclama Delphine.

Je l'entendis se laisser tomber par terre.

— Putain, gémit Mikhail.

J'ouvris les yeux à temps pour le voir se laisser glisser le long du mur pour s'asseoir, genoux repliés devant lui, l'air complètement épuisé.

— Merci Logan, murmura Markel.

Yuri prit une profonde inspiration.

— Repose-toi, Jin, entendis-je Mikhail murmurer. S'il te plaît.

— Ouais, marmonna Taj. S'il te plaît.

J'inspirai l'odeur de Logan et me concentrai sur les battements de son cœur. J'aurais aimé pouvoir m'allonger avec lui, contre lui.

— Quand je reviendrai avec ton *Beset*, ma *Reah*, je serai tout à toi.

Je n'avais que sa promesse pour me réconforter.

III

Delphine me réveilla le lendemain matin et m'apporta le téléphone sans fil.

— Qui est-ce ? demandai-je.

Logan ou un de mes proches aurait appelé sur mon portable. Il devait s'agir de quelqu'un d'autre.

— Je ne suis pas sûre, dit-elle en plissant les yeux pour me regarder, la main sur mon visage. Mais je crois que c'est peut-être quelqu'un qui connaît Russ.

Quelqu'un qui connaissait le petit frère de Logan ?

— Russ ? dis-je en collant le téléphone contre mon oreille. Allô ?

— Bonjour, est-ce que je pourrais parler à Jin ?

— C'est moi, qui êtes-vous ?

— Vraiment ?

— Oui, répondis-je hargneusement.

— Pardon, je suis désolée, répondit la femme avec empressement. C'est simplement que je pensais qu'un nom comme Jin était un raccourci de Ginger ou quelque chose comme ça.

— Je suis désolé, qui êtes-vous ?

— Non, c'est moi, je suis Samantha Ritter... Vous savez, Samantha. Samantha... Russ... Samantha...

— Il m'a dit qu'il vous avait parlé de moi ?

Il m'avait parlé de... zut !

— Oh !

Je m'assis dans le lit. Pour la première fois depuis des jours, mon univers n'était plus centré uniquement sur Crane.

— Oui, il m'a parlé de vous. Comment allez-vous, Samantha ?

— En fait, je ne vais pas très bien. Russ n'est pas rentré à la maison depuis quelques jours, et la police a trouvé sa voiture ce matin. D'après ce qu'ils disent, on dirait qu'il a été attaqué par un animal.

Merde.

— J'essayais vraiment de ne pas paniquer, et les gens me disaient qu'il était sans doute sorti avec des amis et qu'il avait perdu la notion du temps, mais j'ai vérifié auprès de tout le monde et personne ne l'a vu. Mon Dieu, je ne sais pas quoi penser.

Elle parlait en continu parce qu'elle était terrifiée, ce que je comprenais.

— J'ai appelé la police, maintenant ils ne sont plus sûrs, parce que je crois qu'ils pensaient qu'il était simplement parti faire des trucs, mais ce n'est pas le genre de Russ, il est tellement mature, vous savez ? Mais maintenant, avec sa voiture et tout, c'est juste… Et il a dit que si quelque chose d'étrange lui arrivait un jour – je sais c'est bizarre, mais c'est ce qu'il m'a dit – il m'a dit de vous appeler.

— D'accord. Samantha, est-ce que Russ vous a dit où il allait le soir où il n'est pas rentré ?

— Oui, il devait aller voir un type appelé Blake… Blake Dempsey.

J'éloignai le téléphone de ma bouche et couvris le récepteur avec ma main.

— Delph !

Elle ne se retourna pas.

— Delph !

Rien.

Je retirai une chaussette, la roulai en boule, et la fit rebondir sur l'arrière de sa tête.

Elle arrêta de regarder à l'extérieur et se retourna vers moi.

— Mais qu'est-ce qui te…

— J'ai besoin de toi, chuchotai-je impérieusement, tendant à un doigt vers mon ordinateur qui se trouvait sur mon bureau.

— Quoi ?

Elle gloussait maintenant, car j'étais certainement ce qu'elle avait vu de moins impressionnant de sa vie. Au lit, les cheveux ébouriffés, à peine réveillé… Des bébés lapins étaient sans doute plus effrayants.

— Regarde la liste qui est sur mon bureau. Tu peux me dire qui est le *Semel* de Los Angeles ?

— Le *Semel* de Los Angeles ? demanda-t-elle en tirant la chaise avant de s'asseoir. Pourquoi ?

— Fais-le, c'est tout, jetai-je.

— Jin ?

— Oui, je suis là, répondis-je doucement. Alors, Samantha, est-ce que vous avez la moindre idée de ce dont Russ devait discuter avec Monsieur Dempsey ?

— Non, il a dit qu'il n'en aurait pas pour longtemps. Il fallait qu'il éclaircisse un malentendu avec un de nos amis, Jimmy Tamaki.

Je m'éclaircis la gorge.

— Qu'est-ce que Jimmy avait fait ?

— Je ne sais même pas, c'est très flou de ce que j'en sais. Jimmy et Russ sont allés courir ensemble, et quelque chose a changé, ils se sont retrouvés dans un quartier bizarre et se sont battus. C'est vraiment très étrange parce que ni l'un ni l'autre ne sont du genre homme des cavernes, vous voyez ? Russ et Jamie travaillent dans le même studio d'animation, franchement !

Je voyais exactement ce qui s'était passé. Russ, qui n'avait jamais voulu avoir quelque chose à faire avec le monde des panthères avait, par le plus grand des hasards, trouvé un autre félin. Les deux hommes s'étaient transformés et étaient allés courir. Malheureusement, ils avaient pénétré sur le territoire de quelqu'un sans autorisation et se trouvaient probablement dans les ennuis jusqu'au cou.

Avant la Fête de la Vallée cet été, Russ était allé à Los Angeles pour un séminaire de recrutement et avait enfin réussi à décrocher un job chez Ironwood Studios, une entreprise qui était censée être le prochain Pixar. Il était terrifié et excité, mais surtout heureux de pouvoir s'éloigner de sa famille. Ce qu'il fallait savoir sur Russ Church, le plus jeune des frères de Logan, c'est qu'il haïssait le fait d'être une panthère. Il trouvait notre culture barbare, et pensait que tout le monde devrait simplement faire de son mieux pour ne jamais se transformer et vivre comme des humains, rien de plus.

Il avait donc déménagé à LA, allant à l'encontre des ordres exprès de Logan, et lui avait dit qu'il ne voulait pas que Logan parle au *Semel* de Los Angeles, où l'informe même de sa présence là-bas. Russ n'était pas un *Semel*, c'était une panthère banale, personne ne saurait qu'il était là à moins qu'il se transforme, et cela n'arriverait jamais. Lorsqu'il était parti, il s'était disputé avec son père et Peter lui avait lancé que c'était pour cette raison qu'il n'avait même jamais pensé à demander à Russ de perpétuer la lignée Church. Russ était faible, car il haïssait son héritage. Ils avaient encore hurlé un peu, puis Russ avait dit à son père d'aller au diable et Peter était sorti de la maison en claquant la porte. Cela avait été une rude journée.

J'avais suivi Russ lorsqu'il était sorti, l'avais attrapé par le bras, et l'avais retourné face à moi. En une seconde, il avait laissé tomber ses bagages et s'était jeté sur moi pour me serrer contre lui.

— Jure-moi que tu m'appelleras, lui avais-je dit. Envoie-moi des e-mails et tiens-moi au courant de ce qui se passe.

— Promis, Jin, mais tu ne peux pas me rendre visite. Moi je ne suis rien, mais toi, tu es une *reah*, ou un nekhene, quel que soit ce que tu es… Les autres panthères sauront que tu es là. Je ne veux pas que qui que ce soit découvre que mon frère est *Semel-netjer*. Je me retrouverais plongé dans toutes ces conneries. Ce que je veux dire, c'est que même toi tu ne comprends pas à quel point je veux simplement être un type normal. Simplement un type qui vit sa vie à Los Angeles.

— Non, je comprends.

— Je déteste l'arène, je déteste Mikhail…

— Tu détestes Mikhail ? m'étais-je moqué.

— Oui ! Je les déteste tous ! Je déteste Yuri ! Je déteste Markel et Ivan, et je déteste Logan. Je sais que tu l'aimes, mais merde ! Je déteste les rassemblements, je déteste les chasses, et je déteste que mon père prône cette putain de loi et surtout, je déteste le fait qu'on ne puisse jamais avoir dans notre vie quelqu'un qui ne soit pas une panthère. C'est n'importe quoi ! Je veux rencontrer une gentille fille, l'épouser, et avoir des bébés absolument normaux, ennuyeux, mais en bonne santé et sans crocs et griffes. Je veux simplement être humain.

— Je comprends.

Je lui avais souri.

— Tu comprends parce que c'était ce que tu voulais aussi avant.

— Oui, avant.

— Alors je vais trouver une chouette fille et je ne verrai plus jamais ma famille stupide à moins qu'ils m'acceptent pour ce que je suis.

— C'est bon, tu as fini ?

Il m'avait souri.

— Tu vas vraiment me manquer.

Je l'avais encore serré contre moi, et il avait posé sa tête contre mon épaule.

— Tu sens toujours tellement bon, avait-il grondé et je l'avais repoussé. Je ne dis pas que je veux coucher avec toi.

J'avais hoché la tête.

— Mais tu vois, je pourrais être attaqué parce que je manque de respect au compagnon de mon frère.

— Non, ce n'est pas vrai.

Il avait grogné, balancé ses derniers sacs à l'avant de son Audi, et était parti en tirant derrière lui la remorque qu'il avait louée. J'avais envoyé Crane lui rendre visite un mois plus tard, et j'avais obtenu des vidéos d'un loft très sympathique qu'il partageait avec la jolie Samantha, une programmeuse. Ils s'étaient embrassés devant la caméra, Crane avait haussé un sourcil de manière suggestive, et cela n'était pas allé plus loin. Lorsque Crane était revenu de sa mission secrète, nous n'en avions pas parlé à Logan. Il m'avait rapporté que Russ avait l'air heureux – était heureux – et que tout allait bien. Russ n'était pas rentré pour Noël ; à la place, ils étaient allés voir la famille de Samantha, mais Éva, Delphine et Markel étaient allés en Californie pour le Nouvel An et avaient emporté assez de nourriture et de cadeaux pour une petite armée. Samantha avait apparemment adoré ses cadeaux, ainsi que la mère, la sœur et le beau-frère de Russ. Ils n'étaient restés que trois jours. Markel ne pensait pas que rester plus longtemps serait prudent. Russ leur avait dit de ne pas mentionner les panthères. Et maintenant, moins de trois semaines plus tard, il avait disparu.

— Alors Jin, vous pensez que vous pourrez venir m'aider à trouver Russ ? La police ne sait même pas par où commencer.

— Bien sûr.

— Mon Dieu, merci. Vous, sa mère et sa sœur, vous êtes les seuls dont il parle lorsqu'il parle de chez lui, vous savez ? J'aimerais beaucoup vous rendre visite, mais il ne veut pas… Et je suis vraiment folle de lui, il est si beau et intelligent, amusant et… oh mon Dieu si je le perds, je…

— Je vais régler ça, ne vous inquiétez pas.

— Oh, merci.

— Je vous appellerai en arrivant.

— Merci Jin, dit-elle avant de raccrocher.

— Pardon, où est-ce que tu vas exactement ?

Delphine m'examinait curieusement.

— Ton frère a des ennuis.

— Lequel ?

— Ruslan.

Je lui fis un sourire en coin.

— Oh merde.

— Oh oui, grognai-je avant de sortir du lit et de traverser la pièce pour me placer à côté d'elle.

Elle pointa l'écran.

— On dirait qu'il y a un Miguel Garcia à Los Angeles.

31

— Garcia ? Pas Dempsey ?

— Il y a un numéro. Je peux appeler son *sylvan*.

— Laisse tomber, fais juste tes bagages.

— Mes bagages ? Moi ?

— Oui. Toi et moi, nous allons à L.A.

— Comment ?

— Comment ça comment ?

— Je veux dire, comment est-ce que tu as prévu de sortir de la propriété ?

— Tu…

— Pas moi, dit-elle avec un grand sourire. Je peux m'en aller quand je veux. C'est toi qui es assigné à résidence, très cher.

— Mais c'est grâce à toi que nous allons sortir de là, lui assurais-je.

— Comment ?

— Mets tes vêtements de sport, prends ta voiture et sors de la propriété. Elle me fixa.

— Je vais faire un sac et le laisser tomber par le balcon, puis j'irai courir. Pendant que tout le monde essaiera de décider qui va avec moi, tu prendras le sac et tu le mettras dans ta voiture. Une fois sortie de la propriété, on s'arrache.

— Jin, ils ne te laisseront jamais sortir de la propriété. Ils te suivront et…

Je haussai un sourcil.

— Oh, dit-elle avant de hocher la tête. C'est vrai. Ils n'arriveront pas à te suivre.

— Taj est le seul qui va aussi vite que moi, et il est parti.

— Logan aussi.

— Pendant un petit moment.

Je ravalai mes sentiments.

Elle hocha la tête.

— Okay. Où est-ce que je te retrouve ?

— Un kilomètre plus bas.

— Cela va te prendre combien de temps ?

Je fis le beau, et elle pouffa.

— Il va nous écorcher tous les deux, tu sais ?

Un frisson me traversa, et ses yeux se remplirent de larmes lorsque je lui permis, pour un instant, de sentir l'étendue de ma douleur.

— Oh, Jin, gémit-elle.

Je pris une profonde inspiration pour me calmer.

— Il m'a laissé ici, et tout ce que je voulais, c'était aller voir Crane. Il m'a interdit d'aller avec lui et je comprends pourquoi, vraiment, mais rester ici… Je vais devenir fou. Et Russ a besoin de nous. Si c'est Logan qui sauve Crane, alors toi et moi nous sauverons Russ.

Elle hocha la tête, inspirant profondément.

— Okay.

— Tu n'es pas inquiète pour lui ? Tu ne crois pas qu'il faut y aller ?

— Si.

— Alors allons-y.

Elle se tourna vers la porte.

— Mince.

— Quoi ?

Elle se retourna vers moi.

— Markel.

— Oh, non, c'est bon ; il travaille sur une nouvelle œuvre pour son vernissage la semaine prochaine, alors il est dans son atelier matin, midi et soir.

— Alors il ne remarquera même pas que tu es partie.

— Probablement pas.

— Tant mieux. On y va. Il aura plus de temps pour travailler sans toi pour le harceler sexuellement.

— Exactement.

C'était bouclé.

Et deux heures plus tard, notre évasion se déroula sans accroc. Je la retrouvai, seule dans sa Lexus, à un kilomètre des portes principales de la propriété. Elle avait des vêtements et des chaussures pour moi, et un grand sourire. Ivan, qui gardait la porte principale, avait laissé Delphine passer pour aller faire du sport sans poser de questions. Il n'avait même pas vérifié combien de sacs se trouvaient dans le coffre de la voiture. Pourquoi l'aurait-il fait ?

Je m'étais transformé, officiellement pour faire de l'exercice, et Artem, le second de Yuri, ainsi que trois autres panthères avaient commencé à courir avec moi. Je les avais semés au bout de cinq minutes,

À l'aéroport, je payai les deux allers simples pour Los Angeles en liquide. J'avais pris une liasse de billets dans le coffre de ma chambre et l'avais donnée à Delphine. Lorsque l'avion commença à rouler le long de la piste, j'eus enfin l'impression de pouvoir respirer.

L'AIR FROID de janvier sentait bon, avec une légère odeur de sel qui m'apaisait et il ne faisait pas aussi froid à Santa Monica que dans le Nevada. Delphine avait utilisé son téléphone pour nous réserver une chambre au motel *SURFRIDER* sur Ocean Avenue. Je conduisis jusque-là après avoir utilisé sa carte pour louer une voiture à l'aéroport. Une fois installés à l'hôtel en ayant chacun mis le grappin sur un des deux lits jumeaux, nous abandonnâmes nos affaires et Delphine nous amena jusqu'au loft de Russ.

Il vivait dans une rue perpendiculaire à la quatrième, et Delphine me dit que lorsque nous l'aurions retrouvé, nous devrions tous aller manger des crêpes dans le restaurant où il l'avait emmenée la dernière fois qu'elle était venue. Pour elle, il n'y avait aucun doute que tout se terminerait bien. À dix-huit heures cet après-midi-là, je toquai à la porte de Russ.

La femme qui nous ouvrit était essoufflée

— Oui ?

— Rebonjour.

Delphine lui sourit et me poussa pour entrer.

— Tu te souviens de moi ?

— Oh mon Dieu.

Samantha soupira et se jeta dans les bras de Delphine.

— J'avais tellement envie de t'appeler, mais Russ a été très spécifique. Il m'a dit que si quelque chose lui arrivait un jour, je devrais appeler Jin, pas toi. Et je ne sais pas pourquoi, mais il était *si* insistant et maintenant... Oh mon dieu, merci d'être venue !

Les deux femmes se serrèrent dans les bras l'une de l'autre avec ferveur. Doucement, Samantha se calma assez pour me rencontrer. Elle m'évalua du regard.

— C'est vraiment bien de pouvoir vous parler en personne. Russ n'arrête pas de parler de vous.

— Eh bien, moi aussi je ne déteste pas.

Elle hocha frénétiquement la tête, les yeux remplis de larmes

— Je ne sais pas quoi faire.

Moi je savais.

— Samantha, ce que vous pourriez nous dire où Russ est allé rencontrer Monsieur Dempsey ?

— Bien sûr.

Après avoir quitté l'appartement, promettant à Samantha de l'appeler et de la tenir au courant dans quelques heures, je dis à Delphine qu'il était temps maintenant de regarder à nouveau la liste.

— C'est une ville immense, dis-je à Delphine lorsque nous fûmes à nouveau dans la voiture, une Dodge Neon, avec moi au volant cette fois. Je parie que le *Semel* de cet endroit à un *Maahes* et plusieurs *Aker*s sous lui, ce n'est pas possible autrement.

— Oh, Jin, dit-elle en grimaçant. Je n'ai rien compris à ce que tu viens de dire.

— Sur quoi ?

— Qu'est-ce qu'un *Aker* ?

Je la regardai, incrédule.

— Quoi ? répondit-elle sèchement. Nous sommes juste… Notre tribu n'est pas comme ça, Jin, tu le sais. Koren, Russ, et moi n'avons pas reçu de formation officielle sur les lois des panthères et tout le tintouin. Il n'y a que Logan, et même lui n'en connaissait pas assez. Jusqu'à ce qu'il fasse de Domin son *Maahes*, je n'avais même pas idée que ça existait.

Domin.

— Il va te tuer lorsqu'il découvrira que tu es parti.

— Eh bien, je suppose que j'ai de la chance qu'il n'habite plus à la maison maintenant.

Elle fit la grimace

— Il me manque.

— Moi aussi.

— J'ai horreur de ça.

— Quoi ?

— Rien.

— Dis-le.

— Non, je… C'est juste nul

— Qu'est-ce qui est nul ? Domin et Koren ?

— Oui, soupira-t-elle en se tournant enfin vers moi au lieu de regarder par la fenêtre.

Ses yeux étaient rouges.

— Oh, ne pleure pas ma chérie. Ils vont trouver une solution.

— Jin, je m'en fous. Honnêtement, j'espère que Koren rentrera d'un de ses voyages d'affaires un jour pour découvrir que Domin a un compagnon et projette d'adopter plein d'enfants. Ça lui ferait les pieds de perdre l'amour de sa vie parce qu'il est trop lâche pour l'assumer.

35

Je ravalai un rire.

— Vraiment ? C'est de ton frère que tu parles.

— Je sais, mais regarde mes frères : il y a Logan, qui sait exactement qui il est et ce qu'il veut, et Russ, qui est du même genre, si on y réfléchit. Et puis il y a… Koren, conclut-elle avec dégoût.

Je me mis à rire.

— C'est un crétin sans rien dans le pantalon !

— Il aime vraiment Domin.

— Je n'en suis pas sûre.

— Delph, tu sais que si.

— S'il l'aimait, il serait capable de s'engager.

— Il est bisexuel, il ne sait pas vraiment ce qu'il veut.

— Être bi n'a rien à voir avec tout ça, et d'ailleurs… Bisexuel, mon cul ! Je ne l'ai jamais vu s'éclairer comme il le fait lorsque Domin entre dans une pièce. Il fond. Je ne fais pas des yeux de merlan frit pareils, et je suis une fille !

— Tu en es sûre ! Vraiment ?

Elle me donna un coup dans la jambe, ce qui me fit rire plus fort.

— Bon sang, Jin, pourquoi est-ce que Koren est aussi stupide ? Il ne sait pas par qui il veut se faire sauter, et c'est tout, déclara-t-elle avec dégoût. Il a tellement peur de prendre un risque, il est terrifié de ce que mon père va penser, et il ne veut pas risquer de perdre cette idée de la parfaite famille qu'il a dans la tête. Il est absolument terrifié à l'idée de faire un choix, juste au cas où il se serait trompé. Alors il ne fait rien, il se maintient péniblement sur le fil et il ne saute pas.

— Oh, c'est très profond ça.

— Je dis simplement qu'il a peur de faire comme Logan, gronda-t-elle, et de dire à tout le monde d'aller se faire voir parce que cette personne est celle qu'il aime, acceptez-le ou dégagez.

— Et maintenant tu es une gangsta ?

— Bon sang, je te déteste !

Je ris encore plus fort et elle me poussa, ce qui était dangereux au volant.

— En parlant de Koren, dis-je, où était-il quand tu es partie ?

— Il n'était pas là. Il n'est pas en déplacement ?

— Non.

— Oh, c'est vrai. Si Logan n'est pas là, il ne peut pas bouger.

Je hochai la tête

— C'est comme le président et le vice-président, ils ne peuvent pas être tous les deux au même endroit au même moment, ou tous les deux hors de la maison. Il faut qu'il y en ait un de protégé, que ce soient le *Semel* ou l'héritier.

— Mais où est-ce qu'il était alors ? me demanda-t-elle.

Je n'en avais aucune idée. Je n'avais même pas pensé à lui en préparant notre évasion. Pourquoi ? Pourquoi est-ce que...

— Oh, je sais, dit-elle rapidement. Il devait aller à la cérémonie d'accouplement d'Avery, tu te souviens ?

— Oh mince, grognais je, c'était ce soir.

Je me souvenais seulement maintenant que Christophe Danvers, le *Semel* de Reno, nous avait invités Logan et moi à assister à la cérémonie d'accouplement de son *sheseru*, Avery Cadim.

— Je sais qu'Avery voulait que toi et Logan soyez là, mais puisque Logan était parti et que tu étais assigné à résidence, Domin a dû y aller, et Koren aussi...

Elle s'arrêta, en faisant une grimace.

— Je parie qu'ils sont assis sans rien dire ou qu'ils se fusillent du regard.

— Ou Koren danse avec toutes les jolies filles et Domin est juste triste.

Soudain, je compris ce qu'elle avait dit plus tôt. Je ne voulais pas que Domin soit triste ou seul. Il ne méritait pas de rester dans l'attente, ou d'être oublié. Vraiment pas. Je voulais qu'il trouve le bon. Un homme intelligent, fort, capable de supporter ses conneries sans flancher. J'avais cru que ce serait Koren, mais apparemment je m'étais trompé. Nous nous étions tous trompés. Et maintenant je voulais un prince pour le prince de ma tribu.

— J'espère qu'il n'est pas triste.

Il y avait plus inquiétant. Je connaissais assez bien Domin pour savoir qu'il avait une énorme tendance à l'autodestruction et qu'il aimait repousser ses limites. J'avais discuté avec Ivan, son ancien *sylvan*, et Markel, et j'avais compris à quel point Domin avait filé un mauvais coton autrefois. Je ne voulais pas qu'il retombe dans ses vieilles habitudes et se mette en danger ; je ne voulais pas perdre l'homme que Logan avait fait de lui simplement parce qu'il avait le cœur brisé. Lorsque je l'avais vu quelques fois, à l'automne, à Noël, au Nouvel An, et une autre fois il y avait un peu moins d'une semaine, il y avait en lui une dureté que j'avais vue lorsque nous nous étions rencontrés pour la première fois, et qui avait depuis disparue. Je m'étais inquiété, mais ensuite il était venu avec Yuri, Logan et moi à la morgue, et il avait eu l'air calme, équilibré. Je voulais lui parler, mais nous n'avions jamais vraiment été amis.

— Il faudra que l'on garde tous un œil sur Domin, dis-je à Delphine. Elle me sourit.

— Ce n'est pas bizarre que nous puissions même songer à ça ?

Ça l'était vraiment.

— Tu sais, si Koren se décidait à arrêter ses conneries, tous mes frères seraient bien partis. Même si Russ est un peu idiot aussi.

— C'était sans doute juste une erreur.

— Oups, j'avais oublié que je ne devais pas me transformer. Zut alors.

Je lui souris.

— Il n'aurait pas besoin de s'inquiéter s'il n'essayait pas de tourner le dos à toute sa culture.

— Eh bien, apparemment il veut choisir quelles parties en garder.

Je lui avais expliqué ce que je croyais être arrivé lorsque nous étions dans l'avion.

— C'est vrai que c'est super intelligent. Enfin, bon sang Jin, ce n'est pas possible de garder les parties qui te plaisent et de dire va te faire foutre à celles dont tu ne veux pas. Je vais l'étriper.

Et elle était certaine, sans l'ombre d'un doute, qu'elle en aurait l'occasion. J'espérais vraiment qu'elle avait raison.

IV

— Alors, déclara Delphine pendant que nous marchions vers le bistro italien où Russ était allé rencontrer Blake Dempsey deux jours plus tôt. Dis-moi ce qu'est un *Aker* maintenant.

Je me retournai lentement vers elle.

— Quoi ?

— Tu étais sérieuse ?

— Oui j'étais sérieuse. Explique-moi, allez.

Je levai les yeux au ciel et reçus un coup sur le bras en représailles.

— Tu es censée faire preuve de respect envers moi, lui dis-je.

— Je ne suis pas au courant, répliqua-t-elle.

— Très bien. Dans les grandes tribus, qui ont soit un énorme territoire soit beaucoup de membres, il y a généralement un *Maahes*, un prince, et sous lui des *Aker*s. Il y a normalement un manu et un bakhu, toujours en nombres pairs, et qui commandent toujours par deux. Donc il y a par exemple, deux personnes ici, deux là, ou quelque chose du genre. Ils font leurs rapports à un *Maahes* qui, à son tour, comme tu le sais, fait son rapport au *Semel*.

— Donc ce sont comme un *sheseru* et un *sylvan*, mais ils ne dépendent pas du *Semel*, mais du *Maahes*.

— Oui, sauf que ce n'est pas un poste que l'on choisit. Il faut se battre pour l'avoir. Il faut se battre dans l'arène, et le plus fort gagne et peut être défié à tout instant.

— Donc, si je veux être un manu ou un bakhu et que je pense être plus fort que le type ou la fille qui a le titre actuellement, je le dis juste à mon *Maahes* et il nous envoie dans l'arène ?

— Exactement

— C'est barbare.

— C'est la loi du plus fort.

— Mais les rôles de *sylvan* et de *sheseru* ne sont pas nommés comme ça.

— Le *Semel* choisit le plus fort lorsqu'il choisit son *sheseru*, et le plus intelligent pour son *sylvan*. S'il décide que quelqu'un d'autre est plus fort ou plus intelligent, il les remplace.

Elle se tourna pour me regarder.

— Tu plaisantes ?

— Non.

Je lui souris.

— Je n'avais pas idée que Logan pouvait remplacer Mikhail ou Yuri s'il en avait envie.

Je secouai la tête et elle me poussa malicieusement.

— Mais alors comment expliques-tu le lien entre un *sheseru* et une *reah* ? Yuri n'aurait plus ce lien si Logan le remplaçait ?

— Si, parce que c'est inscrit dans son cerveau animal. Ce n'est pas logique, c'est primaire. Yuri est le plus fort après son *Semel*, et comme il est le plus fort il protège le compagnon de son chef. C'est inscrit dans la partie de son cerveau qui n'a rien avoir avec lui en tant qu'homme et tout à voir avec lui en tant que panthère.

— Je suppose que je ne fais pas de différence parce que, quand je suis une panthère, ce que je déteste d'ailleurs, je n'ai pas vraiment conscience d'être une panthère. Je ne peux pas vivre cette expérience à travers mes yeux humains comme toi et Logan pouvez le faire, je suppose. Je deviens juste un animal.

— Logan ne peut pas.

— Il ne peut pas ?

Elle était surprise.

— Je croyais qu'il pouvait ?

Je secouai la tête.

— Quand Logan est une panthère, il me connaît, c'est tout ce que ce son cerveau est capable de lui dire. Enfin, c'est comme toutes les panthères, il ne va pas attaquer un félin qu'il connaît ou dont il a déjà senti l'odeur, mais si un autre félin essayait de s'approcher de moi lorsqu'il est transformé, il le massacrerait.

— N'importe qui

— N'importe qui, lui assurai-je.

— Waouh.

— C'est pour ça qu'il y a une immense liste de précautions à prendre avec un *Semel* et sa véritable compagne, et que ce ne sont pas les mêmes que s'il avait une *yareah*.

Elle hocha la tête.

— Mais oui, quand il est sous forme de panthère, Logan n'a pas plus conscience que toi de qui il est.

Elle expira violemment.

— Quoi ?

— Je… Je pensais juste qu'il était comme toi.

Je secouai la tête.

— Alors tu es encore plus extraordinaire.

— Comment ça ?

— Jin, quand tu te transformes, tu es toujours toi. Quand je me transforme, je suis comme un animal sauvage sans aucune attache. Je pourrais tuer Markel et ne pas m'en rendre compte.

Je gloussai.

— Mais non.

— Non ?

Elle semblait si pleine d'espoir, comme si elle n'y avait jamais pensé.

— Je ne lui ferais pas de mal ?

Me voir sourire lui fit faire de même.

— Même si tu crois que tu es juste un animal quand tu te transformes, tu n'en es pas un.

— Non ?

— Non. Toutes les panthères font des choix, même lorsqu'elles sont sous leur forme animale. Tu décides de tuer ou pas, d'attaquer ou pas, de te battre ou pas, de t'enfuir. Tu ne ferais jamais de mal à Markel parce que tu reconnais son odeur. Tu le reconnaîtrais à tous les coups, qu'il soit humain ou panthère.

— Vraiment ?

J'acquiesçai.

— Mais Logan serait prêt à me tuer, ou Markel, si nous étions proche de toi quand il est transformé.

— Oui.

— Je ne comprends pas.

— Les *Semels* et les *reahs* sont compagnons pour la vie.

— Oui ? Et ?

— Alors le lien est différent. Cela fonctionne à un niveau qui n'est pas le même que lorsqu'un *Semel* prend une *yareah* ou que lorsque deux panthères normales s'accouplent.

— Alors ce que tu dis, c'est que si Logan était accouplé à une *yareah*, je pourrais être proche d'elle lorsqu'il est transformé et cela ne lui ferait rien.

— Probablement pas.

— Mais toi, comme tu es son véritable compagnon, ça le rendrait dingue.

— Oui.

Elle essaya d'assimiler tout cela.

— D'accord, alors revenons aux panthères normales. Les félins qui ont attaqué Logan lorsque Domin avait une tribu, ils ont fait le choix conscient d'essayer de le tuer ?

— Oui.

— Et Logan leur a pardonné, juste comme ça ?

— C'est parce qu'ils suivaient les ordres de leurs *Semel*, lui dis-je. On ne punit pas la loyauté.

— Et la nuit où tu m'as sauvé de Markel, ça fait presque deux ans maintenant, il aurait pu me tuer et ne même pas le savoir parce qu'il ne me connaissait pas à l'époque.

— Markel était un *sheseru*, donc il est plus fort que toi, il se contrôle mieux. Il n'a jamais eu l'intention de te tuer, il essayait de t'effrayer et il savait qui tu étais. La cible était Logan, pas toi.

— Mais si Markel ne me connaissait pas, s'il avait juste été là, tranquille sur son territoire, et que j'étais arrivée. Il m'aurait attaquée et tuée ?

— S'il ne t'avait jamais vue de sa vie, cela serait resté une décision qu'il aurait prise, de t'attaquer ou de te faire du mal. Aucune panthère n'est purement animale. Même lorsqu'elles attaquent volontairement, les panthères gardent leur humanité.

— Je suis perdue.

— Eh bien, certains *Semels* ordonnent à leurs *Khatyus*, leurs combattants, de se transformer en panthère et de rester comme ça pendant une semaine ou plus avant un défi dans l'arène.

— Ça n'a pas de sens. Un *Semel* voudrait que son combattant se batte de manière intelligente, pas animale.

— Tu vois, tu penses comme un chef, pas comme une brute.

— Bon sang !

— Qu'est-ce qu'il y a ?

— Tu vois, je comprends pourquoi Russ déteste toutes ces conneries. C'est dingue. Enfin, c'est déjà assez compliqué de vivre sa vie en tant qu'humain, et quand tu rajoutes par-dessus toutes ces histoires de panthère ? Comment est-ce qu'on peut faire ?

— C'est différent pour moi. Comme tu l'as dit, je n'ai pas une guerre animal-contre-humain dans ma tête en permanence. Je suis juste moi.

— Qu'est-ce que ça fait ? Tu te transformes et tu es toujours toi, toujours Jin, tu as conscience de tout, tu comprends…

— Sauf quand je me change en nekhene, lui dis-je.

— Quoi ?

Je m'éclaircis la gorge.

— À Sobek, je me suis transformé en nekhene, tu l'as vu.

— Oui. Tu as sauvé Logan et Markel des hommes du *Semel-aten*.

— Sous cette forme, je ne suis pas moi, lui avouai-je.

— Mais bon sang, Jin, il faut que tu craignes pour la vie de Logan, ou qu'on menace de te séparer de lui pour te faire prendre cette forme. Ce n'est pas simplement quelque chose que tu choisis ou ne choisis pas de devenir. Les circonstances t'ont forcé à prendre ta forme de nekhene, c'était une réaction purement viscérale.

Oui, mais je n'aimais pas ça.

— Ce que je trouve intéressant, c'est que la forme que tu prends change. La première fois que tu t'es transformé, Logan m'a dit que tu ressemblais à une énorme panthère, comme seuls un *Semel* ou une *reah* peuvent l'être, puis une autre fois, il a dit que tu ressemblais plus à un dragon, et quand je t'ai vu, on aurait dit que tu étais un mélange de scorpion et de panthère, presque comme une énorme araignée avec un museau de chat.

— Toutes ces formes semblent horribles. Je voudrais simplement être une panthère où un homme, rien d'autre.

— Eh bien, tu peux garder la panthère, j'aimerais juste être moi.

— Si tu te transformais plus vite et que ça ne faisait pas mal, tu apprécierais plus la liberté d'être sous forme de panthère.

Elle me sourit.

— C'est autre chose que je ne comprends pas. Ça ne te fait vraiment pas mal de te transformer ? Même pas un peu ?

— Pas du tout.

— Mais je t'ai vu te transformer, c'est extraordinaire. C'était comme si je clignais des yeux et bam, tu es une panthère.

— On peut augmenter la rapidité de ta transformation, si tu veux.

— Ah bon ?

— C'est une compétence comme une autre. Si tu t'entraînes, ça deviendra plus rapide.

— J'y penserai.

— D'accord.

Nous gardâmes le silence quelques minutes, nous contentant de marcher ensemble profitant d'être dehors dans l'air frais de la nuit.

— Jin.

Je me tournai pour la regarder.

— Si te protéger est gravé dans le cerveau de Yuri en particulier, alors pourquoi est-ce que chaque *sheseru* veut te protéger et pas juste lui ?

— C'est gravé dans le cerveau du *sheseru* de protéger la campagne de son *Semel*, sa *yareah*, mais une *reah* augmente ce sentiment et est capable de le provoquer chez tous les *sheserus* qu'elle rencontre. Et chez Yuri, comme il est mon *sheseru*…

— Bon sang, le pauvre. Il doit avoir envie de coucher avec toi.

Je la regardai, abasourdi.

— Non, je veux simplement dire qu'il doit avoir envie d'être avec toi et de te protéger tout le temps, même la nuit.

— Yuri est plus fort que ce qu'on pense, et je ne dis pas ça physiquement. Il est extrêmement discipliné.

— C'est une brute.

Je secouai la tête.

— Vraiment pas.

— Je te crois sur parole.

Elle soupira lourdement.

— Alors, retournons à ces *Aker*s. Où se trouvent-ils dans la hiérarchie par rapport à un *sylvan* et un *sheseru* ?

— Comme je te l'ai dit, ils dépendent du *Maahes*, et celui-ci est au même niveau qu'un *sylvan* ou un *sheseru*.

— Alors qu'est-ce que tu penses ? Crois-tu que Russ a été enlevé par un *Maahes* ?

J'acquiesçai.

— Ou un manu ou un bakhu. Je doute que le *Semel* sache même qu'il est ici.

— Alors quel est ton plan ?

— Ce bistro a été choisi pour parler avec Russ. Les réponses qu'il a données, quelles qu'elles soient, ne leur ont pas plu, alors ils l'ont enlevé. Nous devons simplement entrer et parler aux gens qui nous approcheront.

Elle inspira brusquement.

— J'ai un peu la trouille, pour être honnête.

Je la regardai en plissant les yeux.

— Tu es avec moi, pourquoi aurais-tu peur ?

— C'est ça que je ne comprends pas. N'importe qui traversant le territoire d'un autre *Semel* doit le prévenir.

— Faux.

— Bon sang, ne peux-tu pas juste m'expliquer ?

Je me tournai et elle s'arrêta de marcher pour me regarder.

— Tu dois faire connaître ta présence au *Semel* d'un territoire seulement si tu vas y passer plus d'une semaine, ou si tu voyages avec plus de deux autres panthères.

— Alors, si tu étais là avec Logan, Yuri et Mikhail…

— Alors nous serions obligés d'appeler le *Semel* de Los Angeles et de lui demander la permission d'être là.

— Mais comme ce n'est que toi et moi, on s'en fiche ?

— C'est ça.

— Je comprends.

— Mais tu vois aussi le problème ?

— Eh ben oui, Russ a passé des mois ici sans prévenir le *Semel* de Los Angeles qu'il était là, alors c'est pour ça qu'il a des ennuis.

— Ils pensent probablement que c'est un *Amenta*.

— Je suis encore perdue.

Je la regardai sans rien dire.

— Quoi ?

— Tu sais, vraiment, j'ai pitié de votre éducation tribale. Qui est-ce qui vous l'a enseignée ?

— Ne t'occupe pas de ça, qu'est-ce qu'un fichu *Amenta* ? répliqua-t-elle sèchement.

— Eh bien, à une certaine époque, un *Semel* envoyait un *Amenta* sur un autre territoire pour y vivre et rassembler des informations, et parfois même pour se joindre à l'autre tribu afin de découvrir tous ses secrets, avant que l'autre tribu n'attaque et ne les envahisse.

— Comme une cellule dormante.

— Oui, je suppose.

— Mais alors il pourrait… exécuter Russ parce qu'il est un *Amenta* ? Elle gloussa.

— Oui, répondis-je sérieusement.

— Oh, Jin.

Son visage se crispa, et je vis enfin la peur s'emparer d'elle.

— Mon cœur, la rassurai-je en prenant sa main, s'ils voulaient faire ça, ils devraient d'abord alerter sa famille, c'est la loi, et si qui que ce soit appelle la maison, cela sera transféré sur mon téléphone, dis-je en lui montrant mon iPhone. Tout va bien, la personne qui l'a enlevé cherche sans doute à contacter son *Maahes* et le *Maahes* va ensuite contacter son *Semel*… Nous avons le temps de régler tout ça.

— D'accord.

— Mais avant tout, nous devons contacter le manu ou le bakhu ou le *Maahes*.

— D'accord, dit-elle encore en se calmant.

Nous recommençâmes à marcher.

— Mais qu'est-ce qui les empêche de nous faire du mal une fois qu'on les aura contactés ?

— Choupette, lui dis-je en souriant gentiment, je suis une *reah*.

Elle inspira profondément.

— J'oublie ça, parfois.

— Ce que j'apprécie.

Elle se jeta dans mes bras, et je la serrai fort contre moi. Après une minute, nous continuâmes notre chemin.

Le bistro était petit et feutré, non loin de la jetée de Santa Monica. Il y avait des tables en terrasse près de chauffages, et lorsque la serveuse arriva, nous commandâmes des focaccias en entrée, ainsi que la cuvée du patron. Il ne fallut que quelques minutes avant qu'un homme très beau dans un costume Versace sans cravate se présente à notre table.

— Bonsoir, nous salua-t-il. Je suis Dennis Jennings, le directeur de cet établissement. Bienvenu au Bella Mia.

— Merci.

Delphine lui sourit en tendant la main.

— Heureuse de vous rencontrer.

Il lui prit la main, l'embrassa, et lui fit un sourire éblouissant, plein de dents blanches et d'yeux bleus lagon.

— Tout le plaisir est pour moi.

— Je suis Delphine Kovac, et voici Jin.

Il se tourna vers moi après avoir lâché à contrecœur la main de Delphine.

Je lui tendis la mienne.

Dès qu'il la prit, il sursauta et ses doigts se resserrèrent involontairement. Son sourire avait disparu, les muscles de sa mâchoire se contractaient douloureusement à la place.

— Je suis à la recherche de Ruslan Church, lui dis-je en baissant la voix et en plissant les yeux pour le regarder. Dites-moi, est-ce que vous l'avez vu ?

Ses yeux étaient écarquillés, il me fixait. J'inspirai son odeur, goûtant sa puissance, ou plutôt, son absence de puissance.

— Êtes-vous le manu ou le bakhu ici ?

— Je…

Il avait l'air si perdu. Il comprenait que j'étais puissant, mais il savait aussi que je n'étais pas un *Semel*. Il n'éprouvait pas le besoin tout-puissant de se soumettre à moi, donc je ne pouvais pas être un *Semel*.

— Je ne…

Il secoua la tête.

— Qui êtes-vous ?

Je relâchai mes phéromones, car il luttait au lieu de me répondre.

L'homme s'agrippa au coin de la table, la serrant pour rester debout. Il n'avait toujours pas relâché ma main.

— Jin, gémit Delphine.

Lorsque je la regardai, ses yeux étaient pleins de désir.

Merde.

Je me levai et fit asseoir l'homme sur la chaise à côté de moi. Ses yeux étaient vitreux et flous.

— C'était super intelligent, râla Delphine en respirant à petits coups.

— Je ne voulais pas…

— C'est parce que Crane te manque. Actuellement tu n'as pas un contrôle à 100 % de ton pouvoir, et comme tu ne sais même pas à quel point il est fort pour commencer…

Elle hésita.

— On dirait que je suis un réacteur nucléaire, d'après toi.

— Oui, et un réacteur instable. Penses-y. Lorsque je t'ai rencontré pour la première fois, tout le monde pouvait dire que tu étais différent, mais personne ne savait vraiment pourquoi. La différence était visible, mais pas écrasante. Maintenant, c'est comme si ton pouvoir nous attrapait par la gorge pour nous secouer.

— Super.

— Et peut-être que ce n'est que parce que Logan n'est pas là mais, mon cœur, ce qui s'échappe de toi actuellement c'est comme du sexe et un bonbon mélangé.

Je lui lançai un regard de côté.

— C'est juste que tu as cette odeur tellement appétissante, et je veux y goûter, finit-elle d'une voix presque gutturale, tandis qu'elle fermait les yeux pour surmonter ce qui brûlait à l'intérieur de son corps.

— Je suis désolé, dis-je d'une voix douce.

— Je sais.

Elle expira doucement, attendant un long moment avant d'ouvrir les yeux et de me sourire.

— C'est bon.

Je la regardai.

— Avant, j'avais envie d'être près de toi ou de te tenir la main, ou simplement de m'asseoir avec toi. Maintenant, j'ai l'impression de pouvoir sentir ton cœur battre dans ma poitrine parfois, et j'ai juste envie de sortir de ma peau pour grimper dans la tienne. C'est vraiment dingue.

— Je suis désolé, dis-je encore.

— Ce n'est pas ta faute, mais tu dois comprendre que si moi je me sens comme ça, alors tout le monde le fait.

— Bien sûr.

— Donc s'il te plaît, vas-y doucement. Et n'ajoute pas d'autres émotions à tout ça, parce que cela te fait sécréter des phéromones, et à moins que tu aies envie de finir avec mon entrejambe sur ton visage…

— J'ai compris, dis-je, et je ne pus m'empêcher de sourire.

— Sérieusement, j'étais prête à t'attaquer.

— Désolé.

— Et ce type, soupira-t-elle en regardant Dennis Jennings, qui me fixait avec des yeux de merlan frit, il plane. J'ai toujours cru que j'étais la panthère la plus faible au monde, mais comparée à lui, c'est comme si j'étais Yuri.

Je retirai ma main de la sienne, et il se pencha en avant pour me regarder.

— *Reah*, soupira-t-il, comment puis-je vous servir ?

— Êtes-vous un manu ou un bakhu ?

— Manu, répondit-il en avalant sa salive, les yeux fixés sur ma bouche.

— Et votre *Maahes* ?

48

— Voudriez-vous que je l'appelle pour vous ?

— Est-ce qu'il détient Russ Church ?

Il hocha la tête lentement.

— Qu'est-ce que Russ va bien ?

Un autre hochement de tête

— Est-ce que votre *Semel* est au courant que vous l'avez ?

— Nous l'avons informé de ça la nuit dernière. Il voulait que l'on contacte la famille de la panthère, et donc son *Semel*, mais Russ ne veut pas nous dire à quelle tribu il appartient, alors cela prend du temps. Nous allions bientôt commencer à utiliser nos griffes.

— Il est à moi, c'est un membre de ma tribu. Veuillez appeler votre *Maahes* pour moi.

— Oui, *Reah*, tout de suite.

Il se leva et partit rapidement.

— Ouah.

Je me tournai pour regarder Delphine.

— Tu l'as bien baratiné.

— Ce n'était pas prévu.

— Le *Maahes* ne sera pas si facile.

— Non, je sais. Mais j'essayais juste de le faire parler…

— C'est bon, détends-toi, dit-elle en me tapotant le genou. Nous devrions manger pendant que nous en avons l'occasion.

C'était une excellente suggestion.

Dennis revint une demi-heure plus tard pour nous dire que son *Maahes* était arrivé. Notre dîner était payé, nous le remerciâmes et, tandis que nous le suivions au-dessus du restaurant, il nous répéta encore quel honneur c'était de rencontrer une *reah*.

Les salles au premier étage étaient privées et luxueuses. Nous suivîmes Denis jusqu'à la dernière, où il nous tint la porte ouverte. À l'intérieur se trouvait une longue table avec un homme assis au bout, une femme à ses côtés et cinq autres hommes autour de lui. Dès que la porte se referma, l'homme se penche en avant.

— Mon crétin de manu dit que tu es une *reah*. Dis-moi tout de suite quelle est ta lignée.

— Qui êtes-vous ? demandai-je plutôt.

Il eut un éclat de rire.

— Je suis Blake Dempsey. Qui tu es, toi ?

49

— Je suis Jin Rayne de la tribu de Mafdet, *reah* du *Semel-netjer* Logan Church.

Cela fut amusant de voir son visage perdre toute couleur, sa bouche s'ouvrir, ses pupilles se dilater. Je pouvais sentir la peur dans la pièce. Les autres, qui avaient été insolents quelques instants plus tôt, qui étaient peut-être même prêts à me faire mal ou à faire mal à Delphine, restaient assis sans bouger sous le choc.

Chaque *Semel* qui s'était rendu à la Fête de la Vallée à Sobek en était revenu avec une histoire à propos de moi, Jin Rayne, la panthère qui était d'abord une *reah* et ensuite un nekhene. Les *reahs* étaient rares, une pour un million, mais un nekhene, c'était absolument sans précédent. Tandis que je restais à les observer, je compris pourquoi ils avaient peur, étaient excités et impressionnés à la fois. J'étais unique pour notre espèce, et je pouvais utiliser ces sentiments à mon avantage.

— Ruslan Church est le frère de mon compagnon. Je demande humblement que vous me le rendiez, et j'aimerais parler à votre *Semel* si cela était possible, *Maahes*.

Il me regarda de la tête aux pieds. Lorsque je baissai les yeux en signe de déférence, tout le monde se leva d'un coup. Les chaises grincèrent sur le sol lorsqu'elles furent brutalement repoussées de la table, chaque homme se baissant sur un genou et la femme se préparant à s'agenouiller.

— Non, l'arrêtai-je.

Je la rejoignis rapidement et lui tendit la main.

Je la vis frissonner lorsque sa paume toucha la mienne.

— *Reah*…

Elle se mordit la lèvre.

— C'est un honneur.

— Vous êtes ?

— Je suis Liza Dempsey, compagne du *Maahes* de la tribu de Deshret.

— Heureux de vous rencontrer.

Ses yeux bruns se plantèrent dans les miens.

— *Reah*, est-ce que mon compagnon et moi pouvons vous accompagner jusque chez notre *Semel*, Miguel Garza ?

— J'en serais honoré.

Je lui souris.

Sa respiration était tremblante lorsqu'elle hocha la tête. Tous les hommes se levèrent après ça, et je sentis la pièce entière pousser un soupir lorsque je me retournai vers Blake Dempsey.

— Pourrais-je voir Ruslan Church ?

— Bien sûr, répondit finalement Blake avant de se tourner vers l'un de ses hommes. Amène Russ et son ami Tony, dit-il sèchement avant de relever les yeux vers moi. Lorsqu'il nous aura rejoints, nous devrions aller immédiatement voir mon *Semel*.

— Bien sûr, acceptai-je en lui tendant la main.

Il la prit doucement entre les siennes et me tira vers l'avant sans vraiment le vouloir, ayant simplement envie que je me rapproche. Si Yuri avait été là, une telle inconvenance n'aurait jamais eu lieu, mais j'étais seul, alors ce que j'offrais pouvait être accepté.

Je sentis ses mains autour des miennes, le vis respirer mon odeur.

— Puis-je vous présenter la sœur de mon compagnon ?

Il se tourna pour voir Delphine, et Liza aussi. Ensuite je fus présenté aux autres hommes, qui parlaient tous avec les yeux baissés et les levaient rapidement vers moi lorsque je prenais leurs mains.

— Oh bordel.

Je me tournai vers la porte et Russ était là. Il avait la lèvre fendue, un coquard et diverses égratignures sur les phalanges, les joues et le menton.

— Jin, pourquoi es-tu venu ?

Je m'avançai rapidement vers lui.

— Parce que ta petite copine m'a appelé, espèce de crétin.

— Merde.

Je grognai et tendis la main vers lui.

— Tu vas bien ?

Il inspira brusquement, et je le vis avaler sa salive.

— Tu as vraiment été stupide, dis-je en posant ma main sur sa nuque pour le rapprocher de moi et poser sa tête sur mon épaule.

Il était plus grand, mais j'étais plus vieux.

— Tout ira bien.

Il s'agrippa à moi, et lorsque Delphine mit ses bras autour de nous deux, je le sentis trembler. Il avait eu peur, et même s'il râlait, il était content de me voir.

— Écoute-moi, dis-je en m'écartant. Tu as une décision très importante à prendre, et malheureusement, tu vas devoir la prendre tout de suite.

— De quoi est-ce que tu parles ?

— Le choix que tu as fait, de ne pas faire partie d'une tribu en tant que telle, te revient dans la figure. Maintenant, tu vas devoir soit dire la vérité à Samantha, et elle reviendra avec toi et moi à la maison pour rencontrer Logan et être initiée dans notre tribu, ou alors tu restes ici et tu gardes ton secret.

— Jin…

— Si tu restes ici, alors nous devons parler au *Semel*, Miguel Garza, et lui demander le statut de *Duat*, et tu seras mort pour les panthères.

— Qu'est-ce que ça veut dire ce truc ?

— Ça veut dire que tu ne pourras plus jamais te transformer sous peine de mort.

— Ici ou à la maison ?

— Partout, pour toujours, lui dis-je. Tu ne te transformeras plus jamais.

— Comment est-ce que c'est possible ?

— Si tu ne veux pas partager ton secret avec Samantha, alors tu peux vivre sur le territoire d'une autre tribu, mais tu dois le faire en tant qu'humain et non panthère.

— Et si je veux vivre comme une panthère ?

— Tu ne peux faire ça que sur le territoire de Logan.

— Pourquoi est-ce que toi tu peux vivre où tu veux ?

— Je ne le pourrais pas si je voulais d'un humain comme compagnon. Si tu veux t'accoupler avec une autre espèce, mais vivre comme une panthère, tu ne peux le faire que sur le territoire où tu es né. C'est la loi.

— Mais d'abord je devrais dire la vérité à Samantha et lui faire rencontrer Logan.

— Oui.

— Pourquoi ? Pourquoi est-ce que je ne peux pas juste demander au *Semel* d'ici de m'accepter ?

— Parce que tu lui demanderais de faire entrer un humain dans la tribu, lui dis-je. Seule ta tribu d'origine acceptera une compagne qui n'est pas de notre espèce, et normalement ce n'est même pas dit. C'est quelque chose d'énorme, Russ, mais tu as plus d'options que la plupart des gens parce que ton frère est *Semel*. Je ne suis pas sûr que tu comprennes la chance que tu as.

— Alors en fait, je peux soit parler à Samantha des panthères et revenir à la maison avec Delphine et toi, ou rester ici et n'être plus qu'humain ? demanda-t-il.

— Oui

— Le *Semel* d'ici, est-ce qu'il me laisserait vivre sur son territoire comme… comment ça s'appelle déjà ?

— Un *Duat*.

— Alors est-ce que le *Semel* m'acceptera comme *Duat* à tous les coups ?

— Nous devrons demander.

— Et s'il n'accepte pas, alors en fait je n'ai pas choix. Je devrai dire la vérité à Samantha, n'est-ce pas ?

— Oui, probablement, puisque tu devras déménager. Il te chassera de son territoire.

— Mais je vis ici, je travaille ici.

— C'est uniquement de ta faute. Tu n'aurais jamais dû te mettre dans cette position.

— Pourquoi est-ce que tu ne m'as pas dit tout ça auparavant ?

— Oh, va te faire foutre, m'énervai-je. Je t'ai dit dès le départ que tu devais contacter le *Semel* de Los Angeles et lui parler. Avant même que tu déménages ici, je voulais venir le voir comme je l'ai fait avec le *Semel* de Las Vegas, et Crane n'est même pas en couple avec une humaine, alors tout ce dont il avait besoin, c'était d'une permission pour être sur le territoire d'un autre *Semel*, pas d'un statut spécial.

— J'ai tout fichu en l'air

— Ouais.

— Alors comment est-ce que je peux parler au *Semel* ?

— Tu commences par parler au *Maahes*, mais il faut vraiment que tu saches si c'est ce que tu veux, Russ.

— Je sais, je…

— Parce que tu devras promettre au *Semel* de la tribu qui t'a donné le statut de *Duat* que tu ne te comporteras plus comme une panthère, lui dis-je. C'est très important ; si tu ne respectes pas le contrat, c'est punissable de mort.

— Bon sang, grogna-t-il.

— Bonjour.

Je tournai la tête, et un autre homme était là, aussi amoché que Russ.

— Tu dois être Tony.

— Et qui tu es, toi ?

Il était prétentieux, je ne l'aimais pas. Et Delphine avait raison, je n'étais pas moi-même. J'expirai pour essayer de me détendre, mais au lieu de ça, mes phéromones s'abattirent sur lui comme un tsunami.

— Bon Dieu, gémit-il en tombant à genoux.

Il se plia en deux et commença à se transformer.

— Jin ! cria Delphine, et je fermai les yeux pour me concentrer, mais je n'avais plus aucun contrôle.

Je ne pouvais plus m'arrêter, me calmer.

Crane.

Russ.

J'étais si heureux de voir que Russ n'était pas blessé, et même si je ne comprenais pas son raisonnement, je voulais qu'il ait le choix de ce qu'il voulait faire, et que ce ne soit pas Logan ou Miguel Garza qui décide. Et plus que tout, je voulais voir mon meilleur ami. J'avais besoin de voir Crane.

— Jin !

Je levai les yeux vers Delphine, lus la douleur dans son regard tandis qu'elle tombait à genoux.

— Jin.

Russ eut un haut-le-cœur avant de tomber au sol à mes pieds.

Sa perte de contrôle amplifia mon envie de punir ceux qui l'avaient enlevé. D'un seul coup, je compris que mon ego était disproportionné. Mais bon sang, qu'est-ce qui m'avait fait croire que je pouvais voyager tout seul avec Delphine dans l'état où j'étais ? Pourquoi n'avais-je pas appelé Logan ou Mikhail ? Pourquoi n'avais-je pas contacté Justin Cho, l'ami de Logan et *Semel* de San Francisco, qui connaissait probablement le *Semel* de Los Angeles ? Pourquoi étais-je allé où que ce soit sans une escorte ? J'étais le compagnon d'un *Semel*, je ne quittais pas la maison sans garde du corps. Aucune compagne de chefs de tribus ne le faisait, car c'était dangereux, et c'était chercher les problèmes. Pourquoi avais-je pensé que je pouvais le faire simplement parce que j'étais un homme ?

En vérité, j'étais furieux contre Logan et j'avais utilisé l'enlèvement de son frère comme excuse pour partir. J'étais inquiet pour Russ, mais je savais aussi qu'ils ne pouvaient pas lui faire de mal, pas vraiment, sans avoir d'abord parlé à Logan. Il pouvait l'amocher un peu, comme ils l'avaient fait, mais c'était tout. Je le savais et pourtant j'étais tout de même monté dans cet avion. C'était égoïste et stupide, parce que je ne m'étais pas seulement mis en danger, mais Delphine aussi.

— *Reah* !

Je pouvais être tué. Delphine et Russ pouvaient être tués, et personne ne le saurait jamais, parce que personne ne savait où nous étions. Je comptais sur des coutumes archaïques et des rites généralement observés pour nous protéger, et c'était complètement fou. J'aurais dû être à la maison, à attendre des nouvelles de Crane, à attendre des nouvelles de Russ, je n'aurais pas dû agir sur un coup de tête. J'étais le compagnon d'un *Semel* ; j'aurais dû me comporter comme il convenait à mon rang. Qu'est-ce qui m'avait pris ?

— *Reah* !

Le cri m'arracha à mes pensées. Lorsque je me retournai pour regarder l'homme qui avait hurlé à pleins poumons, je me rendis compte que Blake et moi étions les seuls humains dans la pièce. Tout le monde, y compris Delphine, Tony, Lisa, et tous les autres hommes y compris Dennis Jennings, le manu, étaient des panthères. J'étais entouré de panthères.

J'inspirai, et tout le monde dans la pièce, y compris le *Maahes*, s'effondra. Une vague de culpabilité s'abattit sur moi en voyant les félins allongés sur le sol, haletants, certains vomissant et d'autres roulés en boule, tremblants des suites de ce qu'ils avaient ressenti, à cause de mon pouvoir qui les avait traversés. Je n'avais aucune idée de comment m'excuser, ou même quelle excuse pourrait être acceptée.

— C'était obscène.

Je tournai la tête pour regarder Blake.

Il y avait une tache sur son pantalon : il avait éjaculé dedans, et c'était clairement, tragiquement visible. Il avait beaucoup de mérite à se tenir là, les yeux dans les miens, ravalant son humiliation pour me fixer avec colère.

— Je suis tellement désolé.

Je m'étranglai en prononçant ces mots, parce qu'ils me faisaient aussi mal à dire que lui à les entendre.

— Sois maudit toi et ton pouvoir, *Reah*, rugit-il, furieux. Je n'accepterai pas cette insulte. Tu ne peux pas nous arracher notre humanité sur un coup de tête !

— Non, plaidai-je en désignant Delphine qui était allongée sur le côté par terre, haletante, et Russ, qui avait des haut-le-cœur mais n'arrivait pas à vomir, tout son corps parcouru de spasmes. Je ne l'ai pas fait exprès, pourquoi ferais-je cela ?

Ce n'est qu'en voyant Delphine et Russ là, souffrant comme les autres, tous deux sous forme de panthère, qu'il parvint à calmer la rage qui s'était abattue sur lui. Ce n'était pas logique que je veuille faire du mal aux membres de ma propre tribu.

— Vous allez venir avec moi voir mon *Semel*, et il déterminera quelle excuse est nécessaire.

— J'accepte.

Je hochai la tête, souhaitant désespérément dire, ou faire quelque chose, mais n'ayant aucune idée de quoi.

— J'étais si honoré de vous rencontrer, me dit-il d'une voix basse, et maintenant je peux à peine supporter de vous regarder.

Moi aussi, je pensais bien que j'allais être malade.

DE RETOUR à l'hôtel après avoir quitté le restaurant, je me rendis compte que l'expérience avait été trop éprouvante pour Delphine. Elle n'était pas en colère. Elle m'avait répété qu'elle ne l'était pas un millier de fois, mais elle ne pouvait pas me regarder. Elle s'excusa en faisant ses bagages en respirant profondément et en reniflant. Elle reniflait beaucoup, elle se mouchait souvent et tremblait. J'essayai de la toucher, mais c'était hors de question. Je lui donnais la chair de poule. Elle ne voulut pas me serrer dans ses bras pour dire au revoir. Elle ne voulait plus entendre parler de moi. Elle voulait juste rentrer voir Markel. Elle ne pensait plus qu'à lui.

— Je suis tellement désolé, lui dis-je à la porte alors qu'un taxi l'attendait en bas.

— Ce n'est pas de ta faute, dit-elle à nouveau sans me regarder. C'est juste… C'est Crane, je sais, mais tu m'as privé de ma capacité à faire des choix et c'est… C'était comme… comme…

Elle ne voulait pas le dire, alors elle s'arrêtera. Elle ne voulait pas dire que je l'avais violentée, violée, mais c'était ce qu'elle ressentait. Je l'avais fait se sentir impuissante. C'est ce que je leur avais fait à tous, et la seule personne qui aurait pu arrêter ça une fois commencé, c'était moi-même… ou Logan. J'étais puissant mais je ne me contrôlais pas, et j'étais dangereux.

— Je t'en prie, pardonne-moi, lui dis-je m'approchant lentement d'elle.

— C'est déjà fait, me répondit-elle en levant enfin les yeux vers moi, ses yeux verts qu'elle partageait avec tous ses frères à l'exception de mon compagnon.

Les siens étaient les plus clairs, céladon.

— Ce n'est pas dans ton caractère de faire du mal à qui que ce soit volontairement. Je le sais, mais c'était tout de même brutal. J'ai l'impression d'avoir été retournée comme un gant, et même si ça ne fait plus mal, c'était terrifiant.

J'avais effrayé ma chérie.

J'étais un monstre.

— Je veux voir Markel.

Elle l'avait déjà dit une centaine de fois, et tout ce que je pouvais faire, c'était hocher la tête comme un idiot.

— Je devrais envoyer Artem, où Ivan, ou…

— Non, ne fait pas ça, lui dis-je. Laisse tomber…

— Très bien, dit-elle en ouvrant la porte. C'est toi qui sais ce qui est mieux. Au revoir.

Elle était déjà partie, et je laissai une vague de culpabilité m'engloutir. J'assumais avoir un certain penchant pour l'autodestruction, et parfois celui-ci ne s'étendait pas qu'à moi, mais à tout le monde. Je devais me concentrer sur ce que j'étais vraiment en train de faire. Je m'assis au bout du lit, posai la tête dans mes mains, et tentai de calmer les battements de mon cœur. Lorsque mon téléphone sonna une heure plus tard, je me rendis compte que je n'avais pas bougé et répondis sans regarder.

— Allô ?

— Où es-tu ?

Je m'éclaircis la gorge pour parler à mon compagnon.

— Tu sais où je suis.

— J'avais donné des ordres clairs pour que tu ne quittes pas la propriété.

— Russ a été kidnappé.

— Il a été emprisonné, pas kidnappé. J'ai reçu un mot de Miguel Garza, le *Semel* de Los Angeles, et Justin était en route pour négocier la libération de Russ et pour déterminer si mon frère allait venir présenter sa petite amie ou accepter le statut de *Duat*.

Bien sûr, tout ce voyage avait été inutile, et c'était de ma faute parce que j'étais en colère et j'avais donc agi sous un coup de tête, comme toujours.

— Comment va Crane ?

— Non. Tu n'as pas le droit de me demander comment va Crane, parce que maintenant tu as…

— Logan, dis-moi comment va Crane ! criai-je, ma voix se cassant et des larmes brouillant ma vue.

— Crane est à la maison ! Je suis à la maison ! Tu es le seul qui n'est pas à la maison parce que tu n'es qu'un gamin gâté qui n'écoute jamais personne à part lui-même ! Je suis la loi de cette tribu, Jin, pas toi, justement pour cette raison. Une *reah* est émotion, un *Semel* est la logique, et nous avons un bel exemple de ça. Tu n'as pas le droit de traiter mes ordres comme des suggestions ! Tu dois m'écouter, et si tu n'en es pas capable, je t'y forcerais, est-ce que tu *comprends* ?

Je ne pouvais pas respirer, je ne pouvais même pas parler.

— Si tu étais là, tu pourrais voir Crane. Si tu étais là où tu es censé être, tu ne serais pas en danger d'être fustigé toi-même pour ce que tu as fait au *Maahes* de Miguel Garcia ! Si quiconque faisait ce que tu as fait à Domin, je le tuerais. Tu comprends ? Et Delphine sanglotait au téléphone quand elle m'a parlé. Markel devrait affronter Yuri dans l'arène pour laver ce déshonneur, mais comme nous faisons partie de la même famille, il me laisse la décision de te punir. Est-ce que tu comprends ? Est-ce que ça rentre enfin dans ta tête ?

Bien sûr que ça rentrait.

— Tu as rendu la décision de Russ si facile ! Il a déjà demandé et reçu le statut de *Duat* de Miguel Garza, et tu sais pourquoi le *Semel* a accédé à sa requête sans aucune question ?

— Je...

— Parce qu'il se sentait désolé pour lui, rugit-il. Le *Semel* a dit que quiconque était capable de ça, de blesser non seulement des étrangers, mais aussi sa propre tribu, était un monstre ! Il était si excité de te savoir sur ses terres, une *reah*, le seul nekhene existant, et maintenant il pense que tu es un monstre !

Et j'en étais un, n'est-ce pas ?

— Alors pour protéger Russ de toi, il a accédé à sa requête. Et maintenant, mon frère, que je voulais voir, à qui je voulais parler avant qu'il prenne une décision qui va changer sa vie, a choisi impulsivement à cause de toi ! Tout est à cause de toi ! C'est de ta faute si Russ a abandonné sa famille, et celle de personne d'autre.

Il n'aurait pas pu me dire quelque chose de pire étant donné que j'avais perdu ma famille lorsque j'avais seize ans.

— Est-ce que tu réalises que j'avais donné cet ordre autant pour les autres que pour toi ? Tu es volatile actuellement. Tes émotions sont en pagaille, et comme tu es une *reah*, comme tu as le pouvoir du nekhene, tu peux transmettre toute ta douleur, ta colère et ta rage à tout le monde.

Je voulais hurler. On aurait dit que mon corps entier était serré dans un étau.

— Actuellement nous, et par nous je veux dire ta famille et ta tribu, nous tous, nous devons nous protéger de toi ! J'ai peur de te laisser voir

Crane parce qu'il est extrêmement délicat en ce moment, et si tu l'inondes de tes émotions exacerbées, est-ce que ça ne va pas le tuer ?

— Tu ne vas pas me laisser voir Crane ? demandai-je.

Ma voix me semblait étrangère, brouillée par les larmes, nasale et basse.

— Pas tout de suite.

— Qu'est-ce qu'ils lui ont fait ?

Silence.

— Logan ?

Il prit une inspiration.

— Ils l'ont castré.

Je laissai tomber le téléphone et courus dans la salle de bain.

V

JE N'AVAIS plus rien dans le ventre et je tremblais lorsque je repris le combiné, de longues minutes plus tard. Je ne pouvais pas vraiment parler, mais il m'entendit respirer.

— Crane refuse de se retransformer, me dit Logan. On a de la chance que Martin m'ait envoyé son jet privé, sinon je n'aurais pas pu le ramener à la maison.

Martin Soto était un des plus vieux amis de Logan, et le *Semel* de Miami. En fait, c'était le *Semel* de l'État de Floride. Ce n'était pas inhabituel, et il avait beaucoup de *Maahes*, de princes, sous ses ordres, ainsi que beaucoup d'*Aker*s. Son *sylvan* et son *sheseru* avaient aussi de nombreux hommes sous leurs ordres. Je n'avais pas idée de comment il faisait, mais il était très riche et très puissant. Logan n'avait aucune envie de s'occuper d'autant de félins.

— Je ne sais pas à quoi il ressemble sous sa forme humaine, il refuse de me le montrer.

Mon ami était si traumatisé qu'il ne voulait pas se permettre d'être vulnérable, même pour un instant.

— Quand je suis arrivé à Chicago, j'ai été accueilli par Derek Jackson et Shahid Alon, qui était envoyé par le *phocal* au nom du prêtre. Jin, un *sepat* a été convoqué.

Je ne pouvais plus respirer.

— Jin.

Il s'éclaircit la gorge.

— Le prêtre de Chae Rophon m'a appelé pour être un de ses six champions. Je suis convoqué pour me battre pour le titre de *Semel-aten*, maître de Sobek.

Maître de Sobek ? Le prêtre avait déjà voulu que Logan combatte Ammon El Masry auparavant, et maintenant il semblerait qu'il allait obtenir ce qu'il voulait.

Un *sepat* était un tournoi d'honneur lancé par le prêtre de Chae Rophon si lui-même, et son conseil, le conseil d'Ennead, trouvaient que les actions du *Semel-aten* étaient contraires à son mandat de gardiens de la loi. Le *Semel-aten* dirigeait la ville de Sobek et la première tribu, la tribu de Rahotep, le servait. Son pouvoir n'était éclipsé que par celui du prêtre Chae Rophon, et seul le prêtre pouvait lancer un *sepat* pour l'évincer.

Logan inspira.

— Crane a été enlevé pour t'attirer à Chicago. En t'attirant toi, il savait que j'allais suivre. Certains des *Khatyus* d'Ammon étaient là pour me tuer.

— Logan…

— Le père de Crane, ton père, et Archer Pike ont reçu l'asile pour leur rôle dans le kidnapping et la fustigation de Crane, ainsi que pour leur tentative de meurtre sur toi et moi.

Ils avaient enlevé Crane pour m'avoir, et en me touchant, ils auraient obtenu Logan. Crane n'était qu'un pion, et moi aussi. Logan était la véritable cible.

— Je ne comprends pas. Tu t'es échappé, pourquoi le piège n'a-t-il pas fonctionné ?

— Ton cousin Danny, soupira Logan. Il m'a sauvé.

Mon cousin.

— Explique-moi.

— Il nous a intercepté en chemin alors que nous allions récupérer Crane. Il nous a expliqué le plan, alors le *sheseru* de Derek et Yuri ont emmené des *Khatyus* et ont surpris les hommes d'Archer. Les hommes d'Ammon étaient là aussi, dirigés par son *sheseru*.

— Roshan était là ? Le *sheseru* d'Ammon ?

— Il est mort, Jin. Tous les *Khatyus* d'Archer Pike, ainsi que les hommes qu'Ammon avait envoyés ont été tués. Il fallait que je récupère Crane, je ne m'inquiétais que pour lui, alors j'ai laissé Derek traquer Archer, ton père et celui de Crane, mais il n'a pas été assez rapide, ils s'étaient déjà enfuis en l'Égypte.

— Explique-moi pourquoi le prêtre a lancé un *sepat*.

— Comme tu le sais, si le prêtre de Chae Rophon peut prouver que le *Semel-aten* a fait mauvais usage de son pouvoir, il peut lancer un *sepat*, le tournoi de la lignée, et appeler six combattants et leurs maisons pour affronter le *Semel-aten* lors de trois défis de sang, de loi, et de cœur.

Heureusement que j'avais déjà vomi, parce qu'il n'y avait plus rien dans mon estomac, mais celui-ci se tordait en tous sens.

— Apparemment, le mois dernier, Ammon a fait torturer et tuer certains membres de sa tribu, des femmes, lorsqu'elles ont refusé de se soumettre à lui lors d'un rassemblement. Les parents de ces femmes sont allés voir le prêtre et ont demandé justice pour leurs enfants.

Comme ils auraient dû le faire.

— Le prêtre a informé Ammon qu'il lançait un *sepat*. Et il lui a dit que je serais le premier opposant qu'il appellerait.

Et c'était ce qui avait provoqué l'enlèvement de Crane.

— Le prêtre a choisi le *Semel* de la tribu de Khertet à Arkhangai aimag pour organiser le *sepat*.

— Où est-ce ?

— En Mongolie.

C'était le jour le plus bizarre de toute ma vie.

— Alors je vais devoir y aller pour affronter cinq opposants puis, lorsqu'il ne restera plus que deux d'entre nous, nous nous affronterons et celui qui gagnera ce combat ira affronter Ammon El Masry, le *Semel-aten*, dans l'arène.

Je m'éclaircis la gorge.

— Lors du *sepat*, tu ne seras pas le seul à combattre, Logan. Ton *Maahes*, ton *sheseru*, ton *sylvan* et ton compagnon aussi.

— Je sais.

— Tu ne vas pas te battre lors des trois premiers défis, quand il y aura encore six opposants. Tu ne te battras pas avant le duel un contre un.

— Je sais que le compagnon et la maisonnée du *Semel* combattent, mais je ne connais pas les détails.

— Il y a trois épreuves, comme tu l'as dit : le sang, la loi et le cœur.

— Et ?

— L'épreuve du sang porte sur la force et testera ton *sheseru*. L'épreuve de loi, c'est exactement ce que ça dit, elle porte sur les lois et les traditions : les réciter, les connaître, et elle testera donc les connaissances de ton *sylvan*. L'épreuve du cœur est un test de loyauté, et c'est ton compagnon et ton *Maahes* qui la passent.

Il ne disait rien à l'autre bout de la ligne.

— J'ai besoin que tu sois à mes côtés.

— C'est évident.

— Jin, dit-il d'une voix qui se brisait. La tribu d'Anuket a été dissoute, la tribu de Mnevis l'a absorbée. Le clan de Derek est maintenant le seul de Chicago.

La tribu qui nous avait rejeté Crane et moi, et qui l'avait fustigé n'existait plus. Je ne savais même pas ce que je ressentais

— Le prêtre a juré que si quelqu'un d'autre devenait *Semel-aten*, l'asile accordé à Archer Pike, à ton père et celui de Crane par Ammon El Masry serait annulé. Il n'y a que si Ammon garde sa position qu'ils resteront impunis. Les cinq autres opposants ont déjà accepté.

— D'accord.

— Ton frère Kei a demandé et reçu la permission de rejoindre la tribu de Mnevis.

C'était difficile d'entendre le mot « frère » alors que cela n'avait pas été le cas depuis que j'avais seize ans.

— Ton cousin Daniel n'est plus le bienvenu auprès des membres de ton ancienne tribu parce qu'il m'a sauvé. Il est ici avec moi.

Et au milieu de tout ce qui se passait, étonnamment, je réussis à ressentir de la jalousie. Je me souvins avoir vu Danny lorsqu'il était venu chez moi avec mon père. Ses traits délicats, sa peau de porcelaine, ses grands yeux bruns aux longs cils, ses boucles sombres…

— Il n'a pas de famille qui l'attend ?

— Apparemment non.

Je ravalai ma nausée.

— Il est très beau.

— Qui ?

— Danny.

— Je n'en sais rien… Je ne vois que mon compagnon.

— Logan…

— Jin, Yuri et Domin sont en chemin pour te ramener à la maison. Reste à l'hôtel jusqu'à ce qu'ils viennent te chercher. Je pense qu'ils en ont encore pour trois heures. Justin se dirige aussi vers toi en ce moment même avec son *sheseru* et deux de ses *Khatyus*. Miguel Garza aura une escorte entière avec lui. Justin et Sean Li, son *sheseru*, ont le droit d'entrer dans la pièce avec toi. Miguel aussi pourra être dans la pièce avec toi, son *sheseru* ou son *sylvan* ou sa *yareah*, mais personne d'autre. Tu connais la loi. Je sais que je n'ai pas besoin de te le dire, mais ces circonstances sont particulières.

— Non, c'est inutile.

— Je voudrais venir, mais il y a trop de monde ici. Crane est blessé ; Danny est là et…

Il s'interrompit, semblant perdu dans ses pensées.

— Logan ?

— Et puis mince, je serai là pour te récupérer.

— Non, insistai-je. Je serai à la maison ce soir.

Il inspira.

— Tu n'es pas blessé, n'est-ce pas ?

— Non, personne ne semble capable de s'approcher assez de moi pour me toucher.

Un instant de silence, puis :

— Qu'est-ce que tu veux dire ?

— Je suis comme j'étais avant que tu partes.

— Qu'est-ce que tu veux dire ?

— Je veux dire que je ne suis pas... Moi-même.

— Mais tu allais bien quand je...

— J'allais bien jusqu'à ce que j'arrive ici.

Il y eut un long silence, et je sus qu'il réfléchissait à quelque chose.

— Jin, dit-il sèchement.

— Oui ?

Il avait l'air effrayé, ce qui me rendait nerveux.

— Je croyais que c'était fait exprès.

— Tu pensais que quoi était exprès ?

— Je... Je pensais que tu avais fait exprès de forcer les autres se transformer !

— Quoi ?

J'étais blessé qu'il puisse imaginer une chose pareille.

— Pourquoi ferais-je ça ?

— Je pensais que tu étais en colère contre moi et que tu essayais un nouveau pouvoir et... Et merde !

— C'est quoi ton problème ? demandai-je avec irritation.

— Mon cœur, dit-il en inspirant profondément. Avant que je parte, tu laissais échapper des phéromones. La réaction que tout le monde a eue dans la maison... Ce n'était pas que tu voulais les éloigner de toi, mais qu'ils te voulaient tous. Ils voulaient tous t'avoir.

— Impossible.

— Jin, j'ai demandé au prêtre pourquoi est-ce que tu exsuderais des phéromones et il m'a dit que les nekhenes, à l'inverse des *reahs*, lorsqu'ils accumulent du pouvoir, laissent échapper des phéromones pour tenter d'attirer le *Semel* le plus fort pour s'accoupler avec eux. Une *reah* ne cherche que son *Semel*, mais un nekhene, qui n'a normalement pas un compagnon unique, envoie des signaux puissants qu'il est impossible d'ignorer.

— Mais je ne me suis pas transformé en nekhene du tout, pas une seule fois.

— Tu ne t'es pas transformé physiquement, mais ton pouvoir grandit encore, et chaque fois qu'il passe un nouveau palier, chaque fois que tu t'en sers pour te protéger, tu répands cet appel primaire pour un compagnon.

— Je ne veux que toi, lui dis-je, souhaitant de toutes mes forces qu'il me croie.

— Je sais ça. La *reah* en toi réconforte le nekhene. Elle rappelle à cette créature sauvage que tu as un lien avec moi. C'est pour cela que mon odeur, ou ma présence près de toi te permet de te calmer.

— J'ai bien compris ça, mais cette histoire de phéromones, c'est juste…

— Les félins les plus forts se battront pour avoir une chance d'être le compagnon d'un nekhene, tandis que ceux qui n'en sont pas dignes seront rendus inaptes. Les transformer en panthères, forcer la transformation pour qu'ils soient des panthères et pas des humains, cela les rend inadéquats comme compagnon.

— Je ne ferai pas ça à Delphine ou…

— Jin ne le ferait pas, Jin la *reah* ne le ferait pas. Mais le nekhene n'a ni famille ni ami. Le nekhene ne voit que des compagnons potentiels ou des ennemis.

— Je suis une panthère aussi, en quoi les changer en animaux les rendrait inaptes ?

— Parce que nous faisons l'amour sous forme humaine, Jin.

Je m'éclaircis la gorge.

— Dois-je te rappeler que j'ai fait l'amour avec toi sous forme humaine est sous forme intermédiaire ?

— Mais jamais sous forme de panthère.

C'était vrai.

— Je t'ai marqué sous forme d'homme, et tu t'identifies d'abord comme un homme et ensuite comme une panthère. Alors d'instinct, ton pouvoir de nekhene transforme les hommes et les femmes qui ne sont pas dignes de toi en panthères, ce qui les rend inaptes à s'accoupler avec toi.

— Je n'ai pas fait exprès de les transformer.

— Je sais ça, mais toutes les panthères de cette pièce étaient, pour toi, faibles et donc indignes d'être ton compagnon, alors ton pouvoir de nekhene les a punis. Je comprends maintenant.

— Mais…

— Tu as fait quelque chose, tu as commencé à t'énerver et ton pouvoir de nekhene a eu un pic et s'est répandu autour de toi, mais comme tu ne te contrôles pas vraiment à cause de Crane, tu as inondé la pièce de phéromones dans ta recherche d'un compagnon.

— Je ne cherche pas de compagnon ! J'en ai déjà un.

— En tant que *reah*, oui, et tu le sais, mais le nekhene qui vit à l'intérieur de toi n'a pas pu trouver le compagnon de la *reah*, alors tu as perdu le contrôle un instant et tu t'es laissé aller à une vague de chaleur et de désir que je ne peux même pas imaginer. Ton pouvoir a cherché, mais n'a trouvé personne de digne de toi, et a attaqué pour se venger.

— Mais le nekhene en moi respecte, ou quelque chose du genre, notre lien.

— Si je suis là. Si tu peux me sentir contre toi, sentir mon odeur, me goûter, le nekhene répond. Mais si je ne suis pas là pour lui rappeler physiquement que notre lien existe, alors la part de toi qui est une *reah* disparaît, et il ne reste plus que la créature sauvage.

J'inspirai brusquement.

— On dirait que je suis un monstre.

— Tu n'es pas un monstre. Tu es un animal qui cherche son compagnon.

— J'ai un compagnon, dis-je encore.

— Mais le nekhene ne le sait pas, et je ne t'ai pas montré cette partie de mon pouvoir l'autre jour. Je t'ai pris dans mes bras, je t'ai forcé à arrêter, mais je ne t'ai pas plaqué au sol pour te faire mien.

Penser à Logan, l'imaginer me soumettre à sa volonté me donna des papillons dans le ventre. Mon pouls s'accéléra et j'eus soudain très chaud.

— Mais je vais le faire, me promit-il d'une voix basse et menaçante, le pouvoir et la force d'un mâle dominant que je pouvais entendre dans sa voix me faisant flageoler.

— Logan…

— C'est pour ça que Delphine est si en colère. Elle s'en veut pour sa réaction face à toi, et parce que tu n'as pas voulu d'elle. Ce n'est pas logique, mais c'est comme ça. Russ doit ressentir la même chose, c'est pour ça qu'il est si terrifié de ton pouvoir et qu'il ne veut plus y être confronté. C'est pour ça que la réaction automatique… Et merde !

— Logan, je…

— Je suis vraiment désolé, me dit-il.

Sa voix était soudain douce comme elle ne l'avait pas été depuis le début de notre conversation téléphonique.

— Oh mon cœur, je ne savais pas. Je pensais que tu testais tes pouvoirs, comme je t'ai dit… Excuse-moi.

— Bien sûr.

Je souris à travers les larmes qui m'emplissaient maintenant les yeux.

— Tout ce que j'ai dit… Excuse-moi. Je suis un idiot.

Je pris une inspiration.

— Je t'en veux encore d'être parti, dit-il.

— Oui.

— Tu as tout de même eu tort.

Il fallait toujours qu'il me le rappelle. C'était Logan, le *Semel*, le chef qui expliquait pourquoi il était en colère, et pourquoi c'était juste.

— Je sais.

— Et merde ! s'exclama-t-il.

— Quoi ?

— N'ouvre la porte à personne sauf Yuri, tu m'entends ? Personne.

— Oui, chef.

Il y eut un bruit de gorge étouffée.

— Je pars tout de suite. Attends-moi. Je t'ordonne de m'attendre.

— Bien sûr que j'attendrai.

— Reste dans la chambre d'hôtel et n'ouvre pas la porte.

— Mais Logan, tu n'as vraiment pas besoin de…

— Mon ange, tu ne sortiras pas de cet hôtel sans moi. Je veux dire littéralement, tu n'arriveras pas à sortir sain et sauf.

— De quoi est-ce que…

— Je serai là bientôt, attends-moi. Ne t'enfuis pas.

— Pourquoi est-ce que je m'enfuirais ?

— Jin, attends. Je t'en prie. Ne me fuis pas.

— Jamais.

— Je t'aime.

Je gémis dans le combiné, ce qui manquait complètement de dignité. Je ne savais pas bien d'où cela sortait mais, d'un seul coup, j'avais besoin de lui.

— Moi aussi je t'aime.

— J'arrive, assieds-toi.

J'entendis le sourire dans sa voix.

— Regarde la télé.

Il raccrocha au lieu de dire au revoir, et je me rendis compte que je pouvais respirer un peu mieux. Cet homme avait vraiment une bonne influence sur moi. Je pris une douche et me changeai, allumai la télévision en fond sonore tandis que les nuages craquaient et libéraient une averse. C'était vraiment bien pour moi, car j'aimais la pluie et elle m'apaisait. Plusieurs heures plus tard, alors que je n'avais fait que réfléchir — réfléchir à Crane, à Logan, à Delphine, au *Maahes*, à sa compagne et à ses hommes — et alors que tout tournait en boucle dans ma tête, mon téléphone sonna. C'était un numéro que je ne connaissais pas.

— Allô ?

— Jin ?

— Oui.

— Jin, c'est Justin. Où es-tu ?

— À l'hôtel, je vous attends.

— Non, je veux dire… Je sais que tu es à l'hôtel, où es-tu dans la pièce ? Est-ce que tu es près de la porte ?

— Non, je suis près de la fenêtre.

— D'accord, attends, je te rappelle tout de suite.

Il raccrocha, ce qui était bizarre. Je regardai au sol par la fenêtre, et des deux côtés de la rue se trouvaient des tas de voitures garées partout. On aurait dit qu'il y avait une fête à l'hôtel dont je n'avais pas entendu parler. Je me dirigeai vers la porte et m'arrêtai avant de l'ouvrir. Logan avait dit de rester à l'intérieur. On toqua à la porte, et je signalai ma présence.

— Jin, c'est moi, Justin.

— D'accord, attendez…

— Ne sors pas. Je suis au téléphone avec Logan, attends.

Je me rapprochai de l'interstice entre le cadre et la porte et écoutai.

— Oui, je suis là, dit-il.

La porte trembla, et je compris qu'il s'était adossé au panneau.

— Et Sean est avec moi, avec deux autres de mes hommes, Miguel Garza, et ses hommes à lui. Mais Logan, qu'est-ce qui se passe ? Il était comme ça quand tu es parti ? Tu l'as *laissé* comme ça ?

Il y eut un silence, et je compris qu'il devait écouter mon compagnon.

— Tu ne comprends pas. Je n'ai jamais senti quelque chose comme ça de toute ma vie. J'ai tellement envie d'être dans cette pièce que ça m'étouffe. Miguel est redescendu parce qu'il était à deux doigts de s'en prendre à moi pour pouvoir passer.

Encore un silence.

— Eh bien, la bonne nouvelle, c'est que tu n'as plus besoin de t'excuser auprès de la tribu de Deshret ou de son *Semel*. Il comprend que

Jin ne l'a pas fait exprès, on peut le sentir dès qu'on s'approche. C'est un pouvoir cru, animal, pas une attraction douce comme la première fois que je l'ai rencontré, c'est intense, charnel, et... bon sang...

On aurait dit qu'il cherchait ses mots.

— Un besoin lancinant.

Il eut encore un silence quelques instants.

— Oui, et bien maintenant, le problème c'est qu'il y a trop d'hommes ici. Je ne peux pas calmer Sean sans le faire physiquement. Je vais avoir besoin de le faire se soumettre à moi, mais pour faire ça, nous devons tous les deux être sous forme de panthère. Je ne peux pas me transformer au milieu de ce fichu hôtel.

J'eus un frisson en entendant la voix de cet homme, son pouvoir, le *Semel* qu'il était m'attirait.

— Espèce de crétin ! Pourquoi est-ce que tu as fait ça ? Pourquoi est-ce que tu l'as laissé s'éloigner de toi s'il était comme ça ?

Il y eut encore un silence, et je sus que Logan était en train de tout lui raconter. Cela prit de longues minutes, pendant lesquelles j'écoutai Justin respirer de l'autre côté de la porte.

— D'accord, d'accord, je comprends. Mais là tout de suite, je ne vois pas comment je vais sortir ton compagnon de cet hôtel en un seul morceau si je ne peux pas le forcer à arrêter de diffuser cette fichue odeur. Tu m'as envoyé ici pour que je puisse te le mettre dans un avion, Logan, mais est-ce que tu as la moindre idée d'à quoi ressemble son odeur ? Le goût que doit avoir sa peau ?

Je voulais sentir Logan, voir Logan, goûter et toucher Logan. J'avais besoin de lui.

— Oh putain ! cria Justin, surpris. Jin, écarte-toi de cette Bon Dieu de porte !

Je fis plusieurs pas en arrière avant d'entendre quelque chose heurter le mur du couloir. Après quelques minutes de silence, on sonna à la porte.

Je me rapprochai à nouveau.

— Oui ?

— Jin, c'est Yuri. Ouvre la porte.

C'était la seule personne pour laquelle mon *Semel* m'avait donné l'autorisation d'ouvrir la porte. Lorsque j'entrouvris le battant, le regard furieux dans les yeux bleus de mon *sheseru* fut la première chose que je vis.

— Salut.

69

Je lui souris, si heureux de le voir. Il me grogna dessus, attrapa la porte, et me fit signe de reculer. Je m'éloignai, traversai la pièce pour aller jusqu'à la fenêtre, et quand je me retournai, il m'avait suivi et plusieurs autres hommes était entrés.

Yuri s'avança plus près qu'il le faisait normalement, puis se tourna et se mit à genoux. Il était tellement grand que même agenouillé le haut de sa tête arrivait à ma taille. Instinctivement, je mis ma main sur son épaule. Ses respirations profondes me faisaient tourner la tête. Il inspira profondément et Domin le rejoint, se plaçant devant moi, me cachant complètement à la vue de la pièce. Il avait les mains sur les hanches et d'après l'inclinaison de sa tête, il devait donner l'impression de s'ennuyer.

— Je suis Domin Thorne, le *Maahes* de la tribu de Masdet, annonça-t-il. Que tous ceux présents dans cette pièce me présentent leur lignée.

— Je suis Miguel Garza, répondit une voix basse et rauque, *Semel* de la tribu de Deshret. Voici mon *sylvan*, Adam Manuel, et mon *sheseru*, Taylor Pang. J'ai de nombreux *Khatyus* dans le hall, comme j'en ai le droit.

— Je suis Justin Cho, entendis-je l'ami de Logan dire de sa voix sonore et rocailleuse, *Semel* de la tribu de Qebui de San Francisco. J'ai avec moi mon *sheseru*, Sean Li, et deux de mes *Khatyus*. Je suis là à la demande de votre *Semel*.

Domin acquiesça et s'éclaircit la gorge avant de s'incliner et de faire un pas sur le côté. D'un seul coup, je me retrouvai face à la pièce. Je regardai l'homme que je ne connaissais pas, Miguel Garza. Il était grand et beau, avec des cheveux bruns foncés, les épaules larges et des yeux chaleureux. Je m'agenouillai.

— Je vous demande pardon, *Semel*. Je n'ai pas volontairement forcé vos hommes à se transformer, et je ne souhaitais pas leur manquer de respect ou vous manquer de respect. Je ne suis pas moi-même et je m'en excuse profondément.

Il serra la mâchoire et fit un pas en avant.

Tout se passa très vite : une main attrapa mes cheveux, et ma tête fut ramenée violemment en arrière. Je ne pus réprimer un halètement.

— Êtes-vous prêt à comparer votre pouvoir à celui de son *Semel* ? demanda Domin.

Je me rendis compte que Domin me tenait, et même si j'aurais pu me transformer et me libérer, cela me faisait trop de bien pour que je bouge. Je pouvais sentir la chaleur qui émanait de mon *Maahes*, et respirer son odeur délicieuse. Je ne savais pas que l'odeur de cet homme pouvait devenir celle de la vanille chaude et de la sueur salée en même temps, et il était si fort, je pouvais le sentir. Pas juste physiquement, mais à l'intérieur… Il ne flancherait pas. Il resterait, il ne s'enfuirait pas. Cet homme était puissant, j'avais besoin que mon compagnon le soit ou je ne pourrais jamais me soumettre.

— Domin, murmurai-je, voulant qu'il serre plus fort encore, qu'il me plaque par terre.

Je voulais sentir son poids sur moi et la chaleur de son corps… J'avais besoin…

— Yuri, fut tout ce qu'il eut besoin de dire.

Instantanément, je me sentis soulevé et plaqué durement contre le verre froid de la fenêtre. Le choc du mouvement et du froid sur ma peau m'éclaircit les idées.

— Si je peux contrôler ma transformation, entendis-je Miguel dire, alors j'aurai le droit de le goûter. Vous n'avez rien à dire. Vous êtes deux. Si le *Semel* de Qebui et ses hommes se joignent à vous, vous serez six, mais je vois déjà sa détermination faiblir.

Je me penchai sur le côté pour voir au-delà de Yuri et aperçut Justin qui tremblait de douleur.

C'était de ma faute.

J'étais sur le point de mettre en danger Domin et Yuri, et je ne pouvais pas le permettre. Il sacrifierait leur vie pour me protéger, pour honorer Logan et notre lien, et le combat semblait déjà tourner en leur défaveur.

Merde.

Sans un mot, je contournai Yuri.

— Venez, *Semel*, je vais vous faire goûter mon pouvoir si c'est cela que vous voulez, mais amenez votre *yareah* pour qu'elle puisse le voir.

— Tu crois que mon désir est seulement mien, *Reah*, mais ma *yareah* et moi te dévoreront ensemble.

— Vraiment ?

— Oui, vraiment. Montre-moi ton pouvoir et je te montrerai le mien. Je te prendrai ici, sur ce lit, et tes hommes regarderont sans rien faire.

Mon estomac se retourna sous l'effet de la colère.

— Je vais appeler ma *yareah*. Elle sera contente, nous avons généralement d'autres femmes dans notre lit, avoir un homme sera différent. Elle te prendra en elle pendant que je m'enfoncerai en toi, dit-il en me déshabillant du regard. J'ai hâte de te sentir enrouler autour de mon sexe.

— Mon compagnon vous tuera pour cette transgression.

71

— Il peut essayer.

Logan.

En songeant à son nom, je redevenais *reah*, mais la colère du nekhene couvait toujours.

Où était le compagnon de la *reah* ?

— Tu seras mienne, *Reah*.

Personne ne manquerait jamais de respect à Logan Church. La rage qui montait en moi atteint son apogée en un instant. Elle me sortit par les pores et explosa comme un coup de grisou. La pièce entière fut engouffrée dans ses flammes.

Domin tomba à genoux, tout comme Justin et son *sheseru*. Ils tombèrent vers l'avant, les mains sur le tapis, pour endurer la vague de puissance. Tous les autres étaient au sol, se tordant de douleur. Le *Semel*, le *sylvan* et le *sheseru* de la tribu de Deshret commençaient déjà leur transformation inexorable en panthère.

— Comment osez-vous penser que vous pouvez me toucher ? Seul mon compagnon peut me toucher, rugis-je en direction de tout le monde.

— Oui.

La voix de Miguel était étouffée, car il luttait pour contrôler sa transformation en prenant sa forme intermédiaire, mais je le compris tout de même.

— Seulement mon compagnon !

Son cri fut horrible, sa transformation monstrueuse. Son corps se tordit pour prendre la forme d'un animal. Il n'était pas assez fort pour garder sa forme intermédiaire.

— Yuri, cria Domin.

— Jin.

Je me tournai pour regarder mon *sheseru* lorsqu'il prononça mon nom et le vis toujours à genoux, respirant profondément.

— Je ne permettrai à aucun homme de te toucher, ma *Reah*.

Ma gorge se serra devant la sincérité de sa promesse.

— Je massacrerai tous ceux qui ne feraient que tendre la main vers toi.

Je le savais, donc je me calmai immédiatement.

— Oh, Dieu merci, souffla Domin en s'asseyant, les mains sur les cuisses et les yeux fermés en poussant un long soupir. Je t'en prie, Jin, calme-toi.

— Oui, acquiesça Justin.

Il laissa sa tête retomber en arrière et lui aussi laissa échapper un long soupir.

Je regardai Sean, le *sheseru* de Justin, déchirer ses vêtements de ses griffes avant de rouler sur le ventre, de se lever et d'aller s'asseoir derrière son *Semel*. C'était une magnifique panthère dorée au poil soyeux. Il y en avait beaucoup d'autres dans la pièce. J'avais découvert depuis des années que ma couleur noire était aussi rare que le fait d'être né *reah*. Chaque panthère que j'avais rencontrée dans ma vie avait été dorée.

— Tu me fais confiance, dit Yuri.

J'acquiesçai.

Il ferma les yeux, et je vis un frisson traverser son corps massif. Ma foi en lui l'inonda, ainsi que la certitude de sa place de gardien. Nous étions liés tous les deux, et ce lien devenait plus fort et plus puissant de jour en jour.

— Quand tout le monde sera redevenu humain, finit par dire Justin après un long moment, ne me quittant pas des yeux tout en respirant lentement, je pense que nous devrions tous attendre ici que Logan arrive.

Je hochai la tête.

Son sourire vacilla, mais resta en place.

— Il faut être très fort pour résister à tes phéromones, Jin. Je me sens privilégié d'avoir réussi ce test, même si j'aurais certainement échoué si cela avait continué une seconde de plus.

— Non, ce n'est pas vrai.

Ses yeux cherchèrent les miens.

— Oh si, je ne crois pas avoir jamais désiré quelque chose autant que je te désirais toi.

Je détournai les yeux, incapable de soutenir son regard. Mes yeux tombèrent sur Domin.

— Tu es le compagnon de mon *Semel*, Jin, dit-il d'un air fatigué. Je ne te vois pas comme un homme, seulement comme ma *reah*.

— Oui, ajouta Yuri quand je le regardai.

Il hocha la tête.

— Ton pouvoir est dur à encaisser, mais je peux résister à la douleur. Je suis fait pour me tenir entre toi et tous ceux qui te menacent, même toi-même.

Je lui serrai l'épaule tout en sentant les larmes me monter aux yeux.

— Imagine à quel point Logan Church est fort pour avoir un tel compagnon.

Il sourit et je vis la fierté briller dans ses yeux.

— Et maintenant ? demandai-je à Justin.

— Maintenant, nous attendons tous Logan.

— Je vais commander à manger, suggéra Domin en se levant difficilement. Je meurs de faim.

Je me dirigeai vers la fenêtre et Yuri se leva pour placer sa carrure impressionnante entre moi et tout le monde dans la pièce.

— Dis-moi à quoi ressemble Crane, demandai-je.

Lorsqu'il me regarda, ses yeux n'étaient plus que deux fentes.

— Il est brisé, Jin. Il refuse de se retransformer. C'est son père qui tenait le couteau.

Je me retins au mur.

— Si je le croise, où que ce soit, je le tuerai. Arène ou pas arène, le père de Crane est mort, jura-t-il, la voix assombrie par la détermination.

Je hochai la tête. J'étais d'accord.

VI

ON TOQUA à la porte juste après vingt et une heures, et Artem Varda, le second de Yuri, passa la porte avant de laisser entrer Logan. Je me levai, puis tout le monde en fit autant. Mon compagnon attendit. C'était à moi d'aller à lui et lorsque je bougeai, tout le monde s'écarta. C'était comme si j'avais été un lépreux. Personne ne voulait risquer de me toucher.

Logan m'attira à lui et me cala sur son côté. Je respirai son odeur, posai les mains sur lui et me collai contre son corps.

— S'il vous plaît.

J'ouvris les yeux et vit Miguel agripper fortement le bord de la table.

— *Semel-netjer*, je vous prie de me pardonner ma transgression contre votre *reah*. Je vous demande humblement de lui faire quitter mon territoire. J'ai offert à votre frère le statut de *Duat*, et je ne lui ferai plus jamais aucun mal s'il honore son statut et ne se transforme jamais.

— Quelle transgression avez-vous commise contre ma *reah* ?

— Puis-je parler ?

Logan se tourna vers Domin, qui se tenait entre Yuri et Artem.

— Le *Semel* de la tribu de Deshret a fait une faveur à votre frère. Retournons-la et allons-nous-en.

— On peut y aller maintenant ? demandai-je à mon compagnon.

— Oui, répondit promptement Logan en resserrant ses bras autour de moi. Tu as fait tes bagages ?

— Je ne les avais pas défaits, lui répondis-je.

La nervosité était palpable dans la pièce, et je compris que c'était parce qu'ils étaient mal à l'aise de se tenir là, habillés de vêtements de rechange. Miguel Garza et tous ses hommes s'étaient transformés. Ils avaient déchiré leurs vêtements et en portaient d'autres obtenus dans des boutiques avoisinantes. Ils voulaient s'en aller, laver les restes de cette soirée et oublier qu'une autre panthère les avait complètement retournés en les forçant à se transformer, les avaient rendus impuissants. C'était humiliant, et tous leurs instincts leur disaient de s'éclipser furtivement et d'aller se cacher. Mais la loi ne leur permettait pas. La loi disait qu'ils devaient saluer Logan, alors ils étaient restés. Si Miguel était rentré chez lui pour prendre une douche, il aurait eu l'air faible face à mon compagnon. Alors il était resté même si des relents de sueur, de sperme, de douleur et de désir s'accrochaient à ses cheveux et à sa peau comme une chaude soirée de juillet. Rester assis ici, à attendre qu'il leur permette de s'en aller, devait être rageant.

— J'accepte vos conditions, *Semel*, dit Logan en s'écartant de moi.

Il s'avança vers Miguel Garza, qui se leva pour lui serrer la main.

— Et je vous remercie d'avoir accepté de prendre soin de mon frère.

L'autre homme soupira profondément.

— Votre *reah* est dangereuse, *Semel-netjer*, et même si j'aimerais demander justice pour la transformation qui a été imposée à mes hommes et moi-même, je vous ai aussi vu combattre dans l'arène à Sobek, et je ne veux pas vous défier.

— Puis-je vous offrir une autre forme de compensation ?

— J'accepterai ce que vous voudrez bien m'offrir.

— Mon *sylvan* contactera le vôtre pour discuter des conditions.

Il baissa la tête, couvrant leurs mains jointes de sa main libre.

— Merci, *Semel-netjer*.

Je tremblais, c'était fini et j'allais pouvoir rentrer voir Crane.

— Puis-je vous présenter mon *sheseru* et mon *sylvan* ?

Je traversai la pièce pour m'éloigner des autres, et regardai les lumières sur la jetée pendant que Logan rencontrait la maisonnée de Miguel.

— Vous allez bien, *Reah* ?

Je levai les yeux sur Artem. Il était grand, presque autant que Yuri, mais plus mince, et j'aimais beaucoup sa barbe brune et sa moustache. L'effet sur lui était saisissant.

— Oui. Comment s'est passé votre voyage ?

— Ça a été rapide, me répondit-il en souriant. Je suis heureux que vous reveniez à la maison. Crane a besoin de vous. Il refuse de se retransformer, et nous ne pouvons pas le laisser courir dehors parce que nous avons peur de ce qu'il pourrait se faire.

Je hochai la tête.

— Alors il est enfermé dans une pièce sous sa forme de panthère ?

— Il n'est pas enfermé, il n'a qu'à se retransformer et il pourra sortir.

— Mais il ne veut pas.

— Non.

Je pris une inspiration.

— Je voudrais juste rentrer à la maison.

Il me fixait, et je vis ses yeux bruns flasher du vert félin un instant avant qu'il tombe par terre.

Je n'avais pas été là pour protéger Crane. Je l'avais laissé se faire enlever, violenter et mutiler. Comment avais-je pu ? C'était mon meilleur ami, il était comme mon frère.

— Non ! cria Miguel.

En un instant, ce fut le chaos. Tout le monde criait, la peur et la panique m'engouffrèrent et je n'arrivai plus à respirer.

— Jin !

Je levai la tête et Logan était là. Il m'entoura de ses bras et me serra fort.

— Logan ! rugit Justin.

— Mon amour, je suis là, me dit mon compagnon.

Je m'accrochai à lui, me pressant aussi fort que possible contre son corps. J'avais soudain très froid et j'avais besoin de chaque once de chaleur qu'il pouvait me donner.

— Tu es en train de paniquer, et ce n'est pas nécessaire.

Il tenta de me calmer.

— Je suis là, tu es en sécurité.

Je tremblais, je claquais des dents, et il resserra son étreinte afin que je puisse sentir son cœur battre. Je sentis une main dans mes cheveux. Il glissa son autre bras autour de ma taille et posa ses lèvres sur mon front. Il essayait de m'apaiser de sa présence, de son corps. Il sentait le renfermé et le musc avec une trace du parfum que je lui avais offert pour Noel. Je voulais me glisser sous sa peau, où je savais que je serais en sécurité. Je m'agrippai à lui, mes doigts s'enfoncèrent dans les muscles durs de son dos pour ne pas lâcher prise.

— Logan ! hurla Justin. Marque ta *reah* ou laisse ta place !

— Il est à moi ! rugit Logan.

Ce cri primal fit monter une vague de chaleur en moi, et ma bouche s'ouvrit contre sa gorge.

— Montre-le-moi, le défia Justin.

Je répondis au grondement grave de Logan par un gémissement qui était à moitié un ronronnement.

Je fus retourné brusquement et plaqué contre la fenêtre, et j'eus le réflexe de tendre les mains où je me serais retrouvé tête la première contre la surface dure. Je sentis qu'on tirait sur mon pull, puis j'entendis un bruit de déchirure et je sentis l'air frais sur ma peau tandis que le vêtement lacéré glissait le long de mon corps et tombait au sol. Logan agrippa mes cheveux dans son poing et me fit baisser la tête, et un frisson me secoua.

— Tu es à moi, murmura-t-il d'une voix plus animale qu'humaine, avant que des crocs s'enfoncent profondément dans ma peau, m'immobilisant sous lui.

Je gémis et geins, en un instant mon sexe fut si dur et tendu que je commençai à mouiller mon jean.

— Quittez la pièce ! ordonna Yuri.

Je me pressai contre Logan, me frottai contre lui et contre le renflement qui se trouvait maintenant dans son pantalon. Je poussai l'arrière de mon corps contre son érection.

— Non.

La voix de Justin était glacée.

— La loi indique que tout *Semel* peut en regarder un autre prendre sa compagne, n'importe quand. Miguel et moi resterons.

— Sa *yareah*, répondit Domin Thorne d'une voix tout aussi glaciale, pas sa *reah*. Jamais une *reah*. Personne ne peut observer un *Semel* prendre sa véritable compagne.

Domin connaissait bien la loi.

— Dégagez-moi le plancher, gronda-t-il.

— Ainsi a parlé le *Maahes* de la tribu de Mafdet, déclara Yuri, sa voix retentissant dans la pièce. Obéissez : dehors !

Je haletai sous un désir dévorant, et je ne suivis pas vraiment les mouvements derrière moi, mais lorsque la porte claqua, Logan retira ses crocs de ma peau et s'écarta d'un pas.

Je me retournai immédiatement, levai mon visage vers le sien, et vis que ses yeux étaient devenus entièrement dorés. Il n'avait pas pris sa forme intermédiaire, mais il était sur le point de le faire, il tremblait.

Mon corps répondit à sa force, sa beauté et sa dominance. Je me mis à enlever mes vêtements aussi vite que possible. J'enlevai mes baskets sans me baisser, ouvrit ma ceinture et ôtai mon pantalon et mes sous-vêtements d'un seul geste jusqu'à être nu devant lui. Il m'avait observé sans bouger lui-même, ses yeux dorés plissés par la concentration et fixés sur mon corps sans jamais vaciller.

Lorsqu'il tendit la main, je vis des griffes où auraient dû se trouver des doigts.

Je tombai à genoux et m'attaquai à sa ceinture.

— Nekhene, gronda-t-il.

Je desserrai sa ceinture, défis le bouton de son pantalon, le laissai tomber, puis baissai son slip jusqu'à libérer son énorme sexe. J'admirai sa courbure, sa couleur de bronze, sa longueur et son épaisseur, la veine qui courait sur le côté et son large gland, avant de lever les yeux et de le prendre dans ma bouche jusqu'au fond de ma gorge.

Son cri de plaisir résonna dans la pièce. Un instant plus tard, je sentis des griffes acérées dans mes cheveux, glissant sur mon crâne tandis qu'il m'attirait contre lui pour s'assurer que son sexe resterait enfoncé dans ma bouche chaude et humide.

Je suçai férocement, léchai, enroulai ma langue autour de lui, reculai pour lécher le dessous de son sexe ou m'avançai pour révérer ses testicules, tout en utilisant ma main pour faire des va-et-vient doux mais fermes, avalant les goutes qui coulaient le long de son sexe avant de le reprendre entièrement dans ma bouche. Il poussait puis se retirait, me maintenant là où il voulait de ses poings serrés dans mes cheveux.

Lorsqu'il se retira, je tentai de le recapturer avec ma bouche, mais il utilisa mes cheveux comme une laisse pour me forcer à me lever et me jeter en arrière sur le lit. Je touchai le matelas, roulai, et d'un seul coup il fut sur moi, soulevant mes fesses en l'air. Je l'entendis cracher une fois, puis sa langue râpeuse s'enfonça en moi. Je criai.

Normalement, il y avait du lubrifiant. Normalement, il y avait ses doigts de fée. Mais cette fois, il n'y avait rien à disposition et il ne voulait pas me blesser avec ses griffes. Il cracha à nouveau, et je me tortillai contre lui en sentant ses cuisses effleurer l'arrière des miennes.

— Ma *reah*, gronda-t-il en positionnant l'extrémité de son sexe contre moi.

Mais ce n'était pas moi. J'étais un nekhene et j'étais libre. Je n'appartenais à personne.

Il me sentit me crisper en refus et répondit :

— Tu es à moi !

Je sifflai puis gémis lorsque des griffes s'enfoncèrent dans ma hanche, me maintenant en place tandis qu'il s'enfonçait en moi, écartant lentement mon corps en passant l'anneau de muscles pour s'enfoncer toujours plus profond.

Le nekhene en moi s'arrêta, se calma, attendit que la pointe de douleur, bienvenue, s'apaise.

Mon compagnon.

Cet homme était mon compagnon, et je voulais qu'il me marque plus que tout.

Il s'enfonça en moi, poussant sans jamais s'arrêter jusqu'à prendre complètement possession de mon corps. J'étais si plein de lui, si tendu… et la douleur était brûlante, mais commençait déjà à se changer en un besoin lancinant.

— Logan ! criai-je tandis que mes muscles se contractaient en un spasme autour de son sexe.

Il se retira lentement, puis poussa à nouveau en moi, durement.

— Oh, oui, s'il te plaît, suppliai-je.

J'adorais la sensation de cet homme enfoncé dans mon corps.

Il répéta le mouvement encore et encore. En quelques instants il avait trouvé son rythme et ne le perdait plus. Il me prenait, glissant en et hors de moi facilement, mon fourreau humide se contractant autour de lui.

Ce n'était pas tendre. C'était dur et j'étais plaqué sur le matelas, maintenu comme un animal en rut. Bientôt, il fut recouvert d'une pellicule de sueur. Ce qui en fit quelque chose de plus furent ses mains, redevenues humaines, qui cherchèrent mon visage, tournèrent ma tête et relevèrent mon menton afin qu'il puisse prendre possession de ma bouche comme il l'avait fait de mon corps. Nos lèvres fusionnèrent et le désir monta encore entre nous. Il voulait la même chose que moi : ne plus faire qu'un. Il exigeait ma reddition, et je la lui offris. Je sentis sa main agripper mon sexe, et la pression sur ma chair trop sensible suffit à m'arracher un orgasme éblouissant. Mes muscles se contractèrent autour de son érection, encastrant son sexe pour lui arracher son plaisir quelques secondes après moi.

Il se laissa tomber sur moi, me plaquant au lit, et nous restâmes quelques instants ainsi, haletants et vidés de toutes forces.

— Peut-être que tu devrais m'emmener avec toi à partir de maintenant, dis-je finalement en souriant, tournant la tête pour repousser ses cheveux humides de sueur de mon nez et embrasser sa tempe.

Son corps tremblait sous le contrecoup de son plaisir, mon corps continuait à onduler autour de lui, à l'agripper.

— Peut-être, acquiesça-t-il avant de se mettre à rire.

Je pouvais sentir son cœur battre contre mon dos, les vibrations de son rire et son sexe palpitant à l'intérieur de moi. Toutes les parties de moi étaient rassasiées, satisfaites, et même la partie qui se rebellait contre le lien entre une *reah* et un *Semel* reconnaissait que Logan venait de me marquer de ses crocs et de ses griffes.

— Je ne t'ai pas fait mal, hein ?

Je secouai la tête, et il pressa un baiser brûlant sur le côté de mon cou.

— Tu m'appartiens, Jin. Chaque partie de toi, chaque morceau est à moi.

Oui.

— Je t'appartiens, acquiesçai-je.

Son grognement de mâle satisfait me fit sourire.

Il sortit doucement de moi et me fit rouler sur le dos avant de se mettre à genoux. J'étais nu, mais lui n'était qu'à moitié déshabillé.

— On dirait que j'ai abusé de ta vertu, dit-il en souriant d'un air diabolique.

— Mais toi aussi, tu sais ?

Je haussai un sourcil à son intention.

Il se jeta sur moi pendant que j'éclatais de rire, m'entourant de ses bras musclés pour me maintenir en place et prendre possession de ma bouche.

Je lui retournai son baiser, enroulant ma langue avec la sienne, le goûtant, suçant et mordant sa bouche et m'agrippant à lui de mes bras et jambes.

— Dis-le, murmura-t-il, la voix courte, avant d'inspirer profondément pour pouvoir m'embrasser à nouveau.

— Logan, haletai-je, je t'aime.

— Et moi aussi je t'aime, dit-il en me regardant dans les yeux pendant qu'il passait les doigts dans mes longs cheveux, jusqu'au milieu de mon dos. Je n'aime rien ni personne plus que toi.

Je l'attirai à nouveau dans un baiser et il s'exécuta en pouffant.

— Tu es à moi, souffla-t-il.

Et je l'étais.

VII

Logan avait pris sa douche après moi, alors lorsqu'il sortit de la salle de bain, j'étais à nouveau devant la fenêtre à regarder la nuit.

— Est-ce que je demande que l'on nous monte à manger avant de partir pour l'aéroport ? demanda-t-il gentiment

— Non.

Je secouai la tête, mes yeux cherchant les siens.

— On rentre à la maison, on ne reste pas. Ne t'inquiète pas ou ne panique pas et ne pense pas que l'on ne partira pas, on s'en va.

Je hochai la tête sans rien dire, de peur de fondre en larmes. Je me sentais soudain vulnérable, nu, tout le monde savait ce que Logan avait fait pour me calmer et asseoir sa dominance. J'avais l'impression d'être exposé.

Il traversa la chambre et me prit dans ses bras. Presser mon visage au creux de son cou me calma. Les lents battements de son cœur étaient réconfortants, et sa main supportait tendrement l'arrière de ma tête. La première larme coula sous mes paupières closes.

— Mon cœur, regarde-moi.

Je levai la tête pour le regarder.

— Voilà.

Il me sourit.

— Ne t'inquiète pas pour qui que ce soit. Tu es la *reah* de ta tribu, personne ne peut comprendre ce qu'il y a dans ton cœur à part moi, et je suis le seul qui importe.

Mais lorsque tout le monde entra dans la pièce et que je vis leurs expressions terrifiées, méfiantes ou furieuses, je dus détourner les yeux. Même Artem, qui ne s'était pas transformé, avait l'air effrayé.

— Allons-y, déclara Logan après quelques minutes.

Il avait enlevé la chemise qu'il portait un peu plutôt sous son pull pour ne plus porter que le pull sous sa veste de costume. Il enfila son trench-coat en laine et cachemire par-dessus avant de prendre ma main pour me mener dehors.

Domin régla ma note d'hôtel tandis que je suivais Logan à l'extérieur et montais dans une des quatre énormes limousines Hammer noires qui nous attendaient. J'aurais normalement fait une remarque taquine sur le fait que cela faisait très Hollywood, mais aujourd'hui, je m'en moquais.

Je voulais voir Crane. Je voulais rentrer à la maison.

À l'intérieur de la voiture, je m'assis à côté de Logan sans rien dire, les yeux fixés sur sa main qui tenait la mienne. La teinte dorée de sa peau à côté de la mienne, plus mate, était comme toujours remarquable. J'entendis des cris à l'extérieur, puis Yuri monta dans la limousine avec nous, suivi de Justin et de Sean. Je remarquai que Miguel Garcia et une autre femme étaient aussi là.

— Nous attendons simplement mon *sheseru*, nous dit-il. Mon *sylvan* roulera dans la voiture qui se trouve derrière nous avec mon *Maahes*, le vôtre, et votre autre homme.

Il voulait parler d'Artem.

— Puis-je vous présenter ma *yareah*, Erin Ralston Garza ?

— Heureux de vous rencontrer, lui assura Logan.

Même s'il l'avait remarquée bien avant, Logan ne lui aurait jamais adressé la parole, ou même montré qu'il avait remarqué sa présence sans la permission de son compagnon. C'était de la faute de Miguel s'il lui avait fallu aussi longtemps pour la saluer.

— Non, *Semel-netjer*, tout le plaisir est pour moi, dit-elle.

Elle se tourna ensuite vers moi.

— Je crois comprendre que vous êtes très puissant, *Reah*, plus puissant que mon compagnon.

Je ne lui répondis pas. Il était évident que la pique était destinée à Miguel et pas à moi. Peut-être que les femmes dans leur lit, dont il avait parlé plus tôt, n'étaient pas si bienvenues qu'il aurait voulu nous le faire croire.

— Le voilà, coupa Miguel un peu trop fort.

Il était clairement paniqué.

Taylor Pang, que j'avais rencontré plus tôt et que j'avais forcé à se transformer comme beaucoup d'autres, grimpa dans la voiture et s'assit à côté de Miguel. L'homme qui s'était levé du siège avant pour ouvrir la porte, qui devait être un des *Khatyus*, remonta. J'entendis toutes les portes se fermer et la voiture démarra.

Personne ne parla pendant de longues minutes, et lorsque Logan brisa finalement le silence, je faillis sursauter. Heureusement, il avait bougé son bras avant de parler pour le mettre autour de moi, me serrant fortement contre lui

— Mon compagnon ne vous rend plus malade maintenant, *Semel* ?

— Non, répondit rapidement Miguel. Je ne crois pas.

— Et vous ? demanda Logan à Taylor.

— Non, *Semel*, répondit-il. Je me sens différent maintenant.

— Vous avez envie de le protéger, offrit Yuri d'une voix plus douce que celle qu'il employait généralement.

— Oui.

Les yeux sombres de Taylor s'attardèrent sur mon *sheseru*.

— L'odeur de ma *reah* est redevenue comme elle l'est habituellement.

— Oh, dit doucement Taylor.

— Pour vous, *Semel*, ajouta Logan doucement, si vous réussissez à respirer en ignorant son odeur, en ignorant le besoin de le protéger, de le dominer, vos idées s'éclairciront.

Le silence revint, mais fut brisé quelques instants plus tard par Miguel.

— Bon sang.

Il expira brusquement, cherchant le regard de Logan.

— C'est ce que vous fait ressentir une *reah* en temps normal ?

Logan hocha la tête.

— Et ce n'est pas mon compagnon, dit-il en plissant les yeux, mais je peux sentir un… C'est fou. Enfin, pendant un instant j'ai eu envie de…

— Me tuer, terminal Logan avec calme.

— Oui.

— Je sais.

— Comment…

— Tous mes amis me disent que je devrais avoir peur de vous, *Reah*, coupa sèchement Erin et toutes les conversations s'interrompirent dans la voiture. Et je ne sais pas pourquoi.

Je n'avais ni le temps ni l'énergie d'expliquer ce qu'était une *reah* par rapport à une *yareah* et surtout, je n'avais vraiment pas envie de parler à une potiche.

Elle était parfaite. Ongles parfaits, sourcils parfaits, bronzage parfait au milieu de l'hiver, vêtements qui devaient coûter plus que ma voiture. Ses cheveux gonflés étaient absolument impeccables. Le sac à main Chanel posé à ses pieds s'accordait à sa montre incrustée de diamants. Son maquillage était sans défaut, et ses bijoux énormes et tape-à-l'œil. Elle me faisait penser à une femme au foyer pourrie gâtée, et même si normalement j'aurais été plus gentil, moins critique, il ne me restait plus de réserves de bienveillance.

Je tournai la tête et cachai mon visage contre l'épaule de Logan.

— Ma *reah* est épuisée, commença Logan.

Sa voix, cette voix merveilleuse, douce et mélodieuse, fit le silence dans la voiture.

— Si vous me le permettez, je vais répondre à vos questions, *yareah* de la tribu de Deshret.

Je tournai légèrement la tête afin de pouvoir la regarder.

Elle lui sourit.

— S'il vous plaît.

Toutes les femmes souriaient à Logan. C'était facile : il était magnifique. Il était doré des pieds à la tête : cheveux d'or, peau ambrée, yeux dorés, et la façon qu'il avait de marcher et de se tenir évoquait la force, la virilité, et une chaleur absolument scandaleuse. Mais Logan ne se réduisait pas à ce que l'on voyait ou sentait. C'était aussi le calme que vous sentiez en sa présence, et la façon dont les rides au coin de ses yeux se faisaient plus prononcées lorsqu'il souriait. Il prenait votre douleur, votre confusion, votre colère et votre rage, et les transformait en un calme apaisant. C'était ce que l'on attendait d'un *Semel*, le chef de la tribu, mais ce n'était malheureusement pas courant.

— Vos amis avaient probablement peur pour vous, car une *reah* qui n'a pas de compagnon, et rencontre un *Semel* qui possède une *yareah*, peut potentiellement être la véritable compagne de ce *Semel*. Il y a toujours un risque qu'un *Semel* qui a une *yareah* pour compagne trouve sa véritable compagne, sa *reah*.

— Donc, la *Reah* de Miguel se trouve peut-être quelque part dans le monde ?

— Oui.

Elle prit le temps d'assimiler la nouvelle.

— C'est vraiment effrayant, lui dit-elle. Enfin, vous êtes une *yareah* et vous avez passé des années avec votre compagnon, vous avez peut-être des enfants ensemble, et puis un jour il traverse la rue et il croise sa *reah*, et votre vie est terminée.

Logan hocha la tête.

— C'est bien ça que vous me dites, non ? Ma vie pourrait voler en éclats demain s'il trouve sa véritable compagne.

— Non, vous deviendriez *taurth*, sa seconde compagne.

— Ça a l'air horrible.

— Certaines panthères refusent l'idée de devenir *yareah* pour cette raison, lui dit-il. Mieux vaut ne jamais aimer un *Semel* plutôt que de le perdre.

Elle hocha la tête.

— Mais elles se trompent, ajouta Logan. Les chances pour un *Semel* de trouver une *reah* sont minuscules.

— Vous parlez comme un homme.

Elle me montra du doigt.

— Parce que là, je vois votre *Reah*, et même si mon compagnon est hétéro, il ne l'a pas quitté des yeux depuis qu'il est monté dans la voiture.

— Quoi ? cria Miguel

Il n'avait apparemment pas eu le temps de la prévenir de ce qu'il avait prévu pour elle et moi tout à l'heure à l'hôtel.

— Je comprends, dit-elle en hochant la tête, lui faisant un sourire narquois avant de se tourner à nouveau vers Logan. Mais si une *Reah* a un compagnon, pourquoi est ce que je m'en soucierais ?

— Exactement.

Logan sourit.

— Une *reah* qui possède un compagnon n'est pas une menace pour une *yareah*, et vous ne devriez la voir que comme une amie.

Elle eut un regard dur pour Logan.

— Est-ce que vous aviez une compagne lorsque vous avez rencontré votre *reah*, *Semel-netjer* ?

— Non

Elle fit un grand sourire.

— C'est bien. Aucune vie n'a été chamboulée par la formation de votre lien.

— Non, dit-il en riant devant sa tournure de phrase. J'ai eu beaucoup de chance.

— Je suis sûre qu'une *Reah* sans compagnon serait le genre de personne qu'une *yareah* pourrait vouloir tuer.

— Oui, mais la plupart des *yareahs* ne poseront même pas les yeux sur une *reah* de toute leur vie.

— C'est difficile d'imaginer que les *reahs* sont si rares lorsque j'en ai une juste en face de moi.

Logan ne dit rien.

— Je suis curieuse de voir si son pouvoir est vraiment aussi puissant que l'on m'a dit.

— Malheureusement, une démonstration du pouvoir de mon compagnon dans cette voiture nous tuerait tous dans un accident.

— Il est vraiment si puissant ?

— Demandez à votre compagnon, répondit Logan, ce qui conclut la conversation.

À l'aéroport, Logan remercia le *Semel* pour son hospitalité, et lui dit que Mikhail le contacterait concernant la compensation et les arrangements nécessaires aux transferts de fonds qui seraient décidés. Le *Semel* avait l'air mal à l'aise. J'étais certain que maintenant, alors que la colère, la douleur et l'humiliation s'étaient dissipées, l'idée que Logan le paie pour sa propre faiblesse et celle de ses hommes lui paraissait mesquine.

— Peut-être qu'au lieu de cela, je pourrais vous demander l'autorisation de vous rendre visite avec ma maisonnée. Et nous pourrions chasser ensemble. Cela fait des années que je n'ai pas chassé.

— Votre tribu doit chasser ensemble, dit Logan, ou vous perdez un des liens les plus basiques. J'en serais honoré, *Semel*, et ma maisonnée aussi.

Le visage de Miguel s'éclaira, et il s'inclina. Logan s'inclina a son tour, et tout alla mieux. Je remarquai que Miguel ne pouvait toujours pas soutenir mon regard et, à l'inverse de sa *yareah*, ne souhaitait pas me toucher.

Erin m'offrit sa main, que je pris. Ses yeux, qui avaient été agressifs, s'étaient adoucis. Et lorsque je lui souris, elle me sourit en retour. Lorsque le *Semel* et sa maisonnée furent partis, Domin et Artem nous rejoignirent pour avancer vers les portes de l'aéroport. Logan était devant moi, et Yuri à côté de moi. La main de mon *sheseru* se posa sur mon épaule.

J'étais heureux que, maintenant que nous étions officiellement compagnons, Logan permette à d'autres membres de sa tribu de me toucher et de s'approcher de moi. Je savourais sa confiance.

Logan promit d'appeler Justin s'il avait besoin d'aide pour les épreuves qu'il devrait affronter lors du *sepat* et, bien sûr, de lui dire s'il devenait *Semel-aten*.

— C'est comme un rêve de ne serait-ce que parler de ça, soupira Justin. Mais est-ce que tu as envie de devenir *Semel-aten* et de vivre à Sobek ?

— Non, je n'en ai pas envie, mais il y a sans doute des choses que je ne connais pas dont le prêtre m'informera si je gagne.

— Je suis sûr que tu vas gagner, lui dit Justin. Tu es le plus fort de tous les *Semels* que je connais, et tes hommes, ton *sheseru*, ton compagnon… Tu vas gagner.

Logan s'approcha de lui sans demander la permission. D'un seul coup, toutes les règles n'existaient plus. Il n'y avait plus que deux vieux amis qui se quittaient. Justin sourit lorsque Logan le serra contre lui, et lui rendit son étreinte.

Je m'éclaircis la gorge, et tous les regards se tournèrent vers moi.

— Puis-je m'excuser auprès de votre *sheseru* ? demandai-je à Justin.

En réponse, il fit un pas de côté et je me retrouvai face à Sean Li.

— Je suis vraiment désolé, *sheseru* de la tribu de Qebui. Je ne voulais pas…

— *Reah*, interrompit-il en levant les mains. J'ai appris beaucoup de choses sur moi-même cet après-midi. Lorsque je me suis transformé, je ne suis pas resté sur le sol à lutter et à me débattre comme les autres ; je n'ai pas eu besoin d'être contrôlé par mon *Semel*. Je me suis transformé, oui, mais j'ai fait mon devoir même après ça. J'ai bien plus de contrôle sur moi-même que ce que d'autres pensaient de moi. Je vous remercie de m'avoir montré que j'ai encore des choses à apprendre et des moyens de m'améliorer. Nous avons tous à l'intérieur de nous un pouvoir que nous devons maîtriser.

— Oui.

Je souris et m'inclinai profondément.

Lorsque je me relevai, je le vis me sourire en retour. Je l'observai serrer la main de Yuri, Domin et Artem, et me dis encore, comme je l'avais fait à Sobek lorsque j'avais rencontré Justin Cho pour la première fois, que l'ami de Logan lui ressemblait beaucoup et que les hommes qu'il choisissait ressemblaient beaucoup à ceux de mon compagnon : fort, gentil et doués. En voyant Justin et Sean s'éloigner ensemble, je voyais la même camaraderie et simplicité que celle que Logan partageait avec son *sheseru* et son *sylvan* en privé.

— Où est la porte ? grogna Yuri. Je veux rentrer.

— Moi aussi, acquiesça Domin en bâillant avant de lever la tête pour regarder la liste des départs.

Yuri sourit et posa une main sur son épaule. Le sourire que Domin lui fit en retour, chaleureux et doux, fut une surprise.

— Par là, pointa Artem avant de nous guider à la porte.

On aurait dit que cet horrible voyage n'avait jamais eu lieu. Nous mangeâmes tous ensemble à l'aéroport avant de nous asseoir dans la salle d'embarquement pour attendre. Mon compagnon parla avec son frère au téléphone, lui souhaita bonne chance, lui dit qu'il espérait tout de même avoir de ses nouvelles à l'occasion, et que si un jour il voulait revenir, les portes de la tribu lui seraient toujours ouvertes.

— Tu ne voulais pas voir Russ ? demandai-je à Logan lorsqu'il eut fini.

— Plus maintenant, me répondit-il honnêtement pendant que nous embarquions. Je suis le *Semel* de ma tribu et ce qu'a fait Russ, c'est plus ou moins me dire qu'il ne veut pas appartenir ma tribu, qu'il ne veut appartenir à aucune tribu. La partie de moi qui est son frère acceptera sa décision, mais c'est tout de même une insulte et je ne peux pas faire comme si tout allait bien. Une tribu est une famille, et il a choisi de ne pas en avoir. Il ne m'est plus d'aucune utilité.

C'était dur et sans pitié, mais je comprenais aussi. Logan était le chef de sa tribu et Russ ne voulait plus en faire partie. Qu'y aurait-il pu y avoir de plus entre eux ?

Lorsque Crane et moi avions voyagé ensemble à travers tout le pays, nous n'avions ni l'un ni l'autre pensé à demander le statut de *Duat*. Je ne pouvais pas imaginer ne plus jamais me transformer, et Crane n'avait jamais abandonné son rêve d'appartenir à une autre tribu. Je ne voulais rien avoir à faire avec les panthères, mais même alors, j'avais tout de même régulièrement enlevé mes vêtements pour aller courir dans la nuit. Je m'étais menti lorsque je m'étais dit que je détestais être une panthère. Je n'avais jamais détesté la transformation, j'avais détesté être une *reah* sans compagnon. Russlan Church, lui, ne voulait être rien d'autre qu'humain. J'espérais que sa décision le rendrait heureux.

— J'espère qu'un jour Russ acceptera son héritage comme tu l'as fait lorsque tu as trouvé ta place dans la tribu, mais il a le droit de prendre la décision de ne jamais revenir si c'est ce qu'il veut. Je ne demanderais jamais à personne de ma famille ou de ma tribu de se soumettre à une loi à laquelle il ne croit pas. Mon but est de guider et de prendre soin de ma tribu, de protéger tout le monde, pas de punir.

Je fixai son profil, me remplissant les yeux de lui.

— Quoi ? demanda-t-il après un moment en remarquant mon regard fixe.

— Je t'aime vraiment beaucoup lui dis-je, les yeux pleins de larmes.

— Oui, je sais.

Il sourit en posant la main sur mon épaule avant de me suivre à l'intérieur de l'avion.

— Moi aussi je t'aime.

VIII

J'EUS À peine le temps de passer la porte de la maison que j'avais les bras pleins d'une Delphine en larmes. Apparemment, d'après ce que Markel me dit quelques minutes plus tard, il y avait d'abord eu des larmes de colère, puis des larmes de tristesse, puis d'humiliation, et maintenant, enfin, des larmes de soulagement. Je la serrai très fort jusqu'à ce qu'elle se calme, et lorsque je lui demandai si tout allait bien entre nous, si elle m'aimait toujours, elle se remit à pleurer encore une fois. Bien sûr qu'elle m'aimait, elle m'aimerait toujours, et n'avait jamais arrêté même pour un instant. J'étais soulagé, et je le lui répétai encore et encore. Tout le monde s'éloigna de nous avec dégoût.

Je voulais voir Crane, mais il était très tard et Mikhail, qui l'avait surveillé ce jour-là, me dit qu'il s'était finalement endormi. Je pourrais le voir le lendemain. Domin se dirigeait vers sa voiture, garée comme beaucoup d'autres dans la neige, lorsque Logan lui ordonna d'utiliser la chambre qui était encore la sienne, et de dormir ici. La tentation de la famille et de la chaleur était difficile à ignorer, mais Domin secoua la tête. Il remercia son *Semel* de s'inquiéter pour lui, mais ajouta qu'il n'était pas pitoyable à ce point. Il allait partir.

— Non, rugit Logan, les sourcils froncés et l'expression furieuse. Je veux que tu restes ici, et demain on verra pour que tu te réinstalles.

Domin monta les marches du porche en vacillant, aussi épuisé que le reste d'entre nous.

— Tu penses vraiment que…

— Oui, je pense que c'est une très bonne idée, répondit Logan comme s'il avait lu dans les pensées de son *Maahes*. Je déteste que tu ne sois pas là, et j'ai déjà perdu un frère, je n'en perdrai par un autre.

Je vis Domin absorber ces mots.

Un frère.

Logan l'avait appelé son frère. Russ était parti, et Logan voulait que Domin reste près de lui. Personne ne refusait les ordres du *Semel-netjer*, personne ne discutait et n'essayait d'échapper à la situation à part moi. J'étais le seul qui avait le droit de m'opposer à lui.

— Viens, ordonna Logan.

Domin avança jusqu'à ce qu'il soit à portée de son *Semel* et, lorsque ce fut le cas, Logan l'attrapa par le bras et le tira près de lui. Je vis mon compagnon se pencher, presser son nez dans les longs cheveux bruns et épais de Domin et inspirer. Le tremblement qui s'ensuivit, le battement de cils, le serrement des mâchoires de Domin, tout cela était très révélateur. Comme cet homme avait besoin qu'on le serre et qu'on lui dise qu'il était aimé. C'était gravé dans chaque ligne de son corps long et mince. Il était difficile de ne pas voir le magnifique tableau que faisaient le *Semel* et son *Maahes* : le chef doré, musclé, et son second sombre et racé.

— D'accord.

Domin céda et entra dans la maison.

Je souris à Logan, très heureux qu'il ait vu que Domin aussi avait besoin d'une part du gâteau qu'était Logan. Il avait besoin de son attention, de sa confirmation, de sa confiance, et même, une fois pour toutes, qu'on lui dise qu'il était important. Que lui aussi était nécessaire.

— Jin, appela-t-il, et je me dépêchai.

Logan devait répondre à des e-mails, et voir ce qui s'était passé dans l'entreprise qu'il possédait. Il me laissa donc avec un baiser pour aller s'enfermer un moment dans son bureau.

Yuri était épuisé, et je le suivis à l'étage ainsi que Domin après avoir reçu une accolade de bienvenue de Markel et une de Mikhail. Lorsque je demandai où étaient les parents de Logan, on me répondit qu'ils étaient toujours en croisière en Europe, heureux et ignorants de tout. Ils seraient rentrés avant que nous partions tous pour le *sepat* dans huit semaines.

Yuri me fit un sourire avant d'entrer dans sa chambre et, à ce moment-là, une porte s'ouvrit à l'autre bout du couloir et Koren apparut, vêtu en tout et pour tout d'un jean. Il resta là sans rien dire, comme une invitation silencieuse. Domin le dépassa sans un regard pour disparaître dans ses anciens quartiers. Nous entendîmes tous le verrou tourner.

Koren claqua sa porte, et moi je fis parfaitement semblant de me rendre dans ma chambre pour me coucher. Une fois là, derrière la porte close, je jetai toutes mes affaires sur le lit, ôtai mes chaussures et ressortis. En quelques minutes, j'étais devant la porte de Crane.

C'était ridicule de penser que j'allais aller dormir pendant que mon meilleur ami était juste là et que je pouvais le voir. Logan devait sûrement me connaître mieux que ça.

Je pénétrai dans la pièce et fermai le verrou derrière moi. J'entendis un grondement bas et me tournai pour regarder vers le lit. Crane était sous forme de panthère, roulé en boule près de la tête du lit, et toutes les lampes de la pièce étaient allumées. Je comprenais. S'il s'endormait accidentellement, lorsqu'il se réveillerait il serait sous forme de panthère et pourrait s'assurer que le cauchemar ne recommençait pas.

Il avait dû se transformer au moins une fois pour allumer les lumières, mais c'était tout. Il s'installait tranquillement dans sa forme animale. Je connaissais des panthères qui l'avaient fait volontairement, s'étaient transformées pour toujours, pour diverses raisons. Je ne pouvais pas laisser cela arriver à Crane.

— Je te connais, dis-je en avançant prudemment dans la pièce.

Je me parlais presque à moi-même étant donné qu'il était transformé. Je le rassurai de ma voix, et les mots étaient plus pour moi que pour lui.

— Tu as toujours été si fort, et si tu restes comme ça, alors personne ne saura jamais que ton corps a été mutilé.

Ses oreilles s'aplatirent il me cracha dessus, la bouche ouverte, montrant les crocs.

— Mais ce n'est une mutilation que pour toi, ajoutai-je fermement. Logan m'a raconté ce que le docteur a dit. Chez les hommes, il y a parfois des effets secondaires après ce qu'ils t'ont fait, des effets secondaires importants, mais parfois certains ne sont pas du tout affectés. Tout le monde est différent, Crane, tout le monde fonctionne différemment. Ce n'est pas parce que tu as entendu dire des choses que ça les rend vraies.

Les panthères qui se transformaient, à part les *Semels* et les *reahs*, étaient des animaux. Mais cela ne voulait pas dire qu'elles ne savaient pas qu'elles pouvaient se retransformer ou rester indéfiniment sous leur forme animale. Et même si en cet instant, Crane était pour ainsi dire un animal sauvage, j'avais encore avec lui la familiarité qu'une bête aurait avec l'humain qui la nourrit ou qu'elle voit en permanence. Il me connaissait sans me connaître. C'était dangereux d'être dans la pièce avec lui en étant moi-même humain, mais le risque était pour moi sans aucune importance.

Il fallait qu'il me revienne.

— Transforme-toi, lui ordonnai-je.

Il fonça vers le bord du lit, grondant, rugissant, ses poils se hérissèrent, et on aurait dit qu'il allait traverser la pièce pour venir me réduire en lambeaux

J'allai droit au but de sa peur.

92

— Tu es terrifié à l'idée de ne plus pouvoir la lever. Tu as peur que les femmes rient lorsqu'elles seront au lit avec toi, ou te disent que tu n'es plus un vrai homme, un eunuque. Je te connais, je sais exactement ce que tu penses.

Il se jeta vers moi, s'arrêta dix centimètres devant moi et rugit.

— Transforme-toi ! ordonnai-je.

Il retourna en courant sur le lit, grimpa à moitié au mur, et retomba. Le tableau trembla et se décrocha, le verre se brisa, et la lampe sur la table de nuit, de la porcelaine anglaise, explosa en un millier de pièces. Seule la structure resta intacte, et la lumière ne s'éteignit pas mais roula d'avant en arrière sur le sol. Dans un accès de rage, il lacéra l'édredon en plume et les draps, les laissant en lambeaux, ainsi que le matelas sous lui.

— Transforme-toi ! hurlai-je.

Il courut vers moi, sauta et m'aplatit brutalement sur le sol, et se tint au-dessus de moi, haletant et montrant les crocs, son museau à quelques centimètres de mon visage. Un grondement bas provenait de sa gorge.

— Ils t'ont fait ça à cause de moi, pour me faire du mal… Crane !

Il bondit pour s'éloigner de moi et alla se tapir près de la fenêtre. Doucement, il se transforma. Lorsqu'il fut assis là, tremblant, je me levai.

Je n'étais pas préparé à la façon dont ses cheveux avaient été rasés si près de son crâne, la peau parfois entamée laissant apparaître des taches sanglantes. Voir l'œil au beurre noir, la lèvre fendue, et les bleus qui décoraient un côté de son visage me fit monter les larmes aux yeux. Ses mains étaient placées devant ses parties génitales, pour que je ne puisse rien voir.

— Mon père m'a fait ça, dit-il, et sa voix n'était pas la sienne.

Elle était cassée, rouillée.

— Et je sais ce que tu penses, mais il ne l'a pas fait à cause de toi. Il a fait parce qu'il me hait. Il les a laissés de maintenir sur la table, m'écarter les jambes, et ensuite il a pris le couteau lui-même.

De la bile remonta dans ma gorge, et je luttai de toutes mes forces contre l'envie de vomir.

— C'est lui qui l'a fait, et quand ça a été fini, il m'a repoussé et a dit à tout le monde que je n'étais plus un homme, plus une panthère, du plus rien du tout. Il m'a laissé me vider de mon sang sur la table.

En essayant de l'imaginer, je me rendis compte que mon cerveau n'y arrivait pas. C'était impossible. La trahison était encore pire que celle que m'avait infligée mon père.

— La seule chose à laquelle je pensais, c'était de me transformer. C'est ce que tu fais toujours quand tu es blessé. C'est ce que tu m'as toujours dit de faire. Je pouvais entendre ta voix dans ma tête me dire de me transformer.

Ma voix.

— Et quand je l'ai fait, ça faisait tellement mal, Jin. Mais quand on se transforme, tu sais, on peut sentir son corps guérir. On peut le sentir utiliser ce dont il a besoin pour se réparer.

Mais je n'avais jamais ressenti ça. Je n'avais jamais connu cette sensation. Seuls ceux qui se transformaient de la même façon que Crane, lentement, sentaient la transformation. Même Logan, dont la transformation était lente par rapport à la mienne, changeait trop vite pour sentir son corps se métamorphoser. Les *Semels* et les *reahs* n'auraient jamais cette compréhension. Et moi particulièrement, je ne l'avais même jamais entraperçu.

— C'est le *Semel-aten* qui a dit à Archer de me kidnapper. C'est lui qui m'a donné à mon père, et c'est lui qui devra affronter Logan lors du *sepat*.

— Je sais tout ça, dis-je gentiment en approchant de quelques centimètres de lui.

Je faisais attention à bouger lentement pour ne pas surprendre ou l'effrayer.

— Alors pourquoi est-ce que tu es venu ?

Sa voix se brisa.

— Parce que je voulais te voir, lui dis-je

— Pourquoi ?

— C'est la question la plus stupide que tu m'aies jamais posée. Pourquoi, à ton avis ?

— Jin, je…

— Tu es à moi.

Les larmes lui montèrent rapidement aux yeux. Un instant, il se contenta de me fixer, et le suivant il reposa sa tête contre le mur, et les larmes roulèrent sur ses joues.

— C'est de ma faute.

— Ce n'est pas vrai ! cria-t-il en fixant à nouveau ses yeux hantés sur moi. C'est de la faute de mon père, et d'Archer Pike, et du *Semel-aten* ! Ce sont eux qui l'ont fait !

— Je ne te laisserai pas rester une panthère.

94

— Je pourrais être ton chat domestique.

Il se mit soudain à rire, d'un rire qui me brisa le cœur, triste et absolument abattu. Il était sur le point de craquer complètement.

— Le docteur a expliqué à Logan que pour un être humain normal, perdre ses testicules peut provoquer toutes sortes d'effets secondaires, comme tu imagines, mais pour toi… Tu es une panthère, bon sang, espèce de crétin ! La transformation est provoquée par la testostérone ; même les femmes panthère ont une quantité impossible de testostérone dans l'organisme. Utilise ta tête, Crane, je t'en prie.

Logan avait discuté avec moi dans l'avion. Il m'avait donné le moindre détail que son docteur – notre docteur, Jefferson Smith – lui avait confié. Jefferson était une panthère aussi, il vivait à Reno, mais faisait partie de notre tribu. Même si Christophe lui avait fait plusieurs offres généreuses, il refusait de renoncer à la tribu de Masdet pour faire partie de celle de Pakhet. C'était un homme bien, et il avait expliqué en détail à Logan ce qui se passait, sans édulcorer la situation. Il était temps que Crane entende la vérité.

— Je ne peux pas avoir d'enfants, murmura-t-il.

— Tu peux avoir autant d'enfants que tu veux, Crane. Ce n'est pas parce qu'ils ne partageront pas ton ADN qu'ils ne seront pas à toi. Logan non plus ne peut pas avoir ses *propres* enfants. Tu crois que ça lui importe ?

Il inspira douloureusement.

Je m'approchai de plus en plus.

— Je ne suis plus vraiment un homme.

— Être un homme n'a rien à voir avec ce que tu as entre les jambes, et tu le sais. N'importe qui de censé aurait énormément de chance de t'avoir. N'importe qui.

Il me vit avancer.

— Si tu me touches, ce sera fini.

Je secouai la tête, je pouvais presque le toucher.

— Non, je te prête ma force jusqu'à ce que tu reconstruises la tienne.

— Je n'aurais jamais dû aller à Vegas. J'aurais dû t'écouter.

— Je ne t'ai jamais dit de ne pas partir.

— Mais tu ne voulais pas.

— Parce que j'étais égoïste, et que je pensais à moi, pas à toi.

— Je crois que je vais revenir à la maison un moment. Je ne suis pas capable de retourner là-bas.

Il ne savait pas qu'ils avaient brûlé son condo, et je n'étais pas prêt à lui dire que toutes ses affaires étaient en cendres.

— Je crois que c'est une merveilleuse idée.

Il hocha la tête et plissa les yeux. Les larmes montaient, mais ne débordaient pas.

— Je veux être en sécurité.

— Je ne laisserai personne te toucher.

Mais à ma surprise, la peur dans ses yeux ne disparut pas.

On toqua à la porte, ce qui nous surprit tous les deux.

— Jin.

Logan était dans le couloir.

Je me tournai vers Crane.

— Est-ce que tu veux qu'il entre ici ?

— C'est le *Semel-netjer*. Qu'est-ce qu'il veut ?

Je me levai et me dirigeai vers la porte, et lorsque je l'ouvris, me trouvai face à face avec mon compagnon qui me fusillait du regard.

— C'était trop me demander que d'attendre.

Il resta sans bouger jusqu'à ce que je me déplace et tienne la porte ouverte pour lui. Il entra dans la pièce et je verrouillai la porte derrière lui.

Je fus surpris lorsque, au lieu de se diriger vers Crane, il se dirigea à grands pas vers le bureau et la chaise. Lentement, silencieusement, il se déshabilla. Il commença par ses chaussures, y mit ses chaussettes, puis passa son pull au-dessus de sa tête. Je ne savais pas ce qu'il faisait. Je me contentai de l'observer et de voir sa peau dorée être révélée au fur et à mesure qu'il drapait chaque vêtement sur le dossier de la chaise. Lorsqu'il fut complètement nu, il se transforma en une glorieuse panthère dorée. Il fit un pas puis, d'un bon puissant, sauta sur le lit massacré. Il s'allongea, pattes vers l'avant, tête levée, et gronda.

Je regardai Crane et le vis trembler, vis les larmes qui coulaient le long de ces joues, puis le début de sa transformation. Cela prit de longues minutes, mais bientôt il fut une panthère. Il resta là, tremblant, tête baissée.

Logan ouvrit les mâchoires et lança un sifflement en direction de Crane. C'était un appel haut perché, et quelques secondes plus tard, lorsqu'il appela à nouveau, cela se finit par un trille. Je ne l'avais jamais entendu émettre ce son. En tant que chef, il n'avait pas besoin d'inviter qui que ce soit à venir le voir, d'amadouer qui que ce soit à part moi. Mais il appelait Crane en cet instant, et je regardai comment mon ami allait réagir.

Il courut vers le lit puis sauta sur le matelas pour s'allonger spontanément à côté de son *Semel*, se collant contre lui, tendant son museau vers l'avant pour toucher celui de Logan. Lentement, précautionneusement, mon compagnon leva la tête pour la reposer sur l'arrière de celle de Crane. J'entendis mon meilleur ami couiner, et ressentis une vague de soulagement et de tristesse.

Il était clair que Crane ne me croyait pas assez puissant pour le protéger. Peu importe ce que j'étais, nekhene ou pas, Logan était le *Semel* et j'étais sa *reah*. C'était le chef de la tribu et j'étais son compagnon. Il serait toujours plus fort que moi. J'étais très heureux que Logan sache exactement ce dont Crane avait besoin : se sentir absolument en sécurité. J'entendis Crane se mettre à ronronner, et compris qu'il allait enfin réussir à dormir. Je me tournai pour partir mais un léger trille me fit me retourner.

Logan leva la tête, plein d'espoir.

— Je ne veux pas faire quoi que ce soit qui lui fasse peur.

Logan se frotta la tête contre sa propre épaule, puis m'appela à nouveau.

— Mais il n'a pas besoin de moi, tu es là.

Mon compagnon gémit, et je compris enfin. Non, Crane n'avait pas besoin de moi en cet instant. C'était la force et la dominance de Logan qui lui étaient nécessaires. Mais pour mon compagnon, il était vital de m'avoir à ses côtés. Je fis le tour de la pièce, ramassai les morceaux de la lampe cassée et l'éteignis. J'éteignis toutes les lumières sauf celle sur le bureau avant de me déshabiller. Mon compagnon me regardait d'un air avide et, lorsque j'eus finis, je me transformai et marchai jusqu'au lit. Quelques instants plus tard, j'étais allongé à côté de Logan sur le matelas.

Il frotta son menton sur le dessus de ma tête et l'arrière de ma nuque, puis son nez, museau, jusqu'à ce que je roule sur le côté, dos à son flanc. Je me tortillai jusqu'à trouver une position confortable. Il lécha le côté de ma tête avant de mordiller gentiment mon oreille. Le message était clair : il fallait que j'arrête de bouger. Logan posa la tête sur ses pattes avant et se mit à ronronner. Nous formions à trois un tas de fourrure bien chaud, et j'étais heureux que Logan puisse être là pour Crane, et moi pour lui. Je m'endormis satisfait.

IX

DANY AVAIT sauvé Logan. Il avait prévenu Logan et Derek Jackson du piège qui leur était tendu et qui visait à tuer les deux *Semels*. Danny était un héros, il avait risqué sa vie, et tout le monde le traitait en conséquence. J'avais été jaloux parce que j'aimais désespérément mon compagnon. Quand il m'avait dit que Dany, mon cousin, était rentré à la maison avec lui, j'avais hésité. Le lendemain matin, je compris tout.

Je me levai et Logan n'était plus là. Crane était enroulé autour de moi. Relevant la tête, je bougeai et lui souris.

— Je vais prendre une douche. Prends-en une aussi, parce que tu pues. Et après, descends manger avec moi.

Sa transformation prit plus de temps, mais il le fit pour moi, pour que l'on puisse parler.

J'attendis tandis que ses muscles s'allongeaient et se reformaient, se tordaient et s'étiraient et que le félin laissait la place à l'homme.

— J'ai saccagé la chambre, dit-il doucement.

— On la réparera.

Il s'éclaircit la gorge.

— Je ne peux pas retourner dans cet appartement à Vegas, Jin, je…

— Il n'existe plus, lui dis-je gentiment.

J'attendis pendant qu'il comprenait ce qui se passait.

— Qu'est-ce qu'ils ont fait ?

Je m'éclaircis la gorge.

— Ils l'ont brûlé.

Au bout de quelques instants, il hocha la tête.

— Bon, alors il me faut des trucs.

— Des tas de trucs.

Il se contenta de me regarder.

— Si tu ne veux pas quitter cette pièce, on peut rester ici.

— Tout est massacré. On dirait que j'ai fait une fête à tout casser là-dedans. Il faut que je sorte un peu.

Il expira lentement, et j'entrevis une trace de son regard chaleureux et de son sourire.

— Je sais que Delphine a empaqueté tout ce que tu avais laissé ici pour que Logan te l'amène en allant à Chicago. Tu sais où sont ces affaires ?

— Oui, c'est là.

Il désigna de la tête le coin opposé de la pièce dans la salle de bain.

— J'ai de quoi me changer.

Il avait l'air d'aller si bien. Mon estomac se retourna.

— D'accord, alors douche-toi et on se retrouve en bas.

— D'accord.

Oui !

— Mais si je veux m'en aller, alors tu dois venir avec moi et ne pas essayer de me faire rester.

Il voulait que je reste avec lui. C'était une blague ? J'aurais fait n'importe quoi s'il me l'avait demandé.

— Absolument.

Il hocha la tête rapidement, et se leva du lit dans un mouvement fluide qui me fit plaisir à voir. Les transformations dans un sens et dans l'autre commençaient à guérir son corps.

— Et habille-toi, se moqua-t-il. Personne n'a envie de voir tes fesses à part Logan.

Je souris en le regardant traverser la pièce. J'étais en train d'enfiler mes sous-vêtements et mon jean lorsque je relevai les yeux vers lui à nouveau. C'est là que je vis les marques sur son dos.

Je dus me concentrer de toutes mes forces pour ne pas vomir.

Il avait été fouetté, et son bourreau n'avait épargné aucun centimètre de sa peau. Les nombreuses zébrures étaient rouge vif. Les coupures, recouvertes d'une croûte mais qui suintaient encore, montraient à quel point elles avaient été profondes. Jusqu'à l'os. Mon meilleur ami avait été torturé par des hommes sadiques. C'était un miracle qu'il soit encore en vie. Une violence que je pouvais à peine concevoir lui avait été infligée. C'était monstrueux.

— Mes cheveux sont horribles.

Il avait été mutilé, mais là tout de suite il pleurait sur ses cheveux. Bon sang.

— Tu ne trouves pas ?

Ils avaient coupé ses lourdes mèches blondes à ras. Même son crâne était couvert de croûtes.

— Je te trouverai un chapeau, dis-je au lieu de pleurer.

— Excellente idée, me répondit-il en se tournant. Est-ce que ça serait bizarre si je te demandais de venir me serrer aussi fort que tu peux ?

Je courus.

Je lui rentrai dedans violemment, sans doute plus que j'aurais dû, mais il gémit du plus profond de la poitrine et s'agrippa à moi désespérément. Nous restâmes ainsi jusqu'à ce qu'il puisse respirer sans moi.

Logan était dans la cuisine avec les autres et Danny lorsque je finis par descendre.

— Bonjour, Jin.

Danny me fit un grand sourire dès qu'il me vit.

— Merci de me donner l'asile dans ta tribu. Je t'en suis très reconnaissant.

Il était plus petit que ce dont je me souvenais, plus fin. Ses traits étaient délicats et fragiles. Comparé à lui, j'étais presque un Viking. C'était sans doute l'homme le plus mignon que j'avais vu de ma vie avec ses grands yeux bruns en amande, son petit nez droit, ses cils longs et épais et sa peau de porcelaine. Ses cheveux lui arrivaient aux épaules et étaient d'un noir de jais comme les miens. En le regardant, je sentis mon pouvoir se concentrer sous le besoin de l'écraser. Le rire de Logan me fit détourner la tête.

— Viens ici.

Je traversai la pièce pour le rejoindre. Lorsque je fus assez près, il m'attira contre lui et m'embrassa à me couper le souffle, jusqu'à ce que je sois brûlant d'un désir qui parcourait tout mon corps. Lorsque je rompis le baiser, nous étions tous les deux haletants.

— D'où ça sort, ça ?

Le son qu'il émit était profondément masculin. Il pencha la tête vers l'avant, ses lèvres contre mon oreille.

— C'est pour que tu saches qu'il n'y a qu'un homme que je veux dans mon lit, me dit-il avant de faire glisser sa langue le long de ma clavicule pour mordiller la base de ma gorge. Tu es mon miracle, Jin. Tu crois que je ne le sais pas ? Tu crois que tu es le seul à savoir que tu as de la chance ?

Logan savait toujours quoi dire. Le monstre en moi s'arrêta, se calma, et oublia qu'il avait envie de faire du mal au jeune Danny. Logan repoussa mes cheveux de son nez et suça mon lobe à l'intérieur d'une bouche chaude et humide.

Mon compagnon.

— Tu peux faire quelque chose pour moi ? demandai-je en levant les yeux vers les siens. Ou plutôt, plein de choses ?

— Ce que tu veux

Je lui dis qu'il fallait réparer la chambre de Crane.

— Emmène-le à Reno dès aujourd'hui, achète-lui tout ce qu'il veut ou dont il a besoin, et sa chambre sera refaite lorsque vous rentrerez.

— Merci.

— De rien.

Je restai là, près de mon compagnon et respirai simplement.

— Hé.

Mes yeux retournèrent se planter dans ceux de topaze de Logan.

— Qu'est-ce que vous allez faire pour vos deux emplois ? Vous travaillez pour la même personne, et maintenant…

Il soupira profondément.

— Jin, avec le *sepat*, Crane et… enfin, est-ce que c'est juste de demander à Ray de continuer à vous employer alors qu'en fait il a vraiment besoin de quelqu'un à plein temps ? Comment est-ce que tu vas gérer son restaurant avec tout ce que tu as à faire ici ? Et si j'échoue dans…

— Tu ne vas pas échouer, le coupai-je sèchement. J'ai besoin de toi.

Il hocha la tête.

— Parle à Ray. Dis-lui que Crane a eu un accident et que tu ne sais pas vraiment quand toi ou lui pourrez revenir. Laisse-lui la main. Dans quelque temps, ta vie se rééquilibrera, mais maintenant, ta tribu doit passer avant ton travail.

J'ouvris la bouche pour dire quelque chose.

— Ne me parle pas d'être un fardeau ou de ne pas participer financièrement, me dit-il. Depuis que tu m'aides avec la distribution et le marketing, les ventes ont explosé. J'ai dû embaucher deux nouveaux managers et faire passer Delphine à temps plein. Grâce à toi, je gagne plus d'argent que jamais. Tu n'as pas besoin de travailler, ni Crane tant qu'il n'est pas prêt.

— Et j'apprécie ça, mais ce n'est pas à toi de…

— Bien sûr que si, qui à part moi ? Tu m'appartiens. Je veux que tu sois concentré sur moi, sur ta famille, et sur la tribu. C'est tout ce que j'ai toujours voulu. Quand je rentre le soir et que tu fais la fermeture et ne reviens pas avant deux heures du matin…

Il soupira.

— Je deviens fou.

Je comprenais. Je le savais. Les panthères, en tout cas les hommes, était assez néandertaliens. Ils aimaient que leur compagne soit à la maison lorsqu'ils y étaient, qu'elle soit là, près d'eux, et qu'ils puissent la toucher à tout instant. Les *Semels* étaient au moins deux fois aussi possessifs, protecteurs, et avaient le triple des instincts d'homme des cavernes des panthères normales. Logan voulait que je sois là où il pouvait me voir, manger avec moi, me parler, et me toucher à tout moment. Mon travail avait toujours été une source de tension, et il semblait que j'étais sur le point de finalement perdre la partie.

— Je vais parler à Ray, lui dis-je, car il était temps.

C'était injuste pour mon employeur, qui était quelqu'un de bien. Je ne voulais pas profiter de lui.

— Vraiment ?

Les yeux de mon compagnon s'éclairèrent. C'était impressionnant.

— Oui.

Sa main se posa sur ma gorge, et son pouce me fit relever le menton tandis qu'il se baissait pour effleurer mes lèvres des siennes. Il était très content.

— Salut.

Toute la pièce se tourna vers Crane, qui venait de rentrer dans la cuisine.

— Salut, le salua Danny en traversant rapidement la cuisine pour le rejoindre. Comment ça va aujourd'hui ?

— Mieux.

Crane lui fit un sourire forcé.

— Oh, dis-je doucement en me tournant pour regarder mon compagnon. Danny n'a pas fait que te sauver, il a sauvé Crane.

Logan secoua la tête.

— Je ne crois pas. Il est désolé pour Crane et il veut l'aider. Ce n'est pas ce que tu crois.

Mais je savais reconnaître de l'intérêt quand j'en voyais. Mon *Semel* n'avait aucune idée de ce dont il parlait.

— Logan, je…

— Écoute, commença-t-il au moment où la porte s'ouvrait.

— Bonjour, dit le *sylvan* de Logan en entrant dans la pièce.

— Mikhail.

Danny avala sa salive.

— Viens manger. Je vais te faire une assiette. Qu'est-ce que tu aimes ?

J'observai Mikhail, mon calme *sylvan*, tandis qu'il remerciait Danny mais lui disait qu'il pouvait se servir tout seul. Danny rougit et bégaya, fit un pas en arrière et entrelaça ses doigts pour que ceux-ci ne tremblent pas comme des oiseaux effrayés. Il avait très envie de toucher Mikhail, c'était évident. Juste être là à respirer son odeur le rendait tout impatient.

Je toussai discrètement.

— Oh.

— Retire ce que tu pensais sur moi.

— Qu'est-ce que je pensais ? plaisantai-je.

— Que ton compagnon ne comprenait rien.

C'était ce que j'avais conclu, mais maintenant je voyais clairement ce qui se passait.

— Danny a sauvé Mikhail.

— Et le reste d'entre nous, répondit Logan en souriant. Mais oui, il pensait avant tout à Mikhail.

— C'est intéressant.

— Apparemment...

Logan toussa.

— ... il se souvenait de lui depuis la fois où il était venu avec ton père.

— Vraiment ?

Logan acquiesça.

— C'est très intéressant

— Je trouve aussi.

— Est-ce que quelqu'un a pris la peine de lui dire que Mikhail est hétéro ?

Logan fit un signe de sa tête, et je vis mon *sylvan* tendre la main pour repousser une longue mèche de cheveux derrière l'oreille de Danny. Il lui serra ensuite l'épaule et sourit. Et lorsque vous receviez un vrai sourire de cet homme normalement réservé et froid, vous aviez l'occasion de voir une étincelle dans le bleu de ses yeux et la courbe malicieuse de ses lèvres ainsi que l'arc de ses sourcils bruns... C'était époustouflant. Mikhail Gorgerin rayonnait, et Dany faillit s'évanouir lorsqu'il l'effleura en passant à côté de lui. Je les observai un instant, avant de voir ce que Crane faisait.

Il sourit à tout le monde, avant que son visage se tende en une grimace.

— Tu vas bien ?

Je retins mon souffle.

— Tout va bien, soupira-t-il, contournant Delphine pour venir vers moi.

Sans réfléchir, il frotta son menton sur mon épaule avant de s'asseoir à table avec une énorme assiette.

— Est-ce que quelqu'un va finir par me parler ?

Delphine, Markel, Yuri et Koren se jetèrent sur lui comme des charognards. Lorsque Mikhail s'assit, il prit la chaise à droite de Crane et posa une main sur son avant-bras pendant qu'il parlait. La proximité apaisait Crane ; c'était bon que le *sylvan* le touche. Ils étaient amis, et je n'avais aucune idée de quand ils étaient devenus proches. Koren se mit derrière lui, les mains sur ses épaules, et Crane lui tapota la main tandis que Delphine posait un énorme verre de jus d'orange devant lui et que Markel suivait le mouvement avec une tasse de café fumante. Taj arriva le dernier. Comme de coutume, il avait été faire le tour de la propriété.

Ses yeux s'éclairèrent lorsqu'il vit Crane. Il retira le bonnet qu'il portait, s'avança vers Crane et le lui enfonça sur la tête, roulant le bord pour le rétrécir. Ainsi, on ne voyait plus que le visage tuméfié de mon meilleur ami, et pas l'endroit où sa belle chevelure bouclée se trouvait auparavant.

— Merci, mec.

Crane sourit à Taj, un des membres du Shu, les panthères les plus meurtrières au monde, celles qui étaient directement sous les ordres du prêtre de Chae Rophon.

Taj lui tapota le dos, et je compris qu'en très peu de temps, la maisonnée du *Semel-netjer* l'avait transformé. Il n'était plus réservé, plus froid et silencieux ; il faisait partie de notre tribu. Je ne pensais pas qu'il voudrait retourner en Égypte, même si on l'appelait.

Logan s'éclaircit la gorge discrètement, pour que je sois le seul à me retourner vers lui.

— Je ne le laisserai pas te marquer de son odeur.

Il avait remarqué que Crane avait frotté son menton sur mon épaule.

— Je suis à lui aussi, Logan…

— Non, me coupa-t-il en m'embrassant le front. Lorsque des panthères te sentent, après ton odeur, il ne doit y avoir que la mienne.

Je l'observai frotter sa joue sur l'épaule que Crane avait marquée.

— Ne me fais pas pipi dessus, d'accord ?

Il rit et se tourna pour quitter la pièce.

Je l'arrêtai en posant la main sur son bras.

— Tu m'as donné une chose à faire, me rappela-t-il.

— Je veux m'asseoir avec toi et parler du *sepat*. Il faut que l'on élabore des stratégies, que l'on commence à s'entraîner et…

— Mon amour, dit-il en souriant, faisant glisser ses mains sur mes bras jusqu'à mes épaules. Tu dois te concentrer sur Crane, car il devra t'accompagner en tant que *Beset*. Dans deux mois, tu devras décider si c'est bien lui, ou si tu en nommes un autre.

J'acquiesçai rapidement.

— Il sera dans l'arène avec toi pendant l'épreuve du cœur, avec Domin.

— Je sais.

— Viens ici.

Il me fit lentement tourner et me poussa hors de la cuisine et dans le salon, où un feu brûlait dans la cheminée, réchauffant les meubles de bois poli et de cuir. Apparemment, lorsque la maison appartenait à sa mère et son père, l'ambiance était très différente. Maintenant, une atmosphère masculine régnait dans la maison de Logan Church. J'adorais que l'on puisse sentir sa présence à travers toute la maison.

— Regarde-moi.

Penchant la tête en arrière, je croisai le regard d'ambre de Logan.

— On apprend tous sur le tas, Jin. Je ne me souviens pas qu'un *sepat* ait jamais été lancé, et toi ?

— Non.

— Tu vois. Le père d'Ammon n'a jamais été défié, ni son grand-père, mais lui oui. Et le prêtre m'a donné ces règles qui sont censées être déterminantes, mais qui n'ont aucun sens.

Il avait l'air inquiet. Je posai mes mains sur sa poitrine sans bouger, pour le réconforter.

— Je veux dire, il y a une loi qui dit qu'une *reah* ne peut jamais combattre dans l'arène, et pourtant la loi de Bast, à laquelle tu as eu toi-même recours, permet à une compagne de prendre la place de son *Semel* lors d'un défi. Et maintenant, le prêtre me dit qu'avoir un nekhene dans l'arène serait injuste, alors il devra peut-être te bander les yeux ou… C'est le bazar. Et le *sheseru* est censé passer l'épreuve du sang, mais… La loi dit aussi qu'un *sheseru* qui est le protecteur d'une véritable compagne ne peut être mis en danger. Alors ça veut dire que Yuri ne peut pas être mon champion pour l'épreuve du sang, mais…

— Tu tournes en rond.

— Oui, soupira-t-il. C'est… Enfin, parfois je comprends ce que voulait dire Russ quand nous discutions. Certaines de ces lois sont complètement archaïques et barbares, et quelqu'un devrait les mettre à jour…

— Et tu ne t'es pas dit que c'était peut-être pour ça que tout ça avait lieu ?

105

— De quoi parles-tu ?

Je haussai les épaules.

— Peut-être que c'est toi, Logan. Peut-être que tu es celui qui est censé ramener les panthères perdues dans la bergerie et leur faire accepter qu'un *Semel* puisse prendre un homme comme compagnon, même comme *yareah*.

Il me regarda en plissant les yeux.

— C'est peut-être que c'est à toi de faire ça.

— Jin…

— Et peut-être que les panthères qui aiment des humains normaux… Peut-être qu'ils devraient être autorisés à le faire sans avoir peur de représailles.

— De quoi est-ce que…

— J'ai voyagé à travers tout le pays, et j'ai rencontré beaucoup de panthères qui ont quitté leur tribu, se sont enfuies pour une raison ou pour une autre, mais ils ont tous une chose en commun : faire partie d'une communauté leur manque énormément. Les panthères ont besoin d'autres panthères, et peut-être que c'est ça que tu es censé faire.

— Jin, mon cœur, c'est impossible que…

— Peut-être que tu seras le *Semel-aten* qui nommera un conseil pour réécrire la loi et la rendre enfin compréhensible par tout le monde.

— Je n'ai rien de particulier.

— Mais si, Logan, tu as des dons que d'autres n'ont pas.

— Ah oui ?

Il me fit un regard lubrique.

— J'ai des dons ?

— Arrête ça, le coupai-je sèchement. Tu es la panthère la plus forte que je connaisse, et je ne veux pas dire physiquement, Logan. Je veux dire dans ton cœur.

Le regard qu'il me lança n'était qu'amour.

— Tu pourrais être *Semel-aten*.

— Je ne veux être rien d'autre qu'à toi.

— Je sais.

— Je veux simplement être le *Semel* qui a trouvé son cœur, Jin, c'est tout. Seulement *Semel-rê*.

Je secouai la tête.

— Tu es censé être bien plus.

— Mon amour, je ne suis pas…

— Comment le sais-tu ?

Je pris son visage dans mes mains, fixant ses magnifiques yeux d'ambre.

— Logan ? Comment est-ce que tu saurais ? Les lois sont archaïques, elles doivent être changées, qui sait si tu n'es pas fait pour t'en charger ?

Il me fixa.

— Tu te rends compte de quoi tu parles ? Je serais *Semel-aten*. Est-ce que tu as la moindre idée de ce que cela signifie ?

— Je crois, oui. Ça veut dire que tu diriges Sobek et les gens qui y vivent, que tu es chargé des relations entre toutes les tribus du monde, et que le prêtre de Chae Rophon et toi êtes les meilleurs amis du monde. Tu serais roi.

— Ce que je ne veux pas être.

Je lui souris.

— C'est probablement pour ça que cela *devrait* être toi.

Il inspira profondément et m'attrapa pour me serrer fort contre lui.

— Quoi qu'il arrive, tant que nous sommes *nous* je serais content.

Je lui rendis son étreinte et posai ma tête contre son cœur.

— Nous serons toujours nous.

— Tu n'auras pas le droit de te lasser. Tu ne pourras pas dire que ce n'était pas ce pour quoi tu as signé, parce qu'à cette seconde, tu me promets de rester à mes côtés, mon compagnon, pour toujours.

— J'ai déjà fait ça, grondai-je en le repoussant. Bon sang, Logan, on est ensemble jusqu'à ce que l'un de nous s'en aille et que l'autre le suive. Je ne prévois pas de rester très longtemps sans toi.

Il acquiesça violemment.

— Moi non plus, je ne suis pas assez fort.

Je plongeai mon regard dans le sien, et il le soutint sans broncher. Comme toujours, je vis de l'amour dans ses yeux, ainsi que de la détermination, de la force et de la volonté. Mais il y avait aussi cet élément que personne d'autre ne voyait : son besoin absolu et ravageur. Il avait eu la chance incroyable de trouver l'autre partie de lui-même, on ne pouvait lui demander de continuer à vivre sans moi.

Et j'étais pareil.

C'était la seule chose terrifiante lorsque vous trouviez votre véritable compagnon, cette incapacité à vivre sans lui. Ceux qui n'étaient ni *Semel* ni *reah* ne pourraient jamais le comprendre.

— D'accord. Bon.

J'inspirais.

— Qu'est-ce qu'on fait ? Quand devrai-je savoir pour Crane ?

Il tendit la main vers moi et je fis un pas en arrière pour rester hors de portée.

— Viens ici.

Je secouai la tête en souriant et battis en retraite derrière le canapé.

— Qu'est-ce que tu fais ? Je ne vais pas te courir après dans le salon.

Mais il se jeta sur moi, démentant immédiatement ses mots, et je me mis hors de portée tout aussi rapidement. Son expression valait le coup.

— Quoi ?

— Je ne sais pas, me moquai-je en mettant encore plus d'espace entre nous. Je veux juste te parler, c'est toi qui n'arrêtes pas de vouloir me tripoter alors que tu as dit que tu allais être rationnel.

Il me fusilla du regard et traversa la pièce pour qu'il n'y qu'une ottomane entre nous.

— Dis-moi, qui va aller en Mongolie avec toi ?

— Toi.

Il essaya de m'attraper, mais j'étais plus rapide et préparé. Je fis un pas en arrière et heurtai le mur entre deux fenêtres.

— Et ?

Il contourna le meuble, me traquant, prêt à sauter dans la direction que je choisirais.

— Yuri.

— Et ?

— Mikhail et Domin.

— Qui d'autre ?

Mon compagnon se rapprocha de moi, et je remarquai que ses yeux s'étaient embrasés. Ils étaient maintenant d'une magnifique couleur or. Cette ébauche de chasse faisait courir son sang dans ses veines. Il voulait me pourchasser, m'attraper et de soumettre. Cette simple idée, je le savais, lui réchauffait les sangs.

— Reste là.

— Pourquoi ? Tu as tellement envie que je parte en flèche pour pouvoir m'attraper.

Je vis les muscles de son cou se tendre, et sa mâchoire se crisper.

— Tu es devant un dilemme, là, Church.

Il fronça les sourcils.

— Quoi ? demandai-je.

— Je veux quelque chose, mais tu dois être d'accord, et je ne veux pas que tu acceptes avant d'être vraiment d'accord.

— Qu'est-ce que c'est ?

J'attendis qu'il m'explique.

Il se plaça devant moi, posa une main sur ma gorge et fit glisser son pouce sous mon menton pour le relever tout en se penchant vers moi, son souffle léger comme une plume contre mon visage.

— Je veux que tu portes mon nom.

Je levai les yeux vers lui.

— Tu ne peux pas porter d'alliance parce que tu te transformes trop vite et…

— Aucune panthère ne peut porter d'alliance, Logan. Tout le monde se transforme trop vite pour penser à l'enlever.

— Je parle de toi, là.

Je me tus.

— Tu portes déjà ma marque, mais ce n'est pas suffisant. Je veux que tout le monde sache, pas seulement les panthères, que tu es à moi, avec moi. C'est important.

Je pouvais voir que ça l'était à l'expression sur son visage.

— Tu veux que je sois Jin Church ?

— Oui, j'aimerais beaucoup.

Il planta ses yeux dans les miens et attendit.

— J'ai besoin de réfléchir.

Il hocha la tête.

— Ce n'est pas grave ?

— Non.

Je lui souris.

Il émit un drôle de son du fond de la gorge.

— Qu'est-ce qu'il y a ?

— Quand tu me reverras, je serai une créature sauvage que tu devras domestiquer. Rester huit semaines sous forme de panthère va me coûter.

— Je sais, lui dis-je en me pressant contre lui, glissant mes mains sous son léger pull en cachemire pour toucher sa peau chaude et ses muscles saillants.

Il était si beau, on en aurait littéralement mangé, et j'étais prêt à faire un festin.

— Cela fait partie du *sepat*, de l'épreuve du cœur, le compagnon doit dompter le *Semel*.

— Oui.

— Si tu ne peux même pas faire ça, alors…

— On sait tous les deux que je peux faire ça, lui dis-je en levant les yeux pour les planter dans les siens. Logan.

— Je ne veux pas te blesser. Le prêtre dit que par le passé des *Semels* ont égorgé leurs compagnes quand ils étaient sous leur forme intermédiaire, et qu'on leur a ordonné de se transformer en panthère ensuite. Ils ne sont plus jamais redevenus des *Semels*. Ils n'ont jamais su qu'ils avaient massacré leurs compagnes, jamais…

Je gloussai.

— Égorgé, vraiment ?

— Jin, ces…

— Stop, tu sais que je peux te dompter, Logan Church. Sous n'importe quelle forme, tu es à moi.

— Nous n'aurons même pas le droit de redevenir des hommes avant la fin de l'épreuve du cœur. Alors quand tu auras terminé ton épreuve, je pourrais être moi-même une journée avant d'affronter le *Semel-aten* dans l'arène. On passera de panthère à notre forme intermédiaire. Je ne pourrais même pas te parler. Ils nous enfermeront la nuit et…

— Tout ira bien.

— Et si Yuri échoue, ou Mikhail, ou toi, alors je ne n'aurai plus jamais l'occasion de te parler !

— Logan…

— Jin, si le *Semel* tue sa compagne, on lui ordonne immédiatement de se transformer en panthère et il n'a jamais plus le droit de redevenir humain, dit-il d'une voix qui semblait sur le point de se briser. Il passera sa vie comme un animal qui rêve qu'il est un homme.

— Embrasse-moi.

— Jin.

Sa voix se brisa en disant mon nom.

— S'il te plaît.

Il expira bruyamment avant de se pencher pour m'embrasser.

Ses lèvres se pressaient contre les miennes, sa bouche fondait contre ma bouche en un mouvement doux, sensuel, qui me marquait sans aucun doute. J'avais si chaud. Je tremblai entre ses bras, levai les miens pour les enrouler autour de son cou et le serrer. Je voulais mon compagnon. Le désir de lui arracher ses vêtements, de l'avoir à côté de moi dans mon lit, haletant et trempé de sueur était presque irrésistible.

Il gémit du fond de la gorge.

— Je t'aime, lui dis-je en m'écartant un instant avant de reconquérir sa bouche.

Le baiser était sans fin, respirer devint quelque chose d'accessoire.

— Ton odeur, Jin… Tu vas me faire oublier tout ce que je dois faire aujourd'hui.

C'était ce que je voulais, et pas ce qu'il y avait de mieux pour mon compagnon. Il allait bientôt partir, il devait s'assurer que tout était en place avant. Pour sa propre tranquillité d'esprit, je devais le laisser y aller.

— Cela va aller vite.

— Quoi ?

— Ils viennent nous chercher, Domin et moi, à la fin de la semaine.

Je tendis la main pour toucher son visage, et il ferma ses magnifiques yeux et frissonna légèrement.

— Ce n'est pas grave. Tout ira bien.

Il hocha la tête, posa sa main sur la mienne, et pressa ma paume contre sa joue en ouvrant les yeux.

— Tu iras bien, n'est-ce pas ? Tu as l'air d'aller bien.

— Ça ira, je te le promets.

Pour moi, le *sepat* commencerait dans huit semaines, mais pour Logan ce serait vendredi. Les membres du Shu viendraient l'emmener en Mongolie. Il passerait les deux prochains mois à suivre un entraînement éreintant visant à lui ôter son humanité pour qu'il ne reste que l'animal. Le *Maahes* de chaque *Semel* serait présent pour intercéder si un *Semel* était proche de la mort, et pour faire son rapport à la compagne du *Semel*. C'était aussi à lui qu'il revenait d'annoncer que le chef avait été tué lors de la préparation au *sepat*. Le *Maahes* n'avait pas d'autre fonction, pas de voix.

— L'épreuve du cœur a plus ou moins deux parties. Quand tu me verras pour la première fois, sous ma forme intermédiaire, après que j'ai abandonné ma forme de panthère, ce sera pour tester le lien entre le *Semel* et sa maisonnée.

Je me contentai de lui sourire.

— Je serai un sauvage la prochaine fois que tu me verras. Je serai changé, en colère.

— Je sais.

— Le prêtre a dit qu'il y aurait un entraînement physique, des punitions, et que l'on se transforme en panthère en arrivant sans avoir le

111

droit de redevenir humain avant le jour où la maisonnée nous rejoint après l'épreuve du cœur.

J'acquiesçai.

— Je serai plus une bête qu'un homme la prochaine fois que tu me verras.

— Je sais

Il inspira, pris mes deux mains dans les siennes.

— Le but est de tester notre lien même si je ne suis pas l'homme que tu connais.

— Yuri, Mikhail et moi ne te ferons pas défaut.

— Je sais que non, et surtout toi, mais tu dois me pardonner à l'avance pour ce que je ferai. Je ne serai pas moi-même, il faudra que tu t'en souviennes.

— Tu ne me feras jamais de mal, Logan. Ce n'est pas toi.

— J'aurai tellement envie de toi à ce moment-là.

Il inspira.

— Tu devras me pardonner.

J'avais plus confiance en lui que lui en lui-même.

— Je t'en prie, Jin… ne m'abandonne pas, quoi qu'il arrive.

— Je ne t'abandonnerai pas. J'en suis incapable.

— Huit semaines sans moi, soupira-t-il, et toi qui laisses échapper ton pouvoir. Ce n'est vraiment pas le moment.

— Je m'en sortirai.

— J'ai envie de te manquer parce que cela étouffera l'instinct du nekhene d'aller chercher quelqu'un d'autre.

— Tu es le seul compagnon que j'aurai jamais.

— Je sais ça, dit-il d'un ton neutre, mais la créature sauvage qui vit à l'intérieur de toi ne le sait pas.

— Alors je lui apprendrai.

— C'est *moi* qui éduquerai le nekhene, me promit-il en se penchant pour m'embrasser.

Ce n'était pas doux. Il écrasa sa bouche sur la mienne et me ravagea les lèvres, fit courir ses mains sur moi jusqu'à ce que je me torde entre ses bras, me pressant contre lui, gémissant de désir. Lorsqu'il me repoussa, je criai.

— Tu vois ? me dit-il d'une voix basse et sensuelle. C'est moi que tu veux, seulement moi. Ne l'oublie pas.

Il se tourna et s'éloigna, et j'avais une envie irrépressible de le suivre, mais celui-ci retomba un instant après lorsque Crane passa la tête hors de la cuisine et dit qu'il était prêt à aller à Reno. Mon besoin de prendre soin de lui, de le protéger, étouffa tout le reste. Mais j'avais tout de même encore besoin de mon compagnon. Les courses devraient être plus rapides que ce que j'avais prévu à l'origine. Je ne voulais pas risquer de gaspiller la moindre seconde que je pouvais passer avec Logan.

X

LE PRÊTRE avait dit une semaine à Logan, mais lorsque Crane et moi retournâmes à la maison, je découvris que Hamid Shamon, le prêtre de Chae Rophon, avait menti pour nous prendre par surprise. Cela faisait partie du *sepat*. Yuri m'expliqua d'une voix hésitante que mon compagnon était parti ainsi que mon *Maahes*. Le Shu était venu les chercher, et tout ce qu'il me restait c'était le baiser que je lui avais donné avant de partir pour Reno.

— Je suis désolé que tu n'aies pas été là, murmura Crane.

— Ce n'est pas ta faute, lui dis-je même si mon cœur se déchirait.

— Nous devons nous concentrer sur la préparation pour le *sepat*, annonça Mikhail à tout le monde, y compris Danny, dans le salon. Jin, tu dois nous dire tout ce que tu sais.

J'expliquai ce que je savais sur les épreuves, et demandai à Danny de ne pas hésiter à m'interrompre si j'oubliais quelque chose. Il eut l'air content d'être inclus.

La première épreuve, celle du sang, était pour le *sheseru*. Yuri serait placé dans une cage fermée avec entre cinq et dix panthères transformées qu'il n'avait jamais rencontrées ou même vues auparavant. Il devrait les faire se soumettre uniquement grâce à la puissance de son statut. Elles devraient rouler sur le dos et présenter leur ventre, et ce n'est qu'à cet instant que Yuri aurait le droit de sortir.

— Je serai sous forme de panthère ? demanda-t-il.

— Non, tu seras toi.

Il fronça les sourcils.

— Jin, ils vont me mettre en pièces.

— Pas si tu es plus fort qu'eux, lui dit Danny. Tu dois faire transparaître ta panthère sous forme humaine, c'est difficile.

— Sans blague, gronda-t-il, contrarié par l'évidence.

— Tu réussiras, lui dit Mikhail. Je t'ai déjà vu.

Yuri secoua la tête.

— Tu oublies que Jin a été attaqué dans la cuisine par ces félins l'été dernier ? Si j'étais si fort…

— C'était avant Sobek, lui rappela Mikhail. Et avant que l'on découvre que Jin est un nekhene. Il est différent, et toi aussi parce que tu as dû t'adapter à lui.

Je les observai se défier du regard.

— Tu réussiras.

Yuri hocha la tête. Mikhail était toujours la voix de la raison, et comme ce qu'il disait était logique, Yuri accepta ce qu'il disait et absorba ses paroles.

Le deuxième test, ou épreuve était celle de la loi. Mikhail devrait réciter toute loi qu'on lui demanderait, et il devrait l'interpréter et la défendre.

— Et la dernière épreuve ? demanda Crane.

— C'est celle du cœur, dis-je en me tournant vers lui. Logan sera attaché ou enchaîné, je ne sais pas, mais il ne pourra pas bouger et d'autres *Khatyus* essaieront de l'atteindre à travers moi, toi, Domin et une autre personne.

— Moi ? demanda-t-il.

— Tu es le *Beset* d'une *reah*, lui rappelai-je. Tu seras à mes côtés. On doit juste décider qui sera dans l'arène avec toi, moi et Domin.

— Domin.

Tout le monde se tourna pour regarder Koren. Il était blanc comme un linge.

— Je pensais qu'il n'allait là-bas que pour s'occuper de Logan jusqu'au *sepat*.

— Non.

Danny secoua la tête.

— Domin sera dans l'arène avec Logan et Jin. Si le *Semel* est tué, alors symboliquement sa maisonnée meurt, mais pas sa maison. La compagne est mise à mort, ainsi que le *Maahes*, car le nouveau *Semel* voudra choisir les siens.

— Je…

— Enfin, c'est le raisonnement logique, lui dis-je. Tu ne pourras récupérer que les autres personnes qui seront au *sepat* : Crane, Yuri, et Mikhail.

— Mais si Logan est tué, dit Danny a Koren, alors Jin et Domin seront tués immédiatement après.

Koren inspira, et je vis ses yeux entiers prendre la teinte vert olive qui était réservée normalement à ses iris.

— Vous êtes en train de me dire que ce type est parti sans me dire un mot, en sachant qu'il ne me reverrait peut-être jamais ?

— Oui, répondit négligemment Yuri. Mais qu'est-ce que ça peut te faire ?

— Ce que ça peut me faire ? rugit-il, et tout le monde vit enfin un peu de passion concernant Domin Thorne. Ça me fait plus que tu…

— Il n'avait pas le droit de te dire qu'il partait.

Danny essaya d'apaiser le coup qu'avait reçu Koren.

— Exactement comme Logan n'a pas eu le droit d'appeler Jin. Il fallait juste qu'il parte.

— Ils ont tous les deux crié depuis le rez-de-chaussée, cracha Yuri à Koren. Logan m'a appelé…

Il inspira.

— Tout comme Domin.

— Mais tu étais dans la maison, j'étais sorti.

Yuri était clairement trop dégoûté par Koren pour lui dire un mot de plus, il se dirigea d'un pas raide vers la cheminée. Il resta silencieux et contrarié, et je ne savais pas bien pourquoi.

— Est-ce que Domin est au courant ? demandai-je doucement en me rapprochant du plus jeune frère de Logan, ou est-ce qu'il pense encore que tu fais un appel d'offres pour le poste d'amour de ta vie alors qu'il est évident pour tout le monde qu'il est devant ton nez depuis le début ?

— Je…

— Oh, dit Crane en hocha la tête, tu as rompu avec Domin. Je n'étais pas là. Qu'est-ce qui t'a pris, mec ? Comment est-ce que tu pourrais trouver mieux en tant qu'héritier de la tribu de Mafdet que le prince de la tribu Mafdet ?

— Oh.

Danny avait l'air triste.

— Quoi ? cracha Koren.

— Non, c'est juste que… Si Domin Thorne avait été ton compagnon, *Maahes* ou pas, il n'aurait pas eu le droit de participer au *sepat*. Être le compagnon de l'héritier dépasse sa fonction de *Maahes*.

Je m'en souvenais maintenant.

— Et merde, grognai-je en fixant Koren.

Il tremblait légèrement.

— Tu es en train de dire que si je l'avais simplement marqué, il aurait dû rester.

— Oui, lui assura Danny. La compagne de l'héritier doit rester à ses côtés, tout comme la compagne du *Semel* doit rester avec lui.

— Merde ! cria Koren, sa fureur nous transperçant tous.

Il traversa la pièce à grands pas pour se placer à la fenêtre et fusiller du regard la neige qui tombait. Je le rejoignis un instant plus tard. Il lui fallut du temps pour se mettre à parler.

— Je suis un idiot.

— Oui, acquiesçais-je

— Il est parfait pour moi, il est tout ce que je ne suis pas : dangereux, et loyal… Bon sang, Jin, j'ai vraiment merdé cette fois.

Je restai silencieux, le laissant éclaircir les choses et me parler.

— Et je ne crois pas que je devrais essayer de réparer ça, mais j'en ai tellement, tellement envie.

Il était prêt à rattraper Domin et à l'attirer à nouveau dans leur relation tumultueuse, et personne ne voulait ça pour notre *Maahes*. Personne.

— Le pire, dit-il en se tournant vers moi, c'est que même maintenant, je ne sais pas ce que je veux.

— Ça veut dire ?

— Ça veut dire que je le veux, mais je ne sais pas si c'est de l'amour. Et ce n'est pas juste d'être avec lui jusqu'à ce que quelqu'un d'autre croise ma route.

Non, ça ne l'était pas.

— Bon sang, c'est si compliqué.

Je regardai son visage, qui était si proche de celui de Logan et pourtant si différent. La contenance majestueuse et intense de son frère n'était pas présente chez Koren. Logan n'était que force, puissance et chaleur, et sa simple présence dans une pièce chargeait l'air d'une électricité torride. Koren n'avait pas tout cela, et je commençais même à me demander ce que Domin voyait en lui. Peut-être que le *Maahes* de ma tribu avait eu une toquade, et que celle-ci finissait enfin par disparaître après presque quatre ans d'une histoire en pointillés qui avait commencé bien avant que j'arrive. Et peut-être qu'il n'avait pas puni Koren par son départ silencieux, mais qu'il n'avait tout simplement pas pensé à lui dire un simple au revoir. La nuit dernière dans le couloir, peut-être qu'il avait raté l'invitation de Koren car il ne s'attendait pas à la voir.

— Quelqu'un d'autre le voudra, Koren, et qui que ce soit tu devras t'écarter.

— Je sais.

— C'est une erreur, crois-moi. Tu vas le regretter le restant de ta vie si quelqu'un d'autre, une autre panthère, le marque.

— Ou peut-être pas, dit-il en se tournant vers moi, l'air peiné. Et c'est ça le problème, non ?

Je n'avais jamais été indécis de ma vie, et pourtant parfois cela avait été compliqué. J'avais toujours fait quelque chose, même si très souvent mes choix étaient égoïstes, mais Koren même pas. Il n'était même pas comme moi, épines comprises. Koren, c'était le type qui hésitait. Et comme nous étions si différents, j'avais du mal ne serait-ce qu'à comprendre qui il était.

— Je croyais que tu le voulais, dis-je en cherchant en lui l'homme que je croyais connaître. Avant la Fête de la Vallée, avant que je sois kidnappé… Ce n'était pas vrai ?

— Il m'avait donné un ultimatum.

Koren soupira profondément, passant ses doigts dans les mèches blondes qu'il partageait avec ses frères.

— Il m'avait dit « choisis ou laisse-moi tranquille ». Je n'étais pas prêt à le laisser partir, alors… Mais quand je suis avec lui, je regarde les autres.

— Et quand tu es avec d'autres personnes, tu penses à lui, dis-je, car je savais que c'était la vérité.

— Oui.

— Et dès qu'il est de retour dans ton lit, tu as envie de repartir en chasse.

— Oui, grogna-t-il. Et je sais que ça me fait passer pour un parfait connard.

— C'est honnête, et jusqu'à ce que tu trouves la personne qui te fera oublier tout le monde, tu dois continuer à chercher. Je comprends, mais ce n'est pas juste pour Domin, et il est trop important pour le reste d'entre nous. On est trop investi dans son bonheur pour te regarder faire l'andouille avec lui. Il est temps de le laisser partir, Koren.

— C'est déjà fait.

— Tu en es sûr ?

— Oui.

— Vous avez arrêté de vous remettre ensemble ?

— Oui. On ne s'est pas réconciliés depuis la dernière fois.

Il avait l'air si triste.

— Il ne me laisse pas essayer de recoller les morceaux, et maintenant, comme tu l'as vu l'autre soir, c'est comme s'il ne me voyait même pas. Il m'a oublié.

— Et ça te tue.

— Bon sang, oui.

Il expira, repassant ses doigts dans ses cheveux.

— Parce que je veux qu'il revienne vers moi, et je veux lui promettre des choses, mais... dès que je le fais, dès qu'il est revenu dans mon lit...

Koren voulait quelqu'un d'autre.

— D'accord.

— Tu penses que je suis un idiot.

Oui et non.

— Tu ne peux pas forcer ton cœur à vouloir quelque chose simplement parce que tu penses que c'est ce que tu devrais. Je comprends.

— Quand on était ensemble, quand vous étiez à la Fête de la Vallée... Bordel, Jin, je pensais que c'était bon. Je pensais que j'avais fini de regarder ailleurs.

Mais ce n'était pas le cas, et Domin le savait. Son ultimatum s'était changé en résignation. Koren ne serait jamais à lui, et cela ne lui importait plus maintenant. Le problème c'était que, sans personne pour l'aimer... Qu'est-ce que Domin Thorne avait comme ancre ?

J'étudiai le visage de Koren un instant avant de retourner vers les autres.

— J'ai une question, dit Artem.

Tout le monde se tourna pour le regarder.

— À part Crane, dit-il, les yeux plantés dans les miens, qui d'autre ira dans l'arène avec toi et Domin lorsque vous défendrez Logan ?

— Je peux choisir une autre personne.

Il hocha la tête.

— Alors choisis-moi, s'il te plaît, Jin.

— Non, lui dis-je. Tu dois rester ici et servir de *sheseru* pendant que Yuri est parti.

— Si je meurs, dit Yuri en posant la main sur l'épaule d'Artem, alors tu seras le nouveau *sheseru* de la tribu de Mafdet.

Artem inspira en tremblant.

— Tu dois rester ici pour protéger Koren.

Il acquiesça d'un air décidé, même s'il n'était clairement pas heureux de la situation.

— Emmène-moi avec toi, Jin.

Je me tournai pour regarder l'homme qui était rentré de Sobek avec nous six mois plus tôt et faisait maintenant réellement partie de notre maisonnée.

— Je ne peux pas faire ça, Taj. Tu fais partie du Shu.

Il secoua la tête.

— J'ai démissionné, me dit-il. Je fais maintenant partie de la tribu de Mafdet.

— Je suis sûr que Logan te donnerait la place de *sheseru*, alors, lui dit Yuri. Tu es bien plus rapide que...

— Mais je ne suis pas plus fort que toi, dit-il à Yuri. Et j'en ai parlé avec Logan il y a quelque temps. Il m'a dit que si je restais, il ferait de moi un manu et d'Ivan un baku.

— Ivan ?

Markel était surpris.

— Moi ? dit Ivan, et je me rendis compte que j'avais oublié qu'il était là avec nous.

Je l'appelais toujours. Je ne le laissais jamais de côté car il vivait maintenant dans la maison avec nous.

— Oui. Logan a dit que Markel et Artem obtiendraient aussi ces positions lorsqu'il retournerait du *sepat*.

Je regardai les quatre hommes dans la pièce : Markel, Ivan, Taj et Artem. Ils étaient abasourdis, sauf Taj qui était le seul au courant du plan, et heureux. C'était évident. Ivan et Markel étaient particulièrement touchés, car ils avaient été le *sylvan* et le *sheseru* de Domin lorsqu'il était *Semel* de la tribu de Menhit.

— Logan vous fait absolument confiance, continua Taj, et la tribu s'agrandit tellement qu'il a besoin que sa maisonnée soit pleine de ceux qu'il considère comme les plus fiables.

Il se tourna vers Artem.

— Tu es le seul qui ne vit pas dans la maison, Artem, et tu vas devoir emménager immédiatement.

L'homme déglutit, bouleversé, je pouvais le voir. Ils se rapprochèrent tous les uns des autres pour discuter, et j'allai me poster à la fenêtre pour regarder la neige tomber.

— Ma *Reah*.

Le silence abattit sur la pièce derrière moi, mais je ne me tournai pas à l'appel de Mikhail.

— Je suis heureux pour vous tous, lui dis-je en observant le ciel gris de janvier, mais avant toute chose, nous devons penser au *sepat*. Parce que malgré tout ce que vous pensez, sans Logan Church, la tribu souffrira. Sans lui, je ne serai plus là. Sans moi, Yuri ne sera pas lui-même, et ainsi de suite... La priorité doit être de ramener Logan sain et sauf à la maison.

— Bien sûr, acquiesça Mikhail.

— Oui, Jin, ajouta Yuri.

Je sentis une main sur mon épaule, et lorsque je me tournai, c'était Crane.

— J'ai besoin que tu m'aides à devenir fort pour pouvoir venir avec toi.

Qu'il veuille venir alors même que je savais qu'il devait être terrifié en disait long sur sa force.

— D'accord.

— Avant toute chose, allons voir Ray demain pour démissionner de nos postes.

— Tu n'as pas besoin de faire ça, Crane, juste moi.

— Non, on doit tous les deux le faire. Je veux juste être là, Jin. À la maison, dans la propriété. Yuri a dit qu'il allait m'apprendre son travail et que je pourrais aller travailler pour lui, avec lui. Je crois que ça serait pour le mieux.

C'était étrange de penser à tout le monde en dehors de leur rôle dans la tribu, de penser qu'ils avaient des vies dans lesquels ni Logan ni moi n'avions notre place.

Yuri possédait et dirigeait une entreprise de sécurité, où il installait des systèmes d'alarme high-tech pour des clients et des entreprises. Mikhail avait une entreprise de démolition qui détruisait des trucs – des ponts, des bâtiments... – puis déblayait les débris et s'en débarrassait. Markel était un artiste, Ivan instituteur, et Domin possédait plusieurs boutiques de prêteur sur gages très rentables, deux à Reno et trois à Las Vegas. Koren possédait une compagnie immobilière à Lake Tahoe et Delphine travaillait pour son frère, pour Logan, à la verrerie dont il était propriétaire. Elle était contremaîtresse. Tout le monde travaillait, et je m'inquiétais à l'idée de ne pas faire ma part, même si Logan avait dit que je devais me concentrer sur lui et la tribu, rien d'autre.

— Je sais que Taj patrouille déjà ici, que c'est le protecteur de la propriété, mais je veux faire ma part, et je n'ai pas idée de quand ou même si je serai capable de m'éloigner d'ici un jour.

Ce qui m'allait très bien, même si je savais que c'était égoïste. Si mon meilleur ami était toujours à portée, je n'aurais plus jamais besoin de m'inquiéter. Mais est-ce que c'était juste pour lui ?

— Viens, assieds-toi avec moi et on va discuter.

Comme toujours, je le suivis sans poser de questions.

CE FUT difficile de parler à Ray le lendemain avec Crane. C'était un homme bien, il ne comprenait pas pourquoi nous l'abandonnions. Je finis par mentir et par lui dire que l'entreprise de Logan nous nécessitait tous les deux. Cela, enfin, il pouvait le l'admettre. Il avait lui-même une entreprise familiale, et il comprenait cette loyauté. Je lui dis que je pouvais lui donner deux semaines pour embaucher et former un nouveau manager, et je me sentis mal lorsqu'il me dit que ce n'était pas nécessaire. En fait, les gens faisaient mon travail depuis des mois ; il fallait juste qu'il en choisisse un pour prendre ma suite de manière permanente. Il nous fit promettre que si l'un de nous souhaitait un jour retourner dans la restauration, nous l'appellerions tout de suite. Nous lui fîmes tous les deux un grand câlin avant de partir.

Pendant le mois qui suivit, Yuri s'entraîna en devenant volontairement la proie lors de chasses. Artem et ses hommes le poursuivaient, tous sous leur forme de panthère, et lorsqu'ils l'atteignaient, sous le coup de l'adrénaline et de la faim, il s'entraînait à les calmer et à les forcer à se retransformer en hommes. C'était extrêmement difficile, et éreintant, et Yuri revenait chaque soir plein de bleus et ensanglanté. Un soir, je revis quelqu'un qui m'avait manqué depuis un moment : Andrian Basargin. Pendant que nous discutions – il était parti à l'université à Boston – je réalisai enfin qu'il avait une raison pour être là.

— Où est Yuri ?

— Il est blessé, *Reah*. Il passe la nuit dans une grotte avec Taj pour le protéger, mais il te supplie de ne pas venir, de le laisser tranquille. Il te rejoindra pour le petit déjeuner demain matin. Cela fait partie de son entraînement. Il doit apprendre à dominer les autres non par peur ou par force, mais seulement par sa puissance. S'il te plaît, il faut que tu comprennes et que tu lui laisses du temps.

Je voulais y aller, mais l'expression sur le visage d'Andrian réprima mes instincts. Il avait été la première personne que j'avais rencontrée de la tribu de Logan, et la gentillesse qu'il m'avait montrée dès le début n'avait jamais changé.

— D'accord ?

J'acquiesçai.

— Bien.

Il sourit.

— Je retourne les voir avec de l'eau et de la nourriture. Je leur dirai que tu les attends tous les deux à la maison demain matin.

— Et toi, lui dis-je. Je veux te voir aussi.

— J'en serais honoré, *Reah*.

Comme promis, ils étaient tous là le lendemain matin au petit déjeuner, et quand je frappai Yuri à l'arrière de la tête, il leva les yeux au ciel.

— Plus jamais, crachai-je.

— Jin...

— Et qui me protégerait ? Qui devrait le faire ?

Je compris que ma sécurité ne lui avait jamais traversé l'esprit. Il n'en avait pas vraiment besoin, j'étais effrayant maintenant. Personne de sensé ne voulait embêter un nekhene, pas après ma petite démonstration à Sobek. Et puis Artem était là, et les autres, mais tout de même... Yuri était mon *sheseru*.

— Non, ma *Reah*, j'ai oublié mon rang.

— Ne le fais plus, le prévins-je d'une voix dure.

Me l'entendre le dire, exprimer mon besoin de lui, lui fit monter les larmes aux yeux. Je vis les muscles de sa mâchoire se contracter. C'était ce qu'il avait besoin d'entendre : que je comptais sur lui, que je dormais mieux en sachant qu'il était dans la maison. Ma confession lui donnait de la force et lui rappelait sa valeur. Mikhail me donna un coup sur l'épaule en sortant, et je vis son sourire. Ils comprenaient tous ce que j'avais fait, ce qui était agréable.

Les pauvres parents de Logan revinrent à la maison pour la trouver sens dessus dessous. Lorsque tout le monde se fut assis avec eux pour leur expliquer, Éva se mit à paniquer. Peter, lui, était très fier de Logan pour avoir été choisi, et terrifié pour moi.

— Il pourrait vraiment te tuer, Jin...

Son souffle se coupa.

— Non, lui dis-je avec une confiance absolue, il ne me tuera pas.

Même là, après tout ce qui s'était passé, Peter Church ne pouvait pas vraiment comprendre que deux hommes puissent s'aimer aussi fort et de manière aussi « jusqu'à ce que la mort nous sépare » qu'un homme et une femme. Mais son épouse en était capable.

— Tu me ramèneras un *Semel-aten*, me dit-elle en me tapotant la main. Mon Dieu, est-ce que je vais aimer vivre à Sobek ?

Je plissai les yeux en la regardant.

— Eh bien, nous verrons quand nous y serons, n'est-ce pas ?

Elle inspira.

— Maintenant, dis-moi ce qui s'est passé avec Russ avant que je l'appelle pour hurler.

— Personne ne parlera plus jamais à Russ ! ordonna son mari, toujours en colère que Russ ne veuille pas être une panthère, blessé et se sentant trahi au point de perdre momentanément le contrôle de ses nerfs.

— Logan a dit que si quelqu'un voulait lui parler par e-mail, téléphone, ou quoi que ce soit d'autre, comme une webcam, c'était possible, intervint gentiment Koren. Mais nous n'avons pas le droit de lui rendre visite. S'il veut nous voir, il doit venir ici.

— Oui, accepta Peter en respirant profondément pour se calmer avant de venir jusqu'à moi et de me mettre la main sur l'épaule. Merci d'y être allé, Jin, et d'avoir protégé mon fils.

Je n'avais pas vraiment eu besoin de faire le voyage, mais j'acceptai les remerciements d'un homme qui avait l'impression que ses fils lui étaient étrangers. Je lui tapotai la main, et il la serra gentiment dans la sienne. Mon arrivée avait tout changé, avait fait dérailler les chemins de Logan et de Koren, parce que si le *Semel-rê* était gay, alors son frère aussi pouvait l'être. Et même si je n'avais rien à voir avec les choix de Russ, j'avais été le catalyseur de tout le reste. Que Peter puisse encore m'apprécier ne serait-ce qu'un peu était une preuve de sa grande tolérance. Il ne comprenait ni Logan, ni moi, ni ce que Koren et Domin avaient commencé puis terminé, mais il nous aimait tout de même. C'était bien plus que ce que de nombreuses personnes recevaient de leur propre famille.

Comme il savait que Logan avait besoin d'aide, Peter aida Yuri à maîtriser sa puissance, et offrit à Mikhail l'accès à sa bibliothèque personnelle pour qu'il puisse étudier. Mikhail n'avait qu'une envie : se perdre dans les vieux textes et en apprendre des morceaux entiers par cœur, mais Danny et Peter étaient tous les deux contre cette idée. Selon eux, et j'étais d'accord, il valait mieux comprendre comment fonctionnait le texte dans son entité, être capable de l'interpréter et de le réexpliquer à quelqu'un, de l'enseigner à quelqu'un. Ils s'asseyaient donc tour à tour avec Mikhail pour lui poser des questions pendant la journée, lui lire le soir, et même l'écouter pendant les repas. Ils ne faisaient que parler d'une loi ou d'une autre. Les trois hommes eurent des conversations sans fin et Danny, que mon père avait commencé à former comme il l'avait fait pour moi, pour être *sylvan*, lui montra des citations. Peter lui montra les illustrations qui l'aideraient à retenir les choses, et tous deux corrigèrent ses erreurs gentiment et patiemment.

Nous étions à deux semaines de partir pour le *sepat* lorsque je descendis car je ne pouvais pas dormir. Cela devenait de plus en plus difficile pour moi. L'absence de Logan me pesait énormément. Je m'arrêtai cependant avant d'entrer dans la grande salle, car je les vis devant le feu. Mikhail semblait s'être assoupi, et je vis Danny qui rapprochait ses mains de l'autre homme sans le toucher, se penchait près de ses lèvres pour inspirer son odeur et, enfin, après deux semaines à ne rien faire d'autre que le regarder, osait prendre une mèche de cheveux sombres entre ses mains pour l'écarter de ses yeux.

— C'est un gros coup de cœur que tu as, dis-je en tournant le coin.

— Oh, je… Je voulais juste…

— Ce n'est pas grave.

Je souris.

— Je comprends, Mikhail est un homme bien.

— Il est magnifique, soupira Danny, lèvres tremblantes. Est-ce que tu as vu ses yeux ? Ils sont si profonds, bleus et sombres et…

— Je l'ai déjà regardé, lui assurai-je.

— Il est extraordinaire, Jin.

— Je suis d'accord, mais qu'est-ce que tu veux de lui ?

Il leva les yeux vers moi.

— Tout.

Ce n'était pas à moi de lui dire ce que Mikhail était ou pas. J'avais le sentiment que Mikhail était hétéro, tout comme Crane, Taj et Artem, mais comment l'aurais-je su ? Le seul homme pour lequel je pouvais parler en connaissance de cause était mon meilleur ami. Pour lui, pour Crane Adams, seule une femme pourrait être sa compagne. Pour les autres… J'attendrais de voir.

— Jin ?

— Tu devrais lui parler quand tout cela sera fini, l'apaisai-je, mais pas maintenant.

— Non.

Il hocha la tête.

— Il n'aimerait pas que je pense à quoi que ce soit à part Logan.

— Non, c'est sûr.

Il tendit une main vers moi.

— Je peux ?

Je lui fis un petit sourire, et il posa sa main sur mon épaule.

— J'ai toujours voulu te toucher.

Ça faisait partie de toute cette histoire de *reah*.

— Ton père a dû tellement t'aimer, Jin.

C'était un début de conversation étrange.

— Qu'est-ce qui te fait dire ça ?

— Parce qu'il te déteste tellement maintenant.

Il prit une inspiration tremblante.

— Enfin, je ne lui ai jamais dit que j'étais gay. J'avais trop peur de ce qu'il m'aurait fait, et c'était avant ce qu'il a laissé faire à Crane.

Bien sûr, je m'étais douté que mon père aurait pu sauver Crane, mais ne l'avait pas fait.

J'inspirai, serrai fortement sa main sur mon bras, et lui souris.

— Mon père n'est pas important. Dis-moi où est ma mère.

— Elle est restée avec Kei à Chicago. Ils ont tous les deux étés acceptés dans la tribu de Mnevis.

Je hochai la tête.

— Kei et elle... Ils ne comprennent simplement pas qui tu es ou ce que tu es, Jin. Est-ce que Logan t'a dit qu'il les avait rencontrés ?

Je secouai la tête.

— Non.

— Je m'en doutais.

— Qu'est-ce qui s'est passé ?

Il haussa les épaules.

— Kei et ta mère, Ayumi, étaient à genoux et Logan leur a demandé s'ils voulaient te voir.

J'attendis ce que je savais déjà.

— Kei a dit que tu étais mort pour eux, et ta mère a dit à Logan de purifier le mal dans sa maisonnée.

Je fermai les yeux. À une époque, cela m'aurait fait mal, mais j'étais bien trop protégé par l'amour de Logan pour que cela me touche à présent.

— Et qu'a fait le *Semel-netjer* ?

Il s'éclaircit la gorge.

— Il leur a dit qu'il était vraiment désolé pour eux, et il les a regardés d'une façon... Jin, on aurait dit qu'ils étaient en train de mourir devant lui. Il est parti sans un mot de plus, comme s'ils n'étaient plus rien. Tout le monde était étonné, tu sais ? Pour une panthère, qu'un *Semel* vous regarde comme ça, qu'il ne vous congédie même pas… Bon sang. C'était tellement horrible, et il l'a fait, il a juste arrêté de leur prêter attention, tu vois ? Et il est le seul *Semel-netjer* au monde, mais je pense que Yuri a raison.

— Qu'est-ce que Yuri a dit ?

— Il a dit qu'ils ne peuvent pas comprendre que tu es une *reah* et un nekhene, et comme ils ne te voient même pas, pas vraiment, Logan lui ne peut même pas imaginer qu'ils existent.

Je soupirai profondément.

— C'est bien du Yuri.

— J'étais abasourdi. Enfin, ils auraient pu… Ils auraient pu vivre avec toi et Logan, ils font partie de la famille du seul nekhene qui ait existé depuis mille ans.

— Mais tout ce qu'ils voient, c'est un homosexuel, lui dis-je. Et ça ne me dérange pas, parce qu'homosexuel est un mot qui peut être utilisé pour me définir. Ce n'est pas tout ce que je suis, mais c'est une de mes facettes.

— Ils ne comprennent pas, dit-il en frissonnant.

— Et ça n'est pas grave, soupirai-je en tapotant sa main avant de m'écarter de lui. Parce que j'ai une nouvelle famille qui m'accepte et m'aime.

— Ça doit quand même faire mal, Jin…

— Honnêtement, non, lui assurai-je. Ils m'ont laissé pour mort, et le seul qui m'a épaulé, c'était Crane.

— Crane ?

— Oui, il les a tous remplacés… Ma mère, mon frère, mon père… il n'y a que lui maintenant.

— Ton père a dit qu'il était content que ta grand-mère ne puisse pas voir l'abomination que tu es devenu.

Je gloussai.

— Eh bien, ça serait marrant s'il apprenait que ma grand-mère, sa mère, est celle qui m'a dit que ce n'était pas grave si la première personne dont je suis tombé amoureux était un des *Khatyus* de la tribu.

— Elle savait que tu étais amoureux d'un homme ?

— Oui, parce que je lui avais dit.

— Et qu'est-ce qu'elle a dit ?

— Elle a dit ce qu'elle disait toujours : que mon amour était un cadeau, et que celui qui avait la chance de le recevoir devrait se sentir chanceux.

— On dirait qu'elle était formidable.

— Oui, elle l'était.

Il s'éclaircit la gorge.

— Je peux te demander ce qui est arrivé à l'homme qui était ton premier amour ? Je sais peut-être…

— Il est mort il y a longtemps.

— Comment ?

— Pour moi, je veux dire.

Je lui souris gentiment.

— Il faisait partie des hommes qui m'ont tabassé lorsque je me suis transformé en *reah* pour la première fois devant les autres.

— Mon Dieu, Jin, que quelqu'un que tu…

— Ce qui est arrivé avec mes parents est bien plus triste, lui assurai-je, ou mon frère… Mais tu t'inquiètes pour de l'histoire ancienne.

— Tu mentirais si tu disais que cela ne te fait plus rien.

Je croisai son regard, et il frissonna.

— Je suis désolé, ma *Reah*, j'ai oublié ma place pour un…

— C'est bon. Tu peux croire ce que tu veux, mais ce qui est vrai, c'est que je suis la *reah* de ma tribu et que je n'ai pas le temps de ressasser le passé. Il faut que je prenne soin de ma tribu, que j'aide mon meilleur ami à guérir, et que je défende mon compagnon. J'ai des gens qui m'aiment maintenant ; je n'ai pas le temps de m'inquiéter à propos de ceux qui aimeraient me voir mort.

Il me regarda, cherchant le mensonge dans mes yeux. Mais il ne pourrait pas en trouver. J'avais fermé la porte sur mon passé, enfin, lorsque mon père m'avait rendu visite pour la première fois après que je fus devenu le compagnon de Logan. Et cette porte avait été définitivement murée à Sobek, après que mon père et celui de Crane eurent parlé au prêtre. J'aurais seulement voulu qu'après avoir découvert la haine dans le cœur de ces deux hommes, je n'aie pas laissé Crane tomber entre leurs mains. J'aurais donné n'importe quoi pour avoir pu le protéger.

— Mon Dieu, Jin.

Si seulement j'avais pu le protéger… Qu'est-ce que je n'aurais pas donné pour le préserver…

— Jin !

Je levai brusquement la tête et me tournai vers la cuisine lorsque Yuri en émergea.

— Oui ?

— Ton pouvoir, dit-il en me faisant les gros yeux.

128

Il regarda quelque chose derrière moi avant de le désigner de la tête.

Je me tournai, et trouvai Danny sous forme de panthère, qui se débattait avec ses vêtements.

— Mince, grognai-je.

Je m'agenouillai et tendis les bras vers lui. Il cracha dans ma direction et je lui donnai une pichenette sur le nez.

— Jin, fais attention, gronda Yuri en traversant rapidement la pièce alors même que Danny devenait mou sous mes mains.

Il roula sur le dos, pattes l'air, complètement soumis.

— À quoi ? Au chat domestique ? gloussai-je en levant les yeux.

— Tous les félins sont dangereux, me dit-il en s'agenouillant pour gratter Danny sous le menton, sur les joues, et enfin sur les oreilles. Même les chatons mignons comme lui.

J'entendis Danny se mettre à ronronner bruyamment, le vis frotter son menton sur la main de Yuri et enrouler son corps autour de lui. Je plissai les yeux en direction de Yuri.

— Quoi ?

— Il est transformé, donc il ne peut rien comprendre alors je vais te le demander : pourquoi toute cette attention ?

— Il est mignon.

Yuri me fit un sourire oblique.

— Vraiment ?

— Vraiment mignon.

— Alors, dis-je avec un petit rire, est-ce que tes intentions sont honorables ?

Il finit par grattouiller l'arrière-train de Danny, ce qui évidemment lui fit le lever pour en avoir plus. Il était panthère, et j'avais forcé sa transformation à cause de ma frustration, ce qui s'était transformé en désir sexuel. Et maintenant, Yuri avait passé de longues minutes à le tripoter, ce qui l'avait encore plus stimulé. Mon *sheseru* était aussi plus grand et plus fort que lui, et Danny voulait lui montrer l'étendue de sa soumission

Yuri se leva, et Danny laissa échapper un gémissement de protestation qui ressemblait à s'y méprendre un miaulement colérique. Mon *sheseru* avait raison, il était vraiment mignon.

— Ce n'est pas moi qu'il veut, me dit Yuri en plantant ses yeux dans les miens. C'est Mikhail, je le sais. Il est beau et je ne le suis pas. C'est logique.

— Yuri, tu…

— Stop.

Il me sourit.

— Tu es ma *reah*. Tu me vois comme personne ne le fait. Je sais quelle est ma valeur à tes yeux et à ceux de mon *Semel*. J'ai une belle famille, de vrais amis, il ne me manque rien. Je n'ai pas besoin que l'on chante mes louanges ; je suis bien dans ma peau.

— Oui, mais…

— J'ai eu des femmes et des hommes dans mon lit. Un jour, je trouverai mon compagnon et elle ou lui m'aimera tel que je suis. Jusqu'à ce jour, je suis satisfait. Par contre, quelqu'un devrait dire à Danny que même si Mikhail se fiche que son *Semel* soit gay, ou son *Maahes*, il est lui-même aussi hétéro que Crane. Le désir de Mikhail n'est que pour les femmes. Danny va se faire lacérer le cœur s'il ne fait pas attention.

— Comme tu dis, je pense que comme Mikhail se moque de ce que font les gens dans leur propre chambre, Danny a eu une mauvaise impression.

— Je suis d'accord.

Je me levai et comme toujours, même debout, je dus pencher la tête en arrière pour croiser le regard de Yuri.

— Je pense que si tu lui dis que…

— Je ne me fais pas d'illusions sur ce que Danny pense de moi, dit-il avec un sourire narquois. Tu ne devrais pas non plus.

Je ne voulais pas qu'il pense qu'il lui manquait quelque chose, parce que ce n'était absolument pas vrai.

Avec son mètre quatre-vingt-quinze, il était impressionnant. Il n'avait pas la carrure musclée et bien définie de Logan ; son corps n'était pas ciselé. Au lieu de ça, il était bâti comme un tank, comme une montagne. Les biceps de Yuri étaient aussi épais que les cuisses de certains hommes, alors la première chose que l'on remarquait était l'espace qu'il prenait, et à quel point il semblait remplir la pièce dans laquelle il se trouvait. Ensuite on voyait son visage. Il avait les yeux assez enfoncés, d'un bleu cobalt, un long nez droit et des lèvres pleines. J'avais toujours vu sa beauté, mais d'après les réactions des autres, je comprenais que je faisais partie d'une minorité. Je voyais Yuri clairement, mais la plupart des gens ne voyaient que sa taille et sa force.

— Tu…

— En plus, me dit-il avec un sourire sournois. Je ne veux pas d'un gamin. Je veux un homme.

130

La façon dont il le dit me fit plisser les yeux.

— Tu penses à quelqu'un en particulier ?

— Peut-être.

Peut-être ?

— Qui ? demandai-je sans m'inquiéter le moins du monde de faire la parfaite commère.

À son expression, je sus que j'allais devoir creuser un peu plus, mais on nous interrompit.

— Qu'est-ce qui s'est passé ?

Nous nous retournâmes tous deux vers Crane lorsqu'il entra dans la pièce.

— J'ai cassé Danny, dis-je en grimaçant.

Il me fit un sourire affectueux, en me regardant comme il l'avait toujours fait, comme si j'étais un idiot complet.

— Bravo.

— Oui, enfin, dis-je en haussant les épaules, c'était un accident.

— Viens là.

Mikhail, qui dormait comme une souche, se réveilla finalement lorsque je traversai la pièce en direction de Crane. Je lui demandai de guider Danny jusqu'à sa chambre car Yuri se dirigeait déjà vers la porte d'entrée.

— Où vas-tu ?

— Il y a une autre chasse ce soir, me dit-il. Christophe a bien voulu envoyer six panthères qui ne m'ont jamais rencontré pour m'aider.

— Et qu'est-ce qu'il leur a dit de faire ?

J'étais inquiet.

— De me tuer s'ils y arrivaient, me dit-il depuis le seuil.

— Yuri…

— Jin.

Il était exaspéré. Une partie de sa colère était dirigée vers moi, l'autre partie venait du fait qu'il m'avait presque avoué ses sentiments. Tout cela ensemble le rendait hargneux.

— Je dois m'entraîner, et je ne peux pas le faire avec les panthères de notre tribu parce que Logan s'est assuré que tout le monde vienne à nos rassemblements, alors il n'y a personne qui ne m'ait jamais vu.

Je le savais. Au dernier rassemblement, pendant le long week-end du Memorial Day, plus de quatre cents personnes étaient venues et reparties à différents moments. C'était comme un festival. Il y avait des stands pour la nourriture et les boissons, tous gratuits bien sûr, une piste de danse, et

131

évidemment une chasse. Yuri avait mené la plupart des chasses et tout le monde connaissait le *sheseru* et le *sylvan* de la tribu de Mafdet. Lorsqu'ils patrouillaient sur la propriété, ils se déplaçaient généralement ensemble. Yuri l'extraverti, bruyant, avec Mikhail l'introverti à ses côtés. Taj était là aussi, toujours avec une femme à chaque bras. J'avais regardé tout cela depuis mon balcon, heureux de respirer les odeurs et de voir tout le monde s'amuser au lieu d'essayer de traverser la propriété qui était ouverte à tous.

Lors du rassemblement précédent, en août dernier, j'avais essayé de participer, mais j'avais dû m'arrêter tous les deux mètres, ou parfois trois, car des gens voulaient me parler et me toucher. J'avais aimé voir ma tribu, et j'aurais voulu tous les connaître, tous les voir. Mais cela avait tellement dégénéré après la découverte que j'étais un nekhene. C'était trop compliqué. Logan n'aimait pas me voir me faire toucher par tout le monde, Mikhail n'aimait pas que les gens m'attrapent. Et le dernier jour du rassemblement, le lundi soir, je m'étais retrouvé coincé au milieu d'un groupe de gens qui se poussaient et se tiraient pour m'atteindre. Quand j'avais senti qu'on tirait sur mes cheveux et qu'on arrachait mes vêtements, j'avais été déséquilibré un instant et j'étais tombé à terre. Le hurlement de Yuri avait été terrifiant. Tout le monde s'était figé. Il m'avait attrapé et libéré de la masse, reposé sur mes pieds, et avait pris mon visage entre ses mains pour me regarder. Même si je lui avais assuré que j'allais bien, il m'avait jeté sur son dos comme un sac de patates et ramené dans la maison. Logan était apparu lorsque je venais de sortir de la douche.

— C'est fini.

J'étais en train de me sécher les cheveux avec une serviette et j'avais mis un pantalon de sport, un tee-shirt, et des chaussettes en laine chaudes que Delphine m'avait faites. Elles étaient fuchsias et vert fluo.

— Alors je n'ai plus le droit de voir ma tribu ? Je ne peux plus participer aux rassemblements ?

— Les gens peuvent venir dans la maison, faire la queue s'ils veulent te voir, et te présenter leurs respects. À partir de maintenant, nous allons faire en sorte que les rassemblements durent trois jours, qu'ils commencent tous un vendredi, mais Jin… Je refuse que les gens soient si agités à l'idée de te voir et de te toucher qu'ils finissent par te blesser. Je refuse.

J'étais allé à mon armoire pour prendre une brosse, et l'avait amenée à Logan. Je m'étais tourné pour lui présenter mes longs cheveux noirs.

— Pourquoi est-ce que tu es gentil avec moi ?

Je m'étais tourné pour le regarder par-dessus mon épaule.

— Parce que je veux que tu changes d'avis. Un dérapage ne…

— Non, m'avait-il coupé, passant les mains dans mes cheveux pour les démêler gentiment avec la brosse. Je refuse que tu sois blessé, Jin. Surtout si c'est parce que ta tribu t'aime tellement que les gens ne peuvent pas résister à l'idée de te toucher

— Une *reah* doit être accessible.

— Une *reah* reste aux côtés de son compagnon et ne remet pas en cause ce qu'il dit.

J'avais laissé échapper un gloussement et l'avais entendu grogner en réponse.

— Pourquoi est-ce que je savais que ça n'allait pas marcher ?

J'étais resté là, pendant qu'il me brossait les cheveux et j'avais fermé les yeux, profitant des bons soins de mon compagnon. Lorsqu'il avait repoussé mes cheveux et que j'avais senti ses lèvres sur mon épaule, j'avais frissonné.

— Je ne te laisserai pas être blessé, Jin, je t'ai déjà laissé tomber une fois. Je…

— Tu ne m'as jamais laissé tomber, lui avais-je dit en me tournant pour le regarder dans les yeux. Je suis une panthère puissante, Logan. Je n'ai pas besoin qu'on me protège ; j'ai juste besoin que tu m'aimes.

— Et je t'aime, tu le sais, avait-il répondu en posant ses mains sur mes hanches pour m'attirer à lui, sa cuisse pressant contre mon entrejambe, se penchant jusqu'à ce que nos fronts se touchent. Mais je sais que tu n'utiliseras pas ta puissance considérable pour te dégager des membres de ta tribu. Comme tu ne veux pas leur faire de mal, ils vont finir par t'en faire. Tu vois le problème ?

— Oui.

J'avais souri, profitant de sa proximité, de ses mains sur mes hanches, entendant sa respiration se faire courte, appréciant la façon dont il se pressait contre moi et la bosse qui se trouvait alors dans son jean.

— Je crois que le *Semel-netjer* doit marquer son territoire.

— Je ne suis pas une brute sans cervelle qui veut juste baiser quand…

— Si tu me prends, tu sauras que je vais bien.

— Je…

Il avait inspiré, et j'avais vu ses pupilles se dilater.

— Jin.

J'aimais le voir dans tous ses états, tiraillé entre le devoir et le désir. Il était si sérieux la plupart du temps que le distraire était assez amusant. Bien

133

sûr, je ne m'y risquais pas si ce qu'il était censé faire était important. J'étais le compagnon d'un chef de tribu, après tout. Mais l'accaparer pendant les derniers instants d'un rassemblement n'était vraiment pas si grave.

Mes phéromones avaient remplis la pièce.

— Fais-moi l'amour.

— Jin, avait-il grondé.

J'avais souri avant de lever le visage, et il s'était jeté sur mes lèvres en un baiser brutal.

Ses mains avaient été partout. Mon pantalon et mon boxer avaient été arrachés, le tee-shirt passé violemment au-dessus de ma tête. Je n'avais plus que mes chaussettes et il m'avait jeté sur notre lit, tête la première dans la couette. Je m'étais redressé à quatre pattes, et lorsqu'il m'avait touché les fesses et les avait écarté, j'avais gémis son nom.

— Ma *reah*, avait-il dit d'une voix âpre avant de faire glisser sa langue sur mon entrée.

— Logan !

— Encore ? s'était-il moqué.

Je m'étais trompé. J'avais cru l'allumer alors qu'en fait c'était l'inverse qui s'était produit.

— Tu m'as laissé croire que j'étais en train de te distraire, avais-je réussi à articuler.

— Oui.

Le miaulement qui m'avait échappé était franchement embarrassant, ou l'aurait été s'il s'était agi de n'importe qui d'autre que mon compagnon. Mais avec lui j'étais moi-même, sincère dans mes besoins, et je ne lui cachais rien.

— J'aime ton goût, m'avait-il dit avant de plonger la langue encore plus loin en moi, léchant et suçant, me transperçant de ses longues caresses langoureuses.

J'étais devenu fou. Lorsqu'il avait ajouté ses doigts, pressant, poussant, effleurant ma prostate, écartant les doigts encore et encore à l'intérieur de moi, implacable, j'avais perdu toute capacité à articuler. Je n'avais été capable d'émettre que des grondements, des gémissements et des miaulements tandis que mes muscles avaient agrippé de toutes leurs forces cette chair étrangère. Personne d'autre que mon compagnon n'avait pris autant de temps et de soin pour me préparer ; personne d'autre que Logan n'en avait eu envie.

Cela avait duré un temps infini, et j'avais su sans même devoir demander que Logan Church adorait exercer son pouvoir sur moi, adorait me voir perdre pied.

— Logan, avais-je soufflé.

Je m'étais tortillé sous lui, haletant et suppliant. Il avait enroulé sa main autour de mon sexe humide, caressant de bas en haut, et je l'avais prévenu que j'étais à bout. Il fallait qu'il soit en moi.

Mes muscles étaient détendus, mon sexe était humide de désir et mon entrée lubrifiée par sa salive, mais j'avais tout de même senti le froid du lubrifiant toucher ma peau avant qu'il pénètre en moi d'un long mouvement habile.

C'était si bon. Je m'étais contracté autour de lui en un fourreau serré et musclé.

— Oh bon sang, avait-il grogné avant de se retirer pour revenir un instant plus tard, plus fort et plus profond.

Ses mains sur mes hanches allaient sans doute laisser des marques.

— Ne t'arrête pas, avais-je supplié en hurlant presque. Continue… Logan !

Il venait de se relever légèrement pour changer l'angle de sa pénétration et se laisser retomber en moi. Son sexe épais avait glissé sur ma prostate et j'avais joui sans qu'aucun de nous ne touche mon sexe.

— Jin, avait-il soufflé avant de jouir en moi.

Mes muscles s'étaient contractés autour de son sexe tandis qu'il allait et venait en moi de plus en plus vite, profitant de ma jouissance, mes propres contractions me faisant tourner la tête et trembler de chaud et de froid en même temps.

Il se donnait entièrement à moi à chaque fois. Lorsque nos corps ne faisaient qu'un, il m'appartenait entièrement, et il ne servait à rien de le nier ou de le cacher. Il était à moi.

— Je ne bougerai plus jamais, avait-il dit en pressant sa poitrine contre mes reins, léchant la sueur sur ma peau avant d'embrasser la ligne de mon dos.

— D'accord, avais-je murmuré.

Je me moquai de tout, même lorsqu'il abandonna mon corps avec une douceur extrême.

— Je ne t'ai pas fait mal ?

— Tu ne me fais jamais mal, avais-je répondu en m'affalant sur le lit avant de rouler sur le dos pour le regarder.

Le sourire qu'il m'avait offert avait fait luire ses yeux comme de l'or en fusion.

— Tu veux que je te lèche encore pour en être sûr ?

Et aussi étonnant que cela puisse paraître, malgré avoir joui tout mon soûl, j'avais senti mon sexe frémir et mon corps se contracter à la pensée de sa langue merveilleuse.

J'avais envie de lui. Le nekhene avait besoin de lui… Où était-il ?

Mon désir interféra enfin dans mes pensées et m'arracha au passé pour me ramener au présent.

Je fus surpris par le cri.

— Jin !

Je clignai des yeux rapidement, la fin de mon rêve éveillé se dissipant. J'oubliai que j'avais pensé à Logan, à Logan qui me faisait l'amour. J'avais commencé à réfléchir à autre chose, et avait terminé par penser à mon compagnon. Toujours mon compagnon.

— Jin !

Je levai la tête, et Mikhail était là en face de moi, en colère, respirant difficilement et tremblant, les poings serrés.

— Stop !

Je le regardai et entendis des halètements dans la pièce.

Il tomba à genoux devant moi, et je le vis s'écraser par terre.

— Jin, gronda Yuri.

Je le cherchai du regard.

Je trouvai la grande salle remplie de panthère. Delphine s'était transformée, ainsi que Markel, Ivan, Koren – ce qui me surprit – et Taj, ce qui me choqua encore plus.

— Qu'est-ce qui s'est passé ? demandai-je à Mikhail, qui se trouvait à mes pieds, mains sur les cuisses.

On aurait dit qu'il faisait du yoga avec ses respirations profondes.

— Tes fichues phéromones, voilà ce qui est arrivé, gronda-t-il tandis que Danny avançait à pas feutrés vers lui pour frotter son menton sur son épaule et lécher derrière son oreille.

Il était mignon. Il faisait la taille d'un ocelot, mais il était doré. C'était peut-être plutôt un petit puma.

— Crane, m'étranglai-je, terrifié, en me retournant brusquement pour le chercher.

— Où… Oh.

Mon meilleur ami ne s'était pas transformé en panthère, mais arborait un immense sourire et restait étendu sur le sol, les bras en croix.

— Tu vas bien ?

— Oh que oui, soupira-t-il.

Je compris d'après l'expression sur son visage que Crane Adams était effectivement très content.

— Tu as éjaculé dans ton jean, râlai-je.

— Je ne peux pas éjaculer, me dit-il en tournant la tête sur le côté pour me regarder. Je n'ai plus de testicules pour faire du sperme, idiot.

Je fus horrifié de ma propre stupidité, mais son sourire me surprit. Puis je compris.

— Tu as eu une érection et un orgasme.

Il ôta sa casquette de base-ball et frotta son crâne encore rasé – il avait décidé de garder une coupe militaire pour l'instant – puis laissa échapper un profond soupir.

— Un vrai orgasme ?

Il plongea ses yeux dans les miens.

— Oh *reah*.

Le temps de récupération d'un humain était très long, mais apparemment celui d'une panthère était de six semaines. Ce n'était pas qu'il était guéri, les cicatrices physiques et émotionnelles ne pouvaient pas disparaître aussi vite, mais savoir qu'il pouvait encore faire l'amour l'aiderait beaucoup à guérir.

— Et ?

Il gardait les yeux fixés sur moi.

— Comment te sens-tu ?

— Je me sens mieux que je me suis senti depuis longtemps, dit-il, les yeux doux.

Il se ressemblait enfin. La peur n'était plus là, les ombres brisées sur ses traits avaient disparues et son sourire était de nouveau malicieux et sauvage. J'émis un son de gorge.

— Toi aussi tu m'as manqué.

Il haussa les sourcils.

Seul Crane pouvait remonter la pente après les horreurs qu'on lui avait fait subir pour redevenir l'homme qui se trouvait devant moi. Il n'y avait que lui. Il était si fort intérieurement et extérieurement, et...

— Et merde, dit lentement Mikhail, incrédule.

— Quoi ?

Crane bâilla et s'assit avant de se lever souplement.

— Crane.

Il jeta un regard interrogateur à mon *sylvan*.

— Tu ne t'es pas transformé.

Crane cligna des yeux.

— Pourquoi devrais-je me transformer ?

— À cause du pouvoir de Jin.

— Pourquoi ?

Il était perdu.

— Crane, dit Mikhail, le pouvoir de Jin est loin d'être faible.

— Ouais, mais ça reste juste Jin, dit-il en me désignant du bras. Je n'aurais même pas eu ce, euh…

Il toussa et sourit en même temps.

— … cette réaction à son odeur si mon corps n'était pas aussi faible.

— Danny s'est transformé un peu plus tôt avec juste une étincelle du pouvoir de Jin. *Taj* s'est transformé, Markel aussi, et Delphine et Ivan. Il n'y a que Yuri, toi et moi à être encore sous forme humaine. Même Koren s'est transformé.

Tout le monde tourna la tête vers Koren, qui ronronnait bruyamment pendant que Danny frottait son museau sous son menton.

— Et merde, marmonna Yuri en s'avançant vers la porte d'entrée pour l'ouvrir.

Koren sortit à toute allure, Danny sur les talons. Ils disparurent ensemble dans la nuit.

— Je suis désol…

— Mais bon sang, Jin, râla-t-il, je me fiche de qui Danny baise… C'est plutôt Koren qui m'inquiète.

Koren ?

— Attendez. Ce n'est pas ça que je voulais dire. Je…

— Qu'est-ce que j'ai raté ? demanda Crane.

— Crane ne s'est pas transformé.

Mikhail éleva la voix pour ramener l'attention à lui. Tout le monde se tourna pour regarder Crane en même temps.

— Quoi ?

— Même dans ton état de faiblesse tu ne t'es pas transformé, commença Mikhail en l'étudiant sérieusement, peut-être pour la toute première fois. Comment ça se fait ?

Crane haussa les épaules.

— Je ne sais pas. Le pouvoir de Jin m'est passé dessus toute ma vie. Alors bien sûr, il est beaucoup plus lourd maintenant qu'avant, je peux même le sentir plus ou moins entrer à l'intérieur de moi, mais ce n'est que Jin, alors je respire un coup et je le laisse faire ce qu'il veut.

— Tu parles du pouvoir de Jin comme si c'était un être vivant.

— Ce n'en est pas un, je le sais, mais ce n'est que Jin, n'est-ce pas ? Je veux dire que… vous autres vous l'aimez beaucoup, mais moi je l'aime tout court, et Logan aussi, et je pense que c'est pour ça que le pouvoir ne nous incommode pas. Même le nekhene m'aime bien, je l'ai senti.

— Tu as senti mon pouvoir se transformer en celui du nekhene ? demandai-je.

— Bien sûr. Ton pouvoir de *reah* est tout doux, apaisant. Il me fait me sentir bien. Celui du nekhene, c'est un peu comme sentir quelque chose à l'arrière de la nuque. Il se jette sur moi, mais je pense à toi et à ce que je ressens pour toi, alors il se calme et redevient comme celui de la *reah*.

Je le fixai.

— Quoi ?

— Je le combats. Je combats le pouvoir que je sens monter. Je combats pour ne pas perdre le contrôle… Je me bats contre tout.

— Faut pas faire ça.

Il bâilla avant de me sourire.

— Faut pas faire ça ? C'est ça ton sage conseil ?

Il fit un rot avant d'expirer.

— Désolé, les burritos du déjeuner sont en train de remonter

Il était vraiment incroyable. Il avait accepté ma nouvelle forme sans effort, mon énergie transformée aussi, simplement car il acceptait tout de moi. S'il ne cherchait pas à lutter, le nekhene n'avait rien contre quoi se rebeller. Alors mon pouvoir, quand il rencontrait Crane, laissait tomber et devenait gentil. C'était quoi ce bordel ?

— Alors si tout le monde arrêtait simplement de résister, on ne se transformerait pas ?

Je me tournai pour regarder Mikhail.

— Ce n'est pas si simple, m'assura-t-il. Combien d'années d'avance est-ce que Crane a ? Des années à te connaître, à connaître ton pouvoir. C'est un luxe que le reste d'entre nous n'a pas. Et nous sommes des panthères, notre première réaction n'est pas de nous soumettre et de laisser ton pouvoir nous rendre impuissants.

— C'est comme ça que tu te sens quand tu combats mes phéromones ?

— Oui.

— Je suis désolé.

— Ce n'est pas de ta faute, mais tu dois vraiment apprendre à te contrôler. Peut-être que lors des deux semaines qui nous restent avant de partir tu devrais laisser Crane t'apprendre à ne pas résister.

— Peut-être, dis-je en me tournant pour regarder mon meilleur ami.

— Alors… Combien d'excuses tu vas devoir faire maintenant ?

Crane me fit un sourire narquois en désignant toutes les autres panthères dans la pièce.

Et merde.

XI

Notre voyage dura vingt-cinq heures et vingt minutes de Reno, dans le Nevada, jusqu'à Buyant Ukhaa, l'aéroport d'Ulan Bator – ou Ulaanbaatar, entre l'agence de voyages qui utilisait une orthographe et mon billet d'avion qui préférait l'autre, je ne savais pas laquelle était correcte. Nous avions d'abord décollé de Reno pour atterrir à Los Angeles, pour ensuite prendre un vol United Airlines jusqu'à Pékin et pour qu'enfin Air China nous emmène jusqu'en Mongolie.

Le trajet fut très confortable grâce à Peter, qui avait insisté pour nous faire voyager en première classe. Il disait que les économies étaient faites pour ce genre de situation et que Logan apprécierait un retour dans le luxe après le *sepat*. J'étais content que Peter ne perde pas espoir et croie dur comme fer que son fils allait rentrer. Juste avant que je franchisse la porte, le père de mon compagnon m'avait surpris en me serrant très fort contre lui. Après un long moment, il m'avait relâché et avait reculé d'un pas pour me regarder.

— Ramène-moi mon fils, Jin, avait-il dit la gorge serrée.

Je lui avais fait la promesse, ainsi qu'à Éva, Delphine et Koren, de ramener Logan et Domin. Ils voulaient tous retrouver leur *Maahes* aussi.

Maintenant que je me trouvais dans l'aéroport international d'une ville très moderne – c'était ce qui m'avait semblé voir depuis le hublot – ma mission commençait à me peser. J'étais à des milliers kilomètres de mon territoire. C'était terrifiant.

— Respire, murmura Crane en posant la main sur mon épaule pendant que nous faisions la queue au service d'immigration. Où est ton passeport ?

Je fouillai dans ma sacoche et le sortis.

— Et ton visa ?

— Là.

— Et le formulaire de déclaration pour la douane ?

— On aura besoin de le remplir seulement quand on rentrera. On doit le garder jusque-là.

— Combien de temps dure ton visa ?

— Deux semaines.

— Parfait.

Il bâilla. Comme il était calme, cela m'apaisa aussitôt.

Je réalisai à nouveau que je n'avais qu'à étudier l'attitude de Crane pour savoir comment me comporter. Je n'imaginais même pas ce que serait ma vie sans lui.

— C'est à nous, dit-il en me donnant un petit coup d'épaule avant d'avancer.

Une fois nos passeports tamponnés, il ne nous restait plus qu'à récupérer nos bagages. Nous devions ensuite à nouveau faire la queue pour passer la douane. Nous n'avions emmené que des vêtements, donc nous n'avions pas de taxes à payer, mais c'était une expérience stressante. Rien que l'idée qu'on puisse m'interdire de pénétrer sur le territoire, qu'on me garde loin de Logan, me terrifiait. C'était stupide, mais j'étais mort de peur.

— Tu vois ? On a survécu !

Je me sentais mieux.

L'aéroport était grouillant de monde, mais il ressemblait à tous les autres terminaux que j'avais visités, et ma gêne se dissipa.

Chuluun Borjigin, le *Maahes* de la tribu de Khertet, devait venir à notre rencontre.

— Bon sang, ce qu'il fait froid ici ! geignit Yuri, habillé comme s'il allait affronter une tempête de neige.

À vrai dire, nous étions tous emmitouflés dans des parkas, bonnets, gants, bottes, caleçons longs et écharpes.

— Ce sera pire une fois dehors, l'informa Andrian.

Yuri me fit signe.

— Jin.

Regardant dans la direction qu'il m'indiquait, je vis trois hommes fendre la foule pour nous rejoindre. Même s'ils étaient encore loin, je percevais l'odeur de félin qui leur collait à la peau. Il émanait d'eux une force très intimidante.

Ils s'arrêtèrent à deux mètres de nous. Ils n'avaient pas l'air particulièrement sympathique. Ils étaient même carrément méprisants.

— Sain bainuu, dit un des hommes.

On aurait dû apprendre le mongol avant de venir ? Oh merde.

Un long silence pesa un moment sur nous avant que j'entende un petit raclement de gorge. Je me tournai donc vers Danny, qui souriait timidement.

C'était une blague ?

— Tu permets ? Mon *Semel* m'a demandé d'apprendre leur langue.

— Oui, bien sûr.

Logan lui avait donc demandé de bûcher. Il pensait vraiment à tout.

Danny s'avança et regarda celui qui avait parlé.

— Sain ta sain bainuu ?

L'homme avait l'air très surpris de voir que nous étions capables de lui répondre.

— Sain banaa, répondit-il. Ta yamar ulsaas irsen be ?

— Bi Amerikiin Negdsen ulsaas irsen. Ta angular yairdaguu ?

— Oui, dit l'homme. Bravo.

Danny lui sourit.

— Merci beaucoup. Tand ikh bayarlaa.

L'homme grogna.

— Bon, qui est le compagnon ?

Il avait vraiment l'air de n'en avoir rien à faire.

Je fis un pas en avant.

— C'est moi.

— Oh. La *reah*.

En général, les gens étaient un peu plus enthousiastes à l'idée de me rencontrer.

Crane eut un rictus.

— Vous devez voir des *reahs* tous les jours apparemment.

— Nous avons la nôtre.

Ça, c'était nouveau.

Crane ricana.

— Ah ouais ? Qui ?

— Amirah Fehr.

Je le regardai en plissant les yeux.

— Amirah ? On nous a dit qu'elle avait été tuée par son *Semel*.

— Non, me dit-il, et j'entendis enfin une pointe d'accent dans sa voix. Elle nous a demandé asile et mon *Semel* a accepté.

— Le prêtre le sait ? demanda Taj.

— Maintenant, oui.

Un ange passa, puis Crane reprit la parole.

— Bon, même si vous avez une *reah* dans votre tribu, nous aussi. Vous lui devez le respect.

— Sinon quoi ?

J'entrouvris les lèvres et laissai mon pouvoir sortir, se déployer et partir en chasse.

143

— Sinon vous verrez vite la différence entre une *reah* et un nekhene.

— Je…

Crane sembla inquiet.

— Jin.

Mais lui et moi nous étions bien entraînés. Mon contrôle s'était affûté. L'étranger tituba et tomba à genoux, les deux autres suivirent.

— Uuchlaarai !

Il releva la tête et me regarda.

— Je suis le compagnon du *Semel-netjer*, dis-je. Ne me sous-estimez pas.

— Non, ma *Reah*.

J'étais très fier de voir que mon pouvoir n'était plus seulement sexuel, sauf si je le voulais. Maintenant, il était pur, fort, discipliné et volontaire. Crane m'avait changé.

— Debout.

Il se leva et je dus pencher la tête en arrière pour pouvoir continuer à le regarder. Il me tendit la main pour me saluer. C'était une tentative idiote de nous impressionner, et j'avais gagné. Américain, Mongol, peu importe : nous étions des chats et seul l'alpha était important. En temps normal, c'était Logan, mais pas ici.

— Je suis le *Maahes* de la tribu de Khertet, Chuluun.

— Borjigin, c'est ça ? demandai-je en lui serrant la main.

Il sourit enfin.

— Borjigin, c'était le nom du clan de Genghis Khan, ce n'est pas un vrai nom de famille. Nous n'en avons pas car quand les communistes ont pris le pouvoir ici, ils les ont interdits. Alors on utilise ça à la place.

— On n'est pas là pour une leçon d'histoire, maugréa Crane.

— Ne commence pas, lui dis-je avant de sourire au Mongol. Donc juste Chuluun ?

— C'est ça.

— Alors appelez-moi Jin.

Nous nous serrâmes la main et Yuri se rapprocha de moi.

— Ataide, grogna mon *sheseru*.

Je n'avais jamais entendu ce mot dans sa bouche avant, et je doutais qu'il ait aussi appris le mongol avec Danny, je n'avais donc aucune idée de ce qu'il venait de dire. Mais Chuluun sembla comprendre car il lâcha ma main. Il ne s'éloigna pas pour autant et Yuri sembla furieux.

— Mais qu'est-ce qui se passe ?

Yuri m'ignora, fixant Chuluun.

— Ne trogai.

— Oospakoisya.

Chuluun sembla obéir et recula.

J'essayai de deviner :

— C'était du russe, c'est ça ?

— Oui, dit Mikhail en s'approchant et en se tournant vers Chuluun. Il me semble qu'on a encore toute une journée de voyage, le trajet dure neuf heures entre ici et Tsetserleg, dans l'aïmag d'Arkhangai.

— Quelque chose comme ça, oui.

— Combien de kilomètres y a-t-il entre Tsetserleg et là où vit la tribu, Vanchigdash ?

— Ce n'est pas très loin. Il suffit de passer la réserve naturelle. Notre foyer est sur le flanc d'une montagne et la vallée nous fournit de quoi survivre en hiver.

— Vous ne vivez pas dans des yourtes ?

— Le foyer d'Orso Bataar, *Semel* de la tribu des Khertet, a été creusé dans la roche. Une source chaude coule en dessous, mais nous n'avons pas l'électricité ou l'eau courante.

Il s'était redressé et son ton indiquait clairement qu'il était énervé.

Yuri dit alors quelque chose en russe et Chuluun changea aussitôt d'attitude. Il avait l'air ébahi.

— Bien joué, murmura Mikhail.

— De quoi ?

— Yuri lui a donné des ordres en russe afin qu'il sache qu'ils ont une langue en commun. Chuluun a un accent russe.

— Je pensais que c'était un accent mongol…

— Eh bien non.

Mikhail me sourit.

J'entendis alors Chuluun répondre à Yuri en anglais.

— Vraiment ?

Ce dernier hocha la tête en guise de réponse.

— Bien. Je suis content de voir que vous êtes conscients que votre séjour ne sera pas une partie de plaisir. Nous sommes une tribu dont le mode de vie n'a pas changé depuis des siècles. Beaucoup méprisent notre façon de faire et notre langue.

— Contrairement à eux, nous sommes très honorés d'être vos hôtes, répondit mon *sheseru*.

La tension entre nous et les Mongols retomba aussitôt. Je compris enfin la situation. Tous leurs précédents invités n'avaient pas dû être ravis des conditions d'hébergement. Mais nous, nous nous en fichions : nous voulions juste un toit au-dessus de nos têtes. Nous venions de gagner des points auprès du *Maahes*.

Yuri demanda ensuite les noms des deux accompagnateurs de Chuluun, s'excusant de son impolitesse, et de longues présentations commencèrent. Nous ne parlâmes pas de nos lignées, nous savions très bien à quelles tribus nous appartenions. Mais cela dura un bon moment et je recommençai à angoisser en attendant le départ. Rien que de nous mettre en route aiderait à dénouer mon estomac, ralentir mon rythme cardiaque et calmer mon comportement nerveux. Je savais que j'irais mieux dès que je reverrais Logan. Me trouver dans le même pays que lui apaisait déjà mes nausées. Tout allait s'arranger.

— On y va ?

— D'accord.

Cinq jeeps étaient garées devant le terminal, avec un conducteur déjà au volant. Elles ressemblaient à celle que j'avais et je le dis à Chuluun, qui sembla ravi.

— Si vous nous rendez visite, vous pourrez faire un tour dans la mienne.

— Avec plaisir, dit-il en me souriant aimablement.

Crane et Yuri montèrent avec moi dans la première Jeep et Chuluun prit le volant. Mikhail et Danny prirent la suivante, et Andrian et Taj la troisième. Nos bagages furent mis dans la quatrième. La dernière Jeep fut pour le reste des *Khatyus* que Chuluun avait emmenés. Les véhicules démarrèrent.

— Vous avez faim ? nous demanda Chuluun.

— Oh que oui, dit Yuri.

— Personne n'est autorisé à voir son *Semel* avant demain soir, donc on a le temps de s'arrêter pour manger.

— Bonne idée.

Je voulais demander pourquoi je n'allais pas pouvoir voir Logan tout de suite, mais avant que je puisse protester, Crane posa sa main sur ma cuisse. Je le regardai et il secoua doucement la tête. D'accord, ce n'était pas le moment de parler, mais d'écouter.

— Comment ça va se passer ? demanda Yuri à Chuluun.

— Le début des épreuves ?

146

— Oui.

— Eh bien, comme l'a dit votre *sylvan*, il va nous falloir toute la journée avant d'arriver sur place. Demain matin, les compagnes des *Semels* et leurs suites rencontreront notre *Semel* et le prêtre de Chae Rophon. Il est là avec son *phocal* et des guerriers du Shu pour organiser le *sepat*, mais il n'interviendra que si les règles sont violées. Les épreuves en elle-même seront à la charge de mon *Semel*, de ma tribu et de moi-même. C'est un grand honneur d'être choisi pour accueillir le *sepat*, et mon *Semel* est préparé par le prêtre depuis huit semaines.

— Pourquoi pensez-vous que le prêtre vous a choisis ?

— Le lieu est sûr. Et ma tribu a remporté toutes les épreuves de force de la dernière Fête de la Vallée et deux d'entre nous sont devenus des guerriers Shu. J'avais aussi été choisi, mais j'ai préféré rester en tant que *Maahes*. C'est ce que voulait mon *Semel* aussi.

Je savais bien qu'il transpirait la puissance.

— Vous devez vous transformer très rapidement, dit Yuri en lui souriant.

— Oui.

— Ce n'est pas mon cas.

— Mais je me souviens de vous dans l'arène à Sobek. J'avais rarement vu une panthère aussi forte et puissante.

Yuri ne répondit pas.

— Et donc, après avoir vu votre *Semel* et le prêtre le matin, intervint Crane, qu'est-ce qu'on fera, *Maahes* ?

— Les compagnes auront la journée pour se préparer à voir leurs *Semels* quand le soir arrivera.

— Quand ma *reah* reverra son compagnon, demanda Yuri, que se passera-t-il ?

— L'arène est connectée aux cellules où sont gardés les prisonniers lorsque…

— Vous mettez les membres de notre tribu en prison ? demandai-je.

— Bien sûr. Vous non ?

Cette pratique était totalement archaïque, et je commençai à comprendre pourquoi Hamid Shamon avait choisi cette tribu. Ils n'avaient pas évolué d'un pouce.

Je repris :

— Désolé. Et donc vous disiez que la prison est reliée à l'arène ?

— Oui.

— Donc, il y a une porte, rebondit Yuri.

— Une énorme porte qui se soulève et s'abaisse. Tous les *Semels* seront relâchés en même temps pour retrouver leurs compagnes. On verra qui s'en sortira vivant.

— Donc la préparation des compagnes… Elles se préparent à peut-être mourir.

— Oui. Je suis désolé.

— Ce n'est rien, dit Yuri avec un haussement d'épaules. Le compagnon de notre *Semel* est sa *reah*, il n'a pas besoin de s'inquiéter.

— Évidemment.

— Donc nous, nous serons en hauteur et nous pourrons assister à l'événement ?

— Oui, notre arène ressemble à un Colisée. Vous pourrez faire le tour de la fosse et ne rien manquer.

— J'ai hâte.

Chuluun hocha la tête et prit le temps de jeter un coup d'œil à Yuri tout en conduisant.

J'observai attentivement le *Maahes* de la tribu de Khertet.

Il était aussi grand que Yuri, mais n'avait pas une carrure aussi large. Ses cheveux étaient noirs, mais contrairement aux miens qui avaient des reflets bleus, les siens tiraient vers le brun. Son visage était anguleux, ses traits étaient ciselés et sa peau dorée mettait en valeur ses yeux sépia. Il était saisissant, et sa voix basse et rauque lui allait bien.

— Chez nous, on ne vous servira que des plats traditionnels : du mouton ou de la chèvre. Donc peut-être que vous préférez qu'on s'arrête maintenant dans un restaurant thaïlandais ou…

— Choisissez, on vous fait confiance, le rassura Yuri.

— Je…

Chuluun toussota.

— Je suis désolé pour tout à l'heure.

— Zaboot.

— Spasiba.

Nous roulâmes pendant encore une heure. Mon *sheseru* continuait de questionner le *Maahes* sur les épreuves. Celle de Yuri aurait lieu le troisième jour. L'épreuve du sang se déroulerait en premier, ensuite celle de Mikhail, l'épreuve de la loi. Mon épreuve, celle du cœur, serait la dernière. Chuluun nous raconta ensuite l'arrivée de la *reah*, d'où elle venait et pourquoi son *Semel* lui avait donné asile plutôt que de la renvoyer au *Semel-aten*.

— Nous ne savons pas qui sera le *Semel-aten*. Peut-être que nous allons donner au *Semel-netjer* une autre *reah* ?

— Non, répondit Yuri en souriant.

Il s'étira, et je vis le *Maahes* ouvrir les lèvres pour goûter l'odeur de mon *sheseru* qui parfumait l'habitacle.

— Vous m'avez mal compris. Ma *reah* n'a pas été choisie comme compagnon sur un coup de tête de Logan Church. Mon *Semel* est d'abord *Semel-rê*, ensuite *Semel-netjer*.

Chuluun me regarda dans le rétroviseur.

— Vous êtes le véritable compagnon de votre *Semel* ? Vous n'êtes pas juste une *reah* née sur ses terres et qu'il a pris pour compagnon ?

— Je suis son véritable compagnon, il est *Semel-rê*.

Il grogna.

— Mais alors mon *Semel*…

— De quoi ? demanda Crane quand il comprit que Chuluun n'allait pas finir sa phrase. Votre *Semel* a un plan pour utiliser Amirah comme une sorte d'épreuve bonus ?

Il était évident que le Mongol était troublé.

— Il se sert d'elle, dit Crane tandis que Chuluun quittait l'autoroute pour passer par une grande ville. Votre *Semel* a une idée derrière la tête, c'est ça ? Il veut utiliser la *reah* contre les autres chefs de tribu ?

Chuluun ne pouvait évidemment pas nous répondre sans trahir et déshonorer son *Semel*. Mais la façon dont il se tortilla sur son siège en disait plus que des mots.

— Je doute que ce soit son idée, intervins-je pour innocenter le *Semel* mongol et accuser celui que je savais être responsable de cette histoire. Je parie que c'est Ammon El Masry qui l'a retrouvée et l'a envoyée chez Orso afin qu'elle fasse diversion pendant le *sepat*.

— Oui, acquiesça Chuluun. La *reah* doit servir de leurre. Aucun *Semel* ne peut rester indifférent devant une *reah* selon le *Semel-aten*.

— C'est lui qui l'a amenée, ou elle est arrivée avant ?

— Avant. Elle est venue nous rejoindre à sa demande. Vous le savez, il ne pouvait pas demander à Orso de la prendre avec lui si elle ne faisait pas partie de sa tribu. Elle était avec la tribu d'Ariat avant.

Elle appartenait à un *Semel* qui s'était tué après sa trahison. Elle ne l'avait pas forcé à se suicider – personne ne le pouvait – mais elle avait servi de catalyseur.

— Dommage qu'elle ne vous ait rejoint que sur les ordres du *Semel-aten*, dit Yuri pour changer de sujet. Elle ne sait pas ce qu'elle perd.

— C'est-à-dire ?

— Je ne peux pas penser à un meilleur refuge.

—Ah bon ?

— Même si je n'ai pas encore vu votre foyer, entre les grands espaces sauvages et le fait qu'il ait été creusé dans la roche, je suis sûr que c'est une vraie forteresse.

— Et ça vous plaît.

— Oui, dit Yuri. Vous savez comment pensent les *sheserus*. Nous cherchons toujours la meilleure place forte pour nous défendre et protéger les gens que nous aimons.

— Oui, tous les mêmes.

— Nous ne sommes pas trop compliqués.

— Et c'est une bonne chose.

Je vis alors Chuluun faire un sourire franc pour la première fois.

Au restaurant, nous nous assîmes par terre, sur des coussins, autour d'une table basse. On nous servit du thé chaud et du lait et Chuluun se chargea de commander une myriade de plats à nous partager. Il nous parla à nouveau d'Amirah et du fait qu'elle perturbait les *Semels*.

— Je ne sais pas qui sont les *Semels*, mon propre *Semel* l'ignore aussi, seul le prêtre le sait. C'est seulement lorsqu'ils pourront marquer leurs compagnons sous leurs formes intermédiaires que nous saurons qui appartient à quelle tribu.

— Mais vous devez savoir quel *Semel* est qui grâce aux *Maahes* avec eux, intervins-je.

Il secoua la tête.

— Non. Les princes ne peuvent pas déclarer leur lignée. Ils ne sont même pas autorisés à parler tout court. Ils ont fait vœu de silence en arrivant avec leurs *Semels*.

— Ils n'ont pas prononcé un mot depuis deux mois ?

— Non.

— Mais ils restent auprès de leurs *Semels* ?

— S'ils le peuvent. Nous avons déjà perdu un *Maahes* il y a deux semaines, et nous ne pouvons rien faire car nous ne savons pas à quelle tribu il appartient. Demain, nous saurons enfin.

Domin était donc peut-être mort.

Je me tournai vers Yuri mais il secoua la tête.

— Tu ne penses quand même pas que *ton Maahes* est mort ?

— À vrai dire… Non, pas vraiment.

— Il n'y a pas de *Maahes* plus fort que lui, assura Yuri.

— Oh, vraiment ? demanda Chuluun, vexé car il était lui-même *Maahes*.

— J'en suis sûr. Ne vous vexez pas, mais vous ne pouvez pas être plus puissant que Domin Thorne. N'est-ce pas, Jin ?

Je n'étais pas certain de comprendre l'insinuation jusqu'à ce que Crane me donne un coup de genou. Je me souvins tout à coup. Yuri disait cela car Domin avait été *Semel* lui aussi. Logan Church avait nommé un autre *Semel* comme son *Maahes*, certain qu'il pouvait parfaitement le dominer. Personne n'aurait été assez sûr de lui pour faire cela, mais grâce à lui, Domin était plus fort que la moyenne des *Maahes*, surtout sous sa forme intermédiaire.

Voyant que j'avais compris, Crane demande à Chuluun :

— Qu'est-ce qui est arrivé aux *Semels* ?

Il ne répondit pas tout de suite, occupé à admirer Yuri. Mais il se reprit.

— Pardon ?

— Le *Beset* de ma *reah* veut savoir comment ont été traités les *Semels* jusqu'à présent, résuma Danny.

J'avais presque oublié qu'il nous accompagnait.

— La Terre appelle la Lune, reprit sèchement Danny.

J'étais surpris. Il n'avait plus rien du jeune homme poli de tout à l'heure. Je le regardai : il fixait Yuri.

— Je voulais savoir si les *Semels* ont été maltraités, reprit Crane avec douceur et plus de finesse de Danny.

— Mon *Semel* utilise le fouet pour communiquer avec eux, donc oui.

— Ils sont tous en panthères ?

— Oui. C'est pourquoi leurs compagnes ne peuvent pas les voir. Ils finissent ce soir un cycle complet de huit semaines sous leur forme animale. Ils pourront alors prendre leur forme intermédiaire jusqu'à ce qu'ils tuent ou reconnaissent leur compagne. S'ils tuent qui que ce soit dans l'arène et ne reconnaissent pas leur compagne, ils devront reprendre leur forme animale pour toujours. Ils oublieront avoir été un jour des humains.

C'était horrible : tuer la personne que vous aimiez et oublier ensuite jusqu'à votre humanité.

— C'est barbare, lâcha Danny, se levant brutalement. Où sont les toilettes ?

Il était vraiment de mauvaise humeur et je ne savais pas pourquoi.

Un des Mongols montra la direction des toilettes. Je n'arrivais pas à me souvenir de tous leurs noms, à part Krem et Berhna, qui avait accompagné Chuluun au terminal.

— Personne ne lui a appris la politesse, dit Krem.

— Je lui donnerai un cours de rattrapage, lui répondis-je, et il hocha la tête.

Quand Danny revint, il se glissa entre Crane et Yuri, prétextant que sa place précédente n'était pas confortable.

Les questions suivantes furent pour Mikhail. Krem et Berhna étaient très curieux de découvrir la vie d'une tribu et d'un *sylvan* aux États-Unis. Il était ravi de partager son expérience. Apparemment, ici, les crimes étaient punis très sévèrement : le marquage au fer rouge était monnaie courante, tout comme la peine de mort. Mais Mikhail prit le temps de calmement leur expliquer notre façon de faire et je les vis écouter attentivement. Ils semblaient séduits par nos idées, et surtout par notre système de procès.

— Notre *sylvan* ne parle jamais pour nous. Il ne fait que réciter les lois.

Alors que, dans toutes les tribus que j'avais croisées, les *sylvan*s exerçaient la fonction d'avocat et ne se contentaient pas d'appliquer la loi. Malgré nos différences, cela faisait chaud au cœur de nous voir tous partager un repas.

C'était d'ailleurs très bon et nous mourrions tous de faim. J'avais toujours adoré la cuisine thaïlandaise. Quand à un moment Yuri se leva de table, Chuluun se pencha vers moi.

— Oui ?

— *Reah*, dans ma tribu, nous devons demander la permission avant de prendre quelque chose qui appartient à un autre.

Je compris parfaitement où il voulait en venir.

— Et que voulez-vous *prendre, Maahes* ?

— J'aimerais goûter à votre *sheseru*, s'il me le permet.

— Chez nous, chacun décide pour lui-même. C'est donc à Yuri de vous répondre.

— Merci.

Il se leva et s'éloigna à son tour.

Danny se pencha aussitôt vers moi et s'exclama :

— Quoi ?! Tu ne peux pas simplement offrir Yuri à…

— Je n'ai donné Yuri à personne. Il ne m'appartient pas. C'est un membre de ma tribu.

— Oui mais…

— Comme si ce type pouvait forcer Yuri à quoi que ce soit, pouffa Mikhail. Yuri peut lui briser les genoux à tout moment.

— Ou plutôt le mettre à genoux. C'est probablement ce que Chuluun avait en tête de toute façon.

— Mais tu es vraiment dégueulasse, dit Crane, réprobateur.

— Pardon.

Mais Yuri et Chuluun ne revenaient toujours pas et Mikhail dut empêcher Danny d'aller à leur recherche.

— Il ne faut pas que Yuri… Ce serait manquer de respect à Logan.

— Et pourquoi ? demanda Taj. Yuri a travaillé comme un fou, il s'est entraîné plus que nous tous réunis. Alors maintenant, à la veille de sa réunion avec son *Semel* et de sa propre épreuve, il va peut-être tirer un coup et évacuer la pression. Il l'a bien mérité, non ?

— Si c'est ce qui se produit, répondit Crane.

Taj ricana.

— Tu en doutes ? Tu as vu comment ce type le regardait ? Et je ne parle pas même pas du musc qu'il dégageait…

On l'avait tous remarqué mais, même si Crane m'avait trouvé vulgaire, je ne l'avais pas souligné.

Danny reprit :

— Ça ne se fait quand même pas de partir comme ça pour faire des choses alors que nous…

— Les panthères s'accouplent toutes ensemble dans une grande pièce ou après un repas, le coupa Berhna. Vous ne faites pas ça chez vous ?

— Non ! C'est dégoûtant.

— C'est quelque chose que partage toute la tribu, ainsi ses membres peuvent s'assurer que leur *Semel* et sa compagne sont faits pour être ensemble.

— C'est révoltant !

Nos hôtes avaient l'air humiliés et ils jetaient à mon cousin des regards haineux. Il n'était vraiment pas en train de se faire des amis.

J'intervins en leur lançant un clin d'œil.

— Il devrait changer d'avis après avoir vécu l'*heru-ur* à Sobek, hein ?

153

Le visage de Krem se fendit d'un grand sourire et Berhna l'imita. Tout le monde se mit à rire.

Danny, qui savait que l'*heru-ur* se déroulait chaque année après la Fête de la Vallée et avait entendu dire qu'il ne s'agissait ni plus ni moins d'une gigantesque orgie, devint rouge vif et baissa les yeux.

Mikhail se racla la gorge pour attirer mon attention et articula sans émettre un son :

— Tu devrais le renvoyer à la maison.

— Je ne peux pas. Mais on le surveillera.

Il hocha la tête et s'étira avec un sourire.

— Vous connaissez vraiment mal Yuri si vous pensez qu'il est en train de s'envoyer en l'air dans les toilettes.

Tout le monde se tut.

— Non ? demande Crane.

— Non. Je connais Yuri Kosa depuis que j'ai huit ans et lui sept. C'est mon meilleur ami.

Je savais qu'ils étaient proches, mais pas à ce point.

— Ils sont en train de parler, et peut-être un peu plus, mais Jin, Yuri est ton *sheseru* avant tout, non ? Ce ne serait pas manquer de respect à Logan que de baiser avec notre nouvel ami, mais ce serait compliqué de te défendre en cas de besoin. Il ne compromettrait jamais sa capacité à te protéger.

Je le savais.

— Donc, Chuluun est gay ? demanda Danny à Krem.

Il fronça les sourcils.

— Je ne comprends pas cette question. Dans notre tribu, personne n'a de préférence particulière.

— Vous êtes tous bi ?

Il était abasourdi.

— Personne ne peut connaître à l'avance le sexe de son partenaire. Donc si tu ne t'accouples qu'avec des hommes ou des femmes, tu risques de manquer ton âme sœur, non ?

Danny lui lança un regard vide.

— C'est plus sensé de goûter à tout pour savoir ce que tu aimes, non ?

— Tout à fait, renchérit Mikhail.

— Donc, cela ne gêne pas votre tribu que Jin soit le compagnon de Logan alors que c'est un homme ? demanda Crane.

154

— Non. Une *reah* mâle semble une évolution naturelle dans la recherche du compagnon. Ça ne nous a jamais semblé juste que les *Semels* n'aient pas le choix du sexe de leurs partenaires car ils doivent procréer. Votre venue nous prouve que ce n'est pas le cas. Nous avons été heureux de savoir que parmi les six *Semels*, un avait un compagnon mâle.

— J'aurais dû naître ici, dis-je à Krem.

— Nous sommes d'accord. La découverte d'une *reah* mâle nous aurait remplis de joie.

J'eus un sourire doux-amer.

LE TRAJET reprit et la voie rapide sans fin que nous empruntions n'offrait aucun paysage susceptible de me garder éveillé. Je somnolai en écoutant Crane, Yuri et Chuluun discuter.

Mikhail avait raison. Yuri et le *Maahes* de la tribu de Khertet ne s'étaient isolés que pour discuter et non pas pour s'envoyer en l'air. Yuri m'avait d'ailleurs lancé un regard noir après que Mikhail lui eut murmuré quelque chose à l'oreille. Mon *sheseru* était vexé que je puisse penser une telle chose de lui. Mais je voyais bien le comportement de Chuluun – collé à mon *sheseru*, le dévorant des yeux et passant son bras autour de son siège. Il voulait clairement mettre Yuri dans son lit.

Chuluun jouait les guides touristiques et nous indiquait les curiosités à voir dans le coin : le lac Ogii, les sources chaudes de Tsenkher et la réserve de Bulgan Uul. Il nous racontait l'histoire de la région, mais je m'en fichais. J'avais froid, si froid malgré mon sang de panthère. Il faisait largement -40° dehors.

— Quand est-ce que le temps se réchauffera ? dit Crane en claquant des dents.

— C'est le deuxième jour des neuf neufs, nous expliqua Chuluun. Malheureusement pour vous, vous êtes arrivés pendant les quatre-vingt-un jours les plus froids de l'hiver, après l'équinoxe.

— C'est pour ça que vous avez laissé tourner les moteurs quand nous étions au restaurant ? demande Yuri.

— Oui. Il fera plus chaud après Tsagaan Sar.

— C'est votre Nouvel An, c'est ça ? En février ?

— Oui, *Reah*.

— Et les premiers jours de cette fête sont appelés Shiniin Negen.

— Vous avez fait quelques recherches, je vois, dit-il en me souriant dans le rétroviseur.

— Oui.

— On se les gèle dehors ! grelotta Crane. Comment faites-vous pour sortir de chez vous ?

— On se force un peu.

Chuluun lui sourit avant de reporter son attention sur moi.

— *Reah*, qui descendra dans l'arène pour combattre avec vous ?

— Mon *Beset*, ainsi que Domin et…

— Non.

— Pardon ?

— Jin, je ne veux pas manquer de respect à votre *Beset*, Crane Adams, mais à moins que le prêtre se soit trompé, il me semble qu'après sa fustigation aux mains de la tribu Anuket, il a été castré. Non ?

Crane retenait son souffle, les mâchoires crispées et le regard fixe. Je répondis quand même :

— Oui.

— Alors il ne peut pas participer au *sepat* ou rentrer dans l'arène d'une autre tribu. C'est la loi, il n'est plus autorisé à défendre votre tribu, il est considéré comme impur et, dans les temps anciens, n'aurait même pas pu être sacrifié.

Crane respirait bruyamment.

— Enlève ton gant, lui dis-je en retirant ma ceinture pour me coucher en travers de ses genoux.

— Jin…

— Enlève ton gant !

C'était la première fois qu'il ne m'obéissait pas.

Si la main de Crane était nue et que j'étais près de lui, il devait me toucher. C'était trop ancré en lui pour qu'il fasse autrement.

— Jin…

Sa voix se brisa.

Je tournai la tête, exposant ma nuque et entourai ses hanches de mes bras, me blottissant contre lui.

— Crane, tu sais qui tu es ?

Ses doigts se glissèrent dans mes cheveux.

— Dis-leur qui tu es.

Il caressait doucement ma tête et je sentis ses doigts glisser jusque dans mon cou.

— Crane…

Ma voix n'était plus qu'un murmure et je lui offris ma gorge pour qu'il y pose sa main et sente mon pouls.

— Dis-leur qui tu es.

Un long silence plana dans la voiture et Crane finit par se racler la gorge.

— Vous avez une *reah* avec vous, *Maahes*, mais elle ne doit pas avoir de *Beset*. Sinon vous sauriez. *Beset* d'une *reah* est le seul titre qui ne peut être donné ou retiré que par une *reah*. N'importe quel autre mâle castré, vous avez raison, ne pourrait descendre dans l'arène. Mais pas moi. Pas tant que je suis *Beset*.

Dehors, le vent rugissait. Heureusement que les jeeps avaient leurs capotes car sinon, nous aurions été congelés.

— Je ne veux pas vous paraître impoli, Crane Adams, mais je demanderai à mon *sylvan* si ce que vous dites est vrai.

— Pas de problème.

— Je n'aimerais pas que vous interprétiez cette démarche comme une façon pour moi de vous traiter de menteur.

— Je comprends.

Crane me tira gentiment pour les cheveux pour me dire de me relever.

— 'Veux pas…

Je bâillai longuement.

— Je ne suis pas ton oreiller.

Il râlait. C'était très bon signe. Je me redressai et le regardai.

Son sourire me brisa le cœur. Il me donna une petite tape sur la joue avant de remettre son gant.

— Connard. Tu vas me faire choper des engelures avec tes histoires de gant.

Je lui lançai un regard narquois.

— Dégage, tu m'étouffes.

Je retournai à ma place, mais ne fus pas surpris de sentir qu'il glissait un bras autour de mes épaules pour m'attirer contre lui.

— Merci de m'avoir rappelé qui j'étais.

Je ne laisserai plus personne blesser mon meilleur ami. On ne lui prendrait plus rien – au propre comme au figuré. Plus jamais.

XII

La vue du foyer de la tribu de Khertet était à couper le souffle au petit matin. La nuit dernière, après toute une journée de voyage, j'étais épuisé. Je m'étais endormi avant même de toucher les fourrures du lit de notre yourte. Celle-ci était spécialement réservée pour la délégation de la tribu de Mafdet.

Je pensais que nous allions nous aussi dormir dans les grottes, mais non. Comme nous étions invités, ils avaient monté une tente pour nous : ronde, avec une armature en bois et recouverte d'une toile résistant à l'eau, au vent et à la neige. Il y avait six yourtes, une pour chacune des tribus invitées, le long d'une petite rivière qui serpentait dans la prairie. J'imaginais combien ce paysage pouvait être beau et vert en été, mais en ce moment, tout était recouvert par une neige épaisse. L'eau de la rivière reflétait le ciel et était d'une magnifique couleur turquoise. Les livres sur la Mongolie l'appelaient le pays du ciel bleu, et je comprenais maintenant pourquoi. Le ciel n'avait pas de fin et j'avais l'impression d'être sur une autre planète.

Rien n'était comme je l'avais imaginé. Nous étions des étrangers et étions traités comme tels. Nous n'avions accès qu'aux parties communes, à l'arène, aux enclos à bestiaux, aux entrepôts de nourriture et à la vaste pièce où le *Semel* recevait les visiteurs. C'était là que nous devions nous rendre après notre petit-déjeuner – du thé au lait et du congee, une soupe de riz avec des légumes marinés et des petits poissons d'eau douce.

Je me tenais devant notre yourte quand je vis Chuluun venir vers nous, accompagné de deux inconnus. Il avait l'air épuisé.

— Bonjour.

— Bonjour, *Reah*. Je vous présente mon *sylvan*, Naran, et mon *sheseru*, Sükh.

Je m'inclinai rapidement tandis qu'ils se mettaient à genoux. J'avais oublié que leur tribu était bien plus à cheval sur le protocole.

Chuluun grogna avant de les imiter. Qu'est-ce que... Oh.

— Je vous en prie, relevez-vous.

Ils se relevèrent, Naran soutint Chuluun tout en secouant la tête d'un air réprobateur.

Je souris au *Maahes*.

— Laissez-moi deviner… Alcool ?

Le *sheseru* réussit à se retenir de m'envoyer un regard noir et se força à sourire.

— Il semblerait que votre *sheseru* tienne mieux l'alcool que notre *Maahes*.

En plein milieu de la nuit, j'avais été réveillé par des chuchotements dans le noir. Je m'étais levé et avait contourné la petite cloison de la yourte – j'étais le seul à bénéficier de ce paravent pour avoir un peu d'intimité. Plus je m'éloignais du poêle central et plus il faisait frais, mais quand je découvris d'où venaient les bruits, je me rendis compte que c'était bien le cadet des soucis des deux hommes que je découvris.

Le pantalon de Chuluun traînait par terre. Le *Maahes* était à quatre pattes et gémissait doucement tandis que Yuri, qui s'était contenté d'ouvrir son pantalon, le prenait par-derrière. C'était sauvage et torride. Dès que mon cerveau sembla comprendre ce que j'étais en train de regarder, je filai comme une flèche me recoucher.

Quelques heures plus tard, Yuri m'avait réveillé en faisant du raffut sous la tente. J'avais tendu le cou pour le voir. Il était grelottant, trempé après avoir, m'avait-il dit, plongé dans la rivière derrière la yourte pour aller se laver. Le jour se levait et je pouvais encore sentir son haleine chargée d'alcool.

— Au moins, tu ne sens pas autre chose, l'avais-je taquiné.

Il avait grogné, ce qui avait réveillé un Mikhail ronchon.

— Qu'est-ce que vous fabriquez ?

— Je me les gèle, avait répondu Yuri.

— Bon, viens là.

Je pensais que Yuri aurait préféré se coucher près de moi, de Crane ou encore d'Andrian, mais il s'était glissé sous les couvertures de Mikhail. Je les avais retrouvé plus tard endormis, blottis l'un contre l'autre. Il n'y avait rien d'ambigu là-dedans. Ils dormaient comme des félins, pour se tenir chaud. Mikhail avait fini par gigoter avec un grognement ennuyé, un peu comme lorsque je dormais avec Crane. Rien à voir avec les soupirs de bien-être que je poussais dès que Logan remuait.

Yuri s'était levé avant Mikhail et avait fait attention à ne pas le réveiller. Il avait changé de tee-shirt et c'est alors que j'avais vu ses marques.

— Ton dos est couvert de griffures, lui avais-je dis alors que je lisais, assis dans les fourrures.

— Je n'en doute pas.

Une trace de morsure semblait profonde sur son épaule.

— Tu vas te transformer pour faire guérir tout ça ?

— Ce n'est rien.

— Si une autre panthère y plante ses crocs, ça peut être dangereux.

— Bon, d'accord.

— Je vous ai surpris hier soir. Désolé.

Yuri ne m'avait pas regardé, le dos tourné.

— On a dû faire ça ici. Je ne peux pas être dans leur foyer à la nuit tombée, la tribu ne me fait pas confiance, et je refuse qu'il s'approche plus de toi.

— S'il voulait me tuer, il l'aurait fait depuis longtemps.

— Je ne veux prendre aucun risque. Surtout après Abbot George. Tu as failli mourir dans notre cuisine.

Il avait soupiré.

— Merde. J'ai encore du mal à croire que j'ai laissé ça arriver.

— Personne ne pouvait savoir que ce type était un psychopathe !

— Je ne referai pas cette erreur.

— Et donc ?

Il s'était enfin tourné vers moi et m'avait lancé un regard noir.

— Et donc quoi ?

— Est-ce que ça va devenir sérieux avec le *Maahes* ?

— Tu es fou ! Je ne pourrais pas rester ici. Ce n'est…

— On sait tous les deux que tu trouves cet endroit génial. Le paradis, pour toi, c'est de vivre en autarcie dans les montagnes. Tu te plais ici.

Il avait eu un sourire douloureux.

— Oui, mais ce n'est pas ma tribu.

— Et Chuluun, qu'est-ce qu'il veut ?

— Je crois qu'il veut qu'on continue à baiser jusqu'à ce que je parte. C'est tout.

— Après t'avoir vu dans l'arène avec les autres *sheserus*, il devrait changer d'avis.

— Possible.

Et maintenant, un peu plus tard, alors que je contemplai Chuluun, qui avait l'air de souffrir bien plus que Yuri, je souris.

— Qu'est-ce vous avez bu ?

160

— De l'aïrag, une boisson de chez nous. Ce n'est rien.

Je jetai un coup d'œil à Naran, le *sylvan*. Il me sourit.

— Et de la vodka. N'oublie pas la vodka.

Que mon *sheseru* avalait comme si c'était de l'eau. Pas étonnant que Yuri ait l'air plus frais.

— Est-ce que nous allons voir le prêtre ?

— Oui, me dit Naran. Et venez tous, car il souhaite s'adresser à tout le monde.

Je me figeai. Heureusement pour moi, Crane sortit de la yourte à ce moment-là et comprit ce qui se passait. Il se plaça à mes côtés, les sens en alerte.

— Est-ce que tu as…

— Oui. Je vous ai entendus, répondit Crane à Naran.

Chuluun fit une petite grimace.

— Mon *Semel* m'a autorisé à parler au prêtre. Vous aviez raison pour votre titre de *Beset*. Vous restez le compagnon de la *reah* quoiqu'il advienne. Vous allez pouvoir vous mesurer aux autres concurrents dans l'arène.

Je ne voulais pas forcément que Crane combatte, mais j'avais besoin de lui. Il était descendu dans l'arène à Sobek et il serait à mes côtés pour le *sepat*. Rien n'avait changé, même après que son père l'eut mutilé. Il restait une panthère, *Beset* de sa *reah* et membre de la maisonnée de son *Semel*.

— Bien, dit Crane, ravi de voir que tout le monde savait maintenant qui il était, ce qu'il représentait pour moi et Logan Church.

Logan.

Il fallait que je le revoie. Je mourrais d'envie de le voir. L'attente me rendait fou.

Jusqu'ici, j'avais pu occuper mon esprit pour ne plus ressasser son absence : la scène de sexe de tout à l'heure, la nourriture aux goûts nouveaux et différents, les parfums dans l'air, le goût si minéral de l'eau… Tout ça me remplissait le cerveau et me soulageait. Mais maintenant…

Je n'avais pas besoin de manger, je n'avais pas besoin de voir Hamid ou de rencontrer le *Semel* de la tribu de Khertet, je ne voulais que revoir mon compagnon. Ils ne comprenaient donc pas ? Lui et moi, nous étions censés…

Mais bien sûr que non. Ils ne comprenaient pas. Personne ne pouvait comprendre ce besoin viscéral, déchirant, d'être avec son compagnon. Seuls les *Semels* et les *reahs* savaient. Seuls les *Semels* et les *reahs* formaient un couple pour la vie. Tout le monde s'était rallié à moi avec admiration car

161

j'étais un nekhene, mais ils semblaient oublier que j'étais aussi une *reah*, une *reah* qui se mourrait sans son compagnon. Je me languissais et j'avais du mal à respirer à cause du poids de son absence.

— Jin, m'appela soudainement Crane.

Je levai la tête pour le regarder.

— Ton odeur change. Arrête.

Il posa sa main sur mon épaule pour me ramener à moi.

— Allons-y, dit-il au *sylvan* de la tribu de Khertet. On vous suit.

En plus de leurs *sylvan*s et de leurs *sheseru*s, chaque compagne de *Semel* avait le droit d'être accompagnée par quatre autres membres de la tribu. Nous rejoignîmes les autres et marchâmes en silence jusqu'à l'entrée du foyer du *Semel* de Khertet.

— C'est calme… murmura Danny alors que nous nous mêlions à la procession.

— Seul un groupe pourra rentrer avec son *Semel*, répondit Crane. Certains vont le perdre aujourd'hui même. Certains vont perdre leur *sheseru*, leur *sylvan* ou leur *yareah*, et une tribu a déjà perdu un *Maahes*. C'est un événement qu'on ne prend pas à la légère et personne n'a envie de se soucier de ses concurrents. Seule la tribu de Khertet est potentiellement amie car elle ne représente pas une menace.

Danny acquiesça et calqua son pas sur celui de Mikhail.

À l'intérieur, c'était un vrai labyrinthe de galeries creusées directement dans la montagne. Des murs de pierre, un sol boueux, une atmosphère humide chargée d'encens, de bois de santal et de fumée.

Après une bonne demi-heure de marche, on nous conduisit dans un couloir qui déboucha sur l'arène. C'est là que le prêtre Hamid Shamon allait s'adresser à nous. Il s'avança pour parler et sur sa droite se tenait Jamal Hassan, le *phocal*.

J'essayai d'écouter, vraiment. Mais le discours, la posture d'Ammon El Masry le *Semel-aten* – il se tenait à la gauche d'Hamid… c'était trop. Nous savions tous ce qui se passait. Hamid était en conflit avec Ammon. Si le *Semel-aten* remportait la victoire, il aurait alors le pouvoir de nommer un nouveau prêtre. Hamid Shamon, qui l'avait servi pendant plus de quarante ans, serait alors exilé ou exécuté. C'était le prix à payer quand on se dressait contre Ammon. Mais si le *Semel-aten* était tué dans l'arène, le prêtre continuerait à régner avec un nouveau *Semel-aten* et à écrire les lois du monde des panthères.

162

Hamid continuait à parler et tous les regards passaient de lui à Ammon. J'observai le *Semel-aten* et me demandai à nouveau pourquoi il irait s'en prendre à Logan. S'il était juste terrifié à l'idée de perdre son pouvoir, et il devait l'être, ça ne tenait pas debout. Rien qu'en scrutant l'assemblée, je voyais des hommes bien plus ambitieux que mon *Semel*.

— Jin, concentre-toi.

Crane sentait que mes pensées dérivaient.

Je n'étais plus qu'à quelques heures de revoir Logan. Il était enfermé dans une cellule non loin, séparé des autres *Semels*.

— Remercions tous notre hôte, Orso Bataar, *Semel* de la tribu de Khertet.

Seul Gengis Khan en personne serait arrivé à la cheville de mon imagination. Orso était tout de même grand et massif. Ses cheveux grisonnaient aux tempes, mais le reste était bien noir et épais. Sa *yareah*, Khongordzol, était à ses côtés, élégante, royale et nous salua en souriant. Leurs trois fils s'inclinèrent. Ses *Khatyus*, ceux qui allaient nous tester, étaient menés non pas par son *sheseru*, mais par Dval Quach, le nouveau *sheseru* de la tribu de Rahotep. Roshan Tabir, que j'avais rencontré à Sobek, avait été tué en obéissant aux ordres de son *Semel* et en essayant d'assassiner mon compagnon. J'observais Dval. Je savais très bien qu'Ammon avait dû lui raconter toute l'histoire et lui demander de s'assurer que mon compagnon ne s'en sortirait pas. Tous les hommes d'Ammon devaient avoir reçu le même ordre : tuer Logan.

À cette idée, la peur me submergea. Crane le sentit.

— Ça suffit. N'oublie pas qui tu es, Jin. D'accord, là-haut, c'est le *Semel-aten* et le prêtre de Chae Rophon avec leur bande de sadiques. Mais toi, tu es le seul fichu nekhene au monde. Rentre-toi ça dans le crâne.

Je me calmai.

— Nous allons maintenant rendre les *Maahes* à leurs tribus, annonça Hamid en désignant une porte. Tous sauf un.

Tout le monde retint son souffle. Mais pas nous. Nous connaissions trop bien Domin.

Il rentra en second dans l'arène. Son sourire n'avait pas changé, malicieux et chaleureux. Je fus surpris de sentir Yuri me bousculer pour se jeter dans ses bras. Domin et lui se serrèrent fort l'un contre l'autre. Il salua Crane, puis Mikhail, avant de se retrouver devant moi. Les pleurs de la tribu qui avait perdu son *Maahes* résonnaient dans l'arène. Mais je souris.

— Je savais que tu t'en sortirais.

Je lâchai un soupir.

— Enfin, une fois que Crane m'a rappelé qui tu étais.

— Il a dit que les cafards avaient la vie dure ?

Crane et lui se sourirent.

— Quelque chose dans ce goût-là.

— Tu m'as manqué.

Comme à notre habitude, je ne l'enlaçai pas.

— Toi aussi.

Il était complètement débraillé. Il avait une barbe fournie et sa queue-de-cheval était encore plus longue qu'avant. Mais huit semaines de silence, de solitude et d'introspection avaient dû être bénéfiques à Domin Thorne.

— Logan va bien, me dit-il alors que je ne faisais que le regarder.

— Vous avez parlé ?

— Je lui ai parlé, se moqua-t-il. J'ai compris des choses. Et souviens-toi qu'avant qu'il se transforme, nous avons mis toute une journée pour venir ici.

Il était drôle.

— Vous avez un plan ?

Il me fit un clin d'œil.

— Quelque chose dans ce goût-là.

— De quoi avez-vous parlé ?

— C'est entre mon *Semel* et moi.

Il avait l'air de plaisanter, mais je sentais bien que, au fond, il était très sérieux.

Ils avaient pris une décision, préparé un plan, mais quoi ?

— Il s'inquiète de savoir ce qu'il va se passer s'il meurt.

Il haussa les sourcils.

— Mais non, Jin, Logan ne pense pas du tout qu'il va mourir.

— Il n'a pas peur ?

J'étais surpris.

— Non, il y a des choses plus graves dont il doit s'occuper.

Plus graves que la mort ? C'était quoi cette histoire ?

— Domin…

Crane nous interrompit.

— Le prêtre va parler.

Hamid demanda alors aux compagnes de se séparer de leurs cortèges. Elles allaient être préparées, lavées et vêtues de robes de cérémonie.

Je regardai Crane.

— Il parle de robes sacrificielles, hein ?

— Laisse tomber.

Les autres *yareahs* faisaient leurs adieux et serraient leurs amis dans leurs bras. Crane me serra fort contre lui et enfouit son visage dans mes cheveux. Il tremblait.

— Je n'ai pas peur de ce qui va suivre maintenant, ou des épreuves de Yuri ou de Mikhail. J'ai peur pour toi et moi, Domin et Andrian, quand on devra protéger Logan de ces connards dans trois jours.

Je n'y avais même pas pensé.

— Ma *Reah*.

Je me tournai vers Yuri. Il me prit dans ses bras et Mikhail fit de même après. Domin me donna une tape dans le dos. Je souris aux autres. Danny aurait voulu me toucher, mais on ne l'aurait pas laissé faire. Dans la maison du *Semel* de Khertet, les règles étaient strictes, contrairement à chez nous. Seuls mes subordonnés directs – Yuri, Domin, Mikhail et Crane – ainsi que mon supérieur, Logan, pouvaient me toucher. Nous étions chez Orso et les autres ne pouvaient pas avoir de contacts directs avec moi.

Des membres de la tribu approchèrent et mes amis formèrent un cercle autour de moi pour me protéger tandis que je me déshabillai. Une cape de fourrure me fut donnée par Crane et je m'en enveloppai. Tout le monde s'avança, et le prêtre nous demanda de former une ligne avant de nous agenouiller.

Hamid Shamon, ainsi que tous ceux qui étaient avec lui sur les gradins, descendit dans l'arène via un petit portique taillé dans la roche. Il s'arrêta devant la première *yareah*.

— Katrina Kozel, *yareah* d'Anatoy Kozel, *Semel* de la tribu de Ptahket de Kiev, en Ukraine. Nous partageons la douleur de la perte de votre *Maahes*.

Elle s'inclina, remercia le prêtre de les recevoir et pour ses condoléances, avant de lui tendre la main. Il la serra brièvement avant de reculer. Le *Semel-aten* lui serra la main également, puis ce fut au tour du nouveau *sheseru*, l'homme qui mettrait son compagnon à l'épreuve. Vinrent ensuite le *phocal*, le *Semel* de la tribu de Khertet et sa femme Khongordzol.

Ce petit manège se répéta de femme en femme. Ils saluèrent Narae Yusuke, *yareah* de Narae Hiroshi, *Semel* de la tribu de Reshep de Hokkaido, au Japon, Teresa Medina, *yareah* de Gavin Medina, *Semel* de la tribu de Nebthet de Santa Cruz, en Bolivie, Juliet Payne, *yareah* de Wallace Payne, *Semel* de la tribu de Taweret de Drake, en Pennsylvanie, et enfin Oyuun

Kushi, *yareah* d'Oyuun Aldar, *Semel* de la tribu de Girdaht de Guangdong, en Chine.

Ils arrivèrent devant moi. Hamid prit une grande inspiration avant de parler.

— Jin Rayne, *reah*...

Sa voix enfla sur ce mot.

— ... de Logan Church, *Semel-netjer* de la tribu de Mafdet d'Incline Village, dans le Nevada.

— Merci de nous recevoir, Votre Grâce, lui dis-je après m'être profondément incliné et lui avoir tendu la main.

— Jin, c'est un honneur de te rencontrer à nouveau.

Il prit ma main dans les siennes. Son sourire était éclatant et sa voix chaleureuse.

— Pour moi également.

Il hocha la tête et vint se mettre à côté de moi, ce que personne ne manqua de remarquer.

— *Reah*, dit Ammon El Masry. J'ai une surprise pour vous.

Ses yeux luisaient, et il ne m'avait pas tendu la main.

J'attendis. Il tourna la tête vers Orso.

— Vous m'aviez promis qu'elle serait là !

L'homme plissa les yeux un moment avant d'appeler Sülh, son *sheseru*.

— Qu'attendons-nous ? demanda Hamid.

— La *reah* doit rencontrer son égal.

— Une *reah* qui a trouvé son compagnon n'a pas d'égal, intervint la *yareah* d'Orso, Khongordzol, en me tendant la main. Puisque le prêtre vous a présenté, je n'ai pas besoin d'attendre mon tour.

Elle me sourit et je fus frappé par son port de tête altier, ses yeux brillants et la chaleur de son expression.

— C'est un grand honneur, *Reah*.

Encore une qui voulait me materner, j'adorais ce genre de femmes... Je lui pris la main et la serrai.

— Tout l'honneur est pour moi. Merci d'avoir prévu ces yourtes pour nous. J'aimerais beaucoup visiter votre foyer une fois le *sepat* achevé.

— Je vous le ferai personnellement visiter à vous et à votre compagnon.

Les larmes me montèrent aussitôt aux yeux, mais je ne les laissai pas couler. Ma vue se brouilla un instant. Elle venait tout simplement de me dire qu'elle pensait que Logan allait gagner.

166

Des exclamations retentirent et je me tournai vers une femme se dirigeant vers nous. Elle était magnifique et elle le savait. Sa démarche avait la grâce de celle d'une danseuse. Elle glissait sur le sol, et l'air était chargé d'électricité. Elle était radieuse, avec de grands yeux bruns aux longs cils noirs et une peau couleur cannelle parfaite et éclatante. Ses traits étaient délicats, fragiles, et quand elle parla pour saluer Hamid, sa voix était mélodieuse. C'était une *reah*, l'incarnation même de la beauté et des mystères féminins. Tous les yeux étaient rivés sur elle...

Enfin presque.

— Quelle pimbêche... murmura Khongordzol.

— Tu oses me parler, toi qui n'es que *yareah* ?

— Ce n'est pas vous la maîtresse de cette maison. Vous n'êtes pas la *reah* de mon compagnon, je ne serai pas *taurth*. Vous allez donc vous agenouiller.

Khongordzol avait parlé fort, défiant la *reah*. Comme toutes les *yareahs*, elle haïssait les *reahs* sans compagnon. Elles pouvaient très bien leur voler leurs *Semels*. Mais une fois que ce dernier reconnaissait que la *reah* n'était pas pour lui, alors la *yareah* retrouvait tous ses pouvoirs. En règle générale, si le *Semel* n'était pas *Semel-aten*, la *reah* était chassée. Le *Semel-aten* était le seul à pouvoir prendre une *reah* comme consort, comme *wosret*. La *yareah* d'Ammon El Masry, Ebere, n'avait pas eu le choix et avait donc dû vivre avec Amirah Fehr. Voilà pourquoi, quand elle m'avait rencontré, elle m'avait si mal traité. Elle avait oublié que j'avais déjà un compagnon.

Les choses s'étaient arrangées entre nous depuis. Elle avait certes annulé sa visite dans notre tribu, mais c'était parce qu'elle était rentrée au Caire avec ses enfants. Elle n'était plus liée à son compagnon, et ce depuis des années, et elle en avait assez de faire semblant. Je me demandai si elle était quand même venue pour le *sepat*.

— Jamais je ne m'inclinerai devant toi, lança sèchement Amirah, me sortant de ma rêverie.

— Oh si, vous le ferez, répondit Khongordzol, glaciale.

— Ton mari m'a offert l'asile ici, et je suis venue pour répondre à l'appel du *Semel-aten*, pour m'entretenir avec la *reah* qui a un compagnon. C'est ce que je ferai.

Khongordzol grogna et je compris alors que j'avais raison : Orso n'avait rien à voir avec la présence de la *reah* dans sa tribu. Ammon avait dû découvrir qu'Amirah était en vie et l'envoyer ici lorsqu'Hamid avait lancé le *sepat*. Il allait l'utiliser. Même un *Semel* heureux en ménage aurait du mal à résister à l'idée d'avoir une *reah* sur ses terres, dans son foyer... dans son lit.

Qu'elle se laisse utiliser de la sorte me rendait malade. Mais elle avait fait des choix que je n'avais pas compris avant.

D'après la loi, toutes les *reahs*, une fois découvertes – le jour de leur première transformation donc – devaient être présentées au *Semel-aten*. Il s'agissait donc de faire le voyage jusqu'à Sobek, de le rencontrer puis de rentrer et d'attendre d'avoir dix-huit ans pour savoir si le *Semel-aten* allait à nouveau vous convoquer. Les parents d'Amirah l'avaient amenée à Sobek quand elle avait seize ans et, lorsqu'elle en avait eu dix-huit, il avait demandé qu'elle revienne. Elle était devenue *wosret*, sa consort, jusqu'à ce qu'elle trouve son compagnon. Chaque année, durant la Fête de la Vallée, elle marchait à ses côtés et rencontrait *Semel* après *Semel*.

Chaque *Semel* devait se rendre à Sobek tous les ans. Enfin, en théorie. En pratique, personne ne pouvait se rendre systématiquement à chaque Fête. Logan en avait raté pas mal avant de me rencontrer, et il n'avait voulu aller au dernier que pour me présenter à Hamid Shamon, au *Semel-aten* et au plus grand nombre de *Semels* possible. Tout ne s'était pas passé comme prévu, mais ce n'était vraiment pas de sa faute.

Mais Amirah, qui ne voulait pas rester la consort du *Semel-aten* et donc finir sa vie comme compagne illégitime, avait tenté de faire croire qu'elle avait trouvé son compagnon. Entre le pouvoir de la *reah*, une pincée de phéromones et la promesse de trouver une partenaire pour la vie, Terrance McCord était tombé dans le piège et avait ramené la *reah* chez lui l'année dernière.

La dispute entre les deux femmes continuait et le ton montait.

— Puis-je parler ? demandai-je avant que cela dégénère.

Le prêtre m'en donna la permission.

— Le *Semel-aten* s'est trompé, dis-je en me tournant vers Amirah. Il nous a dit à tous que vous étiez morte.

Elle cligna plusieurs fois des yeux.

— Le *sylvan* de ma tribu nous a trouvés, mon *Semel*, mon *sheseru* et moi. C'est lui qui a autorisé ce mensonge.

— Votre *sylvan* est toujours en vie ?

— De ce que j'en sais, oui. Pourquoi voudriez-vous...

Je me tournais vers Ammon El Masry.

— Est-il vivant ?

Il plissa lentement les yeux en me fixant.

— Non.

Je me tournai à nouveau vers Amirah.

— Donc il est possible que le *sylvan* vous ait cherché à la demande du *Semel-aten*, non ? Et vous êtes là… Pourquoi ?

— Je veux ma liberté.

— Et le prix à payer pour cela est d'obéir une dernière fois au *Semel-aten* et de l'aider ici, au *sepat*, n'est-ce pas ? Vous devez essayer de séduire les compagnons des *yareahs* ici présentes, n'est-ce pas ?

Son regard se durcit.

— Je refuse de répondre à un esclave comme toi.

Elle pensait qu'avoir un compagnon était une prison. Je le pensais aussi, avant.

— Puis-je prendre à mon tour la parole ?

La demande venait de Narae Yusuke, *yareah* de la tribu de Reshep.

— Exprimez-vous, dit le prêtre.

Elle fixa Amirah.

— Je vous le dis, *Reah*. Si mon compagnon devient *Semel-aten*, il aura tout pouvoir sur vous. Si cela arrive, je m'occuperai personnellement de vous trancher la tête pour ce que vous êtes venue faire ici.

— Tu seras morte avant l'aube, tout comme ton compagnon.

— C'est ce que nous verrons, *Reah*.

— Oh, cracha Amirah. Tu veux te battre contre moi ?

— Assez !

Hamid éleva la voix et le silence se fit.

— Les compagnes vont maintenant se retirer pour se préparer à l'ouverture du *sepat*. Aucune loi n'interdit à une *reah* d'entrer dans l'arène avec les autres. Elle peut donc tout à fait vous suivre.

Il s'approcha d'Amirah et ses yeux la transpercèrent.

— Merci, Votre Grâce.

— Vous faites une erreur grossière…

— Je ne serai plus consort. Je serai libre.

— Eh bien faites ce que votre maître vous demande et saluez Jin Rayne.

Elle s'approcha alors de moi.

— J'ai beaucoup entendu parler de vous.

— Je n'ai pas envie de vous parler, à vous ou à votre maître.

Je me penchai pour regarder par-dessus son épaule.

— Puis-je saluer le *phocal*, maintenant ?

Le prêtre l'autorisa et Ammon et Amirah, furieux, durent s'écarter sans pouvoir relever mon manque flagrant de respect, car le prêtre l'avait autorisé. Jamal arriva donc pour me saluer.

— Jin.

— Est-ce que vous avez vu Taj ?

— Pas encore, mais nous aurons du temps devant nous pendant que vous vous préparerez pour le *sepat*.

— Bien.

Khongordzol put alors me présenter à son compagnon et je rencontrai enfin le *Semel* de la tribu de Khertet et pus le remercier pour son hospitalité, ainsi que pour l'amabilité de son *Maahes*, de son *sheseru* et de son *sylvan*.

— Tout comme mon *Semel*, vous êtes fier de traiter votre tribu comme votre famille. C'était contraire à votre sens du *Maat* de vous forcer à accueillir Amirah. Les actions du *Semel-aten* sont regrettables.

Je m'inclinai et il fit de même, plus bas et plus longtemps, pour me montrer qu'il avait apprécié mon petit discours. Il n'avait pas besoin qu'on lui pardonne, et ne le demanderait pas de toute façon. C'était, comme je l'avais dit, juste regrettable.

— Vous dites des choses que vous pourriez regretter, *Reah*, grogna Amirah.

— Tais-toi, traînée.

Les yeux de Kushi, *yareah* de la tribu de Girdaht, lançaient des éclairs.

— Si nous venions toutes à mourir ce soir, ce serait dommage. Mais si tu étais la seule à crever, personne ne verserait une larme.

Amirah sembla vouloir répliquer, alors je m'interposai.

— Nous devrions suivre Khongordzol maintenant. Allons-y.

Cette dernière passa son bras sous le mien et, tous vêtus de nos capes de fourrure, nous sortîmes de l'arène. À notre retour, ce serait le début du *sepat*.

— Jin !

Crane m'appela, mais je ne me retournai pas. Je n'étais pas assez fort pour ça.

XIII

Des bougies et des braseros étaient allumés à chaque coin de l'immense arène de la tribu de Khertet. Lorsque nous revînmes dans la fosse, je vis à l'autre bout une énorme porte qui se levait et s'abaissait grâce à un treuil. C'était un véritable colisée – de ceux où la porte de soulève, des animaux jaillissent et vous devez les combattre. Cette fois-ci, nous devions nous attendre à affronter des panthères.

Nous formâmes une ligne. Nous ressemblions vraiment à des petits agneaux sacrificiels. Au-dessus de nous, assis dans les gradins, se trouvaient la tribu et tous les invités. Crane leva la main pour me faire signe. Ebere me salua ensuite de la même façon et je lui fis un signe de la tête. Elle me sourit. Le *Semel-aten* avait donc amené sa compagne.

Nous avions été lavés et parfumés avec des huiles. Ce rituel était fait pour nous purifier mais aussi pour masquer nos odeurs et perturber les *Semels*. Nous sentions tous pareil. Nous portions également la même robe de soie blanche ceinturée à la taille par une corde. Même Amirah avait pris sa place dans la ligne et s'était pliée à la tradition.

— C'est très courageux de votre part, *Reah*, lui dit Teresa, la *yareah* de Gavin Medina, tandis que nous attendions que la porte se soulève. Vous pourriez très bien finir déchiquetée comme nous toutes.

— Tu oublies que je suis arrivée ici en même temps qu'eux. Je me suis tenue devant leurs cellules, hors de leur portée, pour les rendre fous avec mon odeur. Je me suis fait baiser sous leurs yeux et j'ai vu leur semence maculer le sol tellement ils me désiraient. Aucun ne me fera de mal. Ils me veulent tous. C'est vous qu'ils vont massacrer. Je suis une *reah*, et que vous soyez là ou pas, je peux vous prendre n'importe quel mâle.

Elle ronronnait.

— Mais pourquoi voudriez-vous faire ça ? demandai-je.

— J'ai passé un accord avec le *Semel-aten*. Si je l'aide à éliminer des *Semels*, à les faire condamner à n'être plus que des animaux, il renonce à moi en tant que *wosret*. Je ne veux plus être sa consort.

— Il y a d'autres moyens de retrouver votre liberté.

171

— Je ne suis pas d'accord. De toute façon, je n'aurais devant moi que des bêtes, il me sera facile de vous les prendre.

— Ce sont des hommes avant tout, répliqua Yusuke dont j'aimais particulièrement la voix rauque. Et les hommes aiment celles qui font de leur foyer un sanctuaire. Nous verrons.

— Oh !

Katrina venait de sursauter. La porte en métal gronda.

Nous entendîmes des rugissements de panthères, et les grognements me glacèrent le sang. Six *Semels* sous leur forme intermédiaire rentrèrent alors dans l'arène.

Nous ne pouvions pas nous transformer et nous enfuir. Je ne pouvais pas prendre ma propre forme intermédiaire pour me défendre contre les autres *Semels*. Nous devions garder notre forme humaine alors que des monstres se ruaient vers nous. Si nous désobéissions, ce serait la mise à mort pour le *Semel* et son compagnon.

Je me jetai sur le côté et Yusuke m'imita et mit un brasero entre elle et les *Semels*. Mon cerveau me hurlait de me transformer, le nekhene sentait le danger et me submergeait d'adrénaline, prêt à attaquer. Je cherchai Logan du regard et le vit renifler l'air, me cherchant. Il ne savait vraiment pas ce qu'il devait faire. Depuis deux mois, il était sous forme de panthère, mangeant comme un animal, dormant dans une cage, battu. Amirah l'avait torturé en s'agitant sous son nez. Et, brusquement, on lui avait demandé de prendre sa forme intermédiaire et on l'avait jeté dans l'arène. Je ne savais même pas s'il avait encore toute sa tête. Mais j'avais entièrement foi en lui et c'est ce qui me permettait de rester debout.

La première à mourir fut Juliet. Elle s'agenouilla, bras ouverts, pour accueillir son compagnon qui se ruait vers elle. Il lui planta ses griffes dans la gorge et lui arracha la jugulaire de ses mâchoires. Je n'avais jamais vu autant de sang. Wallace but le sang de sa *yareah* avant de sauter ensuite sur Amirah. Elle avait l'air ravie alors qu'il lui arrachait sa robe. Je détournai le regard pour ne pas voir les dernières traces d'amour entre Juliet et son *Semel* être bafouées.

Kushi fut tuée en deuxième. Son compagnon la plaqua au sol, reprenant sa forme complète de panthère tout en la mutilant. Ses hurlements se noyèrent dans son propre sang.

Logan tournait autour d'Amirah et Wallace, hésitant à se lancer dans un combat contre un autre *Semel* pour gagner la *reah*. Elle l'appela, tendit les bras vers lui mais il recula, leva la tête pour humer l'air. Il semblait confus.

L'appeler serait une erreur, je le savais. Les mots n'avaient aucun sens pour eux et ajouter mes phéromones à l'atmosphère déjà saturée de sang et de sueur ne servirait qu'à le perturber encore plus. Me mettre à courir attirerait l'attention des autres mâles alors je restai où j'étais, essayant de me faire le plus petit possible.

La présence de Logan dérangeait Wallace. Il se détourna d'Amirah pour se jeter sur lui toutes griffes dehors. Ils roulèrent au sol dans une mêlée de crocs et de sang et je les suivis discrètement jusqu'à ce que j'aperçoive Katrina.

Elle se ruait vers Amirah – cette dernière s'était fait plaquer contre le mur par un nouveau mâle prêt à la prendre. Lorsque la *yareah* arriva près d'eux, elle bondit mais il l'attrapa au vol, plantant ses griffes dans son visage. Il tordit brutalement la main et lui brisa le cou comme si elle n'était qu'une poupée de chiffon. Elle était morte avant de retomber toucher le sol.

Un autre mâle s'approcha alors et poussa violemment le compagnon de Katrina pour se coller à Amirah. Cette dernière riait aux éclats.

— Non ! hurla Yusuke. Narae Hiroshi, je te l'interdis ! Rappelle-toi qui tu es !

Il tourna la tête et lâcha Amirah pour se jeter sur Yusuke. Je la vis se raidir, prête à se défendre coûte que coûte, mais mon champ de vision fut brutalement bloqué par un énorme *Semel*.

Tout semblait irréel. Tout était allé si vite, ce carnage ne devait probablement durer que depuis quelques minutes en réalité. Tout était flou. Une main griffue m'agrippa et me souleva pour me plaquer contre le mur. Mes pieds battaient dans le vide.

— Non, grondai-je.

Le nekhene en moi hurlait et me disait de me battre.

Un rugissement d'avertissement retentit et, avant que j'aie eu le temps de comprendre, le *Semel* me lâcha et je tombai maladroitement au sol, confus, avant qu'un autre ne me projette à nouveau contre la pierre. La douleur me coupa le souffle.

Un rocher pointu m'entailla le dos et ma vue se troubla alors que je luttais pour respirer. Le premier assaut m'avait complètement étourdi et je fus incapable de faire quoi que ce soit lorsque le nouvel hybride d'homme et de fauve m'immobilisa de sa poigne.

— Venez à moi ! cria Amirah au *Semel* qui m'avait laissé échapper et à celui qui me tenait maintenant.

Mais ce dernier ne l'écoutait pas. Celui-là, elle ne l'aurait pas. Il était à moi.

Je repris mon souffle difficilement et plongeai mon regard dans celui de l'homme que j'aimais.

Sous sa forme intermédiaire, Logan Church restait le plus beau. Il était couvert d'une fine fourrure dorée. Il était plus large, plus massif. Sa tête était celle d'une panthère, ses oreilles couchées en arrière, ses yeux, son nez et sa bouche étaient félins. Ses muscles étaient gonflés, même si ceux de Yuri étaient tout de même plus impressionnants. La transformation n'altérait pas les traits, elle se contentait d'étirer ou d'augmenter la musculature. J'étais le seul félin à être totalement métamorphosé par elle, et personne ne savait exactement pourquoi. Enfin, si, c'est parce que j'étais un nekhene.

Je reconnus donc mon compagnon et me calmai. Je levai lentement la main vers son visage.

Il frissonna et me lâcha soudain, reculant. Je tombai et ma robe se déchira contre le mur rugueux, ma peau fut écorchée.

— Logan… eus-je le temps de dire avant qu'il se jette sur moi, ses griffes pesant sur mes épaules pour me garder sous son contrôle.

Un nouveau grognement retentit tout près, il tourna alors la tête et laissa le nouveau venu venir à nous. C'était la façon de faire des félins : laisser l'intrus, grognant et tous crocs dehors, s'approcher de la proie pour finalement, sur un coup de tête, décider de revenir voir et repousser l'intrus. J'avais pu observer cela à de nombreux rassemblements. Ils se tournaient autour, montraient les crocs, se donnaient des coups de griffes. Logan n'était pas encore certain de qui j'étais, il ne m'avait pas tout à fait reconnu. Il se recula donc pour laisser le nouveau mâle venir plus près. Ce manège allait se répéter jusqu'à ce que chaque *Semel* trouve qui était à lui, qui il pouvait marquer.

En temps normal, Logan m'aurait reconnu, mais il était depuis si longtemps sous sa forme animale… Maintenant, il n'était plus sûr de rien. Le bruit, l'odeur du sang et celle d'Amirah, les phéromones dans l'air… Tout se mélangeait et rajoutait à sa confusion.

Je me redressai, assis à même le sol, essayant de ne pas bouger alors que l'autre *Semel* me reniflait. L'air était tellement saturé d'odeurs qu'il dut coller sa truffe tout contre mon cou tandis que je détournais la tête.

Soudain, il me mit à quatre pattes. Le cri que je laissai échapper à ce moment-là me fit honte : un mélange de colère, de frustration et de terreur pure. Je ne pouvais pas me défendre sous ma forme humaine. Mais si je me transformais, j'allais tout perdre. Un viol… Logan s'en voudrait toute sa vie, il s'en voudrait que j'ai eu à subir ça, il s'en voudrait d'avoir laissé cette horreur se produire – j'allais donc le perdre de toute façon. Je ne savais pas quoi décider, mais j'allais devoir faire un choix déchirant dans les secondes à venir.

Dieu merci, je n'eus pas à le faire.

Un rugissement répondit au cri que j'avais laissé échapper. Un son bestial, plein de douleur et de colère. Il résonna en moi et me fit frissonner de la tête au pied. Un silence pesant et glacial suivit. Même Amirah se tut.

Le calme fut encore plus effroyable que le cri de fauve. Je tournai lentement la tête pour voir Logan traverser l'arène afin de se diriger vers moi. Il avait la gueule ouverte et grondait. Tout ce que je vis furent ses crocs et son impressionnante érection. Le *Semel* derrière moi comprit le message et détala. Logan se posa près de moi, haletant, tremblant de rage et respirant mon odeur à plein poumon.

Je compris ce qui venait de se passer dans mon dos, quand je sentis le parfum d'Amirah sur lui.

Il m'avait laissé et s'apprêtait à la prendre lorsqu'il avait entendu mon hurlement.

Il avait reconnu ce son et lorsqu'il avait regardé dans ma direction, il avait reconnu ma position soumise. Le brouillard dans sa tête s'était dissipé. Il était redevenu le *Semel* de la tribu de Mafdet. Il savait qui j'étais, ce que j'étais, que je lui appartenais et qu'il devait me protéger. Il avait aussitôt prévenu l'autre *Semel* que me toucher le condamnerait à mort. Ce rugissement était gravé dans mon esprit et je prierai de toutes mes forces pour ne jamais l'entendre à nouveau.

Je lui fis face et me mis à genoux.

— Mon *Semel*…

J'entrouvris les lèvres et laissai mes phéromones l'envelopper de ma senteur unique. Je lui fis goûter mon désir, ma dévotion et mon besoin viscéral.

Il tendit la patte vers moi. Lentement, doucement, j'y posai ma main et caressai son poignet du pouce. Ses babines recouvrirent à nouveau ses crocs. Des bruits éclatèrent autour de nous, mais j'en avais à peine conscience. Devant moi se dressait mon compagnon, il m'avait trouvé. Il devait me marquer et je devais le dompter.

— Tu me reconnais ?

Je dégageai les cheveux de mon cou et penchai la tête pour qu'il puisse voir et mieux sentir ma peau.

Il débordait de puissance. Il était brûlant et il n'avait jamais été aussi beau. Je le désirais de toute mon âme. Je ne pus retenir un gémissement alors que je me tortillais devant lui. Il m'entoura de ses mains griffues pour m'attirer sur ses genoux. Je passai mes bras autour de son cou pour me serrer contre lui.

Ce fut à son tour de gémir.

Son sexe gorgé de désir était coincé entre nous deux, pressé contre son torse musclé, et il haletait. Je glissai une main entre nous et commençai à le caresser. Il frissonna contre moi, poussa son sexe dans ma main pour que je l'empoigne fermement. Il était long, très dur et je fis aller et venir ma main de haut en bas. Je savais qu'il ne résisterait pas.

Je ne pouvais pas détacher mes yeux de lui et je me rendis compte que j'aurais été capable de m'empaler sur lui, à sec, même en sachant qu'il allait me blesser. L'émotion prenait le dessus sur mon bon sens. Heureusement, il me tenait fermement et je ne pouvais pas me redresser ou bouger. Ses griffes se pressaient sur mes cuisses et me maintenaient. Cela restait dangereux. Il pouvait par inadvertance trancher une de mes artères. Je tirai alors sur ma robe pour la déchirer sur le devant et libérer mon sexe luisant et dressé. Je pressai mon érection contre la sienne et utilisai mes deux mains pour nous caresser ensemble.

Le sexe de Logan était comme du velours contre moi. Nos odeurs mêlées m'excitaient et me faisaient me coller encore plus contre lui. Je voulais tellement le sentir en moi.

Il se pencha vers moi. Je n'eus pas le temps de réagir quand je compris que sa gueule approchait de ma gorge. Je me dis simplement que mourir dans ses bras après avoir connu un tel amour valait le coup.

Sa langue râpeuse me griffa de l'épaule jusqu'à l'oreille. Il mordilla ensuite de ses longs crocs la peau tendre de mon cou. Il vibrait contre moi.

Je resserrai ma main et le sentis grossir encore entre mes doigts. J'accélérai le rythme et sentis le plaisir prêt à jaillir hors de moi aussi.

D'une main, il glissa ses griffes dans mes cheveux et les empoigna pour me tirer la tête en arrière. Je laissai échapper une plainte et le sentir si dominant me fit jouir. Je criai son nom alors que des jets épais de ma semence venaient maculer son torse. Celle-ci coula sur mes poignets, sur mes doigts et sur son gland violacé. Il rugit à son tour quand son plaisir le submergea.

Le contrecoup de nos orgasmes nous laissa pantelants. Je levai une main à mes lèvres et il m'observa tandis que je léchai nos semences sur mes doigts. Il se pencha vers moi et sortit la langue pour goûter à son tour. Je la caressai de mes doigts souillés, lui souriant et ne pouvant m'empêcher de ronronner. Je l'entendis gémir doucement et je vins à sa rencontre pour caresser sa langue de la mienne. Lentement, encore et encore. Je sentis qu'il en voulait plus et je le laissai m'embrasser à pleine bouche et m'explorer. Il m'attira à nouveau à lui en agrippant mes cuisses.

J'entourai sa taille de mes jambes, mon torse collé à ses pectoraux saillants. Je sentais ses muscles durs et bien définis sous sa fourrure, et je refermai mes lèvres sur sa langue pour la sucer. Je me perdis dans son goût. Il grogna et plaqua une main sur mes fesses pour les malaxer, son autre main crispée sur ma nuque. Ses griffes m'emprisonnaient. Impossible de lui échapper, même si cette idée ne m'avait pas effleuré une seule seconde.

Je suçai, léchai et me tortillai contre lui. Il grimaça quand mon ventre pressa contre son sexe devenu trop sensible. Je pris le temps d'enfouir mon visage dans la fourrure de son cou. Je soupirai longuement et il ronronna. Il était repu, et je repris lentement conscience d'où nous étions.

Il ne pouvait rien nous arriver car nous étions ensemble. Toujours.

Je levai la tête et vis le sang qui recouvrait l'arène, mais aussi la beauté. À gauche, Yusuke serrait son *Semel* contre elle tandis qu'il reprenait son souffle, vu ses halètements et le rouge du visage de la *yareah*, ça avait dû être une sacrée partie de jambes en l'air. Elle me sourit timidement, embarrassée et ravie à la fois.

De l'autre côté, Gavin Medina reposait sur les genoux de sa compagne, la tête en arrière et les yeux clos. Son sexe flasque gouttait encore alors qu'il se laissait totalement aller dans ses bras. Teresa était totalement nue – alors que Yusuke et moi portions encore des bouts de tissus – et couverte de griffures, mais elle avait un grand sourire aux lèvres. Soudain, elle sursauta et tourna la tête. Je suivis la direction de son regard pour voir quel était le problème.

Amirah gisait dans la poussière, mais se relevait. Elle s'était apparemment évanouie, mais elle reprenait ses esprits. Les trois *Semels* qui avaient tué leurs compagnes formaient un cercle autour d'elle mais

177

n'osaient pas l'approcher – on aurait dit qu'elle les maintenait à distance à présent.

— Ce n'est pas fini !

Elle ouvrit la bouche et exsuda ses phéromones. Hiroshi repoussa Yusuke, Gavin grogna, épuisé mais tout de même torturé par ses besoins primaires. Seul Logan, mon Logan, ne fit pas attention à ce qui se passait. Il me serrait dans ses bras et frottait sa tête contre moi pour me marquer.

Amirah se dirigea vers nous, ulcérée de voir qu'un *Semel* n'avait pas réagi à son appel. Elle avança la tête haute tout en se débarrassant de sa robe blanche. C'était une sacrée vision.

Elle devait mourir de froid. L'arène était un vrai frigo, et alors que je commençai à grelotter, mon compagnon me blottit contre lui, ronronnant pour me réconforter.

Il ne voulait que moi, et si nous avions pu, il se serait endormi en me cajolant. Il était épuisé – nous l'étions tous – mais la *reah* allait quand même essayer de nous séparer.

J'étais plus hors de moi que je l'aurais cru.

Je redressai la tête et fis jaillir mon pouvoir de nekhene vers elle pour l'arrêter.

Elle cria et tomba à genoux, luttant et poussant des plaintes terrifiées. Si elle se transformait alors qu'elle était encore dans la fosse, elle se condamnait à mort. Tout le monde le savait. C'était la loi.

— Non !

Elle hurla. Hiroshi se redressa, mais pour autant ne s'éloigna pas de Yusuke. La terreur n'avait rien d'attirant, il n'avait plus tellement envie de la rejoindre.

Gavin revint se blottir contre sa compagne. Je jetai un coup d'œil à Teresa, comme je l'avais fait pour Yusuke, et vis la reconnaissance dans ses yeux.

— N-Non ! gémit Amirah.

Je laissai mon pouvoir revenir à moi et repris mon rôle de *reah*, d'amour et de paix.

— Abdique.

J'avais réussi à parler clairement, le regard verrouillé au sien alors que Logan me respirait et me donnait des coups de langue. Je luttai pour ne pas simplement me cacher à nouveau dans ses bras.

— Tu as fait ce que tu étais venue faire. Trois *Semels* sont maintenant des panthères pour toujours, trois *yareahs* sont mortes et trois tribus auront un nouveau chef. Heureusement que Khongordzol nous a dit que le prêtre n'avait choisi que des *Semels* sans descendance. Tu ne laisseras pas d'orphelin dans ton sillage sanglant.

— Peu m'importe !

— Nous, ça nous importe !

Je haussai le ton en désignant Yusuke et Teresa.

— Tu peux t'arrêter là, tu as obéi aux ordres. Elle est libre, non ?

Je levai la tête vers Hamid. Je remarquai alors seulement que le public s'était pressé au bord de la fosse pour mieux assister au massacre et à l'orgie.

— Oui, annonça le prêtre. Plus aucun félin ne pourra la posséder sans son consentement.

— Tu es libre, Amirah Fehr. Tu n'as même pas de compte à rendre à la tribu d'Ariat ou à la famille de ton *Semel*, Terrance McCord.

Elle se redressa et me sourit.

— Attaque-moi encore, *Reah*. Cette fois, je suis prête.

— Où est ton *Beset* ? Laisse-la, ou laisse-le, t'offrir du réconfort et te conseiller maintenant.

— Contrairement à toi, je n'ai pas besoin de béquille. Je n'ai jamais été faible à ce point.

Mais le fait que j'aie besoin de Crane n'avait jamais été autre chose qu'une bénédiction, et j'étais à nouveau désolé pour elle, qui vivait seule sans personne sur qui s'appuyer ou juste à qui parler. Crane n'était plus vraiment mon port d'attache puisque Logan m'avait pris pour compagnon, mais elle, elle n'avait pas de compagnon, pas de *Beset* ni même de tribu. Elle était seule au monde. Elle me faisait vraiment de la peine.

— Attaque-moi !

— N'essaie pas de te mesurer à moi. Si je te force à te transformer, tu es morte. On te laissera agoniser dehors, à la merci des animaux sauvages. Personne ne devrait mourir comme ça, même pas toi. Une *reah* est précieuse. Ne m'oblige pas à te faire du mal.

— Parce que tu crois pouvoir me blesser ? Tu penses que je ne peux pas faire de ces *Semels* mes esclaves et les envoyer vous massacrer, toi et les *yareahs* ?

Elle était ivre de pouvoir. Elle ne m'écoutait pas.

— S'il te plaît…

— Tu trembles, *Reah* ! Tu as peur de perdre cet homme que tu serres si fort contre toi. Peu importe ce dont tu essaies de te convaincre, tu sais très bien qu'il choisira une *reah* femelle qui ne lui appartient pas plutôt que de garder près de lui une erreur de la nature comme toi. Tout ce que tu es, c'est une abomination dégénérée ! Votre lien est contre nature, sale ! Tu vas mourir en voyant le *Semel* de la tribu de Mafdet me remplir de sa semence.

— Amirah, tu pourrais venir vivre avec nous, dis-je, et j'en pensais chaque mot. Tu peux faire partir de notre tribu et parcourir le monde en sachant que tu as un foyer où rentrer quand tu es lasse, un endroit où tu seras protégée et aimée.

Elle ouvrit grand les yeux, choquée.

— Vivre dans ta tribu ? Vivre dans le péché avec tes panthères dégoûtantes ? Tu plaisantes ?

Sa voix partait dans les aigus.

— Tu es un monstre et tu as souillé tout ce que tu as touché. Tu aurais dû te tuer le jour même où tu as désiré un autre homme. C'est répugnant. Le lien avec ton compagnon est...

— Bien, la coupai-je. C'est donc ton dernier mot.

Je l'arrêtai non pas par colère ou peur, mais parce qu'elle me faisait pitié. Elle était brisée. J'aurais souhaité de tout mon cœur de *reah* l'aider à guérir, la protéger.

Mais elle m'avait ri au nez et émettait maintenant une vague de chaleur et de pouvoir dans l'arène.

Des cris retentirent dans les gradins. Ses phéromones allaient jusque-là. Mon odeur changea et Logan me regarda, intrigué. Je le repoussai doucement et il tourna brusquement la tête vers Amirah.

Il hérissa les poils de son dos et ils formèrent une crête entre ses omoplates. Il feula, prêt à combattre. Pour lui, Amirah sentait le danger. Mais il ne pouvait pas la tuer sans risquer de rester à jamais sous sa forme de panthère.

— Jin !

Je me tournai vers Yusuke.

— Vous ne pouvez pas sauver tout le monde. Je sais que c'est ce que vous désirez au fond de votre cœur, *Reah*, mais c'est impossible.

Elle me sourit tristement.

— On n'a pas toujours ce que l'on désire.

— Protégez votre compagnon, me dit Teresa. Faites honneur à ceux qui vous aiment, protégez votre tribu, *Reah* du *Semel-netjer*.

Amirah attira à nouveau mon attention en tentant de séduire Logan et les deux autres *Semels*. Le parfum de son désir et de son corps embaumait toute la fosse.

Je soupirai et relâchai toute la fureur du nekhene. C'était sauvage, indompté, mais Logan Church y avait posé sa marque et mon énergie filait vers lui, curieuse de savoir s'il était digne de moi. Amirah voulait me l'arracher alors le pouvoir explosa, ivre de rage et de jalousie. C'était si intense que je me penchai en arrière et criai en libérant cette ancienne colère destructrice.

Il y a encore deux mois, Amirah aurait pu me résister. Mais Crane avait ôté toute tentation à mon pouvoir. Il avait fait disparaître la luxure et la séduction, le glamour et l'attirance. Il n'avait pas pu faire plier ma volonté – mon essence même était trop sauvage – mais il m'avait appris à ne pas attirer les autres et au contraire à les repousser. Par le passé, mon énergie forçait ceux qui ne me méritaient pas à se transformer en panthère, les forçant à se soumettre et donnant un plaisir sexuel. Désormais, il les mettait à genoux et les attaquait. Si je pouvais me transformer, le pouvoir me métamorphosait, me traversait et s'en prenait uniquement à ceux que je touchais. Si je devais garder ma forme humaine, il explosait et détruisait ceux qui s'opposaient à moi.

Amirah menaçait celui que convoitait le nekhene et qui était le véritable compagnon de la *reah*. Elle hurla quand l'énergie la frappa.

Elle était forte. Mais la *reah* en moi avait cédé la place et je n'étais plus aussi compatissant. Je la voyais avec mes yeux de nekhene. Elle n'était plus qu'une rivale, une tentatrice.

Je me levai et Logan s'agenouilla à mes côtés. Je posai ma main sur sa tête et il se frotta contre ma paume.

Amirah hurla et j'entendis des protestations s'élever dans les gradins de l'arène.

— Elle a fait son choix, rugit Hamid plus fort que la foule. Je l'ai entendue et vous aussi. Il lui a laissé une échappatoire mais elle l'a repoussé. Silence maintenant !

Elle se roula en boule et gémit tandis que je l'observai. Son corps commença sa transformation d'humain à chat. J'étais le seul, avec les membres du Shu, à pouvoir stopper ma transformation une fois lancée. Seule une poignée de panthères possédaient ce pouvoir. Le fait que je puisse me transformer presque instantanément et que je me maîtrise parfaitement n'avait rien à voir avec mon statut de *reah*. C'était le nekhene en moi.

J'en étais reconnaissant, et je fermai les yeux alors que le pouvoir que je déversais me faisait trembler.

Crane m'avait appris à ne pas lutter. À embrasser le flux et le reflux, me laisser porter par la vague. Même si cela me terrorisait, je me calmai et laissai tomber mes barrières.

Ce fut au tour de la *reah* en moi de s'éveiller, et le changement fut instantané. Je redevins moi-même. Le nekhene se tut. Il n'était plus nécessaire de combattre car mon compagnon était hors de danger.

— L'épreuve est terminée !

Le prêtre venait de parler. J'ouvris enfin les yeux, lentement, et vis Amirah roulée en boule sur le sol, haletante sous sa forme de panthère dorée.

— Tout le monde contre le mur !

Le fouet du *sheseru* de la tribu de Khertet claqua sèchement. Les trois *Semels* présents dans la fosse sursautèrent et Logan se releva, posa sa main sur ma nuque pour me faire pencher la tête en arrière. Nous nous regardâmes dans les yeux.

— *Reah.*

Sa voix était rauque et ressemblait à un feulement.

— Oui. Ta *reah.*

Il poussa un grognement sourd.

— À moi.

Je hochai la tête comme je pus tandis qu'il me saisissait à la gorge.

— Oui, mon *Semel.*

Il me lâcha pour aussitôt me soulever dans ses bras et me serrer fort sur son torse dur comme la pierre. Il me porta jusqu'au mur où il me déposa avant d'à son tour se placer épaules contre la pierre.

Le prêtre était descendu dans l'arène, escorté par vingt *Khatyus* armés de lances traditionnelles. Comme si nous avions encore l'énergie de nous battre…

— Évacuez les panthères, informez les tribus de Ptahket, Taweret, et Girdaht que leurs héritiers sont maintenant *Semels*. Fustigez la *reah* et, à la nuit tombée, exposez-la au pied de la montagne. Voilà mes ordres, exécution !

— Peut-être que…

— Silence ! hurla Hamid à Ammon. Personne ne peut remettre en question la loi, surtout pas vous, *Semel-aten*. Amirah a renoncé à ses droits en refusant de se soumettre à la *reah* de la tribu de Mafdet pour l'attaquer.

Les règles sont claires à ce sujet : quiconque se transforme dans l'arène doit être fustigé, attaché en pleine nature et laissé pour mort. C'est *Maat*.

Je l'interpellai :

— Vous Grâce ?

Il se tourna vers moi.

— Je vous prie humblement de bien vouloir rentrer en contact avec la tribu d'Ariat afin de parler à son *Semel*. Laissez-le décider du sort d'Amirah : elle sera exécutée ici ou nous la lui livrerons pour qu'elle expie ses crimes envers sa tribu.

— Jin, les règles…

— Elle sera de toute façon condamnée, l'échéance est simplement repoussée. Demandez-lui ce qu'il veut. Justice doit lui être rendue.

— Très bien.

Il fit face à Jamal.

— Contactez-les. Précisez bien que c'est grâce à la *reah* du *Semel-netjer* que ce privilège leur est accordé.

Le silence tomba à nouveau sur l'assemblée.

— Les *Semels* vont maintenant retourner dans leurs cages jusqu'à demain pour l'épreuve de leurs *sheserus*.

D'autres *Khatyus* arrivèrent. Le prêtre s'attendait à ce que les *Semels* ne se laissent pas faire aussi facilement, et il avait raison.

Dval Quach s'occupa de passer les fers à Logan. Ses *Khatyus* me regardèrent avec méfiance, sentant la chaleur de mon pouvoir les entourer comme le vent du désert. Logan ne voulait pas qu'on le menotte ainsi, mais je restai calme, alors il fit de même. Mais lorsqu'ils l'escortèrent vers les grilles, il commença à se débattre, se contorsionnant pour essayer de me voir, m'appelant avec des miaulements déchirants. Je vis le fouet dans les mains du *sheseru* de Khertet.

Je m'interposai :

— Non, je vous en prie !

— Il résiste, *Reah*. Il sera donc fouetté.

— C'est simplement qu'il ne comprend pas !

J'attrapai les chaînes de Logan pour le conduire moi-même à la porte. Yusuke et Teresa suivirent mon exemple. Nous ne pouvions pas en revanche suivre nos compagnons au-delà de la porte.

Je caressai le visage de Logan.

— Je t'aime. On se revoit demain matin, d'accord ? Attends-moi et profites-en pour manger et te reposer.

Il frotta son menton sur le dessus de ma tête, il inspira longuement mon odeur et ronronna avant de se pencher pour me donner un coup de langue dans le cou.

Je compris alors que c'était en fait moi qui avais besoin d'être rassuré. Je bondis dans ses bras, sans prêter attention aux restes de ma robe qui tombèrent, me laissant nu contre lui.

Il enfonça ses griffes dans mes fesses et mordilla ma gorge en ronronnant très fort. Je savais que chaque jour de plus sans lui serait intenable. Mais cela faisait aussi partie de l'épreuve. C'était cruel de séparer de véritables compagnons mentalement et physiquement. Obscène. Le nekhene en moi détestait cette situation.

— Jin !

Crane m'appelait. Je levai la tête vers lui et Logan grogna aussitôt.

— Non, non. Tout va bien.

Je ne savais pas pourquoi Crane était maintenant dans l'arène. Il se mit à quatre pattes et baissa la tête. Logan se dirigea vers lui pour le sentir. Mon meilleur ami portait mon odeur, celle de la tribu, et tout cela était familier pour Logan. Il prit ensuite le temps de me prendre dans ses bras et de me cajoler une dernière fois avec un grognement rassurant. Il me reposa ensuite et passa les grilles sans se retourner.

Crane se releva et je lui demandai :

— Comment as-tu deviné ?

Crane ôta son manteau pour me couvrir. Je commençais à grelotter de froid.

— C'est un *Semel*, Jin. Puisqu'il t'a reconnu, ce n'est plus une bête sauvage mais une panthère à part entière. Il sait que tu es à lui et il n'aurait pas accepté de partir sans te savoir protégé.

— Il aurait pu te tuer.

Crane me sourit avec indulgence.

— Je sens ton odeur, Jin. Il sait que tu lui appartiens et que moi, je t'appartiens. Tu es donc en sécurité avec moi.

— Merde, Crane, depuis quand es-tu aussi sage ?

— Depuis que tu es devenu une *reah*.

Il fit signe aux autres de se rapprocher.

— On vous a autorisés à venir dans la fosse ?

— L'épreuve est finie, dit-il en désignant Yusuke et Teresa, entourées par leurs amis. Maintenant, tu as bien mérité de te réchauffer sous une douche.

— Excellente idée.

J'allai me mettre en route, mais je me rendis compte que mes jambes ne me soutenaient plus. Crane n'était pas encore totalement guéri, donc je refusai de m'appuyer sur lui.

— Jin.

Je me tournai vers lui.

— Je vais bien.

Il me prit le bras. Toutes les émotions de la journée affluèrent soudainement et, alors que ma tribu m'entourait et me soutenait, j'arrêtai de protester et laissai les autres s'occuper de moi pour une fois.

XIV

CE FUT l'horreur. La tribu d'Ariat, bien que touchée par mon offre, préférait savoir Amirah morte le plus tôt possible. Il fallait bien sûr qu'Orso Bataar possède un téléphone par satellite Iridium afin de garder contact en permanence avec le monde des panthères. Sa tribu avait également accès à internet via le même genre de connexion, mais ça ne m'intéressait pas vraiment. Seul le jugement me préoccupait. La tribu d'Ariat ne voulait pas revoir Amirah vivante. Le *Semel*, Angel McCord, le frère de Terrance McCord, désirait seulement une photo de son corps exsangue et déchiqueté par les animaux sauvages.

Je trouvais cette façon d'exécuter les condamnés cruelle et obscène. J'avais tenté tout ce qui était en mon pouvoir pour lui laisser une chance et reculer l'échéance. Dval Quach avait creusé une plaie profonde dans son flanc et, avec l'aide des *Khatyus*, il l'avait traînée dans le froid glacial pour l'abandonner dehors, la laissant hurler à la mort. Au moins, il n'y avait pas d'animaux dans le coin. Nous savions que c'était le froid qui allait l'achever.

À l'intérieur de la yourte, je m'étais allongé entre Crane et Yuri, frissonnant d'horreur. Mes instincts de *reah* étaient révoltés par ce genre de punitions.

— Lève-toi et viens t'asseoir près du poêle pour discuter, me dit Crane alors que je n'arrivais pas à trouver le sommeil.

Je lui obéis et les autres me rejoignirent.

Mikhail mit de l'eau à bouillir pour le thé et nous restâmes silencieux, serrés les uns contre les autres.

— Qu'est-ce que vous foutez ? demanda Domin en rentrant sous la tente, de la neige plein les cheveux et la barbe.

J'étais content de le savoir avec nous, chaque tribu avait pu retrouver son *Maahes* maintenant que le *sepat* avait commencé.

— Jin est triste à cause d'Amirah, lui expliqua Crane.

Domin vient s'agenouiller devant moi.

— Quels choix avais-tu, ma *Reah* ?

— Je sais que…

186

— Jin. Elle ne t'a pas laissé le choix. Alors, ouais, peut-être que si on l'avait récupérée avant, on aurait pu la guérir, mais Jin… Vu ce qui s'est passé, tu sais que c'était toi ou elle. En plus, si Logan l'avait affrontée, il l'aurait tuée. Il n'éprouvait aucun désir pour elle, que de la haine. Si il l'avait éventrée, il aurait subi le même sort et tu n'aurais pas fait long feu non plus. Je sais que tu ne te sens pas bien, mais je préfère te savoir en vie et avec Logan, plutôt que de voir Amirah Fehr gambader.

Je hochai la tête.

— Maintenant, je te promets de t'aider à sauver les autres si c'est en mon pouvoir. Ça marche ?

— Oui.

Je lui souris.

Domin se leva et je le suivis des yeux.

— Et puis, tu sais, elle est déjà morte. Ça n'a pas mis longtemps. Le froid a été une bénédiction. Si ça avait été l'été, elle aurait été éventrée et éviscérée. Rien n'arrive par hasard, Jin.

J'enfouis mon visage dans mes mains pour pleurer la mort de la seule autre *reah* que j'avais pu rencontrer. Domin vint me caresser les cheveux pour me consoler.

— J'ai une idée.

Je relevai la tête pour regarder mon *Maahes*.

— Allons courir un peu. L'effort et nos fourrures nous tiendrons chaud. On verra bien si Taj sera plus rapide que moi cette fois.

Taj ricana. Yuri était déjà en train de se déshabiller et Mikhail l'imita.

— Je vais rester ici, dit Crane en baillant. Je vais surveiller le feu.

— Pareil, grommela Danny qui semblait faire la tête.

— Hors de question, gamin. Suis-les.

— Crane a raison, renchérit Andrian. Je lui tiendrai compagnie pendant que vous serez dehors.

Nous laissâmes donc Andrian et Crane au chaud et nous bondîmes hors de la tente pour plonger dans la neige. J'avais l'impression de foncer dans un mur de glace, jusqu'à ce que je me vide l'esprit pour simplement me concentrer sur les sensations. Les autres couraient le plus vite possible, sprintant dans la neige, et je forçai l'allure pour les rattraper puis les doubler. Seul Taj réussit à me suivre. Je profitai de la joie pure d'être sous ma forme de panthère.

La seule chose aussi grisante que la course, même si effleurer la neige de mes pattes me donnait plus la sensation de voler, c'était de faire l'amour avec Logan Church. J'étais aussi accro au fait d'être sous lui qu'à ma transformation en animal.

Je continuai à me dépenser avec Taj quand nous fumes rejoints par d'autres fauves. Je reconnu à son odeur Jamal Hassan, le *phocal* du Shu et protecteur du prêtre de Chae Rophon. Les guerriers du Shu étaient les félins les plus forts et les plus rapides au monde, les seuls capables de suivre mon allure. Cela faisait du bien de courir entouré par eux, et je sentis l'allégresse monter en moi.

Nous étions montés si haut que nous pouvions admirer la vallée. Impossible de savoir où commençait le ciel et où finissait la terre. Le ciel bleu de minuit, les nuages noirs, la neige étincelante… C'était magnifique. Je me transformai en un instant et devint un homme debout au bord d'un précipice. Le vent ébouriffa mes cheveux et je renversai la tête en arrière, les yeux clos, les bras tendus. J'avais l'impression de pouvoir m'envoler. Je sautai.

L'air rugit à mes oreilles et je me transformai avant de toucher le sol, changeant ma chute en bond gracieux. Je me jetai à nouveau en avant et repris ma course à toute vitesse à travers la vallée. Personne n'avait pu me suivre. J'étais l'unique nekhene au monde, et cela aurait dû être triste et effrayant, mais j'étais lié à mon compagnon et à ma tribu. Je ne serais jamais seul.

Je n'aimais pas être seul.

Je sautai à nouveau pour me retrouver sur la corniche, éclaboussant tout autour de moi de cette neige si pure qui semblait faite de diamants. Après quelques minutes, les autres purent me rejoindre. Jamal, le seul assez rapide pour se transformer sans mourir de froid, se releva pour me dire à quel point je l'émerveillais.

Je me transformai, aussi nu que lui.

— Votre vitesse est impressionnante, Jin !

Il devait crier pour couvrir le bruit du vent.

— Vous devriez essayer de courir sur l'eau pour voir. Je parie que vous y arriveriez !

J'avoue que j'y avais plusieurs fois songé sans oser essayer.

Avant de geler, nous reprîmes tous les deux notre forme animale et entamâmes le trajet du retour. Alors que je m'approchais de la yourte, je vis Crane ouvrir la porte pour regarder dehors, me cherchant du regard.

Il sourit en me voyant courir dans la neige, et je vis une ombre bouger dans son dos. Trop proche de lui, alors que moi j'étais si loin. J'arriverais trop tard.

Je ne pourrais pas le sauver. Je ne serais pas là.

Encore une fois.

Il allait mourir et, pour la seconde fois, je n'aurai pas réussi à protéger mon meilleur ami, l'homme qui gardait un morceau de mon cœur.

Un voile blanc passa devant mes yeux. Tout disparu.

JE RESPIRAI profondément, savourant l'odeur de pin, de terre humide et de feu qui me faisait ronronner. J'ouvris les yeux pour aussitôt plonger mon regard dans celui, doré, de mon compagnon. Il grogna doucement et caressa mon museau de ses griffes acérées.

— Dieu merci, murmura Crane.

Je tournai la tête vers lui et le vis à travers les barreaux d'une cage. Pourquoi était-il enfermé ?

— Ce n'est pas moi qui suis en taule, idiot.

J'étais dans la cellule de Logan…

— Jin.

Le prêtre de Chae Rophon était là. Les cellules du donjon de la tribu de Khertet n'étaient pas liées les unes aux autres. Les quatre côtés étant des grilles et l'on pouvait circuler autour. Je vis alors une foule compacte se bousculer pour nous observer. Nous étions exposés comme des monstres de foire.

Je geins et Logan me prit dans ses bras, caressant ma fourrure. Sa chaleur et son odeur m'apaisèrent. Je cachai ma gueule entre mes pattes, jetant des petits coups d'œil au prêtre. Logan se coucha sur moi, les bras et les jambes de chaque côté pour me recouvrir et me faire sentir son poids.

— Écoutez-moi bien, dit doucement Hamid. Ammon El Masry a envoyé deux félins à votre campement pour tuer votre *Beset*, car nous savons tous que c'est grâce à lui que vous vous contrôlez. Il ne s'imaginait pas que vous pourriez grimper tout en haut d'une montagne, en sauter et revenir aussi vite.

Des murmures traversèrent la foule. Ma petite performance sportive avait bien plus d'impact que je l'aurais cru.

— Vous êtes arrivé à temps pour sauver Crane Adams. Même si j'imagine que le *Beset* d'une *reah* comme lui aurait pu s'en sortir seul.

— C'est clair ! dit Crane, extrêmement vexé. Tu n'as pas fini d'en entendre parler, Jin.

C'était totalement absurde. Nous étions en présence du prêtre – ainsi que des maisonnées des *Semels*, du *Semel* de Khertet et de sa tribu, tout le monde sauf Ammon en somme – et Crane était là à râler et à me gronder. N'importe quoi.

— Bref, après que vous avez éventré les assassins, quelqu'un a donné l'alarme et une fois sur place, nous nous sommes retrouvés face à un nekhene hors de contrôle.

J'attendis la suite.

— Ammon a été placé en détention lui aussi, sous sa forme intermédiaire. Il a demandé à ce que la dernière épreuve, le duel un contre un, inclue les *Maahes*. Votre *Maahes* ne pourra donc pas participer à l'épreuve du cœur et quelqu'un d'autre devra vous accompagner.

Il avait l'air désolé. Pourtant je préférais savoir Domin avec Logan lors de l'épreuve finale qu'à mes côtés pendant la mienne.

— Vous devez vous retransformer et me dire qui combattra avec vous, votre *Beset*, Crane Adams et Andrian Basargin.

Je regardai Crane, il avait l'air inquiet.

— Nekhene.

Mes yeux se posèrent à nouveau sur le prêtre.

— Vous avez remonté la piste des assassins jusqu'à Ammon et vous l'auriez certainement massacré si vous l'aviez trouvé…

Qu'est-ce que j'avais pu faire ?

— Nombreux sont les *Khatyus* d'Orso qui ont été blessés en essayant de vous retenir avant que nous n'écoutions le conseil de votre *Beset*. Voilà pourquoi vous êtes ici, Jin. Votre *Beset* a aussitôt demandé qu'on libère votre *Semel*, qui vous a trouvé et ramené dans sa cellule.

Je ne me rappelais vraiment de rien.

— Il semblerait que vous seriez capable de le suivre jusqu'au bout du monde.

Évidemment. C'était mon compagnon et je l'aimais plus que tout.

Cette pensée aussitôt formulée, je repris forme humaine et me retrouvai allongé dans la poussière sous quatre-vingt-dix kilos de muscles.

— Oh, béni soit Râ, lâcha Hamid, surpris.

Même si je savais qu'il était encore là, si je savais que la foule nous observait, je n'en avais plus rien à faire…

— Logan…

Il m'écrasait.

Il se redressa et, gardant une main dans mon dos pour ne pas que je bouge, il me releva les fesses. Un habile coup de langue sur elles me fit comprendre ce qu'il avait derrière la tête.

Je ronronnai sans pouvoir m'en empêcher lorsqu'il mordilla l'arrière de mes cuisses. Il me respira longuement, mon odeur musquée aussi excitante pour lui que l'était pour moi la sienne.

— Jin.

La voix de Crane suffit à casser l'ambiance et le brouillard de désir se dispersa dans ma tête. Je me tordis le cou pour regarder mon compagnon par-dessus mon épaule.

Ses yeux étaient d'or sauvage et brillaient d'un besoin charnel irrésistible. Il haletait, la gueule ouverte. J'avais tellement eu envie de me soumettre à lui que j'avais été sur le point de le supplier.

Il laissa ses phéromones se répandre entre nous et quand il entendit le gémissement sourd que je laissai échapper, il monta sur moi. Sa fourrure collée par la sueur se plaqua sur ma peau luisante et son érection frotta entre mes fesses. Je me cambrai pour qu'il puisse me prendre.

— Jin.

La nouvelle intrusion de Crane contraria Logan, qui me griffa.

— Mon cœur.

Je cherchai Crane du regard.

Mon cœur.

Il ne m'appelait jamais comme ça. La dernière fois, c'était à Sobek après ma crise de panique.

— Tu veux bien sortir de là ?

Quoi ? Mais pourquoi aurais-je eu envie de laisser mon compagnon ? Le nekhene en moi n'était pas ravi à cette idée.

— Non, ordonna Domin. Ne laisse pas ton pouvoir prendre le dessus, espèce de morveux trop gâté. Bouge de là. On a un *sepat* à terminer et tu n'as pas encore gagné le droit de t'envoyer en l'air. Imagine comment tout ce remue-ménage doit perturber Logan. Imagine s'il t'a et que l'on te reprend ensuite. Tu veux vraiment lui cramer le cerveau ?

Il parlait de mon compagnon, l'homme que j'aimais. Mon *Semel*... J'étais sa *reah*.

Je pris une grande inspiration et me dégageai de l'étreinte de Logan pour me relever. Il m'imita aussitôt et me fixa intensément. Je reculai d'un pas et il en fit aussitôt un vers moi. C'était son jeu favori.

— Merde…

Je n'avais aucun moyen de lui échapper.

— Je pourrais rentrer dans la cage faire diversion, proposa Mikhail.

— Il te réduirait en miette, dit Yuri.

— Jin.

Je me tournai vers Crane.

— Mets-le simplement à genoux et explique-lui que tout ira bien. Ensuite, sors de là.

Comment pouvais-je leur expliquer que, même sous forme humaine, Logan adorait jouer à ce petit jeu avec moi ? Il y avait des choses qui devaient rester entre nous.

— Que personne ne bouge.

Quand Domin pénétra dans la cellule, la porte grinça. Le rugissement de rage que poussa Logan en se ruant sur son *Maahes* était horrible.

Je hurlai à Domin de s'enfuir.

Le prêtre cria de terreur.

Tout le monde poussait des cris horrifiés, et j'entendis distinctement Yuri. Sa peur faisait mal. Mais Domin ne cilla pas, il s'agenouilla et baissa la tête pour offrir sa nuque à Logan.

Lorsque Logan l'empoigna, de nouveaux cris retentirent, mais il se contenta de lui planter les griffes dans l'épaule, les incrustant dans sa chair pour approcher sa gueule près de son cou. Je retins mon souffle et soupirai de soulagement en même temps que les autres quand Logan ne fit que l'effleurer de sa truffe.

Il renifla son *Maahes* et Domin lui caressa la tête.

— Personne ne peut deviner à quel point tu es capable de te contrôler, *Semel-netjer*. Combien de fois avons-nous fait cet exercice en sachant que ce jour viendrait ?

Ils s'étaient entraînés ? Mais depuis quand Logan et Domin étaient-ils aussi proches ? Pourquoi n'avais-je rien vu ? Peut-être que le départ de Domin de la maison avait blessé Logan plus profondément que ce que je pensais. Peut-être en voulait-il à Koren de lui avoir volé non seulement son prince, mais aussi son ami.

Logan pressa son nez au creux de la paume de Domin.

— Jin, rejoins Yuri. Mais ne nous touche en aucun cas.

J'obéis. Perturber Logan ne servirait à rien. Je devais m'éloigner.

Yuri m'attendait à la sortie de la cellule avec une grande couverture en laine dont il m'entoura.

— Bordel, dit-il en me frictionnant pour me réchauffer. Tu m'as fait une de ces peurs !

J'observai Domin quitter la cellule à son tour, laissant Logan agenouillé, seul et souffrant.

Il aurait tellement voulu redevenir un homme et non rester une bête. Il avait le cœur brisé.

Ma vue se brouilla de larmes que je retins du mieux que je pus.

Logan se releva soudain, non pas pour se jeter sur Domin, mais pour courir de mon côté. Il se jeta contre les barreaux, tendant une patte griffue vers moi, pressant contre la grille de toutes ses forces.

Il fallait que j'y retourne.

— Non.

Crane se plaça entre Logan et moi, et mon *Semel* hurla de rage.

Le nekhene ne comprenait plus rien et son pouvoir m'envahit de sa chaleur. Il fallait que je rejoigne mon compagnon. À tout prix.

Yuri me maîtrisa pour m'empêcher de bouger.

— Écoute-moi.

La voix de Crane m'atteint au moment où je commençais ma transformation.

Je levai les yeux et ne vis que du bleu.

— Apaise ton compagnon, ma *Reah*. Apporte-lui du réconfort, ne le fait pas plus souffrir.

Du réconfort.

De l'amour.

Je contournai Crane pour plonger mon regard dans celui, torturé, de Logan. Il avait l'air si sauvage et en colère. Il se jetait de toutes ses forces contre les barreaux pour me rejoindre, me presser contre lui.

Il serait capable de se mutiler en essayant de passer à travers les grilles.

Reah.

J'appartenais à mon *Semel*, j'étais son véritable compagnon. Alors je laissai tout l'amour que j'avais pour lui se propager dans l'air jusqu'à sa cage. Je pensai à combien je l'aimais. Je vis la bulle de calme se former autour de lui pour lui apporter la paix. Il ferma les yeux, respira profondément plusieurs fois avant de s'éloigner des barreaux. Il tremblait de tous ses membres.

Mon compagnon était ma moitié. C'était aussi beau que terrifiant. Nous avions tellement d'influence l'un sur l'autre que nous risquions de nous annihiler si nous en abusions. Logan était fort, viril et fier. J'aurais pu le réduire à un petit chaton tremblotant si je l'avais voulu.

Et il pouvait faire de même avec moi.

— Jin.

Mon regard peiné se posa sur Hamid.

— Je suis désolé de vous avoir fait participer à ce *sepat*, vous et votre *Semel*. Séparer de véritables compagnons est une chose bien cruelle. Je n'ai pas pensé aux conséquences pour vous deux. Je voulais seulement que le *Semel-netjer* soit *Semel-aten* lorsque j'ai voté pour Logan au conseil d'Ennead. Pardonnez-moi.

Je ne le pouvais pas tant que mon cœur était en miettes.

— Vous m'avez demandé un nom tout à l'heure. Taj Chalthoum entrera dans l'arène avec Andrian, Crane et moi pour défendre mon *Semel*.

— En tant que membre de votre tribu et futur *Aker*, il en a le droit.

— Nous souhaiterions nous retirer maintenant, grogna Yuri.

Il tourna les talons et me jeta comme un sac sur son épaule. Il attendit tout de même que le prêtre acquiesce pour nous sortir de la prison des *Semels* au pas de course.

— Ça te donne un côté Cro-Magnon très viril, mais le sang me monte à la tête, Yuri.

— Le prêtre ne devrait pas être juste désolé de ce qu'il vous a fait, à toi et à Logan, il devrait être mort de honte plutôt. C'est un putain de calvaire. Et tous ces gens venus voir le spectacle sans penser que tout ça vous arrache le cœur et vous tue à petit feu. Merde !

Il était en colère, et je sentais toute sa rage le faire trembler.

— Pose-moi et marchons ensemble.

Une fois mes deux pieds au sol, Domin et Crane nous rejoignirent.

— Ça va ? demanda ce dernier.

Je ne répondis pas, la gorge serrée. J'avais du mal à contrôler mon pouvoir et à le contenir. J'étais débordé par la douleur.

— Jin. Ma *reah*, dit Domin de sa voix de basse. Tout ira bien.

Il devint flou. J'étais en train de m'effondrer.

— Bon sang…

Il m'attrapa à temps et me prit dans ses bras musclés.

— On pensait vraiment ne jamais te retrouver, mais Crane a eu cette idée géniale d'utiliser Logan. Je suis jaloux du pouvoir qu'il a grâce à toi, Jin, mais ce lien entre *Semel* et *reah*, il doit être dingue parce que… c'est impressionnant

Je le laissai me soutenir, essayant de respirer.

— Jin.

Je regardai alors Taj et Andrian.

— Je n'avais jamais fait une course comme celle de cette nuit. Merci pour cette opportunité et pour nous avoir permis d'être ici et de voir ce qu'est l'amour entre un *Semel* et son compagnon.

Je repoussai Domin pour m'incliner devant Taj.

Il me rendit la politesse. Je me sentais mieux.

— Jin, murmura-t-il à nouveau.

J'étais sans voix. Taj lui-même avait du mal à articuler quand il me remercia.

— Tu ne retourneras jamais avec le Shu, lui dis-je. Tu as compris ?

— Oui. Merci à toi et à Logan de m'avoir accepté dans votre tribu, de m'avoir montré ce qu'est un foyer. Je ne vous décevrai pas. Je resterai à tes côtés, avec Crane et Andrian, et je tuerai quiconque voudra s'en prendre à l'un d'entre vous.

— Ils viseront Logan.

—Tout ne tourne pas autour de lui, m'assura-t-il en souriant. Et s'il était là, il te dirait que j'ai raison.

Je ne voulais pas m'évanouir alors que des curieux s'approchaient pour observer la monstrueuse *reah*. Domin m'avait dit que j'étais resté en nekhene un bon moment. Les gens avaient eu bien le temps de se rincer l'œil et de me montrer du doigt lorsque j'étais avec Logan. C'était humiliant et je savais que ce n'était que le début. Pour ne rien arranger, la confession de Taj m'avait donné envie de pleurer.

Je voulais m'enfuir.

— Écoute, dit Crane en passant son bras autour de mes épaules. On va d'abord te donner un bon bain, d'accord ? Tu es couvert de sang. Yuri va te porter, tu es pieds-nus et tu risques d'attraper des engelures dans la neige. D'ailleurs, se transformer en humain dans la neige pour faire la conversation, ce n'est pas très malin.

Je fus surpris.

— Domin m'a tout raconté. Ce n'était vraiment pas futé du tout.

Visiblement, je ne faisais que des bêtises, ces temps-ci.

— Ne me fais pas tes yeux de chien battu ! Laisse Yuri s'occuper de toi et je vais chercher une autre couverture pour tes pieds.

Je ne discutai pas.

Une fois à l'extérieur, l'air froid me fit du bien, même s'il me glaça les poumons.

Derrière la yourte, une douche avait été installée avec quatre parois de plastique transparents, un radiateur sur le toit et des pierres plates de la rivière pour former un sol doux et chaud. C'était un véritable petit sauna. Il fallait verser de l'eau chaude dans un réservoir, la pomper et elle retombait en pluie par le pommeau de douche. L'eau était puisée à l'intérieur du foyer d'Orso Bataar, aux sources chaudes, sur les ordres de sa *yareah*. Les membres de la tribu de Khertet nous apportaient d'immenses bassins d'eau, hermétiquement fermées.

— Qu'est-ce qui s'est passé exactement ? demandai-je à Crane tandis que je me tenais sous le jet d'eau chaude.

— N'oublie pas le sang dans tes cheveux.

— Oui, oui…

— Allez, frotte.

Je lui obéis et il me raconta tout pendant ce temps.

Deux félins étaient venus pour tuer Crane, comme me l'avait dit Hamid. Ammon voulait éliminer mon meilleur ami. Avec Crane mort, mon pouvoir aurait été hors de contrôle, et sans moi, Logan n'aurait pas tenu. C'était un bon plan, intelligent, mais tout reposait sur le fait que Crane était affaibli et que j'étais donc censé être perturbé. Et ce n'était pas le cas. Il avait été très mal informé.

— Je les ai réellement déchiquetés ?

— Oh que oui. Tout s'est déroulé en un quart de seconde. Ils ont été projetés dans les airs et réduits en bouillie. Il n'y avait plus que des tous petits morceaux un peu partout !

J'eus un haut-le-cœur.

— Arrête, Jin. Tu m'as sauvé. Même s'il faut quand même que je te dise que j'ai déjà gagné des combats à un contre cinq.

— Tu es encore blessé.

Ma voix chevrotait et la nausée m'avait fait monter les larmes aux yeux.

— Je suis fort, Jin. Arrête de frôler l'arrêt cardiaque chaque fois que tu penses qu'il va m'arriver quelque chose.

Je hochai la tête.

— Bon, moins de parlotte, et plus de récurage ! dit Yuri.

Il déversa une nouvelle baignoire dans le réservoir tandis que Crane pompait. Le temps que l'eau brûlante remonte tous les tuyaux, elle était juste assez chaude. Le chauffage et les pierres s'assuraient de garder la cabine à bonne température.

— Combien de temps est-ce que je suis resté sous ma forme de nekhene ?

— Vachement longtemps, grogna Yuri.

— Tu te retransformes en un instant pour Logan, me dit Crane. Mais pas pour le reste d'entre nous.

Je me rendis compte que sa voix tremblotait.

— Vous aviez peur que je reste comme ça…

Leur silence fut éloquent.

— Qui m'a vu en nekhene ?

— Tout le monde, répondit Yuri. Tous les voyeurs que tu as aperçus. Tu as foutu les chocottes à toute la tribu de Khertet, à leur *Semel*, à toutes les *yareahs* et leurs escortes. Oh, et à Danny aussi.

Il soupira.

Je le fixai à travers le plastique ruisselant d'eau.

— Mais vous, vous n'aviez pas peur, hein, les gars ?

— Non, ma *Reah*.

Il me sourit.

— Tu ne m'as pas fait peur. Ni à moi, ni à ceux qui te connaissent au plus profond de leurs cœurs.

— Et personne de notre tribu n'a…

— Non, me coupa Crane en me passant du shampoing et du gel douche. Maintenant, dépêche-toi avant qu'on se transforme tous en bonhommes de neige.

Je me douchai aussi vite que possible, mais vingt minutes plus tard, quand je retournai sous la yourte, j'avais tout de même de la glace dans les cheveux.

Tout le monde était là et buvait du thé bien chaud. Je me changeai dans un coin de la tente avant de les rejoindre et de m'asseoir près de Mikhail.

— Il doit être tard !

Danny bâilla à s'en décrocher la mâchoire. Il partageait une couverture avec Andrian.

— Effectivement, dit Yuri tout en cherchant une place pour s'asseoir.

Domin le regarda et je vis mon *sheseru* plonger son regard dans celui cobalt de mon *Maahes*. Il souleva sa couverture, l'invitant à venir se réchauffer près de lui. Yuri s'assit à ses côtés et s'enveloppa du plaid.

197

Sa mâchoire était crispée et cela m'intriguait. Crane détourna mon attention en s'asseyant près de moi pour nous envelopper d'une couverture épaisse et confortable.

— Yuri.

Mon *sheseru* se tourna vers Danny.

— Tu es prêt pour l'épreuve de tout à l'heure ?

Il hocha la tête, baissant les yeux.

— Oui, mais il faudrait que je dorme. Mais même si je suis épuisé, je ne pense pas y arriver.

— Mais si. Et d'ailleurs on devrait tous se coucher.

— Je suis bien d'accord, dit Mikhail.

C'était notre *sylvan* et nous allions donc tous suivre son ordre tacite.

Je demandai à Yuri d'enlever le paravent qui me séparait des autres, même s'il n'était que de soie légère. Je n'avais pas envie d'être à part. Il me sourit en l'enlevant.

Une demi-heure plus tard, blotti entre Crane et Mikhail, l'épuisement eut raison de moi et je m'endormis.

L'ODEUR DE sexe me tira de mon sommeil avec une belle érection. J'eus à peine le temps de me redresser dans mon lit que quelqu'un m'aplatissait sur les draps. Dans la pénombre, je distinguai les yeux brillants de mon *sylvan*.

— Qu'est-ce qui se passe ? murmurai-je.

— Si tu fais du bruit, ou quoi que ce soit pour lui gâcher ce moment, je te jure que *reah* ou pas, je t'étouffe avec ton oreiller.

Je devais être en train de faire un cauchemar.

— Compris ?

— Mais de quoi est-ce que tu parles ?

Je parlais suffisamment bas pour que seuls lui ou Crane puissent m'entendre.

Il me fit comprendre par signe que je pouvais relever la tête, mais discrètement.

Je pus observer ce qui se passait à la lumière tremblotante des lanternes, sur les fourrures près du feu où Yuri et Domin se tenaient.

Yuri était à quatre pattes, les fesses en l'air. Il empoignait d'une main son imposante érection et se caressait vigoureusement, en rythme avec les coups de boutoir que lui offrait Domin par derrière. Les mains de mon

Maahes agrippaient les hanches de mon *sheseru*, et je n'avais jamais vu une telle expression d'extase sur le visage de ce dernier.

Je reposai la tête sur mon oreiller.

— Depuis quand ?

— Depuis quand quoi ?

— Yuri et Domin.

Sans un mot, il me fit signe de regarder derrière moi. De l'autre côté de Crane, toutes nos valises avaient été empilées et formaient une muraille parfaite.

Après de longues minutes de contorsions pour passer par-dessus Crane sans le réveiller et nous glisser derrière les valises, je pus faire face à Mikhail. Il souriait et je me rendis compte que je ne l'avais pas vu aussi jovial souvent. Il n'aimait pas trop montrer ses émotions.

— Alors ?

Il se pencha vers moi pour murmurer.

— Yuri Kosa est amoureux de Domin Thorne depuis ses seize ans.

— Mais pourquoi ? Comment ?

— Pourquoi est-ce que Logan autoriserait quelqu'un qui a essayé de l'assassiner à devenir son *Maahes* à ton avis ? Pourquoi se soucierait-il de sa tribu ?

— Logan se soucie de toutes les tribus ! Il pense aux autres.

— Pas assez pour faire entrer un loup dans la bergerie.

— Il a laissé entrer Abbot George et il a failli me tuer, rappelai-je au *sylvan*.

— Il a laissé un *sheseru* venir s'entraîner chez nous. Il n'envisageait pas une seconde que personne ne soit là pour te protéger. Il était persuadé que Yuri ne te laisserait jamais seul avec Abbot.

— Ce n'était pas la faute de Yuri !

— *Si*. Mais à l'époque il pensait que tout le monde était aussi attentif que lui, que tout irait bien car il n'était pas le seul à te protéger. Maintenant, il sait.

— Mais…

— Mais ce dont je veux te parler remonte à avant tout ça. Logan n'aurait jamais laissé un inconnu vivre sous son toit. Je ne te parle pas d'Abbot, il était censé n'être que de passage. Pense à quelqu'un d'autre.

— Pourquoi ferait-il ça ? répétai-je.

— Réfléchis.

— Parce que Logan et Domin ont un passé commun.

Je compris seulement ce qui se passait.

— Voilà.

— Pourquoi il ne m'a jamais rien dit ?

— Parce que tu n'étais pas concerné. Logan, Yuri, Domin, Christophe et moi nous connaissons depuis toujours. Mais Domin ne s'intéressait qu'à Logan et à Koren.

— Domin en pinçait pour Logan ?

— Comme tout le monde à l'époque, c'était son charme de *Semel*. Tu sais à quel point leurs phéromones se déploient après leur première transformation. On voulait tous se soumettre à lui, c'était dingue.

C'était vrai que la première transformation d'un *Semel* montait à la tête de toute la tribu.

— Il faut attendre un moment avant d'avoir les idées claires et de savoir ce que l'on ressent vraiment ou pas. Christophe et moi, nous avons compris que nous étions finalement hétéro, Yuri qu'il était plutôt bi, et Domin qu'il était gay. C'est quand Domin s'est enfin transformé que Yuri a compris que c'était son prince charmant.

— Et quand Christophe s'est transformé ?

— Il a fait ça tellement longtemps après Logan et Domin que Logan m'avait déjà demandé d'être son *sylvan* et avait choisi Yuri comme *Sheseru*. On s'était déjà éloignés.

— Comment Domin a choisi Ivan et Markel ?

— Il a rencontré Markel en boîte. Ils se sont battus, et quand Domin a fini par gagner, il lui a demandé de devenir son *sheseru*. Ivan était le fils du *sylvan* du père de Domin, donc c'était logique. C'est vraiment bien que Logan nomme Markel et Ivan *Aker*s à notre retour. Ils l'ont bien mérité.

— Oui.

Mikhail garda le silence et je repris :

— Donc, comme Logan et Domin se connaissaient bien, il en a fait son *Maahes*.

Il hocha la tête.

J'entendis un feulement de plaisir mêlé de douleur suivit par des ronronnements et des gémissements. L'odeur de sueur et de sperme suffit à me faire comprendre ce qui venait de se produire.

Je jetai un œil par-dessus les valises. Domin avait saisi Yuri par les cheveux et l'embrassait violemment pour le marquer. Je fus surpris de voir que mon grand et massif *sheseru* tremblait et pleurait, gémissant, tandis que Domin l'agrippait par les cheveux. Leur position me laissait clairement entendre que Yuri, aussi terrifiant soit-il, appréciait vraiment d'être soumis.

J'entendis grogner dans mon dos et me tournai vers Mikhail.

— Quoi ?

— Arrête de te rincer l'œil.

— Mais ils sont trop mignons ensemble… Et excitants.

Je lui souris, mais il continua à bouder.

— Tu l'as toujours su n'est-ce pas ?

— Je connais Yuri aussi bien que tu connais Crane.

— Et pendant tout ce temps, Yuri attendait ?

— Non. Mais il espérait.

— Que Domin se remette de sa relation avec Koren ?

— Koren et les autres.

Même si nous parlions tout bas, je pus entendre l'amertume dans la voix de Mikhail.

— Yuri passe son temps à avoir le cœur brisé depuis ses seize ans.

— Le sexe ne veut rien dire.

— Oh si, tu verras. Domin n'est plus aussi bête qu'avant. Quand il sentira tout l'amour de Yuri, il le marquera. Avant, ce n'était qu'un enfoiré de *Semel* autodestructeur et vaniteux. Mais maintenant que Logan l'a battu dans l'arène et en a fait son *Maahes*, il a changé. Sa relation avec Koren a blessé Yuri, mais je savais que ce n'était qu'une question de temps.

— Quoi ?

— Je savais que ça n'allait pas durer.

Je le fixai dans la pénombre.

— Ah bon ? Mais Domin voulait Koren depuis si longtemps…

— Attend, on parle de Koren, là.

Je réfléchis un instant.

— J'étais si heureux quand il a enfin eu le courage de dire qu'il aimait Domin.

— Il n'a jamais dit ça. Il lui a montré son affection devant tout le monde, oui, mais il n'a jamais rien formulé à voix haute. Tu as dit au père de Logan que si Koren devenait le compagnon de Domin, ce serait une bonne nouvelle. Mais Koren n'a jamais dit que c'était ce qu'il voulait.

Je savais qu'il avait raison, mais je n'avais pas envie d'y croire. Je voulais encore penser que Koren désirait vraiment Domin.

— Koren a toujours été comme ça. Rien à voir avec Logan, Russ et Delphine. Il n'a aucun cran. Les frères se ressemblent tous, et Delphine aussi, mais ce n'est qu'extérieurement.

— Tu ne l'aimes vraiment pas.

— Non, pas vraiment. Mais je ne le détestais pas non plus avant qu'il fasse n'importe quoi avec Domin. En faisant ça, il a blessé Yuri.

Je compris alors que Mikhail et moi n'avions jamais pu vraiment parler. J'avais loupé quelque chose.

— Mais au moins, Koren a tout gâché pour de bon. Il a vraiment brisé le lien qu'il y avait entre lui et Domin.

J'étais bien d'accord.

— Domin s'en est enfin remis. Il a pansé ses plaies et j'en suis ravi.

— Oui

— Est-ce que tu l'as vu avec Logan juste avant qu'on vienne ici ?

Oui, mais j'avais cru être le seul à le remarquer.

— Il semblait enfin avoir arrêté de pleurer Koren, murmurai-je.

Il hocha la tête.

— Il peut donc enfin remarquer Yuri.

— Je l'espère. J'aimerais tellement que Yuri soit heureux.

Nous nous tûmes et entendîmes les deux amants bouger. Après cet assaut qui les avait bien réchauffés, ils devaient enfin sentir le froid glacial.

Je retins mon souffle, Mikhail aussi.

Quand le silence revint, nous ne pûmes pas nous empêcher de lever la tête pour les observer. Il fallait que l'on sache.

Domin était sur le côté et Yuri était blottit dans son dos, le nez dans ses cheveux. Son énorme biceps servait d'oreiller au *Maahes*. J'observai Yuri respirer le parfum de Domin tout en dormant.

Je me rassis en même temps que Mikhail.

— C'est vraiment génial que tu te soucies à ce point du bonheur de Yuri.

— C'est normal. C'est mon ami.

Il me sourit à nouveau et je tombai légèrement sous son charme.

XV

L'ÉPREUVE DU sang était brutale. J'avais eu tort sur toute la ligne. Je m'étais imaginé un *sheseru* debout, immobile au milieu de l'arène, et utilisant uniquement ses phéromones et sa volonté pour calmer les panthères enragées qui se jetteraient sur lui l'une après l'autre. C'était ce que j'avais compris des textes et de tout ce que j'avais lu.

Ce dont je fus témoin, assis dans les gradins, n'était rien d'autre qu'une attaque. Le *sheseru* entra dans l'arène et huit panthères furent relâchées, et il utilisa sa force brute pour les forcer à se soumettre, les assommer, ou les tuer. Lorsque je compris qu'il ne s'agissait en fait que d'un combat, je fus heureux que Yuri se soit entraîné si dur, jour et nuit, pour augmenter son endurance, sa masse musculaire et son agilité. Cela ne rendit pas les choses plus faciles à regarder.

Les *Khatyus* étaient tous de la tribu de Rahotep, et j'étais heureux qu'au moins ces hommes soient loyaux à Ammon et ne fassent pas partie de la tribu de Khertet. Je n'aimais pas l'idée que la tribu hôte perde de ses membres à cause de ma maisonnée, même lors d'une épreuve. Normalement, tous les félins participant à un défi et devant attaquer une autre panthère recevaient un *menat*, un tribut qui était envoyé à leurs familles. Alors si les hommes d'Ammon étaient tués, leur famille recevrait une compensation. Je détestais cette pratique, qui me semblait être une façon pour le *Semel* chargé d'organiser les épreuves de se sentir mieux car ainsi, même si des hommes mouraient, leurs familles ne seraient pas dans le dénuement. Et même si j'appréciais de savoir que la tribu prendrait soin de ses membres et ne fuirait pas ses responsabilités, je trouvais que les épreuves elles-mêmes étaient archaïques et, comme le disait souvent le petit frère de Logan, barbares.

Regarder Yuri se battre pour sa vie au milieu d'une tornade de mâchoire acérée et de griffes vicieuses, sentir la soif de sang qui emplissait l'arène, c'était violent. Je retins mon souffle, conscient qu'une seule erreur, un seul faux pas, une seconde d'hésitation ou d'indécision verrait mon *sheseru* se faire massacrer. Regarder cela me donnait la nausée, mais détourner le regard même un seul instant ferait honte à Yuri. Mon estime était aussi importante pour lui que son rôle auprès de Logan et que cette démonstration de son pouvoir, afin que les autres puissent voir que la tribu de Mafdet avait un *sheseru* qu'il fallait craindre.

Quand cela fut enfin fini, Yuri Kosa était encore debout. Il était couvert de sang, le sien et celui des autres, mais ce qui était important c'était qu'il était debout. À la seconde où Hamid déclara l'épreuve terminée, ils firent entrer Logan dans l'arène avec lui. C'était la dernière étape, il s'agissait de voir si le *Semel* sous sa forme intermédiaire allait massacrer son *sheseru* déjà mal en point.

Logan courut en direction de Yuri, qui se mit lentement à genoux. Une fois agenouillé, les yeux fixés sur Logan Church, Yuri attendit simplement la suite.

Mon compagnon fit glisser une main griffue le long de la gorge de son *sheseru*, se pencha en avant pour inhaler son odeur de sang et de sueur, repousser d'une main ses cheveux humides, puis se détourner pour me chercher. Lorsqu'il me vit, il poussa un cri. Son rugissement douloureux fut difficile à supporter après le carnage dont j'avais dû être témoin.

Je voulais que Yuri sorte de cet endroit, je voulais que Logan sorte de cet endroit, et je voulais que l'on soit tous en train de prendre l'avion pour rentrer à la maison. Lorsque le prêtre déclara que l'épreuve était terminée et que Yuri avait gagné, je quittai les gradins en courant pour pouvoir vomir sans que l'on me voie.

La première épreuve avait été celle de Yuri, puis viendrait celle du *sheseru* de la tribu de Nebthet, puis celle du *sheseru* de la tribu de Reshep. Cela prendrait toute la journée.

IL S'AVÉRA que je n'étais pas le seul à avoir la nausée. Des gens s'enfuirent à différents intervalles, et certains n'eurent même pas le temps d'atteindre la sortie.

Le spectacle était épouvantable et personne ne restait de marbre. Lorsque je pus enfin retourner à mes quartiers, longtemps après la nuit tombée, épuisé et anesthésié, encore tremblant, je trouvai tout le monde présent sauf Yuri et Domin.

— Où sont-ils ? demandai-je à Mikhail.

— Yuri a dû se transformer, manger et boire, alors Domin est allé avec lui après qu'il a avalé un tas de viande et bu plus d'eau que ce que je croyais possible.

— Mais tu l'as vu ? Tu lui as parlé ?

— Je l'ai nourri, dit-il en me souriant. Il a mal partout, il a besoin de dormir et…

— Et il aura sans doute des cauchemars pendant des semaines, dis-je en m'affalant à côté du poêle.

J'en avais assez d'avoir froid. Je voulais juste rentrer à la maison.

— Pourquoi aurait-il des cauchemars ?

Mikhail semblait surpris.

— Parce qu'il a été attaqué par des panthères, dis-je comme si c'était évident.

— C'était une épreuve, Jin, et Yuri peut faire la différence dans sa tête. Il a fait ce qu'il a fait pour Logan, pour notre tribu… pour toi. C'est fini, et s'il s'avère qu'il en rêve, ça ne sera pas à cause de l'horreur, mais plutôt car il est heureux de sa victoire.

— Tu es tellement sûr de toi.

— Absolument.

Je gardai le silence quelques minutes.

— Donc il est parti se transformer ?

Il me regarda.

— C'est ce qu'il a dit à tout le monde.

— Mais ils avaient besoin d'être seuls.

— Ils ont pris des sacs de couchage, alors il y a fort peu de chances que tu revoies ton *sheseru* et ton *Maahes* avant demain matin, dit-il en gloussant. Yuri va faire de son mieux pour le faire sien avant qu'on rentre à la maison. Je suis sûr qu'il aimerait que ce voyage ne finisse jamais.

— Et moi tout ce que je veux, c'est que ce soit fini.

— Je suis d'accord.

Mikhail renifla et jeta un œil dans toute la pièce.

— Nous sommes tous épuisés et prêts à nous en prendre les uns aux autres.

— Qui veut du chocolat chaud ? demanda Crane en se dirigeant vers nous avec un grand sourire, ses yeux bleu brillant comme des étoiles dans la pénombre.

— Enfin, la plupart d'entre nous, dis-je à Mikhail tout en souriant à mon meilleur ami et en acceptant la tasse fumante qu'il me tendait.

Mon *sylvan* revendiqua la suivante.

Andrian, Taj et Danny firent plus qu'apprécier l'initiative de Crane Adams, qui nous fit nous sentir un peu plus à la maison et un peu moins comme dans un cauchemar.

— Mon lecteur de DVD portable est prêt pour regarder *Very Bad Trip*. Je me suis dit qu'on avait tous besoin de rire, vous voyez ?

Alors je m'assis là, en tas avec les autres. Tout le monde riait. J'utilisai la cuisse de Crane comme oreiller et il me caressa les cheveux. Je m'endormis. Ce fut le seul bon moment de cette journée horrible.

CHULUUN VINT chercher Yuri, et lorsque Crane lui dit qu'il n'était pas là, il eut un sourire entendu et repartit d'où il venait pour rejoindre la maison creusée dans la roche de son *Semel*.

— Mikhail m'a parlé.

Je tournai ma tête sur l'oreiller pour regarder Danny.

— Tu avais raison.

— Ce n'était pas obligatoire, dis-je.

— Je sais.

— Il n'y a rien de mal à aduler quelqu'un, et je comprends qu'on puisse penser que Mikhail est extraordinaire, parce qu'il l'est.

Il hocha la tête.

— Je crois que j'étais juste terrifié, Jin, et j'ai tenté de me raccrocher à n'importe qui : Mikhail, Yuri et même Logan, pour essayer de me sentir en sécurité.

— Eh bien, c'est vraiment le boulot de ton *Semel* de te protéger.

— Mais je cherchais frénétiquement un compagnon, et je me disais que si ça n'était pas Mikhail, alors cela devrait être Yuri, puisque lui est gay…

— Bi, le corrigeai-je. Mais comme personne n'est aveugle ici, tu sais aussi bien que moi que la seule personne que Yuri veut vraiment, c'est Domin.

Il me fit un grand sourire.

— Ouais.

— Alors qu'est-ce que tu as prévu maintenant ?

— Il y a des tas de choses que je veux faire, et je pense que je devrais les faire avant de réfléchir à trouver un compagnon.

— Comme quoi ?

— Faire des études, pour commencer, dit-il. Mais je vais devoir vous parler à toi et à Logan pour un prêt…

— L'université est un bon plan, lui assurai-je. On peut s'en occuper.

— Merci, Jin.

206

— Mon père a passé tant de temps à te préparer à être un *sylvan* qu'il a oublié de te laisser vivre.

Il ne nia pas.

LE LENDEMAIN matin, Mikhail et moi fûmes appelés seuls dans l'arène alors qu'il faisait encore nuit noire. Dval Quach vint nous chercher avec quelques *Khatyus*, et tout le monde était silencieux et sérieux, ce que je n'aimais pas. On aurait presque dit que nous étions en train de sortir en cachette, et cela me rendait méfiant. Pourquoi était-ce un secret que nous partions ?

Lorsque nous atteignîmes l'arène, je découvris que chaque *sylvan* était présent uniquement avec la compagne de son *Semel*. Lorsque l'on me déshabilla ainsi que Teresa et Yusuke, et que l'on nous attacha à une crois de Saint-André, je compris que les réponses de Mikhail seraient plus importantes pour moi que je l'avais d'abord pensé. Les *Semels* furent enchaînés au mur devant les croix. Je pouvais voir Logan et il pouvait me voir, mais lui seul pouvait voir Mikhail. Mon *sylvan* se tenait derrière moi. Apparemment, le *Semel* devait pouvoir voir le visage de sa compagne lorsqu'elle recevrait un coup de fouet. Cela n'aurait pas été aussi effrayant s'il n'y avait pas eu la clause liée à chaque épreuve : pas de transformations dans l'arène. Nous n'avions pas le droit de guérir nos blessures avant que l'épreuve de la loi ne soit terminée.

C'était plus effrayant que je l'aurais pensé de me retrouver écartelé sur une croix, les poignets et chevilles attachés, à attendre et anticiper le fouet sur ma peau.

Lorsque l'épreuve commença officiellement, avant que la première question ne soit posée, les spectateurs eurent le droit d'entrer dans la tribune.

Il y avait des règles pour les spectateurs. S'ils faisaient un bruit, ils seraient congédiés. S'ils se parlaient les uns aux autres, ils seraient congédiés. Si quelqu'un criait le nom de la compagne, ou du *sylvan*, ou du *Semel*, il serait congédié. Il fallait du silence pour que les questions puissent être entendues, que la personne qui avait répondu puisse être rapidement identifiée, et que le claquement du fouet puisse être entendu.

Cela me traversa l'esprit qu'on aurait dit une sorte de « Questions pour un champion », mais au temps de la Rome antique, avec des gladiateurs. Pour résumer, le prêtre posait une question et le compagnon du *Semel* dont le *sylvan* répondait en premier et correctement évitait de recevoir un coup de fouet. Les deux autres étaient fouettés parce que leur *sylvan* n'avait pas été celui qui avait répondu. Si le *sylvan* tentait sa chance, mais répondait à côté, le compagnon recevait deux coups au lieu d'un. Je pris une longue inspiration lorsque je compris à quel point la journée allait être longue.

Le *sylvan* devait crier le nom de son *Semel* pour avoir le droit de répondre. Ça aussi, c'était prévu pour rendre fou le chef. Sa compagne recevait un coup ou pas, immédiatement après que le nom du *Semel* eut été appelé. Je pouvais à peine imaginer toutes les heures de psy dont nous allions avoir besoin une fois le *sepat* terminé.

Le *sylvan* avait le droit de parler à la compagne de son *Semel* avant que l'épreuve commence. Lorsque Mikhail vint se placer en face de moi, je me rendis compte à quel point il avait l'air affligé.

— Écoute, lui dis-je. Ce sera impossible d'éviter que je prenne des coups. Même si tu connais toutes les réponses, quelqu'un sera choisi avant toi et je recevrai un coup. N'oublie pas que je peux guérir toutes les blessures que j'encaisse ; je suis revenu de plus loin, Mikhail, tu le sais. Cette épreuve est comme celle de Yuri : il ne s'agit pas de gagner, mais de résister. Il faut que l'on tienne bon jusqu'à la fin, c'est tout.

Il hocha la tête, lèvres pincées et leva les yeux vers les gens assis près du rebord au-dessus de nous.

— Regarde-moi.

Son regard retourna vers moi.

— Ne t'en veux pas à cause de ça.

Il me fit un rapide hochement de tête avant d'obéir à l'ordre de Hamid et de lentement sortir de mon champ de vision. Je pris une inspiration et les questions commencèrent.

Le premier coup de fouet me coupa tout d'abord le souffle, puis j'eus l'impression que mon dos avait été tranché par une lame de rasoir et de l'alcool versé sur la plaie. J'absorbai la douleur, respirai en attendant qu'elle passe, et écoutai le hurlement que Logan poussa. Il me retourna l'estomac. Entendre sa colère, sa frustration et son impuissance était pire que tout… Du moins au début. Au bout du dixième coup de fouet, la torture que subissait Logan devint secondaire, désolé. La douleur de chaque coup était indescriptible ; je pouvais sentir le sang couler le long de mon dos, et la souffrance était passée de piquante à ardente puis à une agonie inouïe.

Je pouvais voir Logan à travers mes yeux brouillés de larmes, et même si je n'avais pas encore émis le moindre son, il faisait assez de bruit pour nous deux. Chaque claquement du fouet qui me touchait faisait monter en lui de la peur et de la rage. Chaque fois, il avait l'air d'être électrocuté.

Mon corps tout entier me hurlait de me transformer, de faire cesser cette horreur, de libérer Logan et d'annihiler l'homme qui me frappait. Ne rien faire et rester sans bouger n'avait pas de sens.

Je ne bougeai pas. Je perdis le compte des coups.

Nous n'avions ni eau ni nourriture, et la journée continua. Il n'y avait que le claquement du fouet et des questions, encore et encore. Le temps se mit à ralentir avant de finalement s'arrêter.

Puis tout explosait d'un seul coup dans une déferlante de rouge et de blanc, et à chaque fois cela me prenait un peu plus longtemps pour revenir, pour que je nage à travers un océan d'oubli étouffant jusqu'à ce que je me retrouve à nouveau en train de soutenir le regard hébété de mon compagnon.

Sa haine était palpable. S'il se libérait ne serait-ce qu'une seule seconde, l'homme qui me fouettait était mort. Lorsque mes jambes m'abandonnèrent finalement, les chaînes entamèrent mes poignets et je restai ainsi, pendant sur la croix. C'était avilissant, et je me sentais faible, peu viril, comme si j'aurais dû tenir le coup. J'étais couvert de sang et mes muscles et mes os me semblaient à vif, chaque nouvelle fissure ouverte dans ma chair causant de nouveaux frissons.

Ma langue avait gonflé dans ma bouche ; ma tête battait d'une douleur sourde et implacable ; je ne pouvais pas contrôler les haut-le-cœur provoqués par la nausée. J'étais en état de choc, et mon corps était en train de défaillir sous le besoin de manger, de boire et de me transformer.

— L'épreuve de la loi est maintenant terminée.

Cela me prit de longues minutes pour comprendre ce que ces mots signifiaient, et je me rendis compte que j'étais tendu dans l'attente d'un coup de fouet qui ne venait pas. Je n'arrivais pas à détendre mon corps.

Lorsque je sentis des mains sur moi, je levai les yeux sur Mikhail. Il était moucheté de sang, couvert de sueur et de poussière, et ses yeux étaient vides.

Je secouai la tête. Je ne voulais pas voir cette douleur en lui, dans son regard, mais je ne pouvais pas réparer tout ça à cet instant précis. Je ne pouvais même pas me tenir debout. Je voulus tendre les bras vers lui, mais ceux-ci ne firent rien de plus que de prendre à mes côtés, inutiles.

— C'est fini, Jin, me dit-il.

Un instant plus tard, j'étais une panthère. Je roulai, me tortillai pour lacérer mes liens de mes griffes. J'entendis des hoquets et levai la tête pour observer l'arène.

Teresa Medina était sur le sol, haletante, les cheveux trempés de sueur. Elle avait l'air plus morte que vivante.

Narae Yusuke était en train de se transformer, mais elle n'allait pas assez vite pour que je ne puisse pas voir sa chair massacrée. Nous avions tous été horriblement battus. Je marchai avec raideur jusqu'à Yusuke et me tint au-dessus d'elle pendant qu'elle finissait sa transformation. Je l'aidai à se débarrasser de ses liens en les lacérant de mes griffes pour la libérer. Lorsque je penchai la tête, elle toucha mon museau du sien. Il était sec et chaud, ce qui était dangereux. Elle avait besoin d'eau pour calmer sa fièvre. Je ronronnai, et cela calma et lui permit d'accélérer sa transformation. Lorsqu'elle eut terminé, elle se retrouva allongée sous moi, une magnifique panthère dorée. Elle se leva et marcha avec moi jusqu'à Teresa.

La *yareah* de la tribu de Nebthet ne bougeait pas. Elle avait été libérée et allongée sur le sol, mais sa poitrine ne se soulevait pas. Lorsque je rugis, il fallut plusieurs minutes pour que ses yeux clignent, s'ouvrent et se fixent sur moi. Elle avait l'air aux portes de la mort. Sa peau était d'une pâleur de cendres, couverte de sueur, et elle se mit à frissonner.

Je rugis encore un avertissement, et elle se tendit juste avant de recevoir mes phéromones. Le spasme qui la parcourut donna l'impression que son corps avait été cassé en deux avant qu'elle commence à se convulser à cause de la transformation. D'autres personnes essayèrent de s'approcher de nous, des gens de ma tribu, de celle de Yusuke ou de Teresa, mais le grondement de Yusuke et son attitude agressive, poils dressés, maintint à tout le monde à distance.

Ce n'était plus qu'une panthère. À cet instant, elle n'était plus une *yareah*, juste un animal. Il aurait été stupide de la défier.

— Ils sont fous de douleur, entendis-je Hamid dire à toute la salle. Que tout le monde recule.

Cela prit plusieurs longues et angoissantes minutes, mais une fois que Teresa fut à mes côtés elle aussi, je courus vers la porte avec les deux *yareah* sur mes talons.

Je pouvais sentir l'eau et la viande alors je les guidais jusque-là.

C'était près de l'entrée de la maison du *Semel*, dans le long hall. Trois énormes plats de viande crue et un abreuvoir d'eau fraîche avaient été placés là.

Je commençai par boire, et avalai le liquide froid jusqu'à ce que ma langue ne me donne plus l'impression de se fissurer dans ma bouche. Yusuke fit de même. Teresa mangea d'abord, et ensuite nous échangeâmes nos places. Nous ne bougions pas, nous contentant d'avaler la viande, de boire et boire, de nous remplir jusqu'à ce que nous puissions enfin respirer.

Ensuite, je me transformai en homme puis à nouveau en panthère, et je vis les deux autres me regarder. Yusuke se transforma deux fois le temps pour moi de le faire dix fois. Teresa ne réussit à le faire qu'une fois. À la quinzième fois, la peau de mon dos était sensible, mais guérie. À sa quatrième transformation, Yusuke n'avait plus de zébrures suintantes sur la peau, mais des croûtes. Teresa avait plus de mal.

Enfin, je repris ma forme de panthère et m'allongeai par terre. Yusuke vint me rejoindre, tête baissée, et j'émis un léger grondement de bienvenue. Un instant plus tard, elle était enroulée autour de moi, la queue collée autour de son corps, et nous regardions Teresa manger. Elle dut s'arrêter lorsqu'elle eut des haut-le-cœur, et je levai la tête pour l'appeler. Elle buvait et mangeait trop, et comme elle ne se transformait pas, son corps n'allait pas métaboliser tout ça. Elle allait être malade.

Elle s'approcha rapidement de moi, tête baissée, jusqu'à ce que je me mette à ronronner. Elle se laissa alors tomber de l'autre côté de mon corps, et fit glisser sa tête sur mes pattes pour pouvoir la poser près de moi. Mon odeur et la chaleur provenant de mon corps étaient toutes les deux nécessaires. Quelques instants plus tard, je l'entendis prendre une dernière inspiration tremblante avant que, se sentant en sécurité et rassasiée, elle s'endorme.

Yusuke se blottit contre moi de l'autre côté, frottant sa joue sur mon épaule, mettant son odeur sur moi, avant de passer son nez sur sa propre odeur qui se trouvait maintenant sur ma fourrure. Elle trembla de plaisir avant d'elle aussi inspirer de profondément et se laisser aller au sommeil. Je n'aimais normalement sentir que Logan si près de moi, mais à cet instant, être entouré de ces deux panthères chassait enfin le froid de mes membres.

L'épreuve finale semblait bien loin.

XVI

UNE MAIN caressait ma fourrure et grattouillait gentiment mes oreilles et mon menton. Cela faisait du bien, et quand j'ouvris les yeux, je découvris Crane.

— Salut toi, dit-il en me souriant. Comment tu te sens ?

Je levai la tête pour le regarder et découvris que les deux *yareahs* avaient disparu. J'étais seul ici, dans la poussière de l'immense hall caverneux.

— Est-ce que tu veux bien revenir dans nos quartiers avec moi ? Tu peux te lever ?

Lorsque j'essayai, je découvris que mes muscles étaient douloureux mais que je tenais debout. Je remarquai aussi que Crane était là avec tous ceux que j'avais emmenés avec moi.

Mikhail était à côté de Crane, à genoux, et me regardait.

— Tu as été si courageux, Jin, et je suis vraiment désolé de ne pas avoir pu...

— Tu as fait tout ce que tu as pu, déclara Danny en lui coupant la parole.

Il s'avança et détourna les yeux de mon *sylvan* pour me regarder.

— Si les autres n'étaient pas intervenus pour dire des trucs qu'ils ne connaissaient pas, tu n'aurais pas reçu un seul coup, Jin.

J'attendis.

— Danny m'a aidé, dit Mikhail en posant la main dans les cheveux du plus jeune. À chaque fois que je le regardais, je me souvenais de choses qu'il avait dites.

Il plongea les yeux dans ceux de Danny.

— Tu m'as aidé à sauver ma *Reah* et mon *Semel*. Je ne l'oublierai jamais.

Danny hocha la tête, incapable de parler, et se contenta d'enrouler ses doigts autour du poignet de Mikhail. J'étais sûr qu'il n'avait pas envie que cette attention s'arrête.

— Jin.

Je tournai la tête, et Yuri était là. Il souriait doucement.

— Est-ce que je peux te porter jusqu'à la yourte ? J'aimerais beaucoup que tu me laisses le faire.

Je secouai la tête, cherchant Domin du regard. Lorsque je le vis, je me transformai à toute vitesse, surprenants Andrian et Danny, et fis quelques pas pour me planter devant mon *Maahes*.

— Est-ce que Logan va bien ?

Domin était tout en contrastes : impressionné par ma transformation, inquiet pour Logan, sourcils froncés tandis qu'il m'annonçait la mauvaise nouvelle.

— Jin, Logan doit redevenir un homme très vite, d'accord ? Il était vraiment près de le faire un peu plus tôt, et s'il l'avait fait…

Je savais ce qui se serait passé s'il l'avait fait. Il aurait été exécuté devant mes yeux.

— Te voir endurer tous ces coups de fouet, c'était plus que ce qu'il peut supporter.

Je hochai la tête, me retournai et me transformai. Je contournai Domin et me dirigeai vers l'entrée, prêt de l'ouverture de l'énorme grotte.

— Attends.

Je regardai par-dessus mon épaule et vis Taj se déshabiller.

— Je viens avec toi, ma *Reah*. Essaie simplement de ne pas me semer ce soir.

Pendant que j'attendais, je vis à quel point je rendais tout le monde nerveux. Ils étaient tous inquiets pour moi, voire même être effrayé. Je parlais généralement beaucoup. C'était effrayant que je n'en sois pas capable.

Lorsque Taj me rejoignit, nous sortîmes tous les deux en courant sous le vent glacé et la neige tourbillonnante.

JE COURUS tranquillement et profitai du sentiment d'être libre et non pas attaché à un poteau. Lorsque nous revînmes, je me glissai dans la yourte sous forme de panthère et me précipitai pour m'allonger près du poêle. Lorsque Danny s'approcha, je me levai pour bouger de l'autre côté, loin de lui.

— Qu'est-ce que j'ai fait ? demanda Danny à Mikhail lorsque celui-ci l'appela.

— Ce n'est rien, il a juste mal. Laisse-le tranquille, répondit mon *sylvan* de là où il était en tailleur à côté de nos lits.

— Je pensais que se transformer l'avait guéri ?

— Pas tout, et pas à l'intérieur.

Danny se leva et retourna auprès de Mikhail, s'asseyant près de lui et posant la main sur sa cuisse pour le regarder.

— Tu dois comprendre qu'être séparés, ce n'est pas la même chose pour Jin et Logan que ça le serait pour toi et ton compagnon.

— Je sais que le lien entre…

— Oui, c'est censé être quelque chose de magnifique, hein ? Mais ce que l'on ne te dit pas, c'est que le lien entre véritables compagnons devient très dur à supporter s'ils sont séparés. Si l'un ou l'autre meurt… Logan est en train de devenir lentement fou. Il peut voir Jin, le sentir, peut-être même goûter son odeur, mais il n'a pas le droit de le toucher ou de lui parler. C'est comme une privation sensorielle.

— Oh.

Danny jeta un coup d'œil de mon côté, l'air triste.

— Et tu ne le sais peut-être pas, mais Jin… Il a aussi besoin de Logan. Sa tension monte jour après jour, en continu, et bientôt il pourra toujours courir et faire tout ce qu'il veut pour se calmer, mais ça ne marchera plus. Il faut qu'ils soient réunis avant qu'un des deux ne craque.

Danny se figea.

— Qui crois-tu que ça sera ? Jin ou…

— Logan, lui assura Mikhail. Si le *sepat* continue même un jour de plus… Il est prêt à craquer, et s'il le fait notre tribu est fichue. Mais ça lui sera égal, parce que pendant un instant avant de mourir, il aura eu son compagnon.

— Bon sang, il fait froid, râla Crane en entrant, les autres sur les talons.

Je les observai tous ôter leurs manteaux et leurs bottes, regardai Yuri mettre du charbon dans le poêle et Domin s'asseoir en frottant ses mains l'une contre l'autre.

— Viens par-là, dit-il en me faisant signe. Je veux te voir.

Je restai où j'étais, les yeux plissés.

— S'il te plaît, Jin.

Mais je ne pouvais pas bouger. J'avais mal partout, à l'intérieur comme à l'extérieur. J'étais à vif, vulnérable. La seule personne au monde dont j'avais besoin était mon compagnon.

— Jin, dit Yuri en tentant de me calmer de sa voix, tu veux venir t'allonger près de moi ?

Je me levai et m'éloignai en direction de la porte. La panique commençait à monter en moi, basse mais constante.

— Et merde, dit Taj entre ses dents avant de se tourner vers Yuri. Force-le à t'obéir, *Sheseru*.

— Jin, m'appela-t-il. Viens.

Qu'il aille se faire voir. Je n'étais pas un chien.

— Calmez-vous tous, grogna Crane, clairement énervé, avant de s'affaler de tout son long sur le côté en frissonnant. Bon sang, je suis gelé.

Je traversai la pièce si vite que l'on n'aurait pas pu me suivre à l'œil nu. Les divers halètements et murmures m'indiquèrent que je faisais peur à tout le monde. Je n'aurais pas dû être avec eux à l'intérieur, les nekhenes devaient…

— Oh, c'est mieux, hein ? bâilla Crane sans me toucher, en restant juste prêt de moi et en s'étirant langoureusement. Hé, tu te souviens de cette fois à Yuma quand tu es tombé de cet arbre ? Panthère furtive, mes fesses, se moqua-t-il avec un rire.

Quoi ? Pourquoi est-ce qu'il…

— Ou lorsqu'on était censés être hyper discrets quand on travaillait comme détectives à Nashville, et que tu es passé à travers le velux de l'appartement de ce type ?

Il riait carrément.

Je tournai la tête pour le regarder, et son sourire était énorme. Il leva la main pour grattouiller mon menton.

— Tu te souviens de cette fois où on était serveurs à San Antonio ? Tu as trébuché et tu es tombé sur le côté du chemin le long de la berge du fleuve ?

Il s'amusait comme un petit fou.

Pourquoi est-ce qu'il réveillait tous ces vieux souvenirs ? Il avait oublié plein de fois où c'était lui… qui…

Puis je compris. On venait de me rappeler, d'une manière très détournée, que j'étais un homme. Un homme très maladroit parfois, apparemment, mais un homme tout de même. Je n'étais pas une panthère sauvage. J'étais le meilleur ami du gros idiot allongé à côté de moi.

Il me ramenait à la normalité. Je posai la tête sur mes pattes avant et écoutai le son de sa voix basse.

Yuri traversa la pièce à quatre pattes et s'allongea tout près, la tête posée sur un coude, les yeux braqués sur moi.

215

— Dis-moi quel est le boulot le plus stupide que vous avez jamais eu, demanda-t-il à Crane.

— On a essayé d'être des ouvriers agricoles dans un ranch.

Yuri renifla.

— Toi et lui ? dit-il en me pointant du doigt. Le type qui doit monter avec Logan pour ne pas tomber d'un cheval ?

Crane ricana.

— Ouais, je te laisse imaginer.

Je grondai, ce qui fit s'étrangler Yuri, avant de me lever, de passer par-dessus Crane et de m'allonger de l'autre côté de mon meilleur ami, plongeant mon nez dans les cheveux à l'arrière de sa tête.

Je me cachais et je le savais. J'avais juste besoin de calme, de solitude, mais aussi de chaleur. J'avais besoin de Logan. Je voulais cet abri qu'il représentait, cette force. Je voulais mon compagnon, et même si l'épreuve du cœur avait lieu le jour suivant, j'avais hâte d'y être parce qu'au moins je le verrai. Lorsque mes yeux se fermèrent, je pouvais toujours entendre Yuri et Crane parler, ainsi que les autres. Ils voulaient tous être proches de moi, et même si j'appréciais cela, il fallait que je me repose. Grâce à Crane qui leur parlait tout en étant proche de moi, je me sentais inclus sans avoir besoin de dépenser de l'énergie. Je ne me souviens pas avoir fermé les yeux.

XVII

— L'ÉPREUVE DU cœur est maintenant ouverte, annonça Hamid d'une voix forte pour signaler à tout le monde de commencer.

J'avais l'impression d'être dans un rêve.

Chaque *Semel* était attaché à une croix en bois, enserré douloureusement par des cordes. Il fallait qu'il le supporte. Plus vite cela serait terminé, plus vite votre *Semel* serait libéré. Le but était de se battre efficacement pour libérer son chef.

Si la maisonnée échouait à protéger le *Semel*, ou refusait de faire son devoir par lâcheté, le *Semel* serait éventré par le « porteur de couteau », le *sheseru* du *Semel-aten*. Le *Semel* serait ensuite coupé en morceaux jusqu'à ce que coule une « rivière de sang », disait la loi. C'était bien trop horrible d'imaginer mon compagnon mourir car on lui aurait arraché les viscères, puis se faire écorcher.

Si l'attaque était repoussée, le *Semel* était relâché et il devait, avec l'aide de trois hommes choisis dans sa maisonnée pour le défendre et de sa compagne, devait attaquer les autres *Semels*. Pendant la dernière épreuve du cœur, il fallait tuer ou être tué. Peu importe ce que j'avais partagé avec les autres *yareahs* la nuit précédente, tout cela n'avait plus d'importance à partir du moment où l'épreuve commençait.

Nous voulions tous nous en sortir vivants. Dval, le nouveau *sheseru* d'Ammon, entra dans l'arène avec quinze de ses hommes. Ils pouvaient se transformer en panthères s'ils le voulaient, et nous aussi, mais je n'avais pas le droit de prendre ma forme intermédiaire. Si je prenais ma forme intermédiaire ou n'importe laquelle de mes formes de nekhene, je serais disqualifié et nous serions tous exécutés. Logan, bien sûr, serait tué de la façon prévue, et le reste d'entre nous seraient décapités.

Dval se tenait au milieu de l'arène, les *Semels* ligotés le long des murs opposés de l'arène. Des hommes devraient attaquer chaque maisonnée. Le problème consistait dans ce chiffre. Si un *Semel* tombait, alors tous les combattants qui l'avaient attaqué se joindraient aux autres. Celui qui tomberait le premier aurait affronté un nombre correct de combattants, mais les autres non. L'épreuve continuerait jusqu'à ce qu'il n'y ait plus qu'un candidat restant. Celui-ci affronterait le *Semel-aten* avec son *Maahes* le jour suivant.

Il y avait une épreuve aujourd'hui, mais il ne fallait pas oublier de prendre en compte le lendemain. Le prêtre nous avait prévenus de ne pas simplement défendre notre *Semel* sans songer à attaquer les autres aussi. Si vous tuiez un autre *Semel*, cela voudrait bien sûr dire qu'il faudrait affronter plus de *Khatyus*, mais au moins vous seriez un peu plus proches de devenir *Semel-aten*.

J'avais dit à Andrian, Taj, et Crane, que personne ne devait s'éloigner de Logan. Nous allions massacrer tous ceux qui s'approcheraient de lui. Cela avait été mon dernier ordre avant que nous ne nous transformions tous en panthère comme nous l'avions décidé ce matin-là.

Tout le monde se mit en position autour de la croix, mais je ne m'étais pas préparé à voir s'abattre un fouet qui s'enroula autour de la gorge d'Andrian et le fit rouler dans la poussière à quelques pas de nous. Il n'y avait normalement pas d'armes dans l'arène, alors je fus surpris. Taj bougea rapidement, plus rapidement que ce qu'aucun des *Khatyus* ne s'attendait, et se jeta sur Dval avec un rugissement. Même si le *Semel-aten* avait prévenu Dval que Taj était un ancien membre du Shu, celui-ci ne s'était pas attendu à une attaque éclair.

Dès que la tension du fouet se relâcha, Crane fut aux côtés d'Andrian. Il était redevenu humain, comme autorisé, et l'aida à se débarrasser du fouet. Andrian se leva en toussant et eut quelques haut-le-cœur avant que Crane et lui disparaissent sous une dizaine de panthères.

Si je prenais ma forme de nekhene, je pourrais tous les tuer, mais je n'en avais pas le droit. Et je n'étais pas très gros sous ma forme de panthère. En voyant Crane et Andrian se battre pour leur vie et Taj engagé dans duel à mort, je compris la futilité de ma situation. D'autres panthères s'avançaient vers nous, et même sans regarder, je sus qu'un des autres *Semels*, Gavin ou Hiroshi, était mort. Que pouvais-je…

— *Reah* ! cria Logan.

Lorsque je me tournai vers lui, je vis ses yeux. Même là où nous nous trouvions, au milieu de l'horreur et à deux doigts de la fin, du bord du précipice, il y avait encore de l'amour dans ses yeux. Il était si plein de désir, de besoin, et… C'était mon compagnon.

C'était le compagnon de la *reah* de la tribu de Mafdet, mais pas le compagnon du nekhene. Le nekhene n'avait pas de compagnon.

Je ne pouvais pas me transformer extérieurement en quoi que ce soit à part une panthère, c'était vrai, mais le pouvoir que j'émettais pouvait être tout ce que je voulais. Et même si mon pouvoir de nekhene était sauvage et en colère, mon pouvoir de *reah* ne toucherait pas ma tribu, ne ferait pas de mal à ceux qui m'appartenaient ou que j'aimais.

J'avais eu l'impression d'être maudit. J'avais voulu être libéré du nekhene égoïste et sauvage, j'avais voulu que son pouvoir se soumette à celui de la *reah* que j'étais au fond de moi. Mais à cet instant, je lui étais profondément, désespérément reconnaissant.

J'abaissai toutes les barrières, tous les points de contrôle que Crane m'avait aidé à soigneusement construire, et laissai le nekhene prendre le contrôle, sauvage et exubérant. Ce n'était pas le moment de punir, c'était le moment d'appâter puis de faire payer. Ce pouvoir, que j'avais tenté de vider de sa chaleur et de sa séduction, de son appétit charnel déchaîné, je lui permis de reprendre le contrôle à cet instant. J'appelai à moi chaque panthère qui se trouvait dans la maison du *Semel* de Khertet.

Où était le compagnon du félin le plus puissant au monde ? Il fallait qu'il se montre !

Le défi était lancé, et je sentis l'électricité traverser l'air autour de moi, charger tout ce qui s'y trouvait et picoter ma peau.

À l'instant où les panthères se mirent à me désirer, à la seconde où elles voulurent répondre à l'appel, elles furent forcées à se transformer.

Des rugissements violents s'élevèrent, et la pile de panthères qui avait recouvert Crane et Andrian fut balayée pour révéler les deux hommes ensanglantés et amochés.

L'air se mit à chauffer, devint lourd, collant et étouffant. Il était difficile de respirer. Je vis certains des *Khatyus* s'enfuir de l'arène sous l'effet de la panique, sans même vouloir affronter mon pouvoir, et les panthères qui étaient en train de s'en prendre à Taj s'éloignèrent de lui d'un bond, comme s'ils avaient été brûlés, avant de chuter au sol, leur fourrure semblant bouillir. Taj resta allongé, haletant, et il aurait pu être attaqué à nouveau mais personne ne s'approcha. Personne n'osa. Au lieu de ça, tout le monde resta immobile, les yeux écarquillés sous l'effet du choc et de la peur.

Ceux qui s'étaient enfuis avaient eu raison.

Un instant plus tard, toutes les personnes restantes qui ne m'appartenaient pas étaient sur le sol à se convulser de douleur.

Ce qui avait débuté comme la recherche d'un compagnon — je le savais, car c'était à ça que je pensais quand j'avais commencé — s'était transformé en punition.

Une punition extrêmement douloureuse.

Le pouvoir du nekhene se transforma en marteau du juge, et je les forçai tous à se transformer, les retournai comme des gants d'une façon atrocement douloureuse. C'était comme s'ils avaient eu la peau arrachée, les os brisés, les muscles déchirés, tout ça en une seule seconde de pure souffrance.

Logan. Il fallait que je le voie, que je l'atteigne, que je le touche. En me tournant, je le vis tirer sur ses liens, voulant désespérément se libérer pour m'atteindre.

J'inspirai profondément et me retransformai en humain. Je fis deux pas en direction de Logan et posai les mains sur sa poitrine. Je plongeai mes yeux dans les siens, et vis toute la douleur qui s'y trouvait, tout le désir, le besoin…

— Mon compagnon, dis-je, et je me rendis compte que ma voix ne m'appartenait pas. Elle était basse et graveleuse, brisée.

Il gémit et tenta de se dégager, et je sentis mon pouls s'accélérer en le voyant lutter. C'était de ça que j'avais besoin, et on m'empêchait de l'avoir. La frustration monta en moi et, au lieu d'essayer de l'apaiser comme Crane avait tenté de m'apprendre, je la laissai sortir et emplir à nouveau la pièce de mon pouvoir cinglant. J'allais tous les annihiler si mon compagnon n'était pas libéré.

— Jin !

Comment osaient-ils attacher le compagnon du nekhene !

— Jin Rayne !

Je repris ma forme de panthère et me tournai pour faire face à tout le monde dans l'arène.

— *Reah* de la tribu de Mafdet !

Je levai la tête et vit Hamid Shamon, le prêtre de Chae Rophon, devant moi. Il n'y avait pas d'autres hommes ou femmes près de lui, uniquement des panthères. Je tournai la tête et fouillai des yeux la galerie. Elle était pleine de panthères ; il semblait que la tribu de Khertet tout entière avait succombé.

Mes yeux tombèrent aussi sur Domin. Il était à genoux, et à côté de lui se trouvaient Yuri et Mikhail. Personne d'autre n'était présent, seulement des animaux.

220

— Jin !

Je retournai mon regard vers le prêtre.

— L'épreuve du cœur est terminée. Ton *Semel* est libre !

Je ne le quittai pas des yeux tandis qu'il serrait les poings et commençait à trembler légèrement.

— Ton *Semel* t'est retourné, *Reah*, et il peut reprendre forme humaine.

Quoi ? J'avais dû mal entendre.

— Tous les *Semels* peuvent abandonner leur forme intermédiaire.

Mais pourquoi ? Ils n'étaient pas supposés redevenir des hommes avant la dernière épreuve, où le *Semel-aten* affrontait le vainqueur afin de déterminer le nouveau maître de Sobek.

— L'épreuve est inutile si personne ne peut participer…

Le nekhene avait rendu l'exercice stérile. C'était fini.

J'expirai, et à ce moment-là tout mon pouvoir, mes phéromones, l'énergie brûlante et vibrante disparut de la pièce, laissant le froid et l'humidité de l'air soudainement éclairci reprendre le dessus.

J'entendis des gémissements, des halètements, et un immense soupir de soulagement collectif. Je repris forme humaine et appelai Yuri, Domin et Mikhail en hurlant tandis que je me jetais sur Logan, l'homme que j'aimais.

Je fus à ses côtés en un instant, les mains dans ses cheveux, sur son visage. Je le touchai, mes doigts retraçant les contours d'un territoire que je connaissais par cœur.

— Jin.

Sa voix était rauque à force de ne pas avoir été utilisée, ses yeux hantés et cerclés de noir. Il avait une barbe et une moustache dorée que je n'avais jamais vue auparavant, et ses cheveux étaient hérissés, emmêlés par la sueur et la poussière.

Il était à couper le souffle.

Je me penchai pour embrasser son front, ses yeux, son nez, ses joues. J'étais affamé, délirant du bonheur de le voir.

— Jin, gémit-il tandis que des larmes coulaient sur le côté de son visage. …moi… Mon cœur, embrasse-moi.

Mes lèvres se posèrent doucement sur les siennes, tendrement, parce que malgré tout notre désir, nous étions tous les deux à bout, à vif. Il était vulnérable et moi aussi, alors même si j'avais faim de lui, je repris ce qui m'appartenait sans impatience, avec amour seulement.

— Jin !

Je me tournai, et Yuri était là avec l'édredon en plumes de notre lit. C'était la seule chose que j'avais amenée qui avait nos deux odeurs, la mienne et celle de Logan. Yuri m'enroula dedans avant que Domin, Andrian, Taj, Crane et lui soulèvent la croix à laquelle était attaché Logan. Ils l'inclinèrent contre le mur avant que Yuri lève la hache qu'on lui avait donnée avant le début de l'épreuve. Chaque *sheseru* en avait une, car personne ne savait qui aurait le droit de libérer son *Semel*. Yuri abattit la hache trois fois, et la douleur que cela causa Logan à cause des secousses et des vibrations était extrême, mais il garda le silence. D'un seul coup, il tomba au sol sous la croix. Ses deux épaules étaient disloquées, ses côtes cassées et sa peau, là où les cordes avaient frotté, ressemblait à de la viande crue, mais il réussit tout de même à se lever et à trébucher vers l'avant. Je me mis à genoux et il se laissa tomber dans mes bras, enfin complètement en sécurité.

Il était en sécurité…

Avec sa tête calée sous mon menton, ses bras enroulés autour de moi, sa peau pressée contre la mienne, je pouvais enfin respirer.

C'était si bon de respirer.

Quand je sentis une main sur mon dos, je levai les yeux et rencontrai le regard de Crane.

— J'ai senti le poids de ton pouvoir, Jin, mais pas la chaleur ou la colère.

— Moi non plus, intervint Taj, et je tournai les yeux vers lui.

— J'ai vu les autres se transformer, mais pour moi c'était juste un peu difficile de respirer, rien d'autre. Tout allait bien.

— Moi aussi, acquiesça Yuri. Comment as-tu fait ça ? Cela n'est jamais arrivé comme ça auparavant. Normalement il faut juste encaisser.

Domin avait ressenti la même chose, ainsi qu'Andrian et Mikhail. Danny s'était changé en panthère, j'étais désolé pour ça, même si je ne comprenais pas vraiment pourquoi cela était arrivé. Crane pensait que c'était parce que je ne considérais pas encore Danny comme m'appartenant, alors mon pouvoir ne l'avait pas reconnu.

À part Logan et moi, les seuls autres humains de la pièce étaient Hamid, Crane, Yuri, Domin, Mikhail, Andrian et Taj. Tous les autres, le *phocal*, les *Semels*, les *Maahes*, les *yareahs*, les *sheserus*, les *sylvans*… tout le monde avait été transformé en panthère.

— Tu es comme Circé, déclara Crane en riant. Tu transformes les hommes en animaux.

Mais je ne voulais pas être comparé à une sorcière. J'aurais bien approfondi la question avec lui, mais le prêtre intervint.

— Ce n'est pas courant de désigner un vainqueur alors que l'épreuve n'a pas été jusqu'à son terme, mais comme toutes les panthères de l'arène ont été immobilisées par la douleur, l'épreuve ne pouvait pas continuer. En conséquence, le *Semel* de la tribu de Reshep peut maintenant défier Logan Church en duel pour déterminer qui affrontera le *Semel-aten*.

Je me tournai pour regarder Hiroshi et le découvris haletant, tentant de se lever d'une position fœtale sur le sol dans laquelle il avait visiblement été pendant de longues minutes. Je vis aussi qu'il n'y avait que sa *yareah* avec lui. Les trois autres *Khatyus* de sa maisonnée étaient morts. De l'autre côté, Gavin, sa *yareah* et toute sa maisonnée étaient sur le sol, mutilés. C'était pour cela que d'autres panthères s'étaient jetées sur nous aussi rapidement. Ils n'avaient pas réussi à protéger leur *Semel*, avaient été dépassés et tués. Je n'avais aucune idée de la vitesse à laquelle ils étaient tombés, mais cela avait dû être rapide.

Un cri aigu détourna mon attention, et je vis qu'Hiroshi avait à nouveau pris sa forme intermédiaire probablement pour récupérer des forces, et attaquait maintenant sa *yareah*. Yusuke était maintenue au sol par plusieurs panthères, d'autres membres de sa tribu qui s'était précipitée dans l'arène, pendant que son *Semel* se déchaînait sur elle.

— Non ! hurlai-je, et Logan tressauta entre mes bras et leva la tête.

D'autres panthères, parmi lesquelles le *sylvan* et le *sheseru* d'Hiroshi, se placèrent devant leur *Semel* enragé, nous cachant ses actions même si nous savions qu'il était en train de lacérer sa compagne.

— Yuri, rugit Logan, sa voix portant comme toujours.

Il était la puissance incarnée même dans son état.

— Amène-moi la *yareah* !

— Reculez ! avertit le prêtre lorsque Yuri, Mikhail et Domin s'approchèrent du groupe que formait la tribu de Reshep. Le *Semel* ne va pas tuer sa *yareah* mais seulement la marquer comme *Apophi*. Nous l'avons tous vue hésiter à attaquer Jin alors qu'elle en avait l'opportunité, avant qu'il relâche son pouvoir.

— Non, dis-je d'une voix éraillée en tentant de me lever pour aller vers elle.

— Écoute, toussa Logan en m'attirant à lui pour planter ses yeux dans les miens. Il ne va pas la tuer, Jin. Il lui donne la marque d'*Apophi*.

Il la marquait ?

— Pourquoi ? Elle ne s'est pas déshonorée, gémis-je en tentant de me libérer.

J'étais si fatigué, mais il fallait que j'aille l'aider.

— Stop, murmura-t-il. Tu ne peux rien faire. C'est la loi. Elle a eu l'occasion de te tuer, je l'ai vue… Elle était très proche. J'ai tourné la tête et je l'ai vue à cinq mètres environ, mais son compagnon a crié et elle est retournée le défendre.

Son visage devint flou car mes yeux se remplissaient de larmes.

— Il lui donne la marque de la disgrâce parce qu'elle a choisi de le protéger au lieu de me tuer.

— Il aurait peut-être pu s'en sortir tout seul, donc il pense que son devoir était de t'attaquer et de te tuer avant de venir à son aide.

— Domin !

J'appelai mon *Maahes*.

— Non ! cria Hamid. N'appelle pas à l'aide pour elle, Jin Rayne !

— Tu ne peux pas, me dit Logan en resserrant sa prise sur moi. Mon cœur, tu ne peux pas. C'est son droit, tout comme j'aurais le droit de te marquer.

Je plantai mes yeux dans les perles d'ambre devant moi.

— Tu ne me marquerais jamais. Jamais.

— Pas comme ça, acquiesça-t-il en posant les mains sur mon visage. Mais je ne suis pas lui.

J'étais épuisé, à bout de nerfs, et les cris déchirants de la *yareah* terrifiée, blessée et dévastée me poignardaient en plein cœur. Des larmes roulèrent sur mes joues et je me mis à trembler. Logan aussi avait mal, extrêmement mal, mais il me serra contre lui, car il avait la force d'un *Semel* pour le soutenir.

Les cris continuèrent pendant ce qui me sembla être des heures, mais ne fut peut-être pas plus de quelques minutes. Les membres de ma tribu restèrent penchés au-dessus de moi et de Logan. La tribu de Khertet, qui avait réussi à se remettre de sa transformation forcée, était revenue après s'être changée et avait ramené des peignoirs pour les membres des autres tribus qui étaient nus. Danny était ainsi enveloppé dans une cape de fourrure.

Lorsque je pus reprendre mon souffle, Logan me laissa quitter ses genoux et Yuri posa ses mains sur mes épaules tandis que mon *Semel* se transformait enfin en panthère, en homme, à nouveau en panthère, et enfin redevint humain. Logan avait l'air d'aller mieux après s'être transformé deux fois. Il fit jouer ses muscles, posa sa main droite sur son épaule gauche et s'étira avant de répéter cette action de l'autre côté. Je compris que tout ce qui avait été disloqué était guéri, et qu'il serait bientôt entièrement remis. Il avait cependant besoin de nourriture, de viande, de beaucoup de protéines et d'eau, et de sommeil.

Lorsqu'il se leva, Yuri lui fit enfiler une cape de fourrure, et Logan pointa le corps ensanglanté et lacéré de la *yareah* de Reshep. J'avais regardé, horrifié, tous les membres restants de sa tribu, y compris son *Semel*, lui cracher dessus. Elle avait perdu son œil droit et tout le côté de son visage. La chair massacrée allait guérir, mais jamais complètement. Elle aurait d'énormes cicatrices. Son œil était perdu, elle ne serait plus jamais aussi belle qu'elle avait été.

Logan déclara :

— Je revendique comme membre de ma tribu Narae Yusuke.

— Vous ne pouvez pas ! cracha Hiroshi en direction de Logan avant de lever les yeux vers le prêtre. Elle sera exposée pour sa lâcheté et…

— Pour moi, ce qu'elle vous a montré, c'était son amour, répondit Hamid au *Semel*. Mais vous l'avez marquée, vous lui avez montré votre colère. Et en choisissant de l'exposer, vous l'avez libérée de votre tribu. Elle peut donc être revendiquée par un autre clan.

— Elle n'aura rien ! Ses vêtements seront brûlés. Je ne les lui donnerai pas ! Elle n'aura pas le droit de contacter sa famille, car ce sont des membres de ma tribu ! Elle est morte pour moi et pour la tribu de Reshep. Il n'y a plus que *Khet*.

Il était furieux, hors de contrôle car il venait d'endurer les mêmes épreuves que Logan. Mais même si mon *Semel* avait conservé son humanité, Hiroshi non. Si seulement il avait eu le temps de manger et de dormir, si seulement il avait attendu et non pris une décision irréfléchie, si seulement il avait respiré un peu avant de l'attaquer… Il aurait peut-être eu les idées plus claires et il se serait souvenu d'à quel point il chérissait et adorait sa bien-aimée *yareah*. Au lieu de ça, il avait mutilé la femme qui était sa compagne.

— Logan Church, appela le prêtre. Vous devrez nourrir, habiller et prendre soin de l'ancienne *yareah* de la tribu de Reshep. Elle essaiera peut-être un jour de vous tuer pour ce qui s'est passé ici aujourd'hui. Avez-vous conscience du danger…

— Cela n'arrivera pas, le coupa Logan. Veuillez m'excuser pour mon impertinence, Votre Grâce, mais elle ne peut pas me blâmer pour ce qui est arrivé aujourd'hui. Son *Semel*, et lui seul, l'a mutilée et condamnée à mort. Je la revendique et je lui donne la vie.

— Ainsi soit-il, acquiesça le prêtre.

Il leva la main paume vers le haut pour la présenter à Logan.

Hiroshi s'éloigna d'un pas du corps sanglant et inerte de sa *yareah*. Ses larmes s'étaient mélangées à son sang, et elle tentait de couvrir sa nudité. Sa pudeur face à l'horreur qu'on lui avait infligée me lacérait le cœur.

— Crane, dis Logan.

En un éclair, il fut là.

Lorsqu'il atteint la femme allongée, mon meilleur ami fut intercepté par un membre de la tribu de Khertet, qui lui offrit une robe en fourrure très douce. Il le remercia, étendit la cape doucement, souleva Yusuke avant de l'envelopper tendrement dans le vêtement. Il se leva avec elle dans ses bras comme si elle ne pesait rien et commença à lui parler en revenant vers nous.

— Amène-la dans nos quartiers, lui dit Logan, et Crane fit un léger hochement de tête en nous dépassant, la serrant plus fort contre lui.

Sa tête était maintenant tournée, calée sous le menton de mon meilleur ami.

Je pris une inspiration hachée et m'appuyai contre Logan.

Il me serra contre lui, et je sentis les frissons qui le parcouraient.

— Le duel pour la position de *Semel-aten* commencera demain midi. Logan Church et Domin Thorne de la tribu de Mafdet affronteront Ammon El Masry et son *Maahes*, Rector Vincent, de la tribu de Rahotep, afin de décider qui sera le maître de Sobek. Que le *Semel* le plus méritant reçoive la grâce de Râ.

Je savais déjà de qui il s'agissait

LE *SYLVAN* de la tribu de Reshep, Morimoto Arai, ainsi que son *sheseru*, Kenichi Fuwa, vinrent nous amener tout ce que Yusuke avait emmené avec elle en Mongolie. Ils s'inclinèrent tous les deux profondément devant moi, me demandant de bien vouloir la garder hors de la vue de son *Semel*, car on leur avait ordonné de brûler toutes ses affaires mais, en toute bonne conscience, ils ne pouvaient pas le faire. Ils avaient fait leur devoir comme l'honneur le demandait, et avaient suivi les ordres de leur *Semel*. Ils l'avaient maintenue au sol pendant qu'il avait mordu son visage, lacéré sa chair de ses griffes et arraché son œil droit et sa joue. Ils ne pouvaient rien lui faire de plus. La ligne avait déjà été franchie vers la torture et l'abomination. En les regardant, je compris qu'ils venaient tous les deux d'être violemment malades.

Elle n'avait qu'une valise ; ils enverraient d'autres choses quand, et si, ils le pouvaient.

Je m'inclinai profondément.

— Merci.

Ils me rendirent mon salut et disparurent. Ils ne pouvaient pas s'attarder de peur que quelqu'un les voie. J'apportai la valise à l'intérieur de la yourte, où Yusuke dormait. Elle n'avait pas lâché la main de Crane même en s'endormant. Je le regardai, et compris à quel point il avait l'air apaisé tandis qu'il étudiait son visage.

Elle était forte, et elle se transformait aussi vite que Logan, ce qui était plutôt impressionnant. Elle avait réussi à se transformer six fois avant d'être trop épuisée et de s'endormir. Il y avait maintenant une lacération sur le cercle de peau rose qui recouvrait son œil droit. Tout le côté droit de son visage était recouvert de cicatrices, mais il ne s'agissait pas de sillons comme je l'aurais imaginé. C'étaient des lignes en relief qui traversaient sa peau de porcelaine.

Je l'avais entendu au départ supplier qu'on la laisse se suicider. Elle avait gémi doucement, implorant Crane de l'écouter. Elle avait même touché des doigts son visage. Il avait recouvert sa petite main avec la sienne, la pressant contre sa joue en souriant. Elle s'était mise à trembler, et il avait remonté les couvertures sous son menton avant de s'allonger devant elle pour qu'ils puissent se faire face. Je l'avais vue l'observer et l'écouter parler. Il lui avait déjà dit qu'il avait été fustigé ; c'était ce qui lui avait permis de se rapprocher d'elle. Il était mutilé et elle aussi. L'horrible histoire qu'il lui avait avouée l'avait fait pleurer à nouveau. Après tout ce qu'elle avait subi, le fait qu'elle puisse encore pleurer pour quelqu'un d'autre en disait long sur son bon cœur.

— Elle trouvera sa place, déclara Yuri à côté de moi

Je me tournai pour le regarder.

— Et ton gamin aussi.

— Mon gamin ?

— Qui est le seul gamin ?

Il voulait parler de Danny.

— Oh oui, je sais.

Je reçus alors un sourire. En regardant mon *sheseru*, je compris que depuis le temps que je le connaissais, il avait énormément changé.

227

— Et toi ?

— Quoi moi ?

— Est-ce que toi et Domin allez enfin trouver votre chemin ?

— Je me doutais que tu savais.

— Seulement parce que Mikhail me l'a dit, avouai-je.

— Tu avais tes propres problèmes à régler.

— Mais j'aurais dû voir que tu avais mal. Pardonne-moi.

— Il n'y a rien à pardonner.

— Et maintenant ? Est-ce que mon *Maahes* et toi allez vivre heureux et avoir beaucoup d'enfants ?

Il soupira.

— J'espère vraiment. Bon sang, Jin, est-ce que tu as déjà voulu quelque chose si fort que rien que d'y penser tu te sens malade ?

Je hochai la tête.

— Oui.

— Alors tu comprends.

— Oui, dis-je en jetant un œil à Logan qui dormait sur mon lit de camp, le visage enfoui dans mon oreiller, complètement inconscient de tout.

Nous lui avions donné à manger, avions brièvement parlés avec lui, lui avions fait ingurgiter des litres d'eau, et l'avions écouté remercier chaque personne qui s'était embarquée dans cette odyssée avec lui. Il avait serré chacun dans ses bras, même Danny, s'était assis avec Yusuke pour accepter son serment de loyauté plein de larmes, puis Yuri et moi l'avions emmené dehors pour le récurer.

Il avait été fou de joie d'être propre. Il ne tenait littéralement plus en place après, et lorsque les choses idiotes comme se raser avaient été terminées – je lui avais dit que la barbe et la moustache étaient sexy, mais il ne m'avait pas cru – il s'était senti un homme nouveau. Des choses auxquelles nous étions habitués, comme du déodorant, du gel pour les cheveux, des vêtements, lui les avait appréciées énormément. Une fois assis à l'intérieur avec des sous-vêtements chauds, un jean, d'épaisses chaussettes en laine, un tee-shirt à manches longues, une chemise de flanelle, un pull en laine et une parka, il avait enfin pu me regarder, soupirer, et me demander comment j'allais.

— Je vais bien, lui avais-je dit en gloussant. Et toi ?

Il m'avait attrapé, m'avait jeté sur le lit, et m'avait avoué que ce qu'il voulait vraiment faire, c'était enlever tous ces vêtements et me tenir dans ses bras.

— Peut-être quand tu te réveilleras, lui avais-je dit.

Il avait cligné des yeux. Après la nourriture et l'eau, il était rassasié. Et maintenant il était aussi propre et au chaud. Il s'était allongé, la tête sur ma cuisse, et ses yeux s'étaient fermés tous seuls.

— Tu vas rester ici ?

— Oui chef, je reste ici, lui avais-je dit en souriant.

— Je t'aime, avait-il dit en passant un bras autour de ma taille. Et la tribu est si importante pour moi, et ma famille, Yuri et Mikhail et…

Il luttait tellement dur contre le sommeil.

— Repose-toi, mon amour, avais-je dit en passant mes doigts dans ses cheveux.

J'aimais le toucher, sentir la chaleur de son crâne, respirer son odeur douce, musquée et fumée à la fois.

— Mais, Jin, avait-il murmuré en soupirant profondément. L'important c'est toi, tu le sais, hein ?

— Logan…

— Juste toi. Pour toi, je n'abandonnerai jamais. J'ai besoin d'avoir mon compagnon. Tu es la seule chose sans laquelle je ne peux pas vivre.

— Je sais, moi aussi.

Et maintenant, trois heures plus tard, j'étais assis avec Yuri dans la yourte et tout le monde était endormi ou sur le point de s'endormir.

— Où est Domin ?

— Il est sorti courir pour s'éclaircir les idées.

— Tu ne voulais pas courir avec lui ?

— Si, mais je ne pensais pas que c'était une bonne idée. Je dois savoir lui laisser de l'espace quand il en a besoin, et être là quand il a besoin de moi.

Je le regardai dans les yeux

— Mikhail dit que tu es amoureux de lui depuis tes seize ans.

Il haussa ses épaules massives.

— Tu ne nies pas.

Il me regarda simplement.

— Bon sang, Yuri, soupirai-je. Quand Domin et Logan allaient s'affronter dans l'arène… Tu as dû être terrifié.

— Oui. J'aurais perdu quoiqu'il arrive.

— Mais Logan a pensé à faire de Domin son *Maahes*.

— Parce que lui non plus ne voulait pas le détruire, dit-il doucement. Ce que je veux dire, c'est qu'il y avait cette vendetta, hein ? Des trucs idiots que le père de Domin alimentait, mais quand il est mort c'était fini, et Peter a accueilli Domin dans la maison. Tout est bien allé pendant longtemps, jusqu'à ce que Domin soit assez âgé pour reprendre la tête de sa tribu, et déposséder son oncle, qui gardait la place jusqu'à ce qu'il ait vingt ans.

Un nouveau *Semel* était désigné à ses vingt ans. Dès que le premier-né, l'héritier, atteignait cet âge, et s'il y avait aussi un héritier adulte, le *Semel* au pouvoir se retirait. Logan était devenu le *Semel*, comme son fils le ferait après lui. Lorsque Logan avait eu vingt ans, son père lui avait transmis les rênes du pouvoir ; c'était ainsi qu'il en était toujours allé. Un autre reste d'une époque où les gens vivaient jusqu'à l'âge avancé de trente ans. Tant de nos lois avaient besoin d'être actualisées ou entièrement supprimées.

— Alors Domin est devenu *Semel*, et qu'est-ce qui s'est passé ?

— Il a découvert que sa tribu était pleine de corruption, bourrée de dette, et en gros que tout était en train de s'effondrer, me dit Yuri. C'était un bazar incroyable, et tout ce à quoi il a pensé, c'était de les unifier contre une menace commune.

— Et cette menace, c'était la tribu de Mafdet.

— Oui. Il connaissait Logan, connaissait ses faiblesses. Il savait jusqu'où il pouvait le pousser. Si tu n'étais pas arrivé, je ne vois pas ce qui aurait changé, ou si quoi que ce soit aurait changé.

— Logan et Domin ne faisaient que se tourner autour.

— Oui, c'est ça.

— Et pendant tout ce temps, tu n'as fait qu'attendre et espérer.

— Il n'y avait rien d'autre à faire, m'assura-t-il. Je voulais Domin, mais Logan était mon *Semel*.

Mon cœur se brisa pour Yuri, qui avait passé des années à attendre Domin alors même que la relation entre leurs deux tribus, et entre eux deux, se désintégrait.

— Et puis Domin est tombé amoureux de Koren.

— Ce n'était qu'une passade…

— Non, c'était de l'amour, Yuri. Pour eux deux, le corrigeai-je. Et Koren est peut-être trop stupide pour le savoir, mais un jour il va comprendre ce qu'il a fait, et quand il se rendra compte de ce qu'il a perdu, il mourra un peu.

— Ou pas, répondit Yuri.

Il avait raison. Après tout, c'était de Koren que nous parlions. Il ne savait apparemment jamais ce qu'il voulait, alors il y avait de grandes chances pour qu'il ne comprenne jamais ce qu'il avait perdu.

— Et si, commençai-je, Domin te choisit et puis six mois plus tard, ou un an plus tard, Koren veut qu'il revienne. Qu'est-ce qui se passera ?

— Alors je ferai confiance à Domin, me dit-il. Enfin, s'il me choisit pour commencer.

Je le fixai.

— Alors même si tu perds à la fin, tu le prendras tant que tu l'auras ?

— Oh oui, dit-il en me souriant. Je prendrai tout ce que je peux avoir, aussi longtemps que ça durera.

Je grognai.

— Ton cœur est bien plus fort que le mien.

— Oh, je ne crois pas. Tu es tombé amoureux de Logan et tu n'étais même pas certain de savoir s'il était gay ou pas. C'est plutôt courageux.

— Ce n'est pas courageux, le contredis-je. C'est mon compagnon, le seul que j'aurais jamais. Je sais que vous ne comprenez pas vraiment, mais s'il meurt demain... Yuri, vous aurez plus vite fait de me tuer aussi. Je ne survivrai pas.

— Mais tu t'attendais à ce que lui le fasse. Si tu étais mort quand tu as fait appel à la loi de Bast et prévu de prendre la place de Logan dans l'arène.

— Il peut vivre sans moi, Yuri. C'est le *Semel*. Il est le plus fort, la *reah* est plus faible.

— C'est n'importe quoi, gloussa-t-il. Logan est physiquement plus fort que toi, mais je t'assure que si tu meurs, il sera fini. Tu ne sais pas. Tu n'étais pas avec lui quand ce psychopathe de Laurent Bruyère t'a kidnappé. Je ne l'ai jamais vu comme ça, et je le connais depuis que nous étions enfants.

— Il était comment ? demandai-je sans pouvoir m'en empêcher.

— Il était dur, froid et méchant. Je n'avais pas idée que Logan pouvait ressembler à ça, mais... C'est comme s'il était quelqu'un d'autre, quelqu'un de furieux. Le changement lorsqu'il t'a retrouvé a été extraordinaire. J'ai récupéré mon *Semel*.

— Je...

— Laisse-moi te dire une chose, soupira Yuri. Je ne suis pas courageux, c'est juste que je veux la même chose depuis presque la moitié de ma vie, et Logan et toi ne devrez plus jamais être séparés autrement que par choix.

— Je suis d'accord.

— C'est impressionnant, non ?

— Quoi ?

Il fit un signe de tête, et en suivant son regard je vis le bras droit de Yusuke glisser autour de la taille de Crane tandis qu'elle se collait à lui.

— Qu'elle soit encore vivante et pas complètement fêlée. Sa vie entière s'est effondrée aujourd'hui. Tout ce qu'elle était, qui elle était, a disparu en quelques minutes, juste le temps qu'il a fallu à son compagnon psychotique pour la mutiler. Je l'ai vue, j'ai vu la façon dont il la terrorisait et mordait, et elle se débattait si fort… Quand ça a été fini, elle était absolument effondrée, tellement choquée que l'homme qu'elle aimait puisse se retourner contre elle comme ça.

— Oui, mais nous sommes des panthères, lui dis-je. Nous savons qu'être fustigé, marqué ou envoyé en exil, ou devoir accepter un titre fait partie de la dualité de notre nature. Tout cela fait partie de notre réalité. Je ne dis pas que les choses horribles qui sont arrivées à Crane, à Yusuke, ou aux *yareahs* qui sont mortes dans l'arène, ou aux *Semels* qui ne redeviendront jamais humains sont normales. Mais pour nous… Elles font partie de la vie d'une panthère. La trahison de son *Semel* sera peut-être dure à accepter pour Yusuke, mais le reste, ses actes… Elle a su toute sa vie, comme nous tous, que nous vivons et mourons sur ordre de notre *Semel*.

Il acquiesça.

— Quelqu'un de normal ne s'imagine pas se trouver un jour dans une grande pièce avec huit panthères en train d'essayer de l'étriper. Mais tu as pris la décision d'entrer dans l'arène pour Logan, pour montrer aux autres qu'il est fort parce qu'il a un *sheseru* qui est fort. C'est n'importe quoi, Yuri, et Russ a raison : certains de ces trucs sont des idioties archaïques et barbares.

Il me sourit.

— Oui, et il est temps que quelqu'un change tout ça.

— C'est ce que j'ai dit à Logan, dis-je en expirant, qu'il est censé devenir *Semel-aten* parce qu'il ne s'intéresse pas seulement au pouvoir, comme tous ceux qui l'ont été depuis plusieurs centaines d'années, mais qu'il veut vraiment moderniser les lois.

— Ce serait bien, acquiesça-t-il. Mais Sobek ?

L'Égypte. J'étais d'accord avec lui.

— Tu sais, moi j'aimerais juste pouvoir vivre dans ma petite ville jusqu'à ma mort.

— Moi aussi, répondit-il.

— Mais bon, lui dis-je en souriant, où que soit Domin…

— Ce qu'il veut, déclara-t-il d'une voix qui se brisait. Je ferai tout ce qu'il veut, s'il reste juste avec moi.

— Ça me tue tout ça, tu sais.

Il me sourit, et je vis ses sentiments, ce que je représentais pour lui.

— Tu as été extraordinaire aujourd'hui, Jin. Tu as contrôlé ton pouvoir, tu as protégé Logan, et tu n'as blessé personne de ta propre tribu. Je suis fier d'être de ton côté, et de celui de mon *Semel*.

Soudain mes yeux se remplirent de larmes, et il se pencha pour me prendre dans ses bras. Nous étions tous extrêmement fatigués, trop émotifs, et absolument à bout de nerfs. Yuri ne me prenait jamais dans ses bras habituellement. Il me protégeait, il était mon champion, nous nous asseyions côte à côte très souvent pour parler, mais les étreintes ne faisaient pas partie de nos activités. Mais nous étions tous à vif, vulnérables et en manque d'affection, alors il me serra fort et je le laissai faire.

Je me réveillai au milieu de la nuit pour admirer une scène magnifique : mon *sheseru* souriait, les yeux clos et la tête renversée, tandis que Domin était assis sur ses genoux et l'embrassait sous la mâchoire et le long de la gorge. Yuri était au paradis avec Domin sur les genoux, et le léger gémissement qu'il lâcha me fit soupirer. Lorsque mon *Maahes* se recula pour regarder mon *sheseru* dans les yeux, Yuri ouvrit lentement les paupières.

— Qu'est-ce que tu veux ?

— Tu sais ce que je veux, lui dit Yuri d'une voix rauque et basse. Je veux que tu me gardes auprès de toi. C'est tout ce que j'ai toujours voulu.

Les yeux bruns de Domin brillaient dans la pénombre. Il avait eu le temps de se raser dans la journée, et ses traits ciselés étaient à nouveau visibles et non plus cachés sous une barbe drue. Yuri appréciait de sentir sa peau douce, s'il fallait en croire ses doigts qui caressaient continuellement le visage de Domin.

— Et j'aimerais vraiment que tu me marques, avoua-t-il dans un souffle.

— Tu es fou. Tu n'y survivras pas.

— Je crois que si.

Domin expira violemment.

— Écoute-moi. Si elle est entre un *Semel* et sa vraie compagne, la marque est douloureuse, mais elle guérit. Entre deux panthères banales… La marque d'un *Semel* n'est jamais donnée parce que tu pourrais te vider de

233

son sang, finit-il en tremblant. Et puis qu'est-ce qui te fait dire que j'aurais envie de faire ça ?

Les yeux sombres de Yuri, qui n'était pas exactement de la couleur bleu cobalt de Mikhail, mais plutôt d'un bleu roi chaud, s'enflammèrent. Bon sang, il était si amoureux que cela faisait peine à voir. Tout son besoin était là, évident.

— S'il te plaît.

— Va te faire foutre, non, cracha Domin en tentant de se lever des genoux de l'autre homme.

Mais Yuri était fort et il voulait que Domin reste là où il était. Ses doigts s'agrippèrent aux cuisses de Domin pour le maintenir.

— Tu es encore un *Semel* à l'intérieur, je le sais.

Domin leva la tête d'un coup et fixa son regard sur Yuri.

— Je sais que ce n'est pas juste parce que tu es devenu *Maahes* que toutes les choses que tu voulais, toutes les choses pour lesquelles tu es fait physiquement, émotionnellement et mentalement, ont disparu. Je sais que tu voulais trouver ton véritable compagnon, le marquer…

— Je n'aurais jamais pu trouver une *reah* mâle comme…

— Et c'est pour ça que tu étais autant en colère.

Yuri prit son visage entre ses mains.

— Qu'est-ce que Logan Church avait à faire d'un compagnon ? Il était hétéro. Alors quand tu as vu Jin, tu as cru qu'il était la réponse à tout et cela n'avait pas de sens qu'il ne soit pas ton compagnon.

Domin repoussa les mains de Yuri de son visage, mais ne s'écarta pas. Au lieu de ça, il se colla un peu plus contre lui.

Yuri retint sa respiration et reposa ses mains sur les cuisses de l'autre homme.

— Dom', je suis au courant, d'accord ? Vraiment. S'il te plaît, laisse-moi être l'homme dont tu as besoin. Marque-moi.

— Ça pourrait te tuer.

Je savais que Yuri pouvait aussi mourir de ne pas avoir cette marque. Avant de rentrer à la maison, Yuri avait besoin d'un morceau de Domin à emporter avec lui. C'était vital.

— S'il te plaît, dit simplement Yuri.

— Qu'est-ce qui te fait croire que j'ai même envie de ça ? répondit durement Domin pour la deuxième fois.

Même moi je me rendis alors compte qu'il en avait envie, puisqu'il ne pouvait pas s'empêcher d'en parler.

Yuri lui sourit.

— Je te connais.

Et Domin était sur le point de nier, je pouvais le voir, mais dans ses yeux je pouvais aussi voir à quel point il avait envie de mordre dans la chair de l'autre homme et de goûter sur sa langue le sang de Yuri.

— Et si tu te vides de ton sang ?

— Je ne me transforme pas aussi rapidement que Jin, mais assez rapidement pour ne pas me vider mon sang. Je suis le *sheseru* de ma tribu, Domin. Le seul plus fort que moi est Logan.

Il était tout à fait pragmatique tandis qu'il fixait Domin.

— Pour une *reah*, la douleur devient plaisir. Pour toi… Ça ne sera pas le cas. Ça va juste faire mal.

— Je crois que ça dépendra de ce que tu me feras au moment de me mordre.

Yuri sourit légèrement, les paupières lourdes.

Je vis les muscles de la mâchoire de Domin se contracter, et il émit un son du fond de la gorge.

— Viens, allons dans la grotte où nous avons passé la nuit.

— Yuri…

— C'est ce que je veux… S'il te plaît.

Ce dernier mot, prononcé d'une voix qui se brisait légèrement, fit craquer Domin. Il se leva, attrapa sa parka, son bonnet, ses gants, et du lubrifiant – il ne fallait pas oublier – et se dirigea vers la porte. Yuri était sur ses talons.

Je souris en les voyant partir.

— Tu es heureux à propos de quelque chose.

Je baissai la tête pour regarder mon compagnon.

— Yuri et Domin.

— Oh ? Tu préfères ça à Koren et Domin, n'est-ce pas ?

Le regard noir que je lui dédiai le fit sourire. Ses yeux brillaient dans la pénombre.

— Tu n'es pas sympa, Church.

Je le repoussai lorsqu'il essaya de m'attraper pour m'attirer près de lui.

— Pourquoi est-ce que tu ne m'as jamais dit que Yuri était amoureux de Domin ?

— Ce n'était pas à moi de révéler ce secret. Et puis, tu crois toujours que je ne me rends compte de rien

De quoi est-ce que… Puis je compris.

— Je croyais que tu ne savais pas ce qui se passait entre Domin et Koren à l'époque, mais en fait si, n'est-ce pas ?

Il acquiesça.

— Je savais qu'ils avaient une relation, je ne savais simplement pas à quel point elle avait progressé. Je vois ce qui se passe, Jin.

Je le fixai, et son sourire se fit narquois.

— Viens là, dit-il en se tapotant la poitrine.

Je m'allongeai à côté de lui, tout contre lui, et l'écoutai respirer. C'était un son merveilleux.

— C'est pour ça que j'en veux tout le temps à Koren, me dit-il en passant ses doigts dans mes cheveux avant de m'embrasser le front. Il ne peut pas continuer à faire courir Domin, ce n'est pas juste.

— Je me sens idiot de ne pas m'être rendu compte que Koren ne savait rien sur rien.

— Mais nous tous, Yuri, Domin, Mikhail… nous avons tous grandi avec lui, pas toi. Il t'énerve depuis peu, dit Logan en gloussant avant d'incliner ma tête pour embrasser ma mâchoire. Ça fait bien plus longtemps qu'il m'énerve.

Je lui souris juste avant qu'il se penche pour prendre gentiment possession de ma bouche. J'adorais l'embrasser, sentir sa bouche sur la mienne, et je gémis tout doucement de bonheur. Il s'agrippa à moi et notre baiser devint plus chaud, plus profond, infini. Il ne s'arrêtait pas, devenait plus pressant tout en restant languissant et non explosif.

— Tu m'as tellement manqué, lui dis-je, haletant, lorsque je dus m'arrêter pour respirer.

Je collai mon front contre le sien. L'air était lourd entre nous.

— Toi aussi, m'avoua-t-il avant de se pencher à nouveau vers moi.

Je sentis une main sur mes fesses qui m'agrippait, me caressait, et une autre attraper mes cheveux pour que je ne puisse pas m'échapper. Je posai les paumes sur sa poitrine et le repoussai. Il se laissa faire, mais me fixa tandis que je m'éloignai, ses yeux d'or braqués sur mon visage.

Je haussai un sourcil.

— Qu'est-ce que tu crois que tu es en train de faire ?

— J'essaie de m'envoyer en l'air.

Je ne réussis pas à réprimer mon sourire.

— Non.

— Non ?

— Rendors-toi.

— Je ne peux pas, dit-il en caressant son érection, je pourrais en mourir.

C'était assez amusant si l'on prenait en compte tout ce dont il aurait pu mourir ces derniers jours.

— C'est ça que tu racontais aux filles au lycée ?

— Il n'y a que toi qui me fais cet effet.

— Vraiment ?

J'explosai de rire.

— Ça aussi tu t'en servais ?

Il couina, ce qui me fit sourire et lui aussi.

— Tu dis n'importe quoi. Rendors-toi.

— Mais ton odeur me rend dingue.

— Alors je vais aller dormir ailleurs.

C'était vraiment impressionnant de voir son regard d'or s'embraser.

— Tu dors avec moi, et moi uniquement.

Il était si possessif. J'en profitai.

— Oui, *Semel*.

Son grognement fut presque douloureux.

— Mon amour, je t'en prie, enlève tout ça et allonge-toi avec moi. Colle ta peau à la mienne.

— Je veux bien enlever le haut, mais…

— Non, gémit-il. Enlève tout. J'ai besoin de… d'être en toi.

Ses yeux n'étaient plus que des fentes dorées. Le voir déglutir et se lécher les lèvres en me regardant était suffisant pour m'échauffer les sangs.

Je me mis à genoux et commençai à me déshabiller. J'étais à peu près sûr que tout le monde était endormi. Les seuls sons qui résonnaient dans la yourte étaient les crépitements des braseros répartis un peu partout, le hurlement du vent à l'extérieur, de légers ronflements et le bruissement des draps.

Tandis que je me débarrassai de mes vêtements, Logan ouvrit sa parka et enleva son pull et les nombreuses couches qu'il portait en dessous. Lorsque je fus nu, j'attrapai une des lourdes couvertures en laine doublée qui était posée près de lui, l'ouvris et grimpai sur ses genoux. Il bougea très vite et me fit tomber sur le dos sur les fourrures. Un léger ronronnement s'échappa de sa poitrine.

Je me tordis sous lui, mais il me leva immédiatement les hanches, et je sentis mes fesses être écartées et sa langue se glisser entre elles. Je cambrai le dos sous le choc, manquant tomber de la couchette, lorsque sa langue râpeuse effleura gentiment mon entrée.

— Logan, m'étouffai-je, quelqu'un va nous voir.

— Ils sont tous épuisés et Yuri et Domin sont partis, me dit-il en mordillant la chair de mes fesses.

Mon souffle se coupa.

— Et j'ai besoin de toi. J'ai besoin de mon compagnon, termina-t-il avant de glisser sa langue à l'intérieur de moi pour me faire comprendre l'intensité de son désir.

Il me lécha longtemps, et sa langue talentueuse allait plus loin chaque fois. Il me suçait plus fort, me goûtait encore et encore jusqu'à ce que mon sexe soit humide de désir et mon entrée lubrifiée par sa salive. Je me tordis sous lui lorsqu'il enroula son corps autour du mien, mon murmure désespéré. Lorsqu'il enfonça deux doigts en moi et captura ma bouche au même moment, me laissant goûter ma saveur sur sa langue, je tremblai tant j'étais proche de la jouissance.

Ses doigts s'écartèrent en moi, glissèrent sur ma prostate, et je mordis sa lèvre inférieure en cambrant le dos. Il prit mon sexe dans son autre main.

— Logan, haletai-je, je vais jouir.

Il changea rapidement de position au-dessus de moi pour attraper mes genoux au creux de ses coudes, me lever les fesses et plonger en moi.

Je jouis au premier coup de reins. Son sexe m'emplissait, m'écartelait, et je criai en éjaculant sur son torse musclé alors même que nous tentions d'être discrets. Tandis que je profitais des derniers remous de mon orgasme, il continua de me faire l'amour. Il allait et venait en moi, s'enfouissant complètement dans mon corps au point que je pouvais sentir ses testicules contre mes fesses.

— Oh mon Dieu, mon amour, tu es si étroit, grogna-t-il.

Je pouvais sentir mes muscles se contracter autour de lui tandis qu'il me chevauchait.

Mon orgasme m'emplit de chaleur. J'étais en sueur sous les coups de boutoir de mon compagnon. Les larmes qui coulaient sur mes joues étaient sans importance.

— Tu es à moi, grondai-je.

Son souffle se coupa en m'entendant, et je sus que ma possessivité venait de le pousser au point de non-retour. Il attrapa mes cuisses et m'attira vers lui, enfonçant violemment son sexe dur en moi. Je sentis son sperme chaud couler en moi, m'emplir pendant qu'il allait et venait encore et encore. J'entourai sa taille de mes jambes et le serrai de toutes mes forces.

Nous ne faisions plus qu'un, trempés de sueurs et collés l'un à l'autre, quand il empoigna mes cheveux pour me relever et me rapprocher de lui. Il resta ainsi enfoncé en moi tout en capturant ma bouche. J'entourai son cou de mes bras et écrasai mes lèvres contre les siennes, nos langues et nos souffles se mêlant, tandis qu'il frissonnait sous les derniers assauts de son orgasme. Nous voulions nous rapprocher encore, nous serrer plus fort.

Lorsqu'il put enfin bouger et moi aussi, il se retira doucement et nous nous allongeâmes sous des couches de couvertures.

— Jin, murmura-t-il en m'embrassant derrière l'oreille et en mordillant le côté de mon cou. Je veux que tu me promettes quelque chose.

Je me tournai dans ses bras pour pouvoir voir son visage.

Il m'agrippait avec force, me pressant contre lui.

— Jure-moi que si je meurs demain…

— Logan. Tu…

J'avais le souffle coupé.

— Promets-moi, gronda-t-il en m'attirant sous lui pour planter son regard dans le mien.

Il me plaquait sur le lit, me rappelait qu'il était grand, fort, viril et musclé, et pesait sans doute quarante kilos de plus que moi.

— Jin.

Je fermai les yeux, me contentant de savourer sa peau chaude et lisse contre la mienne, ses mains puissantes qui tenaient mon visage si tendrement, et sa bouche brûlante tandis qu'il suçait des marques sur mon cou. J'en serais couvert le lendemain matin, et j'en étais heureux. J'adorais porter les preuves de notre amour sur ma peau.

— Jin.

Avec un effort, je forçai mes yeux à se rouvrir et rencontrai son magnifique regard d'ambre.

— Si je meurs dans l'arène demain, je veux que tu rentres à la maison pour lancer le processus afin d'avoir notre enfant avec la mère porteuse que Delphine connaît.

Je serrai les mâchoires afin de ne pas pleurer.

— Avant que tout ça commence, j'étais sur le point de te dire que je crois qu'il est temps de commencer à avoir des enfants. Tout est prêt. On attendait juste l'instant parfait. Il est temps, Jin. Et si je meurs demain, tu dois me promettre que tu le feras, parce que t'imaginer tenir un enfant, notre enfant… J'ai besoin de pouvoir emporter ça avec moi, d'accord ?

Les mots ne pouvaient exprimer ce que je ressentais.

— J'ai besoin de savoir que tu iras bien quoiqu'il arrive, quand je rentrerai dans cette arène demain.

— Je n'irai pas bien, lui dis-je, tandis que ma vue se brouillait.

Il essuya mes larmes de ses doigts, se pencha et embrassa mes lèvres. Son corps puissant absorbait mes frissons et me maintenait en place.

Je m'accrochai à ses poignets et tentai de respirer malgré la boule dans ma gorge.

— Tu dois vivre, Jin, et ne pas oublier que je n'ai jamais été fier que d'une chose : être le maître de ton cœur.

J'avais tant de choses à dire, mais rien ne sortait.

Il baissa les mains et me serra fortement contre lui, m'écrasant.

— Tout ira bien, mon cœur, je te le promets.

Je réussis à inspirer.

— Alors tu dois vivre, Logan, dis-je en enroulant mes jambes autour de ses hanches. Il n'y a que comme ça que j'irai bien. Il faut que tu le saches.

— Mon amour…

— Non, dis-je d'une voix cassée. J'ai fait tout ce que l'on m'a demandé, toi aussi, mais maintenant je te le dis : j'ai besoin que tu vives pour moi.

— Jin, dit-il d'une voix éraillée.

— Oui, lui dis-je en m'assurant qu'il pouvait entendre, mais également sentir mon désir pour lui.

— Bon sang, gronda-t-il.

Dès qu'il m'avait laissé assez de place pour bouger, pour respirer, je m'étais retourné sous son poids, levant les hanches. J'avais encore envie de lui et je lui faisais savoir. J'avais passé des mois sans lui. Une fois ne suffirait pas à apaiser ma faim.

— Jin, tu ne peux pas encore…

— Montre-moi que tu as envie de vivre.

Il glissa facilement à l'intérieur, car j'avais encore sa semence en moi, et je ressentis immédiatement l'excitation à couper le souffle qui s'emparait toujours de moi quand Logan était à l'intérieur de mon corps. Mon corps et mon cœur étaient toujours touchés à son contact.

— Dis-le, pour que je sois sûr.

— Je veux vivre.

Je ronronnai de contentement tandis qu'il me pressait contre son cœur.

XVIII

J'ÉTAIS PLEIN de sueur et collant le lendemain matin, alors j'acceptai l'invitation permanente de Khongordzol à utiliser les sources chaudes qui coulaient sous leur maison pour me baigner. Je quittai la yourte sans réveiller personne, pas même Logan, et m'approchai de l'entrée de la caverne. Les gardes me laissèrent entrer et je fus conduit aux bains par deux hommes.

Il était encore tôt, et j'étais le seul présent. L'eau était chaude, et la cuvette naturelle était énorme. Elle avait été creusée dans la roche par l'eau pendant des milliers d'années, et adoucie par un siècle d'utilisation. Même si je voulais rester là pour profiter de la chaleur et du confort, je me forçai à sortir, à me sécher et à m'enrouler dans la cape de fourrure pour affronter à nouveau la température négative à l'extérieur. J'enfilai les bottes de cuir traditionnel, épaisses et rigides que Chuluun m'avait apporté la deuxième nuit de notre séjour. Je les aimais bien. Elles étaient rouges, et faites de buligar, le cuir le plus résistant que j'avais vu de ma vie. Elles n'étaient absolument pas souples. Le bout du pied était relevé, et quand je lui avais demandé pourquoi, Chuluun m'avait dit que si elles avaient été plates, je n'aurais pas réussi à marcher avec. C'était logique. Je me sentais un peu comme Gengis Khan dans ma cape de fourrure et mes bottes lorsque je retournai à la yourte.

À l'entrée, je fus soudain attiré vers l'avant, attrapé et serré contre la poitrine de Logan, et j'entendis quelqu'un crier au même moment.

J'étais perdu, secoué, et j'avais presque peur, mais je me trouvais dans mes propres quartiers, et mon compagnon et mon *sheseru* étaient là. Rien ne pouvait me faire de mal.

— Comment osez-vous ?

Je n'avais jamais entendu la voix de Yuri comme ça, froide et menaçante, complètement animale.

— Amène-le-moi !

J'avais besoin de voir, mais Logan avait calé ma tête sous son menton et il me serrait très fort.

— Domin ! Mikhail !

Il me fallut une minute pour me tortiller assez pour regarder ce qui se passait, Logan était vraiment fort. Je penchai la tête et je vis que Yuri agrippait d'une main le cou d'un homme que je n'avais jamais vu auparavant.

Mais si, je l'avais déjà vu… Qui était-il ?

— C'est le *sheseru* de la tribu de Nebthet, déclara Mikhail, Armando Mojica.

Armando était en train de devenir bleu par manque d'oxygène.

J'enfonçai mon doigt dans les côtes de mon compagnon.

— Logan.

Il se contenta de regarder fixement Yuri étrangler lentement l'homme.

— Logan !

— Yuri, dit-il d'une voix à peine plus haute qu'un murmure.

Mon *sheseru* ouvrit la main, et l'homme chuta sur le sol de la yourte. Il se mit immédiatement à tousser, cracher et râler.

— Que…

— Bon sang ! rugit Logan en m'attrapant pour me soulever de terre et me porter jusqu'à mon lit.

Il se laissa tomber dessus avec moi et m'entoura de ses bras musclés.

— Qu'y a-t-il ? demandai-je en posant mes mains sur ses épaules.

Les muscles bandés de son dos et de ses bras se contractèrent lorsqu'il raffermit sa prise sur moi. Il avait vraiment eu peur.

— Logan ?

Il inspira profondément plusieurs fois, son visage enfoui dans mes cheveux, avant de s'écarter pour me regarder.

— J'ai cru que je n'arriverai pas à t'atteindre.

Sa voix n'était qu'un murmure rauque.

Et cela l'avait terrorisé.

— Je vais bien, tentai-je de l'apaiser en me pressant contre lui. Mais tu vois ce que tu as senti à l'intérieur, à cet instant ?

Il ferma les yeux, expira par le nez, et lorsqu'il rouvrit ses magnifiques pupilles d'or, je sus qu'il comprenait.

— Alors quand tu parles de ce que je suis censé faire si je te perds ? Tu peux arrêter, d'accord ?

Il hocha la tête après un moment.

— D'accord.

Je me jetai sur lui, il m'agrippa et nous tombâmes tous les deux à genoux, collés l'un contre l'autre, jusqu'à ce que Domin et Taj s'accroupissent à côté de nous.

— Est-ce que quelqu'un s'inquiète de ce qui vient de se passer ? Ou est-ce que vous avez juste besoin d'une chambre ?

Oh, monsieur était de mauvaise humeur.

Je tournai la tête pour le regarder.

— C'est le *sheseru* de la tribu de Nebthet, et il est en colère parce que si j'avais utilisé mon pouvoir plus tôt dans la journée hier, alors son *Semel* serait encore en vie. Je suis sûr que son *sylvan* et lui me tiennent pour responsable.

Logan me lâcha et s'écarta pour me regarder avec la même expression sur le visage que Domin, comme s'il était perdu et choqué à la fois.

— C'est logique. Je me tiendrais aussi pour responsable. Ils ne comprennent simplement pas que je contrôlais seulement en partie ce que je faisais hier. Je travaille à maîtriser mon pouvoir, mais il y a des choses que je ne sais pas encore. Et comme il n'y a pas vraiment d'autre nekhene dans le coin pour m'aider, je suis un peu bloqué.

Domin acquiesça.

— C'est exactement pour ça qu'il était là. Il voulait te tuer.

— Ramenez-le à son *sylvan* après l'avoir mis en garde pour qu'il ne m'attaque pl…

— Non ! rugit Logan. Il meurt !

Je me penchai pour poser mes mains sur son visage.

— Je ne veux plus de sang, plus de massacre, s'il te plaît…

— Jin…

— Mets-le juste en garde, qu'il observe vraiment Yuri, Crane et Taj et il saura qu'il ne peut pas me toucher. Et laisse-le te voir toi, *Semel-netjer*, et ton *Maahes*, et puis laissez-le partir.

Il réfléchissait.

Faites qu'il se rende compte que le sang ne peut pas être versé à cause de moi. Jamais à cause de moi.

Je le fixai du regard, souhaitant de tout mon cœur qu'il se souvienne de ma place dans sa vie : je représentais l'amour, la confiance parfaite, et le vœu qui serait toujours entre nous.

Il ne pouvait pas punir en mon nom.

244

Il fallut de longues minutes pour que ses yeux dorés passent de la colère foudroyante à la chaleur de la compréhension. Lorsqu'il en fut capable, il acquiesça, se leva et s'éloigna. Domin le suivit et me laissa seul.

Un instant plus tard, Crane était là pour voir si je n'étais pas blessé.

— Je vais bien, lui dis-je.

Il observa mon visage.

— Arrête, tout va bien.

Il me donna un coup dans le bras.

— Mais ça va pas ?

— Ne fais pas le con, me prévint-il. Je sais que tu en as marre d'être là, tout le monde en a marre, mais ne commence pas à t'énerver parce que je suis inquiet qu'on t'ait presque tué. Sinon je te botte le cul.

Et je savais qu'il le ferait.

— Compris ? demanda-t-il en me donnant une chiquenaude sur le front.

Ça faisait mal.

— Crétin, râlai-je en me frottant le front.

C'est alors que je remarquai la surprise de Yusuke qui s'assit à côté de Crane. Elle bougeait vite, il fallait bien le reconnaître.

— Quoi ?

Elle me regarda, puis Crane, puis à nouveau moi.

— Votre tribu est différente, Jin Rayne.

Ce n'était pas la première fois que j'entendais ça.

— Ouais, je sais.

Je lui souris.

— Comment allez-vous ?

Elle courba la tête.

— Je vais aller parler à Logan, si vous le voulez bien.

— Bien sûr, lui dis-je.

Elle partit rejoindre les autres – Logan, Domin, Mikhail et Yuri – et je me retournai vers Crane. Son sourire et la façon dont il s'était éclairé étaient parfaitement révélateurs.

— Elle est si forte, Jin, si déterminée. Et elle veut encore des choses comme des enfants, un foyer, et créer. C'est une peintre, tu le savais ?

— Eh bien, Markel a besoin de quelqu'un pour partager son studio. Il faudrait se diviser le loyer de l'espace du bas. Tu devrais lui en parler.

— Oh mais c'est vrai, dit-il en me tapotant le bras. Tu es génial !

— J'essaie.

ALORS QUE je suivais la procession en direction de l'arène quelques heures plus tard, je sentis une main sur mon bras et me tournai pour trouver Ebere El Masry, la *yareah* du *Semel-aten*. Je fus surpris de la voir, et encore plus qu'elle se soit approchée de moi avant le début du défi, alors lorsqu'elle m'attira pour que je la suive, je dis aux autres de continuer sans moi. Yuri allait rester, mais Crane lui dit de continuer et resta avec moi.

J'attrapai la main d'Ebere, et ses yeux se remplirent de larmes.

— Rector Vincent ne fait pas partie de notre tribu, Jin. C'est un tueur à gages. Il n'a de *Maahes* que le nom et il n'est là que pour tuer Domin Thorne pour qu'ensuite Ammon et lui puissent tuer Logan. Tu dois prévenir ton compagnon, parce que deux panthères contre une c'est trop, même si ton *Semel* est puissant.

— Il s'est battu contre plus…

— Mais pas comme eux, continua-t-elle avec inquiétude. Mon compagnon est très puissant, et Rector Vincent est violent. Je les ai vus se préparer pour ce défi, Jin, et rien qu'en s'entraînant ils ont tué de nombreux hommes.

— Tout ira bien, lui assurai-je même si mon estomac se retournait.

— Logan est affaibli, me dit-elle. Il a subi des épreuves physiques et émotionnelles alors qu'Ammon non. Et votre *Maahes* ne fait pas le poids devant Vincent.

— J'apprécie que vous me le disiez, que vous m'ayez prévenu, déclarai-je solennellement.

Je n'étais clairement pas aussi effrayé qu'elle.

Elle s'éclaircit la gorge.

— Si Logan meurt… Je ferai ce que je pourrai.

Je hochai la tête.

— Si Ammon meurt… Est-ce que votre *Semel* défendra mes enfants ? Mes petites filles ?

— Il défendra vos enfants et vous-même, Ebere.

Elle se jeta dans mes bras, ce qui n'était pas convenable mais je m'en fichais bien. Nous nous serrâmes l'un contre l'autre puis elle disparut comme elle était venue, dans les ombres.

— Bon sang, heureusement que Yuri n'est pas resté pour entendre ça, me dit Crane en levant les sourcils.

Oui, heureusement.

Je ne voulais plus jamais revoir l'intérieur d'une arène de ma vie. La façon dont les gens me regardaient, effrayés ou inquiets et gardant leurs distances, était aussi difficile à supporter. J'étais une *Reah*, mais ils me traitaient comme un paria. J'aurais dû être accueilli chaudement et pas repoussé. Seuls Hamid et Chuluun vinrent me saluer avant que tout le monde s'assoie. Même Jamal garda ses distances, et je vis l'expression sur son visage. Nous n'étions plus amis. Je l'avais forcé à se transformer aussi, apparemment. Sa puissance n'était pas aussi grande que ce qu'il avait pensé.

J'étais désolé d'avoir blessé sa fierté ainsi que celle de Shahid, car ils étaient membres du Shu. Lorsque Logan gagnerait, je devrais faire la paix avec eux. Je profiterais de devoir parler au prêtre. Assis entre Yuri et Crane, je regardai autour de moi jusqu'à trouver Hiroshi. Son expression était claire comme de l'eau de roche, et quand nos regards se croisèrent, il me fit un léger signe de tête. Les traits de son visage exprimaient le regret, et je savais que s'il avait pu retourner en arrière, il l'aurait fait. Dans un tourbillon de colère et de soif de sang, il avait changé pour toujours sa vie. Il allait devoir prendre une nouvelle *yareah*, et peut-être que celle qu'il avait eue serait la seule femme qu'il aimerait jamais. Savoir qu'elle était si proche, dans les quartiers de Logan, mais qu'il ne pourrait plus jamais lui parler devait être terriblement douloureux. J'espérais qu'il guérirait un jour.

— C'est parti, souffla Crane.

Le prêtre déclara le défi ouvert, et tout le monde baissa la tête pour voir les quatre panthères entrer dans l'arène : Ammon El Masry et son *Maahes*, Rector Vincent, chargeant à toute vitesse, et Logan et Domin qui approchaient lentement, restant près l'un de l'autre.

— Le *Semel* qui survit sera déclaré vainqueur, déclara Hamid. Le défi est normalement un contre un, mais le *Semel-aten* désirait que son nouveau *Maahes* y participe avec lui.

Je savais pourquoi. Ammon allait tuer Domin rapidement puis faire souffrir Logan.

— Si le *Semel-aten* est vainqueur, il pourra exécuter tous ceux qui l'ont défié.

Cela voulait dire le prêtre, Logan, moi-même, et tous ceux qu'Ammon aurait envie d'exécuter.

— Si un autre *Semel* gagne, il sera le nouveau *Semel-aten* et maître de Sobek. Les *Semels* dans l'arène ont le droit de prendre leur forme intermédiaire, comme prévu dans la loi.

— Votre Grâce, demanda Danny en se levant, puis-je demander un éclaircissement ?

Pourquoi ?

— Vous le pouvez.

— Le *Semel* qui tue le *Semel-aten* devient *Semel-aten*. C'est bien la loi, n'est-ce pas ?

Hamid eut l'air perdu.

— C'est bien cela.

— Merci Votre Grâce.

Lorsque Danny se rassit, je le regardai d'un air interrogateur.

— J'ai fait comme me l'avait ordonné mon *Semel*, me dit-il avec un sourire.

Il parlait de la façon dont nous parlions tous lorsque nous restituons la loi : formellement, et de manière décidée. Qu'est-ce que c'était que ça ?

— Le défi pour le pouvoir et maintenant lancé !

Cela ressemblait à tous les duels que j'avais déjà vus dans l'arène. Les panthères se jetèrent les unes sur les autres en grondant et en rugissant, les griffes et les crocs s'abattirent furieusement, lacérant et mordant. La puissance et la soif de sang remplirent l'arène.

Je retins mon souffle, terrifié, sachant que, quel que soit ce qui se passerait, ma vie en serait changée. Avant que Logan parte, je l'avais rejoint à l'extérieur de la yourte et je l'avais embrassé et serré contre moi avec tout l'amour et le désir que j'avais dans mon cœur. Il fallait qu'il sache qu'il était tout pour moi. Il était toute ma vie. Et lorsqu'il acquiesça sans pouvoir parler, je fus certain qu'il me comprenait. Mais maintenant, tandis que je le regardais saigner, je sentais mon cœur être serré dans un étau.

— Logan est plus fort qu'eux deux, Jin, m'assura Crane entre ses dents. N'en doute pas une seule seconde.

J'inspirai et entendis Yuri faire la même chose à ma droite. Je ne tournai pas la tête vers lui, j'en étais incapable. Mes yeux restaient fixés sur Logan, comme j'étais sûr que ceux de Yuri l'étaient sur Domin. Je n'avais pas vu la marque que Domin avait placée sur lui, mais je l'avais vu poser la main derrière son cou et toucher ce qui devait être une énorme cicatrice, argentée et en relief. Il ne pouvait pas empêcher ses doigts d'en tracer les contours et semblait se moquer de la douleur, si même cela faisait mal. J'avais peur pour lui, de ce que cela voudrait dire pour lui si Domin mourait. Je sentis mon pouvoir monter, et aussitôt Crane toucha mon genou du sien et posa sa main sur mon dos.

— Attends, Jin, tout ira bien.

Mais si Logan mourait, qu'est-ce que je ferais ? Qu'est-ce que je deviendrais ?

Ammon prit sa forme intermédiaire, et j'attendis le souffle coupé que Logan fasse de même.

Les secondes s'égrenèrent.

Pourquoi est-ce qu'il ne se transformait pas ?

Il devait se transformer !

Bon sang, qu'est-ce qu'il attendait ? Ammon allait le réduire en miettes ! La forme mi-homme/mi-panthère était la plus forte de toutes !

Logan !

— Attends, dit Crane d'un seul coup. Qu'est-ce qui se passe ?

J'étais aussi perdu que lui. Les quatre panthères se tournaient autour après une dernière attaque vicieuse, mais au lieu que Logan s'avance pour affronter Ammon, il avait fait un léger pas en arrière pour que Domin puisse se précipiter en avant sur le *Semel-aten*. Ils ne s'étaient même pas regardés, mais on aurait dit… Que c'était prévu.

— Oh mince, murmurai-je lorsque Domin prit sa forme intermédiaire.

Les gradins tout entiers eurent un hoquet au même moment.

Domin.

— C'est quoi ce bordel ? s'étouffa Crane, et lorsque je me tournai vers lui, je vis à quel point ses yeux étaient écarquillés.

— Logan ne va pas le faire, haletai-je

— Logan ne va pas faire quoi ?

Je regardai à nouveau l'arène, vis Domin et Ammon se précipiter l'un vers l'autre, et Ammon lacérer Domin sous sa forme intermédiaire. Domin se défendait avec ses crocs et ses griffes. Le *Maahes* d'Ammon, le fameux Rector, le mercenaire, tomba rapidement sous la force et la puissance supérieure de Logan. Un félin quelconque, quel qu'il soit, ne faisait pas le poids contre un *Semel*, et même si Logan était resté sous forme de panthère, cela importait peu. Contre Ammon, il aurait été forcé de se transformer, mais maintenant je comprenais. S'il avait affronté Rector sous sa forme intermédiaire, le défi aurait été perdu. Mais comme il ne l'avait pas fait, le *sepat* tenait toujours. Lorsque Logan eut plaqué au sol l'autre panthère, il le maintint là, immobile, et tourna la tête vers Ammon et Domin, comme nous tous.

Le prêtre pensait qu'il n'y avait que deux *Semels* dans l'arène ; c'était pour cela que Logan avait demandé à Danny de s'assurer que la loi soit éclaircie…

Le *Semel* qui tuait le *Semel-aten* devenait le nouveau *Semel-aten*, c'était la loi. Logan s'était assuré que la loi serait mentionnée pour que la revendication de Domin soit assurée. Il n'y avait pas deux *Semels* dans l'arène de la tribu de Khertet… Il y en avait *trois*.

Les gens oubliaient souvent que même si Logan Church avait mis fin à la lignée de Menhit et avait dissous la tribu de Domin, cela n'avait pas fait de Domin Thorne autre chose qu'un *Semel*. Cela aurait été impossible. Personne ne se souvenait de qui était vraiment Domin Thorne. Lorsque des chefs de tribus se combattaient, il y avait souvent des morts. Ou alors les *Semels* changeaient souvent et personne ne s'intéressait vraiment à ce qui se passait dans les tribus autres que la leur. Peut-être que Hamid en tant que prêtre se souvenait que Domin avait à une époque dirigé sa propre tribu, ou peut-être pas, mais il était obligé de s'en souvenir maintenant, comme tout le monde dans le public.

On naissait *Semel* ou pas, et Domin était né pour diriger. Il en avait la puissance et la forme, ainsi que le véritable signe de son statut : la forme intermédiaire.

Ammon hurla de rage. Il voulait Logan, et voilà qu'au dernier acte, il n'aurait quand même pas ce qu'il désirait. À la différence du nekhene, qui faisait de moi quelque chose de plus et dont le pouvoir vivait en moi, être *Semel-aten* n'était qu'un titre. Cela ne rendait pas Ammon plus fort qu'un autre *Semel*. Et cela ne le rendrait certainement pas plus fort qu'un homme qui avait changé et appris de ses erreurs, qui était passé d'une créature vicieuse, fière et blessée à un prince de sa tribu doux et gentil.

Perdre sa tribu avait été la meilleure chose qui était arrivée à Domin, mais maintenant il était prêt à diriger. Et apparemment Logan était d'accord, car il voulait que ce soit Domin qui devienne *Semel-aten*.

Ammon utilisait les ordres qu'il donnait aux autres pour exercer son pouvoir. Domin utilisait sa propre force. Je sus à l'instant où le coup fatal fut infligé. Je vis la surprise passer sur le visage du *Semel-aten*, vis sa rage, sa haine et son incrédulité avant que sa bouche s'ouvre et que du sang en sorte. Il était mort avant d'avoir touché le sol.

Le silence était impressionnant lorsque Domin se tourna, du sang gouttant de ses griffes et étalé sur sa fourrure, et regarda le prêtre.

Il reprit forme humaine comme Logan et Rector, et ils s'agenouillèrent tous les trois.

Je n'avais pas idée que tant de personnes puissent être aussi silencieuses. Nul n'osait même respirer dans la pièce.

— J'ai pensé, déclara finalement le prêtre en se levant, que je proclamerai le *Semel-netjer* nouveau *Semel-aten*, car je croyais que l'homme qui possédait le nekhene était le plus approprié pour être *Semel-aten*, mais il semblerait que Logan Church et moi n'avons jamais eu les mêmes buts.

— Non, effectivement, répondit Domin d'une voix forte en se redressant de toute sa hauteur. Mon frère veut diriger sa tribu sur ses terres et s'occuper de sa *Reah*, de sa famille et de son peuple. C'est tout ce qu'il a toujours voulu. Il a fait de moi quelqu'un comme lui, et j'aurai toujours son appui ainsi que celui de sa *Reah*, Jin Rayne. Je vous demande maintenant de me déclarer *Semel-aten*, car j'ai gagné ce droit par ma victoire dans le *sepat*.

Hamid baissa les yeux sur Domin Thorne.

— Que voulez-vous faire de la maisonnée d'Ammon El Masry.

— Ebere El Masry sera *Mastaba*, la maîtresse de ma maison.

J'avais trouvé étrange qu'Ebere soit assise un rang en dessous de moi pendant que nos compagnons s'affrontaient dans un duel à mort, mais maintenant j'en étais heureux car je pouvais me pencher et poser une main sur son épaule.

Elle prit mes doigts dans les siens.

— Soyez béni, Jin. Je sais qu'il s'agit de votre influence, et que votre *Maahes*, mon nouveau *Semel*, est béni. Je le rendrai fier.

Mais ce n'était pas mon influence. Je n'avais même pas eu l'opportunité de parler à Domin. Il venait de revendiquer Ebere si rapidement, presque sans y penser… comme s'il avait déjà tout décidé. J'ignorais pourquoi. Et même si c'était quelque chose de bien, je n'arrivais pas à en comprendre la raison.

— Donnerez-vous le nom de votre *sheseru* et de votre *sylvan* ?

— Ils seront choisis dans la maisonnée du *Semel-netjer*, mais je vais devoir réfléchir avant de faire mon choix, Votre Grâce.

Hamid fixait Domin, un homme avec qui il n'aurait pas imaginé partager sa maison en Égypte. Il avait voulu que ce soit Logan à cause du genre d'homme qu'il était, mais aussi parce que Logan était mon compagnon. Il aurait voulu que le seul nekhene au monde reste prêt de lui. Mais la force et l'énergie crépitante de Domin étaient impossibles à ignorer.

— Saluons tous le nouveau maître de Sobek, le *Semel-aten*, Domin Thorne.

Les applaudissements déferlèrent, assourdissants, et je laissai ma tête tomber en arrière en fermant les yeux. C'était fini. Le *sepat* était enfin complètement terminé. Et mon compagnon allait rentrer à la maison avec moi. Je n'aurais pas pu empêcher mes larmes de couler même si j'avais essayé.

LA SALLE des banquets de la tribu de Khertet était imposante. Creusée dans la roche, elle réussissait à être à la fois élégante et rustique. Il y avait des fourrures sur le sol de pierre et sur les murs, et des chandeliers en fer forgé étaient accrochés aux poutres en bois qui traversaient le plafond. Je l'avais vue le premier jour en traversant la demeure du *Semel* de Khertet avec les autres compagnes des *Semels*. Je savais donc ce que je ratais lorsque j'envoyai Crane exprimer mes regrets au prêtre et lui dire que mon compagnon et moi ne viendrions pas lui parler directement après la fin du dernier défi. Nous avions besoin d'être seuls. Il dit à tout le monde que j'étais malade, ce qui n'était pas si loin de la vérité. Rien que l'odeur humide de la caverne menaçait de me faire rendre le contenu de mon estomac.

J'avais attendu avec tout le monde à l'extérieur de l'arène après la fin de la dernière épreuve, mais à la différence des autres, j'étais seul. Personne ne s'approchait de moi. Tout le monde voulait parler à Domin. Cela m'allait très bien.

Le prêtre était déçu, je le savais, et il évitait soigneusement de me regarder. Jamal et Shahid refusaient de m'adresser un regard et pour chaque panthère présente, j'étais le monstre qui les avait forcés à se transformer la veille. Je ne m'étais jamais senti aussi exclu.

J'étais donc un peu à l'écart du groupe lorsque Domin et Logan vinrent nous rejoindre après s'être lavés et changés.

Des applaudissements s'élevèrent dans tous les coins. Hamid était là pour saluer mon ancien *Maahes*, et Jamal était à ses côtés. Leur échange fut chaleureux et sincère puis, lorsque d'autres personnes demandèrent la permission de s'approcher, ils la reçurent.

Yuri était patient. Il ne voulait pas forcer le passage, mais à l'instant où le prêtre permit à d'autres personnes de s'approcher, il traversa la foule rapidement et se jeta sur mon ancien *Maahes*. Je vis sa mâchoire se contracter avant qu'il enfouisse son visage dans l'épaule de Domin en

252

tremblant légèrement. Mikhail alla le rejoindre, puis Danny, Andrian et Taj, et enfin Yusuke, la main dans celle de Crane. Ma tribu serra Domin dans ses bras, et j'étais à la fois heureux et triste. Il allait me manquer ; je venais juste de découvrir que je l'aimais vraiment bien.

C'était l'heure de gloire de Domin, et j'en étais heureux parce qu'ainsi il retrouvait ce qui lui revenait de par sa naissance d'une façon splendide, voire légendaire. Mais que je sois là ou pas, que j'ajoute ma voix au chœur des félicitations, n'avait aucune importance. Pas vraiment. Un seul homme trouvait que j'étais essentiel, et je ne voyais que lui.

Logan serra l'épaule de Domin en le dépassant, lui montrant une dernière fois son soutien avant de s'éloigner. Il ne s'arrêta pas pour parler à qui que ce soit.

Le *sepat* était terminé, et plus personne n'avait de pouvoir sur le *Semel-netjer*. Nous étions tous les deux libres.

Ses yeux avaient la couleur de l'or chaud lorsqu'il s'avança, et je remarquai sa démarche fluide, le jeu de ses muscles sous sa peau et sa mâchoire serrée.

Il ne disait rien, et lorsqu'il s'avança vers moi je compris que le silence s'était abattu sur l'assemblée. Tous les regards étaient braqués sur Logan, et à cet instant je compris ce qu'avait voulu le prêtre.

Logan avait l'air d'un roi. Il avait une attitude de monarque ; tout le monde remarquait sa force et sa puissance, il avait une énergie virile qui vous coupait le souffle. C'était un roc, mais il semblait aussi être un abri, un foyer, il respirait la sécurité. C'était quelque chose d'impossible à feindre, cette allure et ce charme… C'était de la pure intuition, et Logan l'avait. Toutes les personnes présentes, à l'exception de celles de notre propre tribu ne l'avaient jusqu'à maintenant vu que sous forme de panthère ou sous sa forme intermédiaire, ou alors ligoté et blessé. Ils n'avaient jamais eu la chance d'observer la beauté à couper le souffle de cet homme.

Mon compagnon ne faisait généralement pas étalage de ce qu'il était. Il préférait minimiser sa propre puissance, sa beauté et son magnétisme. Mais il était libre de toute cette folie. Libéré de la menace de Sobek, de la peur de devenir quelque chose qu'il n'avait jamais voulu. Libre des règles, des traditions et des lois. Il allait rentrer à la maison, et tout ce qu'on lui avait pris lui avait été retourné. Alors il rayonnait de fierté, de joie, et d'un soulagement intense. Tout le monde était subjugué, et même si Hamid Shamon, le prêtre Chae Rophon, était là avec le *phocal* et le tout nouveau

Semel-aten, pendant un instant tout ce que les gens virent était Logan Church. Et il n'avait d'yeux que pour moi.

La foule s'écarta sur son passage, et il couvrit l'espace entre nous en quelques enjambées. Je levai les bras pour l'accueillir et j'entendis son souffle se couper lorsqu'il me toucha.

— Jin, gronda-t-il.

Je gémis de plaisir dans son oreille lorsqu'il m'attrapa et m'écrasa contre sa poitrine.

— Oh mon Dieu.

Ce gémissement était sorti tout seul.

— Mon compagnon, souffla-t-il dans mon cou, ce qui me donna la chair de poule sur tout le corps.

Il me souleva, les mains sous mes fesses, et s'éloigna en direction de l'entrée de la caverne. J'enroulai mes jambes autour de son dos.

— Ce n'est pas convenable, lui dis-je.

— Je m'en contrefous, me répondit-il en accélérant l'allure car la température chutait au fur et à mesure que nous nous éloignions. Nous ne sommes plus importants que pour l'autre, et j'aime que ce soit comme ça.

— Je veux rentrer à la maison, gémis-je dans son épaule, caressant de mon nez le creux de son cou, cherchant sa peau de mes lèvres.

J'avais envie de l'embrasser, de lécher, sucer et mordiller.

— Bon sang, c'est si bon de te sentir, grogna-t-il en resserrant son étreinte, savourant ma proximité et inspirant mon odeur.

— Attends, lui ordonnai-je lorsque je me rendis compte que nous venions de passer la porte qui menait à l'extérieur.

La caverne était profonde, alors l'entrée se trouvait encore à cent mètres du poste de garde. Sur le sol, il y avait de la neige qui était rabattue à l'intérieur avant même que l'on arrive à l'orée de la caverne.

— Tu ne peux pas aller à l'extérieur avec juste ta tenue de cérémonie, tu vas mourir de froid.

Il portait un pantalon en soie et brocart, et une tunique tissée à motifs qui ne le protégerait en rien du froid. Ses bottes étaient comme celles que l'on m'avait données, des bottes traditionnelles mongoles avec les orteils qui remontent, mais les siennes étaient noires là où les miennes étaient rouges. Mais ses chaussettes en laine ne le protégeraient que quelques instants contre le froid arctique à l'extérieur.

— Dans quelques minutes, nous serons dans la yourte. Si je te porte, je ne peux pas geler. Tu me protégeras.

— Logan…

— Non, me dit-il. Si je ne peux pas être seul avec toi, je vais craquer. J'ai besoin que tout soit fini. Je tiens à peine le coup.

Je me tus, me serrai contre lui et me laissai porter à travers la poudreuse. Et il était très fort, mais il tremblait tout de même de froid lorsque nous atteignîmes la yourte.

À l'intérieur, je le poussai à côté du poêle, attrapai des couvertures et les enroulai autour de lui avant de retirer ma parka et de me laisser tomber à cheval sur ses genoux.

Il se blottit contre moi, et nous restâmes ainsi un long moment, à simplement respirer ensemble et partager notre chaleur en silence. Lorsque son odeur commença enfin à titiller mon nez, je plongeai les mains sous sa tunique pour les faire glisser sur ses abdominaux d'acier.

— Tu veux enlever ça ?

J'acquiesçai.

Il attrapa l'arrière de son haut et le retira, avant de planter ses yeux dans les miens.

— Touche-moi.

Mes doigts se posèrent immédiatement sur sa peau pour remonter de son ventre à ses pectoraux ciselés.

— À toi maintenant.

Ses yeux se plissèrent, devinrent deux fentes d'or en fusion.

— Je veux aussi sentir ta peau.

Je retirai lentement mon armure de chaleur et profitai de le voir se lécher les lèvres, déglutir, et me fixer de ses yeux suppliants au fur et à mesure que j'enlevai des couches de vêtements. Si quelqu'un était entré, il aurait sans doute cru que son regard était sexuel, mais ce dont il était assoiffé, c'était d'intimité, de réconfort, et tout simplement de moi. Il avait désespérément besoin de mon corps enroulé autour du sien comme une seconde peau. Il saisit mes cheveux dans un poing pour enfouir son visage dedans et inspirer profondément.

— Je sais toujours que tout va bien quand j'ai le nez dans tes cheveux et que je peux sentir ton odeur partout sur moi.

— Logan, dis-je dans un souffle, promets-moi.

— Je ne te quitterai plus jamais. Je le jure.

J'allais faire en sorte qu'il tienne cette promesse.

— J'ai besoin que tu sois… plus près, rugit-il presque, mais sa voix était plus frustrée que menaçante.

Il était mal à l'aise.

— Qu'est-ce qu'il y a ? lui demandai-je gentiment.

Il secoua la tête.

— Parle-moi.

Mais il ne pouvait pas, ou ne voulait pas, me dire ce qui l'ennuyait.

— Tu as besoin d'autre chose ?

Il leva les yeux vers moi.

— De quoi est-ce que tu as besoin ? De me marquer ?

Je fixai ses pupilles d'or.

Ses sourcils se froncèrent, et je commençai à avoir une idée de ce qui se passait.

— Tu as besoin de savoir que tu m'appartiens ?

— Oui, dit-il d'une voix soulagée que je comprenne.

— Tu veux que je te le montre ?

Il n'était pas sûr de ce que je voulais dire.

— Tu as confiance en moi ?

— Bien sûr.

Je me levai alors et me dirigeai vers mes affaires. Lorsque je revins avec du lubrifiant, je sus qu'il comprenait au léger changement dans son regard. Je vis son incertitude, mais il ne dit rien et je fus touché par la profondeur de sa confiance en moi.

— Est-ce que tu vas te donner à moi pour que je prenne soin de toi ?

Il inspira nerveusement et hocha la tête.

J'avais déjà pris des amants par le passé, mais cela n'avait jamais eu le sens que cela avait pour moi à cet instant. Cela avait juste été quelque chose que l'on m'avait demandé et que j'avais fait. Ce n'était pas instinctif chez moi. J'étais conçu émotionnellement et mentalement pour être soumis, mais cela ne voulait pas dire que j'en étais incapable. Et surtout, c'était mon compagnon qui m'avait demandé avec des yeux suppliants de le marquer. Nous étions des hommes avant tout, mais nous étions aussi des animaux, et à cause de cela les mots n'étaient parfois pas suffisants pour guérir notre âme. Parfois nous avions besoin d'action, de l'union des corps.

Logan me donnait toujours énormément de lui-même – son amour, sa compassion, il me donnait toujours tout ce dont j'avais besoin – et maintenant je voulais lui rendre la pareille et faire pour lui ce qu'il avait toujours fait pour moi.

Doucement, soigneusement, je défis les cordons de son pantalon et lorsque je tirai sur le tissu, il leva les hanches afin que je puisse lui retirer le vêtement. Je me penchai immédiatement pour prendre l'extrémité de son sexe dans ma bouche.

— Jin…

Il frissonna en inspirant mon odeur, la vague de phéromones le transperçant pour l'apaiser et l'exciter en même temps.

Je le pris en bouche centimètre par centimètre, suçant et léchant son membre dur. Je l'entendis prononcer mon nom encore de nombreuses fois. Je fis glisser ma main le long de sa poitrine pour le faire s'allonger gentiment, jusqu'à ce qu'il soit sur le dos et ne fasse plus rien à part pousser des grondements et des gémissements qui ne laissaient aucun doute : il se remettait entièrement à moi, et je pouvais faire de lui ce que je voulais.

Je laissai glisser son sexe hors de ma bouche tout en remontant un de ses genoux, lui montrant ce que je voulais. Il plia les jambes et j'ouvris le tube de lubrifiant pour faire glisser le liquide froid au creux de ma main. Je le frottai entre mes paumes pour le réchauffer avant d'en mettre sur mes doigts et de me pencher pour reprendre son sexe dans ma bouche. Normalement, c'était Logan qui me préparait, s'occupait de moi, me faisait brûler de désir. Je compris à cet instant à quel point j'avais envie de lui. Je voulais le faire mien, c'était presque irrésistible. Je savais qu'il en était de même pour lui car je l'avais ressenti à chaque fois qu'il m'avait fait l'amour.

Mon nom n'était plus qu'un murmure rauque lorsque je me retirai avant de l'avaler à nouveau, le suçant violemment. Je sentis ses mains dans mes cheveux les repousser pour qu'il puisse me regarder.

Je glissai tendrement un doigt le long de son entrée. Il se tendit, mais ne s'éloigna pas de moi. Et je le sentis se détendre sous mes caresses lorsque je continuai à le sucer, goûtant sa semence et creusant les joues pour intensifier son plaisir. J'utilisai mon autre main pour caresser ses testicules, les soulever et jouer avec, et il gémit lorsque je le pénétrai. Il était si étroit. Cet homme n'avait jamais été touché auparavant, et j'étais bien décidé à récompenser sa confiance en moi, tout en m'émerveillant de la recevoir.

Ses muscles m'attirèrent plus profond, et lorsque je pressai un peu plus haut et repliai mon majeur, je le sentis frémir.

— C'est si bon.

Je souris autour de son sexe, et retirai lentement mon doigt pour en ajouter un deuxième. J'allai toujours aussi lentement, faisant de petits cercles avec mes doigts pour entrer légèrement avant de ressortir encore et encore, effleurant sa prostate avant de commencer à écarter les doigts. Il se mit à haleter. J'étais doux mais insistant, utilisant ma propre expérience ainsi que les souvenirs de toutes les fois où mon compagnon m'avait fait jouir exactement comme ça.

Je laissai à nouveau son sexe dur glisser hors de ma bouche et le regardai, cherchant dans son regard toute trace d'autre chose que du plaisir. Ses yeux étaient voilés, il avait l'air drogué et je remarquai que ses mains agrippaient les couvertures.

— Tu vas bien ?

Ses lèvres humides et entrouvertes, ses lentes inspirations et ses magnifiques fesses écartées pour accueillir mes doigts… Il allait me faire avoir un arrêt cardiaque.

— Tu veux que je te chevauche ? demandai-je.

Je lui donnais une occasion de reculer. Il n'avait qu'à accepter.

— Je…

Il déglutit et resta à me regarder. Et je compris que ma suggestion n'était pas ce dont il avait besoin.

— Logan, dis-je en caressant sa prostate de mes doigts et en l'observant se tendre sous mes doigts.

Une de mes mains caressait maintenant son sexe du bout de sa verge à ses testicules, et l'autre était encore enfouie en lui.

— S'il te plaît, Jin.

Je retirai mes doigts pour remettre du lubrifiant avant de faire entrer un troisième doigt en lui. Lorsque je me penchai à nouveau pour avaler son sexe tendu, il m'arrêta et seule ma langue attrapa une goutte de sa semence.

— Je suis à toi ? demanda-t-il.

— Oui, rien qu'à moi.

Il se pencha alors pour faire sortir mes doigts de son corps, et je pouvais voir que c'était difficile pour lui car ils lui apportaient du plaisir. Il se tourna sur le ventre et leva les fesses pour moi, écartant les jambes pour m'offrir le trésor qui s'y trouvait.

— Je veux voir ton visage, lui dis-je.

— Je veux être marqué et pris, me répondit-il d'une voix rauque. Fais-moi tien.

Je n'attendis pas qu'il change d'avis. Je me penchai vers l'avant et, ignorant complètement le lubrifiant, je me mis à lécher son entrée de ma langue chaude et humide.

Il trembla et poussa un gémissement bruyant.

— Personne à part moi, lui dis-je.

— Toi seulement.

La deuxième fois, j'écartai ses fesses et m'enfonçai en lui, forçant l'anneau de ses muscles serrés, poussant ma langue à l'intérieur et léchant, suçant, mordant, sentant l'effet que mes caresses affamées avaient sur lui et à quel point il se détendait.

Lorsque je fus sûr qu'il était sur le point de jouir, je recouvris mon propre sexe de lubrifiant et me redressai. J'écartai de mes pouces ses magnifiques fesses avant de me presser contre lui.

— Jin ! Je ne veux pas jouir sans que tu sois en moi… s'il te plaît.

Il était lubrifié et détendu, prêt pour moi, je m'en étais assuré.

— Pousse, lui dis-je avant de m'enfoncer en lui lentement mais sans hésitation.

Il était encore extrêmement étroit, et ses muscles résistaient et me serraient comme un poing d'acier, luttant contre l'assaut imminent. Mais lorsque je saisis son sexe et le caressai, ils se détendirent d'un seul coup et je me retrouvai enfoui en lui jusqu'à la garde. La sensation était extraordinaire. Toute cette chaleur autour de moi était presque trop. Je dus utiliser toute ma volonté pour ne pas jouir.

Les frissons qui le parcouraient me convainquirent de ne pas bouger, même si je n'avais qu'une envie : ressortir légèrement, juste assez pour pouvoir le pénétrer à nouveau et recommencer jusqu'à ce que je jouisse.

— Logan, c'est si bon… lui dis-je avant de laisser mes crocs sortir et de les planter dans son dos magnifique, large et musclé, juste à l'endroit où le cou et l'épaule se rejoignent et où la peau est si douce.

Cela ne pourrait jamais être une marque comme celle qu'il m'avait donnée, car celles-ci étaient l'apanage des *Semels* uniquement, leur droit de naissance à marquer leur véritable compagne. Ma morsure ne laisserait même pas une cicatrice, mais tout de même… il avait besoin de savoir que j'en avais envie. Il fallait qu'il sache que ce désir bouillonnant qui était monté en moi était uniquement à cause de lui, et qu'il n'appartenait qu'à moi.

— Oh bon sang ! rugit-il en ruant sous mon poids, faisant entrer mon sexe encore plus profondément en lui.

Il fallait que je bouge. J'allais mourir si je ne bougeais pas. Mais je mourrais si je faisais du mal à mon compagnon.

— Oh bon sang Jin, s'il te plaît…

Je lâchai sa peau et léchai la plaie que je lui avais faite, ce qui le fit geindre d'une manière absolument adorable, avant de le prendre par les hanches et de me retirer.

— Non, ne…

Je le pénétrai à nouveau, avec force, et il laissa tomber sa tête vers l'avant et me supplia de recommencer.

Je m'exécutai sans pitié, et d'après les grognements et gémissements que je reçus en retour, je sus que ce que je lui donnais, moi qui le marquais comme mien, était exactement ce dont il avait besoin.

— Tu es à moi, grondai-je avant de lui ordonner de se caresser.

Il prit une inspiration tremblante avant de jouir, éclaboussant la couverture sous lui, se tordant de plaisir.

J'éjaculai au fond de son corps, le remplissant de mon plaisir jusqu'à ce qu'il coule à l'intérieur de ses cuisses, continuant mes mouvements pendant qu'il jouissait comme il le faisait normalement pour moi. Rien de ce que j'avais vécu n'était aussi primal que cet acte : remplir mon compagnon de ma semence, le marquer à l'intérieur comme à l'extérieur. Je sentis l'émotion me gagner. Cela devait être pareil lorsque nos rôles étaient inversés. Logan devait apprécier tout autant de me posséder.

Je me laissai retomber sur lui mais, comme il était plus grand et plus fort, il ne s'effondra pas comme je le faisais. Il resta là jusqu'à ce que je me retire et m'assoie sur le lit.

Il se laissa tomber sur les couvertures et roula sur le dos. Ses yeux mi-clos, son visage rougi et sa peau en sueur suffirent à me faire saliver. Il était l'incarnation de la passion satisfaite.

— Je t'ai fait mal ?

Il secoua la tête.

— Je t'ai marqué. Tu es à moi, rien qu'à moi.

— Rien qu'à toi, dit-il d'une voix rauque en tendant les bras pour m'attraper par les cheveux et m'attirer assez près pour pouvoir s'en saisir à pleines mains.

Je fus attiré vers l'avant et, lorsque nos lèvres se rencontrèrent, le baiser fut torride. Logan m'agressa littéralement.

Il s'était soumis, m'avait fait confiance. Il m'aimait assez pour se donner à moi, mais il n'y avait jamais eu aucun doute sur qui était le boss. Logan incarnait le pouvoir, la force et la chaleur. J'étais son compagnon, sa moitié, et je lui rendais de la douceur et du calme. Il prenait ce qu'il voulait et je lui offrais de bonne grâce. Cette vérité serait à jamais entre nous. J'allais chérir ce moment pour ce qu'il était : un cadeau, un instant où Logan avait voulu que je le prenne, alors je l'avais fait. Nous étions faits l'un pour l'autre, et lorsqu'il me fit rouler sur le dos, j'enroulai mes bras autour de son cou et le serrai contre moi.

— Je t'aime, me dit-il d'une voix râpeuse tout contre ma bouche, avant que le deuxième round commence.

Un baiser torride, un mouvement de va-et-vient contre moi qui me donnait si chaud que j'avais l'impression que j'allais le marquer au fer rouge où nous nous touchions.

— Mon compagnon, ma *reah*.

Je voulais me fondre en lui, alors je décidai d'essayer.

NOUS RESTÂMES seuls aussi longtemps que possible, jusqu'à ce que Mikhail vienne enfin chercher Logan pour le ramener dans le hall et parler au prêtre avant que les rites funéraires commencent. Je dis à Logan que je ne pouvais pas retourner à l'intérieur et il comprit. Il me fit promettre de rester là et de ne pas quitter nos quartiers. Je lui dis que j'avais besoin d'aller courir, et même s'il n'était pas ravi, il comprit mon besoin.

Plus tard cette nuit-là, je me transformai et observai à distance tout le monde se rassembler en cercle sous la neige pour regarder les bûchers funéraires brûler. Les panthères n'étaient jamais enterrées, mais toujours incinérées pour protéger notre secret, et les bûchers étaient un rite ancien que je trouvais enfin, pour la première fois et après tout ce qui s'était passé, logique.

Tous les morts furent placés côte à côte : les *yareahs* de Girdaht, Tawaret, et Ptahket, le *Semel* de la tribu de Nebthet, sa *yareah* et ses deux hommes. Ammon El Masry fut brûlé à part. Seul le corps d'Amirah n'était pas là. Il avait été brûlé et les cendres dispersées deux jours plus tôt. Apparemment, elle n'avait aucune famille alors il n'y avait personne pour la pleurer. Pour moi, c'était ce qu'il y avait de plus triste la concernant.

Lorsque les flammes avalèrent tout cela, je vis tout le monde rentrer à l'intérieur, sauf mon compagnon. D'où je me trouvais, dans une caverne à peine assez grande pour me protéger, je pouvais le voir ainsi que toute la vallée. Tout était calme à l'extérieur, et cela n'avait rien à voir avec le tourbillon d'émotions qui faisait rage dans ma tête. Je voulais rentrer à la maison pour être enfin apaisé. D'un seul coup, je fus si heureux que Logan ait pu rendre cela possible. Il savait qu'il aurait pu tuer Ammon dans l'arène, mais il avait aussi su que Domin en était capable et c'était le plus important. Soudain, j'avais envie de connaître toute l'histoire.

De là où je me trouvais, je ne pouvais pas l'entendre, mais je pouvais le voir. Et lorsqu'il leva les bras vers moi, je fus sur mes pattes en quelques instants.

Il ne m'avait pas vu escalader la montagne quelques jours plus tôt, alors je m'assurai de lui montrer cette fois-ci. J'allai jusqu'au bout de mes capacités, je courus plus vite, sautai et traversai l'air en un arc de cercle pour finir dans un plongeon qui se transforma en course contre la neige tout juste tombée. Quand je l'atteignis, toujours sous forme de panthère, je lui sautai dessus et le plaquai sous moi dans la neige. Il rit.

— Oh bon sang, cria-t-il en me caressant et en frottant mes oreilles.

Le grondement qui sortait de sa poitrine me fit ronronner et je léchai la base de sa gorge.

— Comment est-ce que tu fais ça ?

Je n'y avais jamais vraiment réfléchi. Je pensais juste à faire quelque chose et mon corps me répondait.

— Dis donc, soupira-t-il en grattant son menton, est-ce qu'il y a quelque chose que tu ne peux pas faire ?

Oui, et il le savait aussi bien que moi : je ne pouvais pas vivre sans lui.

— Ne t'inquiète pas, d'accord ? Ça n'arrivera jamais, pas avec toi pour me protéger.

J'eus un frisson, et essayai de me transformer, mais ses mains gantées s'agrippèrent à ma fourrure.

— Ne te transforme pas ici, tu vas geler. Sois un gentil chat-chat et suis-moi, d'accord ?

J'aurais fait tout ce qu'il voulait.

LE RASSEMBLEMENT était informel, mais Hamid était présent donc les lois de l'hospitalité s'appliquaient encore. Le *Semel* de Khertet avait invité tous ceux qui avaient pris part au *sepat* dans ses quartiers, et ceux-ci étaient bien différents du reste de la caverne.

C'était comme être à l'intérieur d'une énorme tente divisée en espaces par des rideaux de soie. D'épais tapis de laine couvraient le sol de pierre, une énorme cheminée éclairait et des lanternes brûlaient de l'huile parfumée un peu partout. Un festin attendait sur chaque table, accompagné de vin, et dans la chaleur de la soirée les inhibitions disparaissaient.

J'avais demandé à Yusuke si elle voulait venir ou rester dans nos quartiers, et elle avait été si heureuse d'avoir le choix qu'elle m'avait pris la main et l'avait serrée très fort. Elle n'avait aucune envie de revoir Narae Hiroshi, plus jamais. Et si elle avait le choix, elle ne le reverrait plus jamais. Crane demanda à rester avec elle, et même si elle s'était inclinée en disant qu'il ne devait pas rester à ses côtés, son expression avait raconté tout autre chose.

Lorsqu'elle le regardait, elle s'éclairait. Son visage, son regard, son sourire et la couleur sur ses joues, la façon dont son souffle se coupait, tout cela était hypnotique. Ses yeux à lui se plissaient de joie quand il la regardait, et j'étais heureux de voir ça.

— Il ne faut pas que tu lui sois reconnaissante, lui avais-je dit un peu plus tôt cette nuit-là, lorsque j'étais rentré avec Logan.

— Je vous suis reconnaissant, ainsi qu'à mon *Semel*, m'avait-elle dit avant d'ajouter qu'elle avait déjà remplacé son compagnon par Logan, ce qui m'avait rendu heureux.

— Je ne suis pas reconnaissante envers Crane Adams. Il ne m'a pas sauvé.

J'en étais heureux. Je ne voulais pas que ce soit de la reconnaissance entre eux ; je voulais qu'elle l'aime, si son cœur en était encore capable. Il méritait d'être aimé et elle aussi.

Un ricanement à côté de moi me fit revenir au présent. Je me tournai pour regarder Mikhail, dont l'attention était retenue par quelque chose. Suivant son regard, je vis Domin assis à côté de Yuri qui s'était allongé. Domin discutait avec le prêtre pendant que sa hanche et sa taille étaient collées contre mon *sheseru*. À droite de Yuri se trouvait Chuluun, dont la posture et les yeux tombants indiquaient clairement qu'il voulait offrir plus que le vin qu'il versait à Yuri.

C'était une erreur. Je vis Domin tourner lentement la tête vers le *Maahes* de la tribu de Khertet, se pencher au-dessus de Yuri et dire quelque chose à l'oreille de Chuluun qui le fit pâlir instantanément.

— Je crois que Domin en a peut-être assez d'attendre et de partager ce qu'il veut, dis-je en riant à Mikhail.

Mikhail hocha la tête, et me fit un de ces rares sourires qui retroussaient le bord de ses lèvres et faisaient pétiller ses yeux bleus nuit.

— Yuri en est très heureux.

Je ne pouvais qu'en convenir. Pour Yuri, l'amour était une propriété, et il voulait plus que tout que Domin le revendique, appose sa marque sur lui comme il l'avait fait, et annonce à tout le monde que Yuri lui appartenait. Qu'il se montre possessif rendait mon *sheseru* extrêmement heureux. Mais comme il était tout de même gentil, il attrapa un poignet de Chuluun avant que celui-ci puisse se lever et lui murmura quelque chose. Quand Chuluun se leva, il n'avait plus l'air effrayé, mais résigné. Yuri s'assit et s'appuya contre le dos de Domin, et je vis Domin sourire tout en continuant à parler.

— Merde, murmurai-je entre mes dents.

— Quoi ?

Mikhail se tourna vers moi.

— Domin va partir à Sobek et Yuri rester avec nous. Comment est-ce qu'ils vont faire ?

— Tout le monde est vivant et en sécurité, Jin, dit-il avant de soupirer et de me tapoter gentiment la joue. Essayons juste de profiter de tout ça, d'accord ?

Je n'avais rien à répliquer.

C'était intéressant de voir les gens approcher Domin. Son nouveau titre changeait tout. Tout le monde était révérend. Même Jamal et Shahid, lorsqu'ils arrivèrent, vinrent à lui et s'inclinèrent. Lorsque Shahid, qui connaissait plutôt bien mon ancien *Maahes*, se pencha pour lui parler, je vis Domin écarter la tête, et montrer clairement rien qu'avec son langage corporel que l'autre homme ne devait pas s'approcher autant de lui. Les choses avaient changé, et tout ce que les gens pensaient savoir de Domin Thorne n'était plus vrai. Demain matin, d'après ce qu'avait dit Hamid, Domin nommerait son *Maahes*, son *sheseru* et son *sylvan*. Il ne rentrerait pas dans le Nevada avec nous ; son devoir allait maintenant à la tribu de Rahotep. Ses membres devaient rencontrer leur nouveau chef, et le *Semel-aten* devait remettre de l'ordre dans sa maisonnée.

— Tu dois bien comprendre, Jin, déclara doucement Mikhail, que tout cela va changer ta vie, quoi qu'il se passe.

Je n'étais pas sûr de ce qu'il voulait dire jusqu'à ce que Logan pose sa main sur ma cuisse. Je me tournai pour le regarder.

— Mon cœur, tu comprends que Domin doit avoir autour de lui des gens à qui il fait confiance.

Je ne comprenais toujours pas.

— D'où crois-tu que ces gens vont venir ?

J'eus l'impression qu'on m'avait frappé en plein ventre.

— Oh non.

Logan passa son bras autour de moi pour m'attirer contre lui.

— Qui est-ce qu'il va emmener en Égypte avec lui ?

— Nous ne pouvons qu'attendre pour le découvrir.

J'avais peur de savoir.

Ebere se présenta à Domin, s'inclinant profondément avant qu'il lui signale de se lever et prenne sa main comme le voulait la coutume, pour montrer qu'il la revendiquait et qu'elle était sous sa protection. Le prêtre la déclara à nouveau *Mastaba*, maîtresse de Sobek, comme Domin l'avait décidé. Elle était considérée comme la veuve du *Semel*, mais en lui donnant ce titre, Domin avait déclaré qu'elle était à lui jusqu'à ce qu'elle choisisse de se remarier ou qu'elle meure. On ne pouvait pas la forcer à prendre un autre compagnon car ses enfants et elle avaient été revendiqués par le *Semel-aten*. Domin avait assuré sa sécurité et celle de ses filles.

En vérité, Ebere ne vivait même plus à Sobek, mais où qu'elle soit dans le monde, elle était *Mastaba* et donc protégée. Le pouvoir du *Semel-aten* était sans limites. Elle vint s'asseoir avec Logan et moi après cela, et nous remercia encore tous les deux.

— Je suis désolé pour votre perte, lui dit Logan. S'il vous plaît, essayez de le faire comprendre à vos filles.

— Il s'agit de la loi tribale, *Semel-netjer*, répondit-elle. Nous vivons tous avec la dualité de notre nature. Nous sommes humains et non, alors mes filles vont pleurer la perte de leur père, mais elles comprendront la loi. Tout *Semel* peut être défié. Toute compagne peut être mise à mort ou marquée. Tout homme, femme ou enfant peut répondre de ses actes devant son *Semel*.

Elle prit une inspiration.

— Nous vivons tous selon les mêmes règles, et peut-être que certaines d'entre elles peuvent être changées maintenant que Domin Thorne est *Semel-aten*, mais il est impossible pour mes filles de ne pas comprendre la loi tribale.

— C'est une chose de comprendre pourquoi quelque chose est arrivé, mais ç'en est une autre de l'accepter. Elles peuvent toujours haïr Domin pour avoir été l'instrument de la mort de leur père.

— Ou peut-être l'aimeront-elles pour avoir libéré leur mère d'un cauchemar, dit-elle en souriant à travers ses larmes.

J'ignorais le genre d'horreurs qu'Ammon El Masry avait pu faire subir à sa compagne, mais en voyant l'expression de la veuve, je cessai de craindre qu'elle ou ses enfants veuillent faire du mal à Domin.

Lorsqu'elle s'en alla, je la serrai dans mes bras, et elle me fit promettre de lui rendre visite si je venais un jour au Caire. Je lui promis de tout mon cœur.

Une heure plus tard, Domin se leva et fit un signe de la main à Logan et à moi, puis tira Yuri par la main pour le faire se lever. Ils s'inclinèrent tous les deux devant le prêtre – comme le voulait l'étiquette – et disparurent quelques secondes plus tard. Yuri savait bien qu'il n'avait pas besoin de demander la permission de partir à Logan. Ce n'était pas comme ça que mon *Semel* dirigeait sa tribu, avec des courbettes et des traditions à observer absolument, et j'en étais heureux. Ces règles rigides étaient une des premières choses que Domin avait promis de changer. J'avais vu le regard inquiet du prêtre lorsque Domin lui avait parlé pendant le repas de la liste de lois auxquelles il allait d'abord s'attaquer. Il avait prévu de voir le conseil d'Ennead toutes les semaines, alors qu'Ammon le voyait à peine une fois par an lorsqu'il y était obligé.

— Vous souhaitez changer les lois ? lui avait demandé Hamid.

— Oh oui.

Domin lui avait fait ce sourire qui faisait briller ses yeux bruns. Il avait eu l'air dangereux, comme une sorte de roi pirate, et le prêtre avait frémi.

Le vin fut remplacé par de la vodka et de l'aïrag, et les conversations se firent plus bruyantes et pleines d'entrain avant que les gens commencent à s'éloigner dans les coins sombres de la pièce parfumée de bois de santal. Les lanternes furent tamisées, les musiciens entrèrent, et le *Semel* de Khertet nous remercia tous d'avoir honoré sa maisonnée de notre présence, ainsi que le prêtre pour lui avoir fait l'honneur d'organiser le *sepat*.

La plupart des gens qui avaient servi à table, hommes comme femmes, étaient revenus et offraient maintenant plus que de la nourriture ou à boire aux invités de leur tribu. Andrian et Taj avaient chacun une femme sur les genoux, et Danny avait presque grimpé sur Mikhail.

— Il est saoul, me dit mon *sylvan* tout en souriant à mon cousin qui geignait. Je vais le mettre au lit.

Mikhail me sourit en secouant la tête tandis que Danny se penchait pour mettre les bras autour de son cou.

— Je croyais que Mikhail m'avait dit qu'il avait parlé à Danny, me dit Logan en regardant son *sylvan* porter le jeune Danny pour sortir de la pièce.

— Oui, mais…

Je haussai les épaules.

— Franchement, entre l'alcool et les phéromones, en entendant et sentant les gens s'envoyer en l'air, tu rigoles ?

Logan émit un son, et je ris doucement avant qu'il empoigne mes cheveux pour me pencher la tête en arrière et déposer une ligne de baisers le long de ma gorge.

— Qu'est-ce que tu fais ? gloussai-je lorsqu'il me poussa pour que je m'allonge sous lui.

Il me fixait de ses yeux d'ambre, et je sentis le soulagement et le calme s'abattre sur moi.

Cela aurait dû être de la chaleur avec une telle proximité, avec son corps ferme qui me pressait contre le sol, me plaquait contre lui, et avec les odeurs et les sons autour de nous... Mais tout ce que je sentais, c'était de la joie.

— C'est censé te donner envie de moi.

Je me mis à rire.

— Et mince, râla-t-il en roulant sur le dos et en m'attirant sur lui.

— Quand le prêtre a présenté les compagnes des *Semels* avant le début du *sepat*, il m'a appelé Jin Rayne.

Logan cherchait à comprendre pourquoi je disais ça, et je le vis se figer, retenir son souffle, et attendre de voir ce que je dirais.

— Et j'ai pensé, dis-je en respirant son odeur délicieuse, que je voulais être comme ces *yareahs*. Je voulais que mon nom soit le même que le tien.

— Oh.

— Alors je me suis dit, murmurai-je tout près de son visage, que si tu étais toujours d'accord, j'aimerais vraiment prendre ton nom de famille.

Il porta les mains à mon visage, et l'expression de ses yeux d'or me coupa le souffle. Il brûlait de fierté.

— Vraiment ?

Je hochai la tête.

— Parce que tu sais que c'est ce que je veux, m'assura-t-il. Et ça me rendrait... En fait, tu n'es plus Jin Rayne, n'est-ce pas ?

Non, je n'étais plus Jin Rayne. Plus depuis que je l'avais rencontré. Il m'avait rendu différent, plus fort, meilleur, plus gentil, toutes ces choses qu'un compagnon était censé faire. Toutes les bonnes choses, du moins.

— Alors, murmura-t-il en me poussant pour que je m'allonge sur lui, les mains à plat sur sa poitrine. Quand on rentrera à la maison, on changera ton nom.

J'acquiesçai.

— Et on lancera le processus avec la mère porteuse.

— Oui, réussis-je à articuler.

267

Ses yeux cherchèrent les miens.

— Je n'ai jamais voulu que ce soit mon sperme et une femme que je ne connaissais pas, tu sais ? J'ai toujours voulu que ce soit toi et Delphine. C'est comme ça que j'en rêve.

— Mais tu mérites d'avoir…

— Ma lignée *est* toi, dit-il en plissant les yeux, son regard se faisant plus doux. Est-ce que tu sais à quel point j'ai envie de voir tes grands yeux gris sur un petit être que je pourrais protéger, ne jamais laisser avoir mal ?

Ma vision se brouilla lorsque mes yeux se remplirent de larmes.

— Je veux avoir ma propre famille avec toi. Dès l'instant où je t'ai vu, où j'ai su que tu étais à moi, je te jure, Jin… J'ai pu voir toute ma vie dès cet instant.

Il m'attira plus près, mes lèvres au-dessus des siennes.

— Merci de bien vouloir prendre mon nom. Cela signifie bien plus que tu peux imaginer.

Je me penchai et l'embrassai, et il ouvrit la bouche pour que je puisse le goûter, glisser ma langue contre la sienne et prendre possession complète de sa bouche. Lorsqu'il roula sur moi et m'entoura de ses bras, me serrant fortement, je gémis. J'adorais sentir son corps dur sur le mien. Le baiser changea, devint plus charnel et urgent, et Logan s'arrêta pour se lever et m'attraper par la main.

Il me tira après lui, dépassa de nombreuses personnes engagées dans diverses positions, certaines en couple et quelques-unes à trois ou quatre, jusqu'à atteindre le prêtre. Nous nous agenouillâmes tous les deux devant lui. Je vis que les yeux du vieil homme étaient passionnés lorsqu'ils se posaient sur Logan. Je compris alors que oui, il avait voulu que Logan soit *Semel-aten* parce qu'il était déjà *Semel-netjer*, mais aussi parce qu'il appréciait tout simplement de regarder mon compagnon. C'était normal, Logan était magnifique.

— *Semel-netjer*, est-ce que votre *reah* et vous nous ferez l'honneur de pouvoir vous regarder…

— Je vous demande la permission de vous quitter, Votre Grâce, dit-il en se levant. Je vous verrai tous demain matin lorsque le *Semel-aten* choisira sa maisonnée, mais pour l'instant… J'ai besoin de ma *reah*.

— Mais nous serions tous honorés de vous voir marquer votre *reah* ici.

Le prêtre voulait regarder. Il était curieux, et c'était humain, mais c'était aussi quelque chose qu'il n'était pas en son pouvoir d'exiger. Pas avec un *Semel* et son véritable compagnon.

Il y avait des lois qui pouvaient être modifiées et d'autres qui étaient éternelles, comme celle qui nous protégeait Logan et moi des voyeurs, pour toujours.

— Cela ne serait pas honorer ma *reah* ni moi, déclara Logan en s'inclinant.

Je fis de même.

— Nous allons donc nous éclipser, et je vous souhaite une bonne nuit, Votre Grâce.

Personne ne dit un mot tandis que nous partions.

De retour dans nos quartiers, Logan commença à se déshabiller.

— Qu'est-ce que tu fais ? demandai-je.

Yusuke essayait de ne pas regarder, Crane riait et Mikhail était perplexe.

— Je vais courir avec mon compagnon.

J'étais abasourdi.

— Mais Logan, dis-je en commençant à enlever ma parka, que j'avais remise juste pour aller de l'entrée de la caverne aux ger qui se trouvait peut-être à cent mètres (il faisait vraiment froid), tu as été sous forme de panthère pendant si longtemps… Je ne pensais pas que tu voudrais…

— Je n'ai pas peur d'être une panthère, Jin. Et courir avec toi est un de mes plus grands plaisirs dans la vie. Je sais qui je suis.

Je retins mon souffle.

— Et je sais ce qui m'appartient.

J'acquiesçai parce que je ne pouvais pas parler.

— Dépêche-toi.

Il me sourit avant de se transformer.

Crane riait toujours lorsque je me dépêchai d'enlever mes vêtements.

XIX

Nous nous tenions tous près de l'entrée de la caverne en fin de matinée. Nous nous étions rejoints après le petit déjeuner. Des jeeps attendaient à l'extérieur pour nous emmener à l'aéroport, ainsi qu'un hélicoptère qui emmènerait le nouveau *Semel-aten* et la maisonnée qu'il aurait choisie ainsi que Hamid et les guerriers du Shu jusqu'à un aérodrome isolé où un jet privé était prêt pour qu'ils fassent le long voyage jusqu'à Pékin d'abord, puis Le Caire. Nous allions faire un voyage identique, sauf que nous allions d'abord à Pékin puis à Los Angeles. Logan avait téléphoné ce matin pour réserver un billet de retour pour Yusuke, même s'il n'avait encore aucune idée de si tout le monde rentrerait avec nous.

Quel que soit ce qui arriverait, il était prêt. Pas moi.

Cela avait pris quatre heures pour que tout le monde fasse ses adieux au prêtre. Logan et lui s'étaient vus à l'aube car c'était l'heure préférée du prêtre pour rencontrer les gens, et ils avaient longuement parlé. Je n'avais pas été inclus dans la conversation, ce qui m'allait très bien. Pour Hamid, j'étais devenu une créature inquiétante qu'il fallait surveiller. C'était dommage, mais je m'en fichais. J'étais heureux que Jamal soit venu me voir et que nous ayons discuté, et même s'il semblait encore méfiant envers moi, il ne m'en voulait plus ouvertement pour mon pouvoir. Lorsque je l'avais forcé à se transformer, il avait tout d'abord été surpris, puis furieux, puis honteux. Il était censé être le plus fort, en tout cas plus fort que mon cher *sheseru*, mon *sylvan* ou mon *Beset*. Que Yuri, Mikhail et Crane aient réussi à ne pas se transformer était difficile à accepter pour lui. Les autres – Logan, Domin – ils étaient des *Semels*, donc c'était logique. Mais pas pour lui. J'étais heureux que nous ayons parlé et que nous puissions nous quitter en bons termes.

Tandis que je me tenais à côté de Logan, attendant silencieusement comme tout le monde y compris le *Semel* de Khertet et sa maisonnée, je vis Domin arriver et retins mon souffle. Il était très beau ce matin. Rasé, les cheveux encore attachés en queue de cheval, il ressemblait vraiment au nouveau chef du monde des panthères. Lorsqu'il fit à Logan son sourire de play-boy, mon cœur rata un battement.

270

— N'importe qui, *Semel-netjer* ?

— N'importe qui, répondit Logan en acquiesçant. Je veux que le *Semel-aten* soit protégé.

Domin hocha la tête, son sourire se faisant encore plus grand, et nous regarda tous.

— Et tu ne dois pas seulement choisir parmi ceux qui sont ici, lui dit Logan. Si tu choisis Ivan ou...

— Non, le coupa Domin. Je ne demanderai plus rien à Ivan et Markel. Ils ont tous les deux une vie avec toi, particulièrement Markel.

— Oui, acquiesça Logan en lui rendant son sourire. C'est étonnant à quel point de bonnes choses sont sorties de ce qui a été une épreuve pour nous.

Domin hocha la tête, et je vis sa mâchoire se contracter sous le coup de l'émotion avant que ses yeux s'arrêtent sur celui qu'il cherchait.

Mon souffle se coupa.

— Mikhail, dit doucement Domin, viens avec moi à Sobek.

Et je vis Mikhail Gorgerin sourire lentement avant de s'incliner.

— Ce serait un honneur, *Semel-aten*.

Les yeux de Domin s'attardèrent ensuite sur Yuri, qui avait du mal à rester en place.

Et au fond de moi je hurlai : *Non, pas comme ça. Pas pour être sheseru.*

— Taj, dit Domin en détournant le regard, soit le *sheseru* de la tribu de Rahotep. J'ai besoin de quelqu'un en qui je puisse avoir entièrement confiance pour exécuter mes ordres jusqu'à ce que je maîtrise la langue et les coutumes de ma nouvelle tribu.

Taj fut touché par la profondeur de la confiance que Domin lui témoignait devant tous. Il hocha la tête et s'inclina profondément.

— Oui, mon *Semel*. Ce serait un honneur.

Je ne voulais pas qu'ils s'en aillent, ni l'un ni l'autre, mais je ne voulais pas non plus que Domin s'en aille. J'aurais voulu que ma famille et ma tribu restent ensemble pour toujours.

— C'est *Maat*, déclara Domin tandis que Mikhail empoignait son sac et s'avançait pour se tenir à ses côtés.

Taj fit la même chose et Domin se retrouva encadré par son *sheseru* et son *sylvan*.

Mikhail croisa le regard de Logan, et lui fit un minuscule signe de tête. Ils savaient tous les deux ce que cela voulait dire. C'était à Logan de s'occuper de la famille, des parents, et des proches de Mikhail, ainsi que de son entreprise dans le Nevada. Logan s'assurerait que la transition soit aussi facile que possible pour Mikhail. Il s'assurerait que tout ce dont il avait besoin soit envoyé en Égypte. Et si n'importe quel membre de la tribu de Logan voulait le suivre, ils auraient le droit de partir. Seuls les *Semels* pouvaient libérer les membres de leur tribu, et Logan faisait toujours ce qu'il y avait de mieux.

Il serait de même pour Taj. Même si, pour lui, retourner à Sobek était plus un retour à la maison qu'un départ.

— Quant au *Maahes* de la tribu de Rahotep…

Domin inspira et me regarda.

— Il est temps, n'est-ce pas ?

Logan passa un bras autour de moi pour m'attirer contre lui.

— J'ai besoin que mon cercle intime soit insensible à la corruption. Je ne peux pas ne pas faire confiance à mon *sylvan*, mon *sheseru* ou mon *Maahes*.

Alors je sus ce qu'il voulait, mais aussi que si je ne lui en donnais pas la permission, il ne prendrait pas ce qui m'appartenait. J'étais le seul à pouvoir libérer Crane Adams ; le seul à pouvoir rendre sa liberté à mon *Beset* et le libérer de sa promesse.

Je hochai la tête car c'était la bonne chose à faire, la meilleure chose pour mon ami.

— Comme Crane Adams restera pour toujours le *Beset* d'une *reah*, il peut sous cette protection défendre mon honneur dans l'arène si j'en ai besoin un jour. Je choisis donc comme *Maahes* de la tribu de Rahotep le *Beset* de la *reah* de la tribu de Mafdet.

Crane s'inclina.

— Merci, *Semel-aten*.

Mon souffle se coupa quand mon meilleur ami abandonna toute bienséance et se jeta sur moi. Il me prit dans ses bras et me serra très fort contre lui.

— Je t'aime, lui dis-je d'un ton suppliant.

— Moi aussi.

Il hocha la tête, me serra encore plus fort, et embrassa ma joue puis le côté de mon cou.

Il me relâcha le premier, et lorsque je laissai retomber mes bras, je découvris que Mikhail était là ainsi que Taj. Il y avait des moments pour honorer les traditions, et des moments où il fallait les oublier. Je serrai les deux autres hommes dans mes bras, puis regardai Logan faire de même.

— Vous aurez tous toujours votre place dans ma tribu, leur dit-il. Et toi, Crane, tu restes le *Beset* de ma *reah* pour toujours. Tu ne seras jamais remplacé.

Crane ne pouvait pas parler. Personne n'y arrivait.

Domin se joignit à nous, et les deux *Semels* se serrèrent la main.

Domin fit un sourire à mon compagnon.

— Je n'ai pas fini de te voler.

— Je sais, mais j'approuve.

— Ce qui veut dire bien plus que tu l'imagines pour moi, déclara Domin en agrippant le bras de Logan avant de le laisser aller et de se retourner pour faire face à Yuri, qui n'avait pas bougé et restait seul debout.

Domin alla rapidement se placer devant mon *sheseru*, pour planter les yeux dans les siens.

— Viens avec moi. Artem s'occupera de ton entreprise, je lui ai parlé hier soir.

Yuri se contenta de le regarder.

— Ta *reah* a son compagnon pour le protéger et s'occuper de lui ; ne t'inquiète pas pour ton devoir.

Yuri me chercha des yeux, et je souris en hochant la tête. *Vas-y, n'hésite pas.*

— Si tu viens, tu seras le compagnon du *Semel-aten.*

Compagnon.

— Je veux que tu sois à mes côtés pour toujours.

Je retins mon souffle. La mâchoire de Yuri se contracta tandis qu'il cherchait Logan des yeux. Il devait déférer à son *Semel* alors même que ce qu'il voulait plus que tout au monde lui était offert.

Logan hocha la tête tout comme je l'avais fait.

Vas-y.

— Je t'aime, déclara Domin devant tout le monde, haut et fort. Tu sais que je t'aime.

À ça, Yuri se jeta sur Domin.

Il ne pouvait plus contenir ses émotions. Et même si le prêtre fut surpris par le choix de compagnon de Domin, il eut la présence d'esprit de ne rien dire. En vérité, étant donné que Domin avait choisi Ebere comme *Mastaba*, il avait déjà des enfants car il avait revendiqué les siens. On ne pouvait pas dire que Domin avait besoin d'une *yareah* car la procréation était déjà faite.

Domin Thorne avait réfléchi à tout. Parfois je ne me rendais pas compte à quel point son cerveau fonctionnait rapidement.

Lorsque Yuri relâcha Domin, je fus surpris de voir celui-ci attraper son visage pour qu'il se penche puis l'embrasser.

— Tu es à moi, dit-il en levant les yeux vers ceux de Yuri. C'est ce que dit la marque que je t'ai apposée, et ce que dit tout le monde qui est témoin ici. Tu m'appartiens, Yuri Kosa. Ne l'oublie jamais.

Il le relâcha alors, et Yuri se tourna et se dirigea vers moi.

Pas vers Logan, vers moi.

Il m'attrapa et m'écrasa entre ses bras. Je levai la tête pour l'embrasser sous le menton, et il eut un tremblement.

— Ta sale tête va me manquer.

— Et la tienne va me manquer aussi, murmurai-je. Mais je suis si heureux pour toi. Prends bien soin de lui, et oblige-le à prendre bien soin de toi.

— Je surveillerai Crane.

— Protège-les tous. Tu es son compagnon, Yuri, tu as la position la plus élevée.

— Ça va me prendre un peu de temps pour réaliser.

— Je m'en doute bien.

Je soupirai longuement.

Après moi, il serra Logan dans ses bras pendant de longues minutes avant que Domin leur dise qu'il fallait y aller.

Tout le monde promit de se rendre visite avant la prochaine Fête de la Vallée. Domin déclara qu'il y aurait toujours de la place pour nous chez lui, et Logan répondit qu'il en allait de même pour eux chez nous. Où que soit Logan, ils seraient toujours les bienvenus. Tout le monde s'inclina profondément, et ensuite je les regardai commencer à s'éloigner. Mais lorsque Domin s'arrêta brusquement, tout le monde dut faire de même. Il était *Semel-aten*, après tout. Il se tourna pour regarder Logan.

— *Semel-netjer*, appela-t-il solennellement tout en mettant ses lunettes de soleil. Je transmettrai tes amitiés au père de ton compagnon quand nous atteindrons Sobek.

Logan lui sourit en retour.

— Merci.

— Et je transmettrai tes amitiés au père de ton *Beset*, ma *Reah*, déclara Yuri lorsque Domin lui prit la main.

En regardant ses yeux, sombres et meurtriers, je sus clairement ce qui allait se passer. Lorsque je cherchai Crane du regard dans la foule, je vis son sourire doux-amer. Il pourrait se tenir devant eux, devant son père et le mien, et leur montrer qu'ils ne l'avaient pas brisé, avant qu'ils soient mis à mort. C'était approprié.

Je n'avais pas de larmes pour mon père ou celui de Crane.

— Montre-leur qui tu es, criai-je à mon meilleur ami.

Il acquiesça avant de se détourner pour suivre Domin en levant la main une dernière fois pour me dire adieu.

Logan passa les doigts dans mes cheveux, et lorsqu'il tira doucement dessus, je levai mes yeux pleins de larmes vers lui.

— Je n'avais pas autant pleuré depuis des années.

— Ce n'est pas grave, me dit-il en portant son autre main à mon visage pour les essuyer du bout des doigts. On pleure tous quand on perd quelque chose, et tu viens juste de perdre la moitié de ta famille.

— Oui.

— Mais nous sommes sur le point d'en construire une nouvelle, dit-il en relevant la tête.

Je vis qu'il regardait Danny et Yusuke.

— Il fera un bon *sylvan*, et elle une merveilleuse *maahen*, tu ne crois pas ?

J'étais surpris.

— Tu voudrais une princesse pour ta tribu au lieu d'un prince ?

— Tu n'es pas d'accord ?

— Non, je trouve ça formidable.

— Sa loyauté envers son compagnon était sans bornes jusqu'à ce qu'il brise leur lien. Maintenant, son serment sera pour moi, et je peux lui rendre son statut et son pouvoir. Elle sera forte, dévouée et terrifiante pour tous ceux qui penseraient à m'attaquer ou attaquer ma tribu.

Il avait raison, et lorsque Yusuke réalisa l'étendue de son estime, je la vis sourire et s'incliner légèrement. Le cache-œil qu'elle portait était blanc et s'accordait parfaitement avec son teint de porcelaine. C'était encore une femme magnifique, mais elle était plus dure qu'auparavant. Sa volonté d'acier était maintenant visible extérieurement. J'aimais la façon dont elle regardait Logan, sa vénération qui était visible par tous. Il avait été l'instrument de sa résurrection, et elle n'oubliera jamais que lui et lui seul l'avait sauvée de la tempête.

Et le sourire de Danny était éblouissant et plein d'espoir. Grâce à la formation de mon père et à notre acceptation, il serait en effet un très bon *sylvan*.

— Qu'est-ce qui se passera si lorsqu'on va leur rendre visite, Yusuke demande à rester avec Crane ? Il y aura peut-être de l'amour entre eux un jour.

— On verra ça en temps voulu. Pour l'instant, ils peuvent voir si échanger des messages renforce leurs liens ou le détruit.

— Tu pourrais juste la laisser partir avec lui maintenant.

— Elle n'est pas prête, m'informa-t-il. Et lui non plus, pas vraiment.

Je le crus.

— Alors tu vas demander à Artem d'être *sheseru* ? demandai-je tandis que Logan me guidait vers le *Semel* de Khertet et sa *yareah* pour que nous prenions congé.

— Non. Artem se transforme trop facilement face à ton pouvoir, et puis j'ai quelqu'un d'autre en tête.

— Qui ?

— Avery Cadim.

Je fus surpris.

— Mais c'est le *sheseru* de Christophe. Tu ne peux pas juste prendre l'exécuteur d'une autre tribu. Et je doute que Christophe le laisse partir.

— Il le fera. Si les gens apprenaient qu'il garde Avery contre sa volonté, Christophe perdrait la face devant sa tribu.

— Mais Avery me déteste.

— Non, ce n'est pas vrai, m'assura Logan. Il veut vraiment être ma main droite. Si tu lui donnes une chance d'être ton champion… Je pense qu'il sera excellent dans ce rôle.

— Il vient juste de se marier, tu sais. Sa compagne ne verra peut-être pas d'un bon œil qu'il devienne le *sheseru* d'un gay.

Il pouffa avant d'effleurer mon front de ses lèvres.

— La demoiselle en question est une très bonne amie de Delphine, Jin. Elle faisait partie de notre tribu et je lui ai donné la permission de rejoindre celle de Christophe.

Je ne m'en souvenais pas.

276

— Ces derniers temps tu étais occupé avec ton pouvoir,

Il me sourit avant de me guider vers Khongordzol pour que je puisse lui serrer la main et la remercier.

— Saikhan zochluullaa, dis-je en utilisant ce que Dany m'avait enseigné.

— Zugeer.

Elle me sourit, disant que ce n'était rien, avant de me tapoter la main.

— Sain yavaarai, finit-elle, me souhaitant un bon retour.

— Sain suuj baigaarai, soupirai-je.

Moi aussi je lui souhaitais une bonne continuation.

Après que Logan eut remercié Orso pour sa gracieuse hospitalité, et l'eut invité à venir avec sa famille chasser sur nos terres quand il le voudrait, il se dirigea vers les jeeps qui attendaient.

— Je disais donc, dit Logan en reprenant la conversation où nous l'avions interrompue, que je connais très bien la compagne d'Avery ; elle sera très heureuse de le voir changer de tribu pour qu'elle puisse revenir dans la sienne.

— Mais et si Avery ne veut pas être ton *sheseru* ?

Logan gloussa en ouvrant la porte de la première jeep.

Il avait raison ; je savais à quel point Avery voulait être le *sheseru* de Logan Church. Dès que Logan appellerait, il viendrait en courant. Être la main droite du *Semel-netjer*, son exécuteur et le protecteur de son plus grand trésor, moi… Oh oui, Avery avait dû prier qu'une chance se présente de prendre la place de Yuri. Et l'opportunité était enfin là. Si Logan organisait un défi dans l'arène, ce qu'il ne ferait jamais bien sûr, Avery tuerait quiconque se mettrait en travers de sa route.

— Il y aura de nouvelles personnes dans notre maison, Jin, dit-il en s'appuyant contre moi lorsque la voiture démarra, entamant le long trajet de retour jusqu'à Oulan-Bator. Mais cela sera toujours notre maison, et les gens qui s'y trouveront seront toujours une famille.

Je frottai mon visage contre lui et sentis ses mains dans mes cheveux qui me caressaient.

— Et maintenant, je vais avoir la joie de voir mon compagnon porter mon nom, et d'assister à la naissance de mon enfant, dit-il en inspirant mon odeur. Mais pour moi, c'est toi mon foyer, où que tu sois. Quand je te vois, je suis à la maison.

Je me collai contre lui, et enfouis mon visage sur le côté de son cou tandis qu'il me serrait plus fort contre lui.

— Je t'aime, Jin Church. Tu es tout pour moi.

Je ressentais la même chose, et je n'avais même pas besoin de lui dire.

MARY CALMES vit à Lexington, dans l'État du Kentucky, avec son époux et ses deux enfants. Elle aime toutes les saisons, sauf l'été. Elle a fait ses études à l'Université du Pacifique, à Stockton, en Californie, où elle a obtenu une licence de littérature anglaise. Vu qu'il s'agit de littérature, et non de grammaire, ne lui demandez pas de vous décortiquer un texte, elle ne le fera pas. Elle aime écrire, et s'absorbe complètement dans son travail lorsqu'elle commence un livre. Elle est même capable de décrire l'odeur corporelle de ses personnages. Elle achète de nombreux ouvrages, et apprécie les colloques où elle peut rencontrer ses fans.

Le Clan des Panthères, tome 1

Jin Rayne est un jeune homme – mi-homme mi-panthère de surcroit – qui n'aspire qu'à une vie des plus ordinaires. Il a fui son passé pour prendre un nouveau départ, mais on ne se débarrasse pas si facilement d'aussi lourds secrets. Son arrivée dans une nouvelle ville l'amène à rencontrer le leader d'une tribu d'homme-panthères. Cette rencontre avec Logan Chruch, bel homme envoûtant, s'avère être un choc pour Jin qui panique à l'idée qu'il puisse s'agir de celui à qui il est destiné, c'est à dire l'amour de sa vie. Jin refuse de vivre selon les rites des hommes-panthères et se donner à son destiné le contraindrait à s'y soumettre.

Jin est pourtant bel et bien le compagnon dont Logan a besoin pour diriger sa tribu et il ne renoncera pas si facilement. Il aura besoin de temps et de se sentir en confiance pour découvrir le bonheur d'appartenir à Logan et apprendre à l'aimer sans borne.

www.dreamspinner-fr.com

Suite de *Cœur Sauvage*
Le Clan des Panthères, tome 2

Jin Rayne a bien du mal à se faire à sa nouvelle vie, qu'il est pourtant censé adorer. Au lieu d'apprécier simplement d'être le compagnon du chef de tribu Logan Church, il ne parvient pas à accepter le fait que son amant ait été hétéro avant de le rencontrer. Il a trouvé le bonheur en se livrant entièrement à Logan, mais reste terrorisé à l'idée que sa nouvelle vie puisse disparaître du jour au lendemain, malgré l'affirmation catégorique de Logan que leur relation est pour la vie.

Jin veut vraiment croire Logan, mais ce souhait va être mis à rude épreuve par le chef d'une tribu rivale, mais aussi par une révélation cruciale concernant son existence même. C'est la vie de Jin et son rang dans la tribu qui seront en jeu. S'il veut survivre à cette épreuve et retrouver Logan, il lui faudra se défaire de ses craintes et accepter pleinement leur lien sacré, condition sine qua non pour qu'il puisse lui faire pleinement confiance.

www.dreamspinner-fr.com

La grenouille du prince

MARY CALMES

Les rêves de célébrité de Weber Yates sont sur le point d'être réduits à un emploi d'ouvrier agricole dans un ranch au Texas et sa seule relation est avec un homme, tellement hors de sa portée qu'il pourrait aussi bien se trouver sur la lune. Ou du moins, à San Francisco, où Weber s'arrête pour le voir une dernière fois avant de s'installer pour la vie humble et solitaire qu'une grenouille comme lui mérite.

Cyrus Benning est un neurochirurgien de renom et les détails n'ont aucune prise sur lui. Un jour, il a repéré un prince dans les habits d'un cavalier de taureaux déchu. Mais voir Weber le quitter devient de plus en plus difficile et il ne sait pas combien de temps encore son cœur pourra le supporter. À présent, Cyrus a une dernière chance de prouver à Weber que ce n'est pas son travail qui fait de lui l'homme parfait pour lui, mais Weber lui-même. Avec l'aide de la famille nouvellement brisée de sa sœur, il est prêt à montrer à Weber que le foyer que cet homme cherche depuis toujours est juste là, avec lui. Cyrus avait posé un ultimatum une fois, mais maintenant, c'était devenu un serment : il ne laisserait jamais Weber sortir de sa vie à nouveau.

Par Mary Calmes

L'ange gardien
De nouveau
La grenouille du prince
Mauvais timing • Bon timing pour un Rodeo

LE CLAN DES PANTHÈRES
Cœur Sauvage
Cœur confiant
Cœur et honneur

LES GARDIENS DES ABYSSES
Son foyer
Bec et ongles
Le cœur sur la main

QUESTION DE TEMPS
Question de temps, tome 1
Question de temps, tome 2

Publié par Dreamspinner Press
www.dreamspinner-fr.com

www.ingramcontent.com/pod-product-compliance
Lightning Source LLC
Chambersburg PA
CBHW020947260626
47169CB00006B/1864